HEYNE

W0333149

ROBERT LUDLUM
JOSHUA HOOD

TREADSTONE
EXIL

THRILLER

Aus dem amerikanischen Englisch
übersetzt von Norbert Jakober

WILHELM HEYNE VERLAG
MÜNCHEN

Die Originalausgabe THE TREADSTONE EXILE erschien 2021
bei G. P. Putnam's Sons.

Sollte diese Publikation Links auf Webseiten Dritter enthalten,
so übernehmen wir für deren Inhalte keine Haftung,
da wir uns diese nicht zu eigen machen, sondern lediglich auf
deren Stand zum Zeitpunkt der Erstveröffentlichung verweisen.

FSC
www.fsc.org
MIX
Papier | Fördert
gute Waldnutzung
FSC® C014496

Penguin Random House Verlagsgruppe FSC® N001967

Deutsche Erstausgabe 07/2023
Copyright © 2021 by Myn Pyn LLC
Copyright © 2021 der deutschsprachigen Ausgabe
by Wilhelm Heyne Verlag, München,
in der Penguin Random House Verlagsgruppe GmbH,
Neumarkter Str. 28, 81673 München
Redaktion: Dr. Rainer Schoettle
Umschlaggestaltung: ZeroMedia, München,
unter Verwendung von Motiven von © Trevillion/Silas Manhood;
FinePic®, München
Satz: Uhl + Massopust, Aalen
Druck und Bindung: GGP Media GmbH, Pößneck
Printed in Germany
ISBN: 978-3-453-44120-0

www.heyne.de

PROLOG

MAHÉ, SEYCHELLEN

Es war kurz vor Mitternacht, als der Sikorsky S-92 so tief über die Petite-Anse-Bucht hinwegflog, dass sich die Kokospalmen auf dem Privatstrand des Kempinski-Resorts im Abwind der Rotorblätter beugten.

Ganz hinten im Helikopter saß André Cabot in seinem bequemen Ledersitz und ließ seine grauen Augen zu der Tausend-Dollar-Flasche japanischem Whisky schweifen. Er hatte den achtzehn Jahre alten Yamazaki Single Malt vorige Woche auf einer Geschäftsreise in Macau entdeckt. Cabot konnte nichts Besonderes daran finden, doch seine Gastgeber hatten von nichts anderem geredet.

»Sie sollten eine Flasche kaufen und nach Mahé mitnehmen«, hatte ihm einer geraten. »Das könnte Pritchard ein bisschen aufheitern.«

Die anderen lachten – offensichtlich auf Cabots Kosten, auch wenn er den Witz nicht verstand.

Er steckte den Seitenhieb weg, zwang sich zu einem Lächeln und machte gute Miene zum bösen Spiel. Er wusste, dass er unter Beobachtung stand und dass alles, was er sagte und tat, an Nigel Pritchard auf den Seychellen übermittelt wurde.

Cabot hatte immer wieder über das Gespräch nachgedacht, hatte sich alle Einzelheiten in Erinnerung gerufen. Wie ihr Gelächter ihn zuerst verwirrt, dann erzürnt hatte, als ihm klar geworden war, dass sie über ihn lachten.

Noch vor einem Monat haben sie es nicht einmal gewagt, mir in die Augen zu schauen; heute lachen sie mich aus, ohne Konsequenzen zu befürchten.

Die Wut glühte in seinen Adern wie eine Flamme an der Zündschnur, doch bevor es zu einem seiner gefürchteten Ausbrüche kam, wurde die Wut durch die Frage gedämpft, die ihn seither quälte.

Haben die Männer am Tisch etwas gewusst, was ich nicht weiß?

Als Gründer und CEO von DarkCloud Cybersecurity hatte Cabot sich einen Namen und ein Vermögen damit gemacht, die Geheimnisse der Reichen und Mächtigen ausfindig zu machen, die Millionen dafür bezahlten, dass nichts davon ans Licht kam. Er hatte die Computer von Regierungen gehackt, Wahlen manipuliert und, ohne die geringste Spur zu hinterlassen, Firmengeheimnisse von einigen der umsatzstärksten US-Unternehmen gestohlen. Der Gedanke, dass es irgendwo da draußen ein Rätsel gab, das er nicht lösen konnte, verfolgte ihn bis in seine Träume.

Cabot hatte Nachforschungen angestellt und sein Netzwerk von Spionen, Hackern und Spitzeln eingesetzt, doch weder auf den Straßen noch in den Tiefen des Internets war auch nur das Geringste ausfindig zu machen. Wie oft er auch fragte, die Antwort war immer die gleiche: »Es gibt keine Probleme. Alles läuft wie immer.«

Doch Cabots Bauchgefühl sagte ihm etwas anderes.

»Die lügen.«

Er hatte den Gedanken ganz leise ausgesprochen, sodass seine Stimme im Brummen des Triebwerks kaum zu hören war, doch als er den Kopf hob, überraschte es ihn nicht, dass der Mann mit den breiten Schultern und der weißen Narbe am Hals ihn ansah.

»Die lügen, Beck«, wiederholte Cabot grimmig. »Ich *weiß* es.«

»Soll ich etwas unternehmen?«, fragte der Deutsche im rauen Flüsterton seiner kaputten Stimmbänder.

»Halten Sie sich bereit«, sagte Cabot.

Als der Helikopter aufsetzte, war Beck schon auf den Beinen, die Sig Sauer 226 wie eine Spielzeugpistole in seiner fleischigen Pranke. Mit einer angesichts seiner Größe überraschenden Geschmeidigkeit eilte er zur Tür und stieg auf den Asphalt hinaus.

Als er Augenblicke später in die Kabine zurückkam, war sein Gesicht vor Zorn gerötet.

»Gibt es ein Problem?«, fragte Cabot.

»Er hat keinen Wagen geschickt.«

Im Geschäft ging es ebenso wie im Krieg darum, den Feind zu verunsichern. Deshalb wusste Cabot sofort, was Nigel im Schilde führte.

»Rufen Sie im Terminal an – die sollen uns einen Wagen schicken«, entschied er und ging zu den eingebauten Walnussholzschränken.

»Wird gemacht«, sagte Beck.

Während der Deutsche den Anruf machte, tippte Cabot

seinen Code ein und wartete auf das Klicken des Magnetschlosses, ehe er die Tür öffnete.

Drinnen befanden sich zwei Tresore. In einem bewahrte er Geld und andere Wertsachen auf, mit denen er Regierungs- und Zollbeamte bestach, wenn er im Ausland seinen Geschäften nachging; der zweite Safe war für alles andere da.

Er öffnete den zweiten Tresor, entschied sich unter den darin aufbewahrten Waffen für die Glock 42, lud die Pistole durch und schob sie in die Jackentasche. Als er den Safe und die Schranktür schloss, wartete Beck bereits mit dem silbernen Aktenkoffer, den er mit einer Handschelle an seinem Handgelenk befestigt hatte.

»Bringen wir's hinter uns«, sagte Cabot und ging nach vorn zum Cockpit.

»Was ist mit der Flasche?«, fragte Beck.

Cabot überlegte einen Augenblick, sie hierzulassen, doch da Nigel wahrscheinlich schon wusste, dass er den teuren Whisky mitbringen würde, beschloss er, den Schein zu wahren.

»Die nehmen wir mit«, entschied Cabot.

Im Vergleich zu dem luxuriösen Mercedes-Maybach, mit dem Nigel ihn für gewöhnlich abholen ließ, war der Cadillac Escalade einfach nur ein Auto, das seinen Zweck erfüllte. Doch Cabots Gedanken kreisten mehr darum, wie viel bei diesem Geschäft auf dem Spiel stand. Also stieg er, ohne zu murren, in den Wagen ein.

Sie fuhren in nördlicher Richtung die Anse Soleil Road entlang; ihr Ziel glitzerte in der Ferne wie ein Edelstein. Tagsüber war das Casino Club Liberté ein unscheinbares

Gebäude, dessen elegante Fassade aus Glas und Stein vom Schimmern des Indischen Ozeans und dem satten Grün der Narrabäume überstrahlt wurde.

Doch wenn die Sonne unterging und das Casinopersonal die Abdeckungen von den auf dem Dach montierten Himmelsstrahlern nahm, leuchtete das Haus mit einer Lichtstärke von zwei Millionen Candela.

Es gab nicht mehr viele Inselbewohner, die sich an die bescheidenen Anfänge des Casinos erinnerten, als die Einheimischen hierherkamen, um sich einen billigen Drink zu genehmigen und ihr Kleingeld in die Spielautomaten zu werfen.

Bis im Jahr 2002 Nigel in die Stadt kam und das Haus für einen Spottpreis kaufte. Die meisten, auch Cabot, fanden, dass er zu viel für den alten Schuppen bezahlt habe, doch der schlaue Engländer belehrte sie eines Besseren, indem er darauf setzte, dass die Poker-Welle von den Vereinigten Staaten auch in diesen entlegenen Winkel der Welt überschwappen würde.

Er sollte recht behalten. Es dauerte ein Jahr, bis er die anderen Casinos verdrängt hatte und das runderneuerte Haus aus der Taufe hob. Als einzige legale Spielstätte der Insel etablierte sich der Club Liberté bald als Zentrum der Unterhaltung in der Region.

Als begeisterter Spieler besuchte auch Cabot das Casino immer wieder gern, doch als der Escalade das Tor passierte und die gepflasterte Auffahrt zum Haupteingang hinauffuhr, war er so angespannt, dass er keine Sekunde an die Freuden des Spiels denken konnte.

Der Fahrer hielt neben dem scharlachroten Teppich, auf dem ein Türsteher im Smoking wartete.

Bevor er die Autotür öffnen konnte, sprang Beck aus dem Wagen, ohne sich die Mühe zu machen, die Pistole an der Hüfte zu verbergen.

Er schob den Mann beiseite und knurrte: »Sag deinem Boss, Monsieur Cabot ist da.« Während der Mann im Smoking ins Haus eilte, überblickte der bullige Deutsche das Gelände, ehe er sich wieder zum Wagen wandte.

»Alles klar.«

Cabot stieg aus, strich die Jacke des grafitgrauen Anzugs von W. W. Chan & Sons glatt, griff prüfend zur Pistole in der Jackentasche und ging zum Eingang. Er hatte noch nicht einmal die Treppe erreicht, als ihm ein Mann mit glatt zurückgekämmtem schwarzem Haar und eng geschnittenem Anzug im italienischen Stil entgegenkam, ein breites Grinsen im Gesicht.

»Monsieur Cabot«, begann er auf Französisch, »es freut mich sehr, Sie ...« Er stockte, und sein Lächeln verschwand, als er den Escalade am Bordstein stehen sah. »*Oh, merde*.«

»Das sehe ich auch so.«

»Bitte glauben Sie mir, Monsieur Cabot, das war ein Versehen, keine Absicht.«

»Kein Problem«, log Cabot. »Wenn Sie so freundlich wären ... ich bin etwas spät dran.«

»Natürlich«, nickte der Mann eifrig. »Mr. Pritchard erwartet Sie im VIP-Zimmer.«

Sie traten ein. Cabot erwiderte das grüßende Nicken der grauhaarigen Männer, die auf ledernen Clubsesseln saßen und ihre Wunden leckten, nachdem sie wahrscheinlich stattliche Summen verspielt hatten. Durch eine Doppeltür aus Teakholz gelangte er in den Spielbereich.

Der Raum war vollgepackt mit den Reichen und Skrupellosen der Insel. Mit Goldketten behangene Männer und mit Kollagen aufgespritzte Frauen drängten sich um die Tische, rauchten und setzten Tausende Dollar beim Roulette oder Seven-Eleven.

Cabot folgte dem Mann die mit Teppich ausgelegte Treppe hinauf und an mehreren Zimmern vorbei, bis sie eine mit Gold eingelegte Doppeltür erreichten.

»Wenn Monsieur gestatten«, sagte der Mann und trat ein.

Cabot zog den Ärmel hoch und sah auf die Rolex Daytona an seinem Handgelenk. Der Minutenzeiger hatte die volle Stunde passiert; die Tatsache, dass er sich verspätet hatte, war ihm noch unangenehmer als der Zigarettenrauch, der ihm in den Augen brannte.

Eine halbe Minute später war der Mann zurück, hielt ihm die Tür auf und sagte mit einer angedeuteten Verbeugung: »Mr. Pritchard erwartet Sie im Hauptzimmer.«

Wurde auch Zeit.

Cabot durchquerte das Wohnzimmer mit seinen pastellfarbenen Wänden, den kirschgebeizten Regalen und zwei cremefarbenen Couchen und gelangte in einen größeren Raum mit einem leeren, filzbespannten Spieltisch und einer grob gezimmerten Bar, wo zwei leicht bekleidete Mädchen ihn über ihre Champagnerflöten hinweg beäugten, aus denen sie ihren Veuve Clicquot süffelten.

Er ignorierte die Mädchen; sein Blick war unverwandt auf die zwei Männer gerichtet, die in riesigen Lehnstühlen in der Mitte des Zimmers saßen.

»Ah, Bertie, schau, wer endlich da ist«, sagte Nigel Pritchard mit einem boshaften Grinsen im fleischigen Gesicht.

Du fetter Scheißkerl.

»Wir hatten ein Transportproblem«, sagte Cabot.

»Ah, hat Ihr alter Sikorsky endgültig den Geist aufgegeben?«

»Nein.« Cabot hatte Mühe, seinen Zorn zu beherrschen. »Das Problem lag nicht auf *meiner* Seite.«

»Na ja, jetzt sind Sie ja da.«

»Ich glaube, er hat sogar ein Geschenk mitgebracht«, sagte der andere und deutete mit einem Kopfnicken auf die Flasche in Becks Hand.

»Das muss der berühmte Yamazaki sein, von dem mir unsere Freunde in Macau erzählt haben.« Pritchards Augen leuchteten, als er sich aus dem Stuhl wuchtete und durchs Zimmer wankte.

Nigel hatte offenbar getrunken. Für einen Augenblick schien es, als wollte er dem Deutschen die Whiskyflasche aus der Hand reißen. Seine Finger waren nur noch Zentimeter vom Flaschenhals entfernt, als ihn etwas in Becks Augen innehalten ließ.

Er erstarrte, zog die Hand zurück, als hätte er eine Schlange im Unterholz gesehen, und leckte sich nervös über die Lippen.

Bist ja doch nicht so dumm, wie du aussiehst, Nigel.

Pritchard riss seine Augen von der Flasche los und wandte sich an Cabot. »Und?«, blökte er gereizt.

»Geben Sie sie dem Hund«, sagte Cabot auf Deutsch zu seinem Leibwächter.

Beck reichte Nigel die Flasche, der zuerst das Label begutachtete, ehe er sie an eine der Nutten an der Bar weitergab.

»Schenk uns einen Drink ein, Liebes«, sagte er und forderte Cabot mit einer Geste auf, sich ihm gegenüber zu setzen.

Cabot ließ sich auf dem Stuhl nieder. Das herablassende Grinsen des Mannes zu seiner Linken ließ aufs Neue den Zorn in ihm hochsteigen. Er musste seine ganze beträchtliche Willenskraft aufbieten, um keine Miene zu verziehen und nicht auf die Provokation zu reagieren. Dass es ihm nicht ganz gelang, wusste er, als Nigel mit einem süffisanten Grinsen fragte: »Sie erinnern sich doch an Bertie, oder?«

Cabot wusste nicht, ob er sich auf seine Stimme verlassen konnte, und nickte nur.

»Wie dumm von mir. Natürlich erinnern Sie sich – er hat ja einmal für Sie gearbeitet«, spöttelte Nigel.

»André«, sagte sein ehemaliger Mitarbeiter mit einem Kopfnicken.

»André« nennst du mich, du rotznasiger kleiner Scheißer?

Als die Drinks kamen, hatte das Geplänkel ein Ende. Während Nigel einen Schluck von seinem Whisky nahm, holte Bertie einen Laptop hervor und stellte ihn auf den Tisch.

»Haben Sie das Geld?«

Im nächsten Augenblick war Beck an Cabots Seite, öffnete die Handschelle und legte den Koffer vor seinem Chef auf den Tisch.

»Fünfhunderttausend, wie vereinbart.« Cabot öffnete den Koffer, in dem sich ein dicker Stapel Inhaberschuldverschreibungen befand.

Bertie nickte, tippte einen Code ein, drückte die Eingabetaste und drehte den Laptop zu Cabot. Dieser zog eine goldene Lesebrille aus der Tasche.

Das ist es.

Er setzte die Brille auf, beugte sich vor, nahm den Laptop und stellte ihn auf seinen Schoß. Mit pochendem Herzen begutachtete er die Diagramme und Pläne, registrierte die Standorte der Sicherheitskräfte und der Großrechenanlagen – alles, was er wissen musste, um die Operation durchführen zu können, die sein Unternehmen – und sein *Leben* – retten würde.

Er hatte fast das ganze Dokument studiert und verspürte eine riesengroße Erleichterung. Als er die allerletzte Seite erreichte, entwich die ganze Euphorie aus ihm wie Luft aus einem platzenden Ballon.

Die Codes … wo zum Teufel sind die Codes?

Cabot starrte auf den Bildschirm und fragte sich, warum die Daten fehlten. Dann blickte er zu Nigel auf, der ihn über den Rand seines halb leeren Whiskyglases hinweg beäugte.

»Wir hatten einen Deal«, zischte Cabot.

»Ja, aber das war, *bevor* Sie die Sache in Uganda verbockt haben.«

»Wovon reden Sie?«, knurrte Cabot.

»Was sagst du dazu, Bertie? Er hat wirklich gedacht, er kann es geheim halten«, spottete Nigel, und seine feisten Wangen zitterten vor Lachen. »Hat gedacht, keiner merkt, dass er für die ugandische Regierung spioniert und ihr geholfen hat, die Wahl zu manipulieren.«

»Oder dass die französische Regierung ihn nicht mehr nach Afrika reisen lässt«, setzte Bertie höhnisch hinzu, »seit sie angefangen hat, das Vermögen von DarkCloud zu beschlagnahmen.«

»Wie viel?«, kam Cabot sofort auf den Punkt.

»Noch einmal fünfhunderttausend«, sagte Nigel und wischte sich die Tränen aus den Augen. »In Anbetracht Ihrer finanziellen Schwierigkeiten würde ich den Deal annehmen, bevor sich der Preis erhöht.«

»Sie werden das Geld auf Nigels Konto auf den Caymans überweisen«, erklärte Bertie. »Und wenn ich die Bestätigung erhalte …«

Cabot hatte genug gehört.

Er sprang auf, riss die Glock aus der Tasche und zielte auf Berties Stirn. »Ich zahle lieber sofort.«

Die Pistole zuckte in seiner Hand, als die Kugel den Kopf des Getroffenen zurückriss, dann wirbelte Cabot herum und feuerte Nigel zwei Kugeln in den Bauch.

»Sorgen Sie dafür, dass die Mädchen still sind«, rief er auf Deutsch. Kaum hatte er den Befehl ausgesprochen, hörte er ein sattes Klatschen und das Wimmern einer der Frauen an der Bar.

»Jetzt seid endlich still, Mädchen, sonst muss ich eure hübschen Hälse aufschlitzen«, warnte Beck.

Auf seinem Stuhl starrte Nigel auf sein blutgetränktes Hemd, ehe er zu Cabot aufblickte. »Was … was haben Sie getan?«, presste er mit weit aufgerissenen Augen heraus.

Cabot drosch ihm die Pistole in den Mund. Nigel kippte vom Stuhl, Blut und abgebrochene Zähne spritzten durch die Luft. Bevor der Dicke auf dem Boden aufprallte, packte Cabot ihn am Hemd.

»Wo sind die Codes?« Cabot drückte ihm den Lauf der Glock ins Gesicht. »Sag es mir, dann stirbst du schnell. Wenn du mich anlügst, zieht dir Beck mit einer Glasscherbe die Haut ab.«

»Gra… Grand-Bassam.«

»Wo in Grand-Bassam? Wer hat die Codes?«

Seine Antwort kam so leise, dass Cabot sich hinunterbeugen musste, um ihn zu verstehen. Erst nachdem Nigel es wiederholt hatte und Cabot sich sicher war, dass der Engländer die Wahrheit gesagt hatte, ließ er ihn los und drückte ihm die Glock auf die Brust.

»Jetzt ist dir das Lachen vergangen, was, Dicker?« Dann drückte er ab.

1

CEUTA, SPANIEN

Es war später Nachmittag und brütend heiß, als Carlito Rocha die Yamaha YZ125 auf dem Hügel zum Stehen brachte, von dem man die Calle Real überblickte. Vor einer Stunde war die Straße noch von Autos verstopft und von Fußgängern bevölkert gewesen, die sich auf den gepflasterten Gehsteigen vor den Schaufenstern der Boutiquen drängten.

Doch nun war Siesta und die Straße wie ausgestorben. Das einzige Geräusch war das Knattern des Zweitakters, als Carlito auf seinem Geländemotorrad den Hügel hinunterbrauste und in die Gasse am Ende des Blocks einbog.

Er hielt bei einem grünen Müllcontainer, schob das Motorrad dahinter und wuchtete es mit der Ferse seines zerschlissenen Tennisschuhs auf den Kickständer. Er hatte es so abgestellt, dass der Vorderreifen zur Straße zeigte. Einen Moment lang überlegte er, den Motor laufen zu lassen, für den Fall, dass jemand die Polizei rief und er schnell abhauen musste.

Nein, dann klaut es mir jemand, dachte er.

Carlito zog den Schlüssel aus dem Zündschloss, wischte sich den Schweiß von der Stirn, zog die Riemen seines Rucksacks straff und ging zu der fünf Meter entfernten Metalltür. Er gab acht, nicht auf die zerbrochenen Bierflaschen und die Abfälle zu treten, die überall herumlagen. Kurz vor der Tür blieb er wie angewurzelt stehen.

Was zum Teufel ist das?

Er hätte nicht sagen können, was es war, aber irgendetwas stimmte nicht. Er ließ den Blick in die Richtung schweifen, aus der er gekommen war, und suchte die Mündung der Gasse nach irgendeiner Bedrohung ab, doch da war weit und breit niemand zu sehen.

Carlito zögerte und dachte an den Plan, den er sich vor einer Woche zurechtgelegt hatte. Nun fragte er sich, warum er es je für eine so brillante Idee gehalten hatte, das Barrio del Príncipe zu verlassen, das heruntergekommene Arbeiterviertel, das er wie seine Westentasche kannte, und sich im nördlich gelegenen Barrio de Borizu niederzulassen.

Die Antwort war damals nicht anders gewesen als jetzt. Er war in das nördliche Viertel übersiedelt, nachdem seine Familie im Zuge der Wirtschaftskrise von 2008 ihr zweistöckiges Haus am Meer verlassen und in eine schäbige kleine Wohnung hatte ziehen müssen. Nachdem sein Vater das letzte bisschen Geld, das ihnen geblieben war, verpulvert hatte, um sich zu Tode zu trinken, war Carlito die Verantwortung zugefallen, für seine Mutter und seine jüngeren Schwestern zu sorgen.

Er hatte sich bemüht, das Richtige zu tun und einen Job zu finden, doch die wirtschaftliche Lage in der Stadt war trist und geregelte Arbeit kaum noch zu finden. In dieser Situation blieben ihm nur zwei Möglichkeiten: hungern oder stehlen.

Und Carlito hatte das Hungern satt.

Also beschloss er, es in einem besseren Viertel zu versuchen und von Einbrüchen in Hotels beim Hafen zu leben, wo die *guiris* – die reichen Touristen – wohnten.

Er dachte an seine Mutter und seine Schwestern, die in ihrer schäbigen Wohnung saßen und hungerten. *Sie zählen auf dich, Feigling*, sagte er sich.

Carlito nahm die graue Skimaske aus der Gesäßtasche und zog sie über seine lockigen braunen Haare. Die Maske war schmutzig und stank nach Schweiß, doch das machte ihm nichts aus. Er holte das Brecheisen aus dem Rucksack und ging zur Tür.

Mit einer geübten Bewegung schob er die Spitze knapp oberhalb des Schlosses in den Spalt und zog den Griff des Brecheisens zurück. Der Riegel bewegte sich, gab aber nicht nach.

»Komm schon, Miststück«, fluchte er und stemmte den Fuß gegen die Wand.

Er lehnte sich zurück und zog, bis seine Arme zitterten und der Schweiß aus allen Poren drang. Er keuchte, seine Lippen bewegten sich in stillem Gebet, als er irgendeinen Gott, der ihn vielleicht hörte, anflehte, die Tür aufgehen zu lassen, bevor ihn die Kräfte verließen.

Mit einem jähen Ruck schwang die Tür auf, und Carlito verlor das Gleichgewicht.

Er stolperte nach hinten, und das Brecheisen glitt ihm

aus den Händen. Das metallische Klappern auf dem Beton jagte ihm einen kalten Schauer über den Rücken.

Scheiße.

Mit pochendem Herzen hob er das Werkzeug auf und schob es in den Rucksack. Hinter der offenen Tür war es dunkel wie in einem Grab. *Lauf*, schrie seine innere Stimme. *Schwing dich auf das Motorrad und verschwinde.*

Doch sein knurrender Magen und der Gedanke an seine Familie in der schäbigen Wohnung behielten die Oberhand.

Carlito kramte in seinem Rucksack, nicht um irgendein Werkzeug – den rostigen Hammer oder den Bolzenschneider – herauszuholen. Seine Finger schlossen sich um den Griff der 44er Magnum, die er vorige Woche gestohlen hatte.

Der schwere Revolver in der Hand gab ihm seine Sicherheit zurück. Wer oder was auch immer ihn da drin erwartete – *er* war derjenige mit der Knarre in der Hand.

Mir kommt keiner blöd, dachte er und ging hinein.

Als Adam Hayes beim *Hostal La Perla* ankam, hatte er schon hundertzweiundfünfzig Tage niemanden mehr getötet. Es war nichts, womit man prahlen konnte, nicht einmal in einer gesetzlosen Stadt wie Ceuta, doch er wollte diese Serie von mordfreien Tagen nicht abreißen lassen. Deshalb stand er einen Augenblick draußen, begutachtete die verwitterte gelbe Fassade des *La Perla* und fragte sich, ob die Herberge die fünfundzwanzig Euro wert war, die ein Zimmer laut dem verblassten Schild kostete.

Es ist ja nur für eine Nacht.

Mit diesem Gedanken betrat er das Haus. Die »Lobby« passte zur Fassade: vier nackte Betonwände und ein zerschlissener Linoleumboden, zwei abgewetzte Couchen und ein verschrammter Holztisch mit verblichenen Reisezeitschriften.

Immerhin sah Hayes keine Ratten, was vermuten ließ, dass das Haus einigermaßen sauber war. Noch wichtiger war, dass keine Drecksäcke herumlungerten, wie Hayes ihnen mit Sicherheit begegnet wäre, hätte er eines der heruntergekommenen Hotels aufgesucht, in denen er sich in seinem früheren Leben einquartiert hatte.

Hotels, in denen sich Mörder, Zuhälter und Menschenhändler herumtrieben – die Art von Kundschaft, die Hayes' Abzugfinger zucken ließ und seine Serie mit hoher Wahrscheinlichkeit hätte reißen lassen.

Er ging zum Empfangstisch, wo der Nachtportier den Blick auf den Fernseher in der Ecke geheftet hatte.

»Ja?«, fragte er, ohne die Augen vom Bildschirm abzuwenden.

»Ein Zimmer«, sagte Hayes in akzentfreiem Spanisch. »Eins im Erdgeschoss, ganz hinten, wenn eins frei ist.«

»Jaja, wie Sie wollen«, sagte der Portier.

Ohne aufzublicken, fischte er die fünfundzwanzig Euro vom Tresen, die Hayes hingelegt hatte. Seine Hand wanderte unter die Theke und kam mit einem Schlüssel zurück, an dem ein verblichener Plastikanhänger baumelte.

»Zimmer 107«, sagte er, ohne das Geschehen im Fernsehen aus den Augen zu lassen. »Ganz hinten, bei den Toiletten.«

»*Gracias.*«

Hayes nahm den Schlüssel und folgte dem Marihuanageruch in einen Gang, der von zwei nackten Glühbirnen beleuchtet wurde. Er ließ seinen inneren Autopiloten übernehmen und folgte ganz der Routine, die er sich in Tausenden Einsatzstunden für Treadstone angeeignet hatte. Körper und Geist arbeiteten unabhängig von seinem bewussten Denken. Sein Blick fiel auf eine offene Tür, er verlangsamte automatisch seine Schritte, die Hand ging zum Griff der Pistole im Holster an der Taille.

Doch in dem Zimmer lauerte kein bewaffneter Killer; Hayes sah nur eine Gruppe ungewaschener Rucksacktouristen, die sich einen Joint teilten.

»Willst du einen Zug?«, fragte ihn einer der Burschen auf Französisch.

»Nein danke.«

Er ging weiter, blieb beim Notausgang stehen und vergewisserte sich, dass die Tür verriegelt war, ehe er Zimmer 107 betrat. Er hatte seine Arbeit für Treadstone vor zwei Jahren beendet und eigentlich angenommen, dass er es in Zukunft nicht mehr nötig haben würde, in heruntergekommenen Hotels abzusteigen. Das war ein Irrtum, wie ihm der verschrammte Resopaltisch und die uralte Klimaanlage über dem durchhängenden Bett deutlich machten.

Es ist ja nur für eine Nacht.

Seither waren drei Tage vergangen.

Die Klimaanlage hatte schon nach dem ersten Tag den

Geist aufgegeben; seither war es drückend heiß im Zimmer. Zu heiß, um zu schlafen oder zu denken oder irgendetwas anderes zu tun als dazusitzen und zu schwitzen.

Doch Hayes beherrschte die Kunst des Erduldens. Er hatte diese Fähigkeit in seiner Zeit bei Treadstone perfektioniert – in jenem Special-Access-Programm der CIA, das ihn einst vom Militär abgeworben und zu einem staatlich sanktionierten Killer gemacht hatte.

Das Leinenhemd klebte am Rücken, als er am Tisch saß und das Magazin aus der STI Staccato XC holte und die Pistole zum dritten Mal an diesem Tag auseinandernahm.

Hayes ließ sich Zeit, wischte mit einem Tuch über das Trijicon-Miniatur-Reflexvisier und nahm den Schlitten ab. Er hatte gerade die Schließfeder und die Führungsstange auf ein *ölgetränktes* Hemd auf dem Tisch gelegt, als sein Mobiltelefon endlich klingelte.

Wurde aber auch Zeit.

»*Da*?«, meldete er sich und stellte das Telefon auf Freisprechen.

»Marina Hércules, weißt du, wo das ist?«, fragte die Stimme auf Russisch.

In den drei Tagen, die Hayes in dem stickigen Zimmer verbracht hatte, war er nicht untätig gewesen. Er hatte nicht nur seine Ausrüstung instand gehalten und regelmäßig die Pistole gereinigt, sondern sich auch den Plan eingeprägt, den er sich bei einem seiner Streifzüge durch die Stadt besorgt hatte.

»Ja, ich weiß, wo das ist.«

»Gut. Sei in einer Stunde in der Sky Bar. Und komm allein.«

Hayes trennte die Verbindung, setzte die Pistole zusammen, legte das Magazin ein, lud eine Kugel in die Kammer und stand auf. Er schob die STI ins Holster und trat ans Bett, auf dem sein gepackter Rucksack lag.

In seiner Zeit bei den Green Berets in Afghanistan hatte er gelernt, aus dem Rucksack zu leben und mit dem Nötigsten auszukommen. Außer dem, was er am Leib trug, hatte er nur ein zusätzliches Hemd, eine Hose, einen kleinen Kulturbeutel und vier Paar Socken dabei.

Was er sonst noch bei sich hatte, war dazu da, sich gegen potenzielle Angreifer zur Wehr zu setzen.

Hayes zog das Hemd aus, schnallte sich eine Kevlar-Schutzweste um und schob ein Extramagazin mit 9-mm-Hohlspitzpatronen in die Gürteltasche. Nachdem er den Reisegeldbeutel mit seinem Pass und Bargeld am Bauch befestigt hatte, zog er das Hemd wieder an. Er steckte ein Bündel Euroscheine in die rechte Hosentasche, das Microtech-Troodon-Schnappmesser in die linke, schulterte den Rucksack und ging zur Tür.

Hayes trat auf den Flur hinaus, schloss die Tür ab und ging in Richtung Büro. Als er am Notausgang vorbeiging, flog die Tür auf. Die grelle Sonne, die den dunklen Flur flutete, explodierte wie eine Blendgranate vor seinen Augen, sodass er für einen Augenblick nichts sehen konnte.

Sein Instinkt übernahm die Führung, ließ ihn einen schnellen Schritt nach links machen und mit der rechten

Hand die Pistole aus dem Holster ziehen. Blinzelnd suchte er nach einem Ziel, als eine maskierte Gestalt in den Flur trat und eine Pistole auf Hayes' Gesicht richtete.

2

CEUTA, SPANIEN

Hayes musterte den Mann erstaunlich ruhig, obwohl der Lauf der 44er Magnum wie ein Tunnel vor seinen Augen gähnte. Er nahm jedes noch so kleine Detail wahr, das Gewicht der Neunmillimeter in seiner Hand, den Druck seines Fingers am Abzug, die Stimme in seinem Kopf, die wie verrückt schrie.

TÖTE IHN. TÖTE IHN.

Hayes wusste, dass weder die Stimme noch die extreme Ruhe, die ihn in solchen Augenblicken überkam, natürliche Reaktionen waren. Es waren künstliche Emotionen, die ihm die Wissenschaftler von Treadstone antrainiert hatten, als sie ihn zum Killer einer Regierungsbehörde gemacht hatten.

Zu einem Raubtier, das darauf abgerichtet war zu töten, ohne mit der Wimper zu zucken.

Doch er hatte genug vom Töten. Dass der Mann, der ihm gegenüberstand, noch atmete, war der beste Beweis dafür, wie weit er sich bereits verändert hatte.

Hayes brachte die innere Stimme zum Schweigen, drängte sie zurück, bis sie nur noch als lästiges Hintergrundsummen zu hören war, und konzentrierte sich ganz auf den Mann mit der Pistole. Vielleicht war es die Angst in den Augen des Maskierten oder das Zittern der Pistole in seiner Hand – irgendetwas ließ ihn zögern und abwarten.

Ließ ihn nach einem Grund suchen, den Mann *nicht* zu töten.

Er nahm den Finger vom Abzug, ließ die Pistole sinken und betete, dass er nicht den größten Fehler seines Lebens gemacht hatte.

»Ganz ruhig«, sagte er auf Spanisch.

»G-Geld … ich w-will Geld.«

Die Stimme des Mannes war rau, aber nicht tief; Hayes wusste, dass er keinen Mann vor sich hatte, sondern einen Teenager.

Nein, ich töte sicher keinen jungen Burschen.

»Wie heißt du?«, fragte er und schob die Pistole ins Holster.

»Was?«

»Dein Name.«

»C-Carlito«, stammelte der Bursche.

»Hör zu, Carlito, warum …«

»Nein, *Sie hören mir zu.* Ich will Ihr Geld, sonst e-erschieße ich Sie.«

Markige Worte, doch Hayes nahm es ihm nicht ab.

»Jemanden zu erschießen ist keine Kleinigkeit«, sagte er und machte einen Schritt vor.

»S-stehen bleiben.«

Hayes ignorierte ihn, trat noch einen Schritt vor, bis er nur noch Zentimeter von der Pistole entfernt war. Nah genug, um zu sehen, dass Carlitos Zeigefinger sich weiß verfärbte, als er den Druck auf den Abzug verstärkte.

»Okay, ganz ruhig.«

Mit dem Zimmerschlüssel in der Hand hob Hayes die Arme und drehte die Handflächen nach außen, ohne die Pistole aus dem Blick zu verlieren, die auf sein Gesicht zielte. Er war fest entschlossen, die Situation gewaltlos zu lösen, doch als er das Klicken der Abzugsfeder hörte, war er sich nicht sicher, ob das noch möglich war.

Es machte letztlich keinen Unterschied, ob der Junge ihn wirklich erschießen wollte oder ob ihm nicht bewusst war, dass er den Abzug zu fest drückte. In beiden Fällen würde Hayes mit einer Kugel im Gesicht enden.

Ich hab genug von diesem blöden Spiel.

Seine Hände waren fast auf einer Höhe mit Carlitos Augen, als Hayes die Finger spreizte und den Zimmerschlüssel fallen ließ.

Das Licht, das durch die offene Tür hereinfiel, ließ den fallenden Schlüssel funkeln. Der unerwartete Lichtblitz lenkte Carlitos Aufmerksamkeit ab. Hayes beobachtete seine Augen und wartete auf den richtigen Moment. Als der Blick des Jungen abschweifte, schlug er zu.

Mit der linken Hand packte er den Lauf, mit der rechten die Trommel des Revolvers. Seine Finger schlossen sich um den Hahn und sicherten ihn, ehe er dem Jungen die Waffe entriss.

Im nächsten Augenblick war alles vorbei. Hayes drückte dem Jungen den Lauf des Revolvers gegen die Stirn.

»N-nicht schießen«, flehte der Junge.

Hayes ließ die Pistole sinken und schob sie in den Hosenbund. »Ich töte keine jungen Burschen«, sagte er und zog das Geldbündel aus der Hosentasche.

Verwirrt blickte Carlito auf das Geld, dann ins Hayes' Gesicht.

»Ich … ich verstehe nicht.«

»Da gibt es nichts zu verstehen, Junge. Nimm das Geld und verschwinde.« Hayes drückte ihm das Geldbündel in die Hand. »Na los, worauf wartest du?«

Carlito schob das Geld in die Hosentasche und wandte sich zur Tür, während Hayes seinen Zimmerschlüssel aufhob.

»Eins noch, Junge«, rief er ihm nach. »Tu dir selbst einen Gefallen und hör auf, mit Waffen herumzufuchteln.«

Zwanzig Minuten später saß Hayes im Café La Habana, einen doppelten Wodka Tonic vor sich auf der schneeweißen Tischdecke. Das Geld, das er Carlito gegeben hatte, war eigentlich für den Rest des Monats gedacht gewesen. Seine edle Geste hatte eine momentane Lücke in seine Finanzen gerissen.

Du bist ein Idiot, meldete sich die Stimme in seinem Kopf.

Vielleicht, dachte Hayes und nahm einen Schluck von seinem Drink, *aber ich bin lieber pleite, als einen Toten mehr auf dem Gewissen zu haben*.

Die bittere Mischung von Limette, Tonic und geschmolzenem Eis machte die drückende Hitze für einen Augenblick erträglicher; vor allem aber beruhigte der Wodka seine angespannten Nerven. Er widerstand dem Drang, sich noch einen zu gönnen; für die bevorstehende Aufgabe brauchte er einen klaren Kopf.

Hayes blickte hinaus zur Hafenmündung und der Westport-Tri-Deck-Jacht, die an der Strandmauer vorbeiglitt. Die Luxusjacht war der beste Beweis dafür, wie sehr die Stadt sich seit seinem letzten Besuch verändert hatte.

Er lutschte einen Eiswürfel und bewunderte das Geschick, mit dem der Kapitän das riesige Fahrzeug in den Hafen lenkte. Hayes verfolgte das elegante Manöver, bis er die rothaarige Frau auf dem Sonnendeck bemerkte. Der kleine Junge, den sie in den Armen hielt, ließ seine Gedanken nach Hause in die Vereinigten Staaten schweifen.

Zu seiner Frau Annabelle und seinem dreijährigen Sohn Jack. Nach seinem Ausscheiden aus Treadstone hatte er ihr versprochen, alles zu tun, um die Gewalt hinter sich zu lassen und die Wut zu bezähmen, die ein Teil der Verhaltensmodifikation war, der die Ärzte ihn unterzogen hatten, um ihn in eine Killermaschine zu verwandeln.

Er hatte alles in seiner Macht Stehende getan, um sein Versprechen zu halten, war so weit gegangen, seine Sachen in den alten Chevy zu packen und sich für anderthalb Jahre in ein selbst gewähltes Exil im Bundesstaat Washington zurückzuziehen. Er hatte seinen Stolz überwunden und sich an eine Seelenklempnerin in Tacoma gewandt, hatte die Medikamente genommen, die sie ihm verschrieben hatte, und ihr geglaubt, wenn sie ihm »enorme Fortschritte« bescheinigte.

Doch er wusste, dass es nur eine Frage der Zeit war,

bis die Vergangenheit ihn einholte und in eine Situation brachte, in der ihm nichts anderes übrig blieb als zu tun, was er am besten konnte: töten. Und so war es auch gekommen.

Hayes war sich darüber im Klaren gewesen, dass seine Taten Konsequenzen nach sich ziehen würden. Es hätte ihn nicht überrascht, wenn Levi Shaw, der Direktor von Treadstone, ihn *für eine Weile* in irgendeinen abgelegenen Winkel der Erde verbannt hätte.

Aber nie hätte er sich träumen lassen, dass sie ihn aus dem Land jagen würden, mit dem Vermerk PNG im Reisepass.

Persona non grata.

Diplomatensprache für »*Verpiss dich*«.

Es hatte ihn hart getroffen, die Vereinigten Staaten verlassen zu müssen, vor allem, weil er seine Frau und seinen dreijährigen Sohn zurücklassen musste. Doch wenn er nicht freiwillig gegangen wäre, hätte es wahrscheinlich nicht lang gedauert, bis ein Kollege von einer Regierungsbehörde ihm eine Kugel in den Hinterkopf gejagt hätte.

Hayes riss sich mit einem Kopfschütteln von der Vergangenheit los und nahm sich einen Augenblick, um seine Gedanken zu klären, ehe er nach Westen blickte.

Mit ihrer weißen Stuckfassade und der purpurroten Markise war die Sky Bar kaum zu übersehen. Doch das Funkeln der untergehenden Sonne auf dem blauen Meer machte es ihm schwer, die eintretenden Leute zu identifizieren. Hätte sein Kontaktmann nicht ein so auffälliges Hawaiihemd getragen, hätte er ihn wahrscheinlich übersehen.

Mit der Serviette wischte Hayes die Fingerabdrücke von seinem Glas, schnappte sich seinen Rucksack und stand auf. Bei der Tür blieb er einen Augenblick stehen und studierte die sonnengebräunten Gesichter, die an ihm vorbeiströmten, achtete auf Geschwindigkeit und Körperhaltung der Passanten und entspannte sich schließlich.

Es war eine minimale und doch markante Veränderung seiner äußeren Erscheinung. Die Anspannung wich aus seinen blauen Augen, seine Schultern lockerten sich, sodass er wie ein ganz normaler Urlauber auf einem Nachmittagsspaziergang aussah, als er auf die Straße hinaustrat.

Er schlenderte Richtung Westen, doch während sein Körper entspannt war, blieben seine Augen wachsam, suchten jeden Eingang und jede Gasse ab. Mithilfe der Spiegel der geparkten Autos und der Schaufenster überprüfte er, was sich hinter ihm abspielte. Erst als er sich sicher war, dass ihm niemand folgte, bog er in die Gasse zur Sky Bar ein.

Er versteckte den Rucksack hinter einem Stapel leerer Bierkästen beim Hintereingang und drehte am Türgriff.

Verschlossen.

Doch darauf war Hayes vorbereitet.

Aus der Gesäßtasche zog er ein Nylonetui, ging in die Hocke und warf einen prüfenden Blick auf das Schloss.

Dann wollen wir mal.

Mit einem Spanner bewegte er den Schließzylinder, schob den Pick ins Schloss und begann die Stifte zu bearbeiten. Vor drei Jahren hätte er die Tür geöffnet, bevor der Besitzer den Schlüssel aus der Tasche ziehen konnte.

Schlösser zu knacken war jedoch eine Fähigkeit, die nachließ, wenn man aus der Übung kam.

Komm schon, du Mistkerl.

Die Sekunden dehnten sich zu Stunden. Ihm war schmerzlich bewusst, dass ihn jederzeit jemand sehen konnte, der an der Mündung der Gasse vorbeiging. Er war nahe daran, die Tür einzutreten, als er die Stifte endlich in der richtigen Position hatte und der Türgriff sich drehte.

Gott sei Dank, dachte er und schlüpfte durch die Tür.

Über die Personaltreppe gelangte er in den ersten Stock und in die Küche. Ohne die neugierigen Blicke der Köche und Tellerwäscher zu beachten, ging er zu der Stahltür und spähte durch das zerkratzte Plexiglasfenster in den Speisesaal.

Es war noch nicht Zeit fürs Abendessen; die schwarzhaarige Hostess stand gelangweilt hinter ihrer Mahagonitheke. Draußen auf der Terrasse saßen ein paar ältere Gäste bei Salat und Wein und genossen den Sonnenuntergang.

Wirklich belebt war nur die Bar, wo Hayes schließlich auch seine Kontaktperson, Wladimir Drugow, mit dem Rücken zu ihm an einem Tisch sitzen sah. Sein grell geblümtes Hemd wölbte sich über seiner beachtlichen Leibesfülle, seine grauen Augen fixierten die halb leere Flasche Wodka, die vor ihm auf dem Tisch stand.

Hayes trat durch die Tür und wartete, bis Wlad das Glas zum Mund führte, ehe er hinter ihn trat und ihm den Zeigefinger gegen den Hinterkopf drückte.

»*Ne dwigajsja.*« Keine Bewegung.

Wlad zuckte zusammen und kippte sich den Wodka übers Hemd.

»Was soll das, verdammt?«, protestierte er auf Russisch. »Ich hätte fast einen Herzinfarkt gekriegt.«

Hayes lächelte gezwungen und setzte sich zu ihm, während Wlad mit einer Serviette über sein Hemd wischte.

»Als ich in Syrien stationiert war, gab es da so eine lästige kleine *koschetschka* – eine Katze, die ständig um das Haus herumschlich. Sie tauchte zu den unmöglichsten Zeiten auf und machte allen Angst.«

»Und? Hast du sie getötet?«

Wlad sah ihn finster an. »Nein, ich habe sie nicht getötet. Eine Glocke habe ich ihr umgehängt.«

»Eine Glocke?«

»Damit ich sie kommen höre.«

»Ich hätte nie gedacht, dass du so ein Katzenfreund bist.«

»Die Katze war genau so eine Plage wie du.« Wlad griff nach der Flasche. »Aber man nimmt es in Kauf, weil es immer noch besser ist, als allein zu sein, oder?«

Hayes sah schweigend zu, wie der Russe die Wodkaflasche an die Lippen setzte und einen kräftigen Schluck nahm.

»Weißt du, was wirklich eine Plage ist, Wlad? Drei Tage in einem beschissenen Zimmer zu hocken, während dein Kontaktmann sich besäuft.«

Der Russe setzte die Flasche ab, wischte sich mit dem Handrücken über den Mund und warf Hayes einen finsteren Blick zu.

»Ich … ich, äh …«

Hayes hob die Hand, um ihm klarzumachen, dass er keine Ausreden hören wollte.

»Mich interessiert nur, ob du Kontakt aufgenommen hast.«

»Ich verstehe dich nicht – dass du ein solches Risiko eingehst für …«

»Wo findet das Treffen statt?«, fiel Hayes ihm ins Wort. »Das ist alles, was ich wissen will.«

Wlad war es nicht gewohnt, unterbrochen zu werden; sein Gesicht rötete sich, und seine Augen funkelten so zornig, dass Hayes einen Moment lang glaubte, er würde das Messer ziehen, das er an der Hüfte trug.

Von allen Russen, die Hayes begegnet waren, war Wlad noch der umgänglichste – oder war es gewesen, bevor er wieder mit dem Trinken angefangen hatte. Hayes wusste nicht, was den Mann aus der Bahn geworfen hatte, aber im Laufe des letzten Monats war ihm aufgefallen, dass Wlad immer mehr trank und immer weniger schlief. Die ungesunde Kombination ließ den Mann bei der kleinsten Kleinigkeit explodieren.

»Mogador.«

»Marokko – das ist Lucas Territorium.« Hayes verzog angewidert das Gesicht.

»Ist das ein Problem?«, fragte der Russe.

Hayes blickte stirnrunzelnd aus dem Fenster, wo ein schwarzes Schnellboot mit dröhnendem Motor in den Hafen brauste.

»Wann?«, fragte er.

»In acht Stunden.«

»Ist das dein Ernst?«, fragte er und fixierte den Russen stirnrunzelnd.

»*Da*.« Wlad zog ein Mobiltelefon aus der Tasche und legte es auf den Tisch. »Sie werden dich anrufen.«

»Dann mache ich mich besser auf den Weg.« Hayes schnappte sich das Handy und stand auf.

»Das ist Zeitverschwendung«, meinte der Russe und griff nach der Wodkaflasche.

Hayes schob das Handy in die Gesäßtasche, beugte sich blitzschnell vor und nahm die Flasche vom Tisch, bevor Wlads Finger sie berührten.

»Verdammt, was soll das?«

»Du hast genug gehabt.«

Zornrot sprang Wlad auf, hatte plötzlich das Messer in der Hand und ließ es aufschnappen.

»Du hast mir gar nichts zu befehlen!«

Hayes blickte auf die Klinge und funkelte den Russen finster an.

»Einer muss dir ja sagen, was Sache ist.«

Vor Wut bebend kam Wlad um den Tisch herum.

In seiner Zeit bei Treadstone hatte Hayes gelernt zu vermeiden, unerwünschte Aufmerksamkeit auf sich zu ziehen, die seine Mission gefährden konnte. Ein Blick in Wlads Gesicht machte ihm klar, dass das nicht mehr möglich war.

Gut, wie du willst.

Hayes trat vor, packte Wlad am Handgelenk und drehte das Messer nach unten, während er den Russen zu sich zog. Seine linke Hand schnellte hoch und zielte – Daumen und Zeigefinger gespreizt – auf Wlads Hals.

Er traf ihn hart, aber kontrolliert, sodass der Schlag im allgemeinen Stimmengewirr kaum zu hören war.

Hayes hätte den Russen am liebsten k. o. geschlagen, doch er widerstand dem Drang und blickte sich kurz um.

Bisher war die Auseinandersetzung unbemerkt geblieben, doch das konnte sich schnell ändern. Hayes wusste aus Erfahrung, dass solche Situationen zwangsläufig eskalierten, wenn es wie heiße Lava durch seine Adern zu strömen begann. Dann war es nur eine Frage der Zeit, bis er die Pistole zog und dem Russen eine Kugel in die Stirn jagte.

Unter Aufbietung seiner ganzen Selbstbeherrschung packte er Wlad am Gürtel und zerrte ihn zur Toilette.

Als er die erste Kabine erreichte, hämmerte sein Herz wie ein Maschinengewehr, und sein Atem kam in kurzen, keuchenden Zügen. Er setzte den Russen unsanft auf den Klodeckel und hatte nur einen Gedanken: *Hau ab, bevor du völlig die Beherrschung verlierst.*

Wlad krachte mit dem Rücken gegen die Wand, was seine Lebensgeister weckte.

Er blickte auf, hob die Hand schützend an den Hals und blinzelte, als würde er aus tiefer Trance erwachen.

»Ich … ich …«, begann er mit heiserer Stimme.

Doch Hayes hörte gar nicht zu.

Er stieß sich von der Wand ab, spürte den Hemdkragen wie eine Schlinge um den Hals.

Ich krieg keine Luft.

Mit zitternden Fingern öffnete er den obersten Knopf und taumelte zum Waschbecken, drehte auf und spritzte sich kaltes Wasser ins Gesicht.

Reiß dich zusammen.

Als sein Kopf klarer wurde, drehte Hayes das Wasser ab, trocknete sich das Gesicht mit ein paar Papiertüchern ab und ging zur Tür.

»Du brauchst mich!«, rief Wlad ihm nach.

Normalerweise hätte allein die Tatsache, dass er den Russen am Leben ließ, ausgereicht, um mit reinem Gewissen wegzugehen.

Doch diesmal war es anders.

Er hatte einem Arzt in Burkina Faso etwas versprochen – und er würde nicht zulassen, dass Wlad ihn zu einem Lügner machte.

Verdammt.

Als er sich an den Russen wandte, brüllte die Stimme in seinem Kopf wie ein Ausbilder auf dem Exerzierplatz.

Du baust Mist! Der Mann ist ein räudiger Hund. Ein Tier. Tu der Welt einen Gefallen und jag ihm eine Kugel in den Kopf, bevor es zu spät ist.

»Ich will, dass du die Flasche nicht mehr anrührst und nüchtern wirst«, sagte er.

»Ja … klar.«

»Fahr raus zum Flugplatz, lass die Maschine auftanken und warte auf mich. Hast du verstanden?«

»Ja.«

»Und Wlad – wenn du noch einmal mit dem Messer auf mich losgehst, bringe ich dich um.«

3

WASHINGTON, D. C.

Das Lincoln Town Car hielt vor dem Besucherzentrum des US-Kongresses, und Treadstone-Direktor Levi Shaw stieg aus. Er zeigte dem Sicherheitsbeamten seinen Ausweis und legte seine abgewetzte Aktentasche auf das Röntgengerät. Nachdem er seine Taschen geleert hatte, trat er durch den Metalldetektor und ging zum Aufzug, wo ihn zwei Pitbulls in Diensten der Regierungsbehörden erwarteten, beide in identischen blauen Anzügen.

»Morgen, Tommy«, sagte er und sah den Hauch eines Lächelns im Mundwinkel des hochgewachsenen Mannes.

»Direktor Shaw«, gab der Mann kopfnickend zurück, folgte ihm in den Aufzug und schob seine Ausweiskarte ins Lesegerät.

Das Licht blinkte grün, und die Tür schloss sich mit einem Zischen. Tommy drückte den Knopf mit dem Pfeil nach unten.

»Wir sind unterwegs«, sprach er in sein Funkgerät.

»Nur damit Sie's wissen«, sagte Shaw, griff in die Hosentasche und zog einen Hundertdollarschein heraus, »der letzte Ball … das war eine glatte Fehlentscheidung.«

»Der war meilenweit aus«, erwiderte Tommy grinsend, nahm den Hunderter und hielt ihn ans Licht.

»Echt jetzt?«, wunderte sich Shaw.

»Bei euch CIA-Jungs weiß man nie.«

»Das kränkt mich jetzt aber«, sagte Shaw.

Tommy zuckte mit den Schultern und steckte den Hunderter ein, nachdem er sich vergewissert hatte, dass er echt war.

»Also, was gibt's?«, fragte Shaw, nun wieder sehr ernst.

Tommy griff nach dem Funkgerät an seiner Hüfte, drehte am Knopf und wartete, bis das rote Licht ausging, ehe er antwortete.

»Ich weiß nicht, was Sie getan haben, aber da scheint jemand ziemlich angepisst zu sein.«

»Geht's ein bisschen genauer, Tommy?«

»Es geht um Ihren Burschen – mehr weiß ich auch nicht.«

Scheiße.

»Danke, ich schulde Ihnen was.«

»Ist das Mindeste, was ich tun kann, Sir.« Tommy schaltete sein Funkgerät wieder ein, bevor der Aufzug zum Stehen kam.

Mit einem Zischen ging die Tür auf, und Shaw folgte seinem Aufpasser den Gang entlang. Seine Lackschuhe knirschten auf dem frisch gewachsten Boden.

Die meisten hätten in diesem Ort nur ein typisches Kellergeschoss einer Regierungsbehörde gesehen, mit unscheinbaren grauen Wänden und unbeschilderten Türen, die man keines Blickes würdigte. Für Shaw hatte dieser

Keller jedoch eine ganz besondere Bedeutung; er rief ihm in Erinnerung, wie weit er es in den letzten sechs Monaten gebracht hatte. Der Aufstieg aus den tiefsten Tiefen des Pentagons, in die man ihn mit Operation Treadstone verbannt hatte, war völlig unerwartet gekommen. In diesem als »Friedhof« bezeichneten inoffiziellen Kellergeschoss hatte die Organisation finanziell ausgehungert ihrem Ende entgegengesehen.

Für Shaw war es schmerzhaft gewesen zuzusehen, wie sein Lebenswerk langsam zugrunde ging, aber er hatte sich damit abgefunden. Und dann, im buchstäblich letzten Moment, kam die Rettung, und Shaw war wieder mitten im Geschehen.

Doch das war schon wieder Vergangenheit – nun zählte nur noch, was auf der anderen Seite der Stahltür am Ende des Ganges passieren würde.

Jetzt heißt es hellwach sein, sagte er sich, als er in einen kurzen Gang einbog, der an einer Tür endete.

Auf den ersten Blick war es eine ganz gewöhnliche Tür. Das einzige Detail, das auf den besonderen Zweck des Raumes schließen ließ, war das blutrote Schild mit der Aufschrift ZUTRITT VERBOTEN. Als Tommy seine Karte über das Lesegerät zog, öffnete sich das Magnetschloss mit einem leisen *Klick*. Allein die Stärke der Tür bewies, dass es sich um kein gewöhnliches Büro handelte.

Ein streng dreinblickender Mann in schwarzer Uniform stand beim Röntgenscanner, ein anderer saß in einer kugelsicheren Kabine. Beide waren bewaffnet, doch im Gegensatz zu den blank polierten Pistolen in den Holstern der Sicherheitsbeamten oben im Erdgeschoss waren die Sig Sauer an ihren Hüften von jahrelangem Gebrauch abgenutzt.

»Guten Morgen, Direktor«, sagte der Mann am Röntgenscanner. »Legen Sie bitte die Tasche auf das Band und den Inhalt Ihrer Taschen in die Schale.«

Shaw befolgte die Anweisung, auch wenn er die Prozedur schon beim Betreten des Gebäudes über sich hatte ergehen lassen. Doch diesmal musste er nicht durch ein Magnetometer gehen, sondern wurde zu einem Ganzkörperscanner geleitet und aufgefordert, die Hände auf den Kopf zu legen.

»Alles in Ordnung«, sagte der Mann in der kugelsicheren Kabine.

Als Shaw die Kontrolle passiert hatte, war der Inhalt seiner Taschen in einem Spind verstaut worden.

Shaw heftete sich die Marke ans Revers, nahm seine Aktentasche und ging zu der Mahagonitür. Er atmete tief durch und bereitete sich mental auf das vor, was ihn auf der anderen Seite erwartete, ehe er den Türgriff nach unten drückte.

Im Gegensatz zu dem strengen Vorraum wirkte das Innere wie ein ganz normales Konferenzzimmer, obwohl es in Wahrheit eine sogenannte Sensitive Compartmented Information Facility des Geheimdienstausschusses im Senat war – ein Raum, in dem besonders sensible Themen unter strengsten Sicherheitsvorkehrungen behandelt wurden. Die mahagonigetäfelten Wände, der burgunderrote Teppich und der hufeisenförmige Tisch unterschieden sich nicht von anderen Sitzungszimmern im Haus.

Shaw trat zu dem Tisch in der Mitte des Zimmers und setzte sich. Er stellte die Aktentasche auf den Boden und richtete seine Aufmerksamkeit auf die Männer, die ihm gegenübersaßen, als Senator Landon Miles den Hammer auf den Tisch knallen ließ, um den Beginn der Anhörung zu verkünden.

»Direktor Shaw, es gibt drei Gründe, warum Sie heute vor diesen Ausschuss geladen wurden. Der erste betrifft Ihr Memo zum Gen-4-Programm, das Sie Anfang des Monats versandt haben. Erinnern Sie sich daran?«

»Ja, Sir, ich habe es hier.« Shaw zog mehrere Akten aus seiner Tasche und legte sie auf den Tisch.

»Korrigieren Sie mich, wenn ich mich irre, aber Sie haben vor sechs Monaten gegenüber diesem Ausschuss betont, dass Gen-4 bis zum Jahresende einsatzbereit sein würde.« Miles warf einen Blick in seine Unterlagen, ehe er fortfuhr. »Ich glaube, Sie haben es so formuliert: ›Sie werden bereit sein, dem Feind in den Arsch zu treten.‹ Haben Sie das gesagt?«

»Ja, Sir.«

»Nun hat sich offenbar Ihr Zeitplan geändert. Sie haben erst neulich verkündet, dass Sie sechs Monate länger benötigen. Wie kommt das?«

»Nun, Senator, es ist ja nicht so, dass wir Nummernschilder produzieren.«

»Wie bitte?«

Verdammt, Levi, lass den Quatsch und komm auf den Punkt.

»Verzeihung, Senator, aber ich will damit sagen, es

braucht Zeit, einen Mann in eine Waffe zu verwandeln, vor allem in Anbetracht gewisser Probleme, die sich bei Gen-3 gezeigt haben.«

»Sie sprechen von Adam Hayes – ist das richtig?«

Ein Blick in das triumphierende Gesicht des Senators machte Shaw seinen Fehler klar. In einem Moment der Unachtsamkeit war er direkt in die Falle des Vorsitzenden getappt.

Ich muss da rauskommen und das Gespräch in eine andere Richtung lenken.

Doch bevor Shaw Gelegenheit dazu bekam, beugte sich Senator Miles auf seinem Stuhl vor und fixierte ihn wie ein hungriger Wolf. »Da Sie das Thema angeschnitten haben, Direktor Shaw, werden meine Kollegen wohl nichts dagegen haben, wenn wir die erste Frage für einen Augenblick beiseiteschieben und uns dem eigentlichen Grund zuwenden, warum ich Sie heute vor diesen Ausschuss geladen habe.«

Shaw griff instinktiv nach der Wasserflasche neben seinem Mikrofon und bereitete sich mental auf die Frage vor, die unweigerlich kommen musste.

»Ich möchte darauf hinweisen, dass ich Ihnen diese Frage nicht noch einmal stellen werde. Ist das klar, Direktor Shaw?«

»Ja, Sir.« Shaw drehte den Verschluss auf und nahm einen Schluck Wasser.

»Gut, dann zum letzten Mal: Wo ist Adam Hayes?«, fragte Miles mit messerscharfer Stimme.

Shaw stellte die Flasche auf den Tisch und dachte an seine letzte Begegnung mit Adam Hayes. Die Erinnerung war kristallklar, jede Emotion, jedes zornige Wort hatte sich ihm schmerzlich eingeprägt.

Er hatte nicht gewollt, dass es so weit kommen würde, aber Hayes hatte ihm keine Wahl gelassen.

»Entweder Sie kommen freiwillig zurück, oder ich schicke ein Team, das Sie zurückholt«, hatte er ihn am Telefon gewarnt.

»Drohen Sie mir etwa, Levi?«

»Nein, Adam, das ist keine Drohung mehr – das sind Tatsachen.«

»Okay, ein öffentlicher Ort, wo ich Sie sehen kann und Sie mich sehen.«

»Die Brücke am Rock Creek, in zwei Stunden.«

»Ich werde da sein.«

Shaw war eine Stunde später dort gewesen und hatte sich auf eine Bank an der Westseite der Brücke gesetzt, während eine MQ-9-Reaper-Drohne achttausend Meter über ihm ihre Kreise zog. Mit einem Preis von knapp 16 Millionen Dollar war die Reaper die modernste Überwachungsplattform im amerikanischen Arsenal. Mit ihren hoch entwickelten Waffensystemen und dem APY-8-Lynx-II-Radar war die Reaper eine tödliche Allzweckwaffe.

Zehn Minuten später meldete sich der Operator der Drohne mit glasklarer Stimme in Shaws Ohrhörer.

»Hier spricht Viper zwo-eins. Wir haben das Gelände überflogen – kein Kontakt mit dem Ziel.«

Shaw fragte sich, ob Hayes die Überwachung entdeckt und das Treffen deswegen hatte platzen lassen.

Aber wie?

»Weil du ihn darauf trainiert hast«, murmelte er.

Shaw stand auf und wollte gehen, als er ihn allein auf der anderen Seite der Brücke stehen sah.

»Was soll das, Levi?«

»Das fragen Sie noch? Adam, Sie haben einen Senator der Vereinigten Staaten exekutiert. Haben Sie im Ernst gedacht, so etwas hätte keine Konsequenzen?«

»Ich habe getan, was Sie mir beigebracht haben«, sagte Hayes mit ausdrucksloser Stimme und kaltem Blick. »Ich habe getan, wozu Sie und alle anderen auf dem Capitol Hill nicht den Mumm hatten.«

»Sie haben zwei Optionen. Sie kommen zurück und gehen an die Arbeit oder …«

»Oder was?«

Senator Miles' Stimme holte ihn ins Hier und Jetzt zurück. »Direktor Shaw, würden Sie meine Frage beantworten?«

Shaw nahm einen tiefen Atemzug, stellte die Wasserflasche auf den Tisch und wandte sich mit undurchdringlichem Blick an den Vorsitzenden.

»Ich habe keine Ahnung, Senator«, log er.

4

CEUTA, SPANIEN

Ein Boot zu stehlen hatte Hayes nicht vorgehabt, als er heute früh aufgestanden war – aber man musste seine Pläne ändern, wenn die Situation es erforderte. In diesem Geschäft konnte man nur überleben, wenn man flexibel war.

Als Hayes die Gasse erreichte, in der er seinen Rucksack deponiert hatte, war die Sonne bereits hinter dem Horizont verschwunden, und die Schattenränder rückten auf dem Wasser vor wie eine Schützenlinie. Er schulterte den Rucksack und ging den Weg zurück, auf dem er gekommen war, mit den Gedanken bei dem schwarzen Motorboot, das er vom Fenster aus gesehen hatte.

Doch sein Plan zerschlug sich, als er an der Mündung der Gasse stehen blieb und ungläubig auf die Straße blickte.

Auf dem Weg hierher war die Avenue Juan de Borbón noch fast menschenleer gewesen, die Bars und Nachtclubs allesamt geschlossen. Das hatte sich geändert. Die Straße war binnen kurzer Zeit zum Leben erwacht, das Neonlicht der Bars tanzte auf den weißen Wänden und beleuchtete ein Meer aus spärlich bekleideten Körpern, die sich zur Musik wiegten.

Scheiße.

Hayes trat auf die Straße und versuchte, sich auf die andere Seite der Menschenmenge durchzukämpfen, doch es war zwecklos. Er steckte fest, geblendet von grellen Lichtern, erschlagen vom wummernden Bass der Musik, und ließ sich mit der Menge treiben.

Die Panikattacke begann tief in der Magengrube, ein kaltes Zucken, das ihm den Rücken hinaufkroch und in seinen Ohren zischte wie das Rauschen eines kaputten Fernsehers.

Nicht jetzt, flehte er und kämpfte gegen den Drang an, auf die Körper einzuschlagen, die sich gegen ihn drückten.

Den Kopf gesenkt, eine Hand an der Pistole, schlängelte er sich durch die Menschenmenge. Als er endlich ins Freie gelangte, stand er einen Augenblick da und starrte auf das weiße Scheinwerferlicht, das den Jachthafen etwa hundert Meter voraus beleuchtete.

Geht's jetzt endlich weiter?, meldete sich die Stimme in seinem Kopf.

»Verpiss dich«, murmelte Hayes und wischte sich den Schweiß von der Stirn.

Er war in Tennessee aufgewachsen und verstand deshalb nicht allzu viel von Wasserfahrzeugen. Was er über Boote wusste, hatte er auf Angelausflügen nach Florida von seinem Dad gelernt und später in seiner Ausbildung bei den Special Forces, die zum Teil auch in Flusslandschaften stattgefunden hatte. Man musste aber kein Magellan sein, um zu wissen, dass die Tagesmiete für eine kleine Yamaha-Motorjacht fünfhundert Dollar betrug und der Kaufpreis eines solchen Bootes sein Budget bei Weitem überstieg.

Er schätzte, dass in dieser Marina Jachten im Wert von mindestens hundert Millionen Dollar vor Anker lagen. Umso überraschter war er, dass es nur zwei Personen zu geben schien, die ihn daran hindern konnten, sich eines der Luxusgefährte zu schnappen und damit abzudampfen: einen dicken Sicherheitsmann, der in seiner klimatisierten Kabine döste, und einen Mitarbeiter, der ein Hacker-Runabout-Boot betankte.

Doch Hayes traute dem Frieden nicht.

Vor allem, weil er wusste, was sich hinter der hellen, luftigen Fassade der Stadt verbarg. Die Mehrzahl der Jachten im Hafen gehörte nicht reichen Touristen, sondern Schmugglern und Drogenhändlern, die in Ceuta ihre Operationsbasis hatten. Leute mit genug Geld, um Killer anzuheuern, die keine Fragen stellten, sondern sofort schossen. Es war damit zu rechnen, dass sich hier irgendwo bewaffnete Männer verborgen hielten.

Wir werden es bald wissen.

Hayes ging um die Marina herum und suchte die Anlegestellen ab, bis er neben der Westport-Tri-Deck-Jacht das schwarze Rennboot entdeckte, das ihm zuvor aufgefallen war. Er war nun nahe genug, um den Namen – *Mako* – und das Modell des Bootes erkennen zu können. Es war ein Outerlimits SV 43, wie es Drogenkuriere benutzten, um den Schiffen der Guardia Civil zu entwischen, die in der Gegend patrouillierten.

Es war das ideale Fahrzeug für seine Zwecke, doch zuerst musste Hayes in der Gegend das Licht ausmachen.

Auf der Nordwestseite des Jachthafens fand er den Verteilerkasten, der mit einem Strommast direkt neben dem Wachhäuschen verbunden war. Hätte Hayes genug Zeit und Ressourcen gehabt, um sich einen Plan zurechtzulegen, wie er es vermeiden konnte, im Gefängnis zu landen oder erschossen zu werden, so hätte er sich einen Schaltplan besorgt, um herauszufinden, woher das dicke schwarze Stromkabel kam, das in den Verteilerkasten mündete. Dann wäre es ganz einfach gewesen, die Stromversorgung des Hafens mit einer Sprengladung lahmzulegen.

Da jedoch die Zeit drängte, musste er mit dem auskommen, was er in seinem Rucksack hatte.

Er öffnete das vordere Fach und zog eine Magnesiumfackel heraus, außerdem eine Splittergranate und eine Rolle Klebeband.

Hayes riss ein Stück Klebeband ab und drückte es an seine Hose, dann schob er die Signalfackel in die Gesäßtasche und trat mit der Granate in der Hand aus der Dunkelheit hervor.

Tief geduckt betrat er den Pier und schlich lautlos am Wachhäuschen vorbei. Beim Verteilerkasten befestigte er die Granate mit dem Klebeband am Stromkabel.

Keine gute Idee, warnte die Stimme.

Als Hayes den Stift aus der Granate zog, wurde ihm klar, dass die Stimme diesmal wahrscheinlich recht hatte.

Jetzt gibt es kein Zurück mehr.

Er ging zum Hacker-Runabout-Boot und wusste, dass ihm höchstens fünf Sekunden blieben, bis die Splittergranate detonierte und hier die Hölle los war.

Der Mann, der das Boot auftankte, blickte gelangweilt zu ihm auf.

»Es brennt«, rief Hayes und zog die Magnesiumfackel aus der Gesäßtasche.

»Was? Wo?«

»Da.« Er zündete die Signalfackel und warf sie auf die Schwimmweste im Heck. Das grelle Licht und der aufsteigende Rauch rissen den Servicemann aus seiner Lethargie.

»An Ihrer Stelle würde ich abhauen«, warnte Hayes.

Der Mann nickte, ließ den Benzinschlauch im Tankstutzen des Boots und rannte schreiend zum Wachhäuschen.

Hayes sprintete los und sprang an Bord des Rennboots, als die Splittergranate detonierte und der Jachthafen von einem Moment auf den anderen dunkel war. Er duckte sich hinter das Lenkrad, öffnete seinen Rucksack und kramte einen Augenblick, bis er das russische Nachtsichtgerät fand, das er sich von Wlad geliehen hatte.

Er schaltete es ein, und die nächtliche Dunkelheit verwandelte sich in smaragdgrünes Dämmerlicht. Verglichen mit einem PVS-23s oder dem GPNVG-18s, das die Navy SEALs verwendeten, war das russische Nachtsichtgerät der reinste Schrott, aber er konnte etwas sehen – und das allein zählte.

Hayes löste die Leinen und zog sein Messer, um das Zündschloss zu knacken, als er den Schlüssel vom Armaturenbrett baumeln sah.

Wurde auch Zeit, dass das Glück wieder mal auf meiner Seite ist.

Er drehte den Schlüssel im Zündschloss, und die Anzeigen flammten auf und tauchten das Cockpit in blassgelbes Licht. Hayes überprüfte die Benzinanzeige, als er plötzlich ein Rauschen von der Westport-Jacht nebenan hörte, gefolgt von einer zornigen Stimme.

»Alexander, was zum Teufel ist da los?«, fragte die Stimme auf Französisch.

Hayes schaute sich nach der Stimme um und sah einen Mann an der Reling stehen, dessen schattenhafte Umrisse deutlich genug waren, um zu erkennen, dass er eine Maschinenpistole an einem Riemen um den Hals hängen hatte.

Hab ich nicht gesagt, dass es keine gute Idee ist?, meldete sich die Stimme in seinem Kopf.

Der Mann hob die MP an die Schulter, und das grellweiße LED-Licht der Waffe durchschnitt die Dunkelheit wie ein Messer.

»Eine Explosion, Boss«, rief der Mann zurück. »Ein Boot brennt.«

»Ruf alle an Deck, schnell!«, brüllte die Stimme über Funk.

Hayes duckte sich unter das Armaturenbrett, dämpfte das Licht der Anzeigen und schaltete das Radar ein. Bei Tag würde er kein GPS und keinen Navigationscomputer brauchen, um das Boot aus dem Hafen zu steuern, doch in der Nacht sah die Sache anders aus. Trotz seines Nachtsichtgeräts war es nicht ratsam, die *Mako* ohne Navi zu steuern, wenn er nicht als Fettfleck an einem Felsen enden wollte.

Sicherheit geht vor.

Vielleicht war der Besitzer des Bootes blind, oder das Universum hatte etwas gegen Adam Hayes – jedenfalls leuchtete der LCD-Bildschirm, als er zum Leben erwachte, mit maximaler Helligkeit. Das Display beleuchtete das Cockpit wie mit einem Scheinwerfer, und Hayes versuchte verzweifelt, die Helligkeit zurückzudrehen, als der Mann mit der MP das Licht bemerkte.

»Da, im Wasser!« Im nächsten Augenblick sah Hayes das grelle Licht der MP auf sich gerichtet. Geblendet war er dem einsetzenden MP-Feuer schutzlos ausgesetzt.

5

CEUTA, SPANIEN

Hayes konnte nichts anderes tun, als sich auf den Boden zu kauern, während der Kugelhagel von der Jacht über ihn hinwegfegte wie ein Schwarm zorniger Hornissen. Die 9-mm-Geschosse schredderten den Sitz und wirbelten Kunststofffetzen und Isoliermaterial durch die Luft.

Hayes riss sich das nutzlose Nachtsichtgerät herunter und ignorierte die Kugeln, die ihm um die Ohren flogen. Er robbte nach vorn und tastete im Dunkeln nach dem Armaturenbrett. Seine Hand strich über das Lenkrad und tastete über die Schalter und Knöpfe.

Wo zum Teufel ist der Zündschlüssel?

Dann fand er ihn, und die *Mako* ließ ihre Mercury-Motoren aufbrüllen wie ein Urtier. Hayes spürte, wie ihm das Vibrieren der Maschinen den Rücken hinaufkroch.

»*Yes*!«, zischte er und schob den Gashebel nach vorn.

Die *Mako* schoss von der Anlegestelle wie ein Stein aus der Schlinge. Die jähe Beschleunigung warf Hayes nach hinten und ließ das Boot führerlos in die Dunkelheit rasen. Er rappelte sich auf, musste das Rennboot schnell unter Kontrolle bekommen, wenn er es lebend aus dem Hafen schaffen wollte.

Mit eingezogenem Kopf langte Hayes nach oben und umfasste das Lenkrad. Ein kurzer Blick auf das Display zeigte ihm, dass der Navigationscomputer noch einen Satelliten suchte.

Als das Boot beschleunigte, hob sich der Bug aus dem Wasser, doch ohne Navigationscomputer konnte Hayes nicht wissen, was vor ihm lag. Sein innerer Kompass sagte ihm, dass er nach Norden fuhr, doch als Pilot wusste er, dass es nicht ratsam war, im Dunkeln nach Gefühl zu steuern.

»Dann halt auf die altmodische Tour«, sagte Hayes und zog sich das Nachtsichtgerät über die Augen.

Immer noch unter Beschuss, rappelte er sich auf und fasste das Lenkrad mit beiden Händen. Er musste sehen, was vor ihm lag, was schwierig war, wenn der Bug zum Himmel zeigte. Also stellte er die Trimmklappen so ein, dass die Nase sich senkte und das Fahrzeug waagrecht über die Wellen glitt. Im selben Augenblick sah er den Pylon, auf den er schnurgerade zuraste.

Bei dieser Geschwindigkeit hatte Hayes keine Zeit, zu überlegen. Reflexartig riss er das Lenkrad nach links.

Das Rennboot wich dem Hindernis aus wie ein Footballspieler einem gegnerischen Verteidiger, schwang die Nase herum, weg von der Hafenmündung und hin zur Ufermauer auf der Südseite.

Eine weitere MP-Salve verfehlte ihn knapp, doch darauf konnte er jetzt keine Rücksicht nehmen. Er musste das Boot irgendwie auf Kurs bringen und drehte das Lenkrad leicht nach steuerbord. Ihm war klar, dass der kleinste

Fehler tödliche Folgen haben konnte. Doch das Boot lief nun wie auf Schienen und folgte dem eingeschlagenen Kurs. Hayes riskierte einen kurzen Blick über die Schulter und sah, dass ein zweiter Schütze auf dem Achterdeck der Jacht das Feuer eröffnete. Er hob den Lauf der MP etwas an, um die begrenzte Reichweite der Waffe auszugleichen.

Die Kugeln landeten wirkungslos im Wasser, ohne Hayes zu erreichen. Die Erleichterung, sich außer Reichweite der feindlichen Schützen zu befinden, verflog jedoch schnell, als er sah, dass zwei Jet-Ski-Wasserfahrzeuge vom Heck der Jacht starteten.

Ich glaub's nicht.

Auf dem offenen Wasser hätten die kleinen Fahrzeuge keine Chance gegen die geballte Kraft des Rennboots gehabt, doch um seinen Vorteil zu nutzen, musste Hayes erst einmal unbeschadet durch die hohen Brecher an der Hafenmündung kommen.

Am sichersten wäre es gewesen abzuwarten, bis die Wellen sich beruhigten, und dann die volle Power des Boots auszuspielen, um zu verduften. Doch das heiße Blei, das ihm erneut um die Ohren flog, sagte ihm, dass Abwarten keine Option war. Wenn er ohne Einschusslöcher in der Haut aus Ceuta herauskommen wollte, musste er schnell handeln.

»Dann los«, sagte er sich und drückte den Gashebel bis zum Anschlag durch.

Die *Mako* schoss aus der Marina wie eine Gewehrkugel. Hayes konnte das Boot nur noch auf Kurs halten und zusehen, wie die Wellen sich vor ihm aufbäumten wie ein weißmähniger Hengst. Für einen Sekundenbruchteil wagte er zu hoffen, dass das Glück ihm diesmal hold war und er sein Manöver genau richtig getimt hatte; dass er nur noch diese Welle durchbrechen musste, um seine Verfolger endgültig abzuschütteln.

Es wäre auch geglückt, wenn die Welle nicht plötzlich in sich zusammengefallen wäre und sich von einem majestätischen Berg in eine wütend schäumende Rampe verwandelt hätte.

War die *Mako* eben noch sanft übers Wasser geglitten, hob sie im nächsten Augenblick ab und flog durch die Luft. Hayes war nur noch hilfloser Passagier und konnte nichts tun, als sich festzuhalten, während das Boot mit einem weiten Satz übers Wasser flog.

Einen Moment lang fühlte er sich schwerelos, befreit von jeder Bindung an Land oder Meer. Doch dann setzte sich die Schwerkraft durch, und er fiel. Der Magen stieg ihm in den Hals, als das Boot die Nase senkte und wie ein Pfeil auf die glasschimmernde Wasseroberfläche zuraste.

Das wird wehtun.

Das Boot schlug hart auf, prallte ab und hüpfte übers Wasser wie ein Stein. Hayes wurde unsanft gegen das Lenkrad geschleudert.

Er spürte keinen Schmerz – da war nur ein weißer Blitz, gefolgt von metallischem Blutgeschmack im Mund und einem schwarzen Aufflackern am Rande seines Sichtfelds. Er versuchte sich aufzurappeln, wurde aber an die Seitenwand gedrückt, als das Boot sich wie ein Kreisel drehte.

Zudem war Wasser in den Motor eingedrungen und hatte ihn absterben lassen.

Als die *Mako* endlich zum Stehen kam, kroch Hayes nach vorn und drehte den Zündschlüssel um.

Der Motor zeigte keine Reaktion, und Hayes versuchte es erneut, indem er den Choke zog.

»Komm schon«, flehte er, doch die *Mako* lag tot im Wasser.

Hayes wandte sich nach achtern, als ihn das Brummen eines kleinen Motors innehalten ließ.

Nein, nicht auch noch das.

Im nächsten Augenblick sah er das erste der beiden Jet-Ski-Fahrzeuge über eine Welle gleiten; der Beifahrer hatte bereits das Feuer mit seiner MP eröffnet.

Die erste Salve geriet zu kurz; Hayes fasste neue Hoffnung, als er die Kugeln etwa dreißig Meter vor seinem Boot im Wasser einschlagen sah.

Mir bleibt noch Zeit.

Er ging auf die Knie und griff nach der Benzinleitung; die beißenden Benzindämpfe aus dem Motor brannten ihm in den Augen und bestätigten seine Befürchtung.

Ich muss die Zündkerzen rausnehmen und das überschüssige Benzin aus den Zylindern kriegen, dann läuft er vielleicht wieder.

Hayes blickte zu den Jet-Ski, die rasch näher kamen, und wusste, dass die Zeit nicht reichte.

Kämpfe oder stirb, mahnte die Stimme in seinem Kopf.

Hayes sprang auf und rannte nach hinten zu seinem Rucksack. Er hatte nicht gewollt, dass es so weit kam, aber nun sah er keine andere Möglichkeit, als zu seiner Schrotflinte zu greifen, einer Serbu-»Super Shorty«.

Kämpfe oder stirb, drängte die Stimme erneut.

»Scheiße«, rief er und zog die Waffe aus dem Rucksack.

Der Jet-Ski kam näher, die Maschinenpistole knatterte in der Hand des Beifahrers, und die Kugeln wirbelten eine Linie von kleinen Geysiren von der Wasseroberfläche auf, während das Fahrzeug direkt auf das Rennboot zuraste.

Hayes lud die kompakte Schrotflinte durch und brachte sie in Anschlag, zielte auf die Brust des Fahrers und entsicherte die Waffe. Er wartete, bis die Kugeln so nah vor dem Boot einschlugen, dass er die Wasserspritzer auf der Haut spürte. Schon konnte er das entschlossene Gesicht des Schützen erkennen, der sein Opfer endlich in Reichweite sah. Erst jetzt drückte Hayes ab.

Die Schrotflinte donnerte wie eine Haubitze, die Schrotkugeln durchschlugen die Brust des Fahrers wie ein Güterzug und fegten beide Männer von dem kleinen Wasserfahrzeug.

Hayes lud die Waffe durch und wartete auf die beiden anderen Angreifer. Er erwischte sie, als sie über eine Welle heranritten, und setzte sie mit einem gezielten Schuss außer Gefecht.

Dann war er allein, doch Hayes verspürte keine Erleichterung, wie er es nach einem gewonnenen Feuergefecht gewohnt war. Als er auf die rauchende Schrotflinte hinuntersah, war da nichts als tiefe Frustration.

»Fünf Monate für *nichts*«, knurrte er und warf die Schrotflinte ins Meer.

Besser die sind tot als du, meldete sich die Stimme zu Wort.

Doch als Hayes den Werkzeugkasten hervorholte und nach achtern ging, um den Motor zu reparieren, konnte er darin keinen Trost finden.

6

CEUTA, SPANIEN

Kaum hatte Hayes die Toilette verlassen, rappelte sich Wlad auf und wankte auf Gummibeinen zur Tür. Er hob die zittrige Hand, um die Tür abzuschließen. Der schale Geruch von altem Wodka und noch sehr frischer Angst strömte aus seinen Poren und drehte ihm fast den Magen um.

Wlad würgte, blieb aber konzentriert. Falls Hayes es sich anders überlegte und zurückkam, um ihn umzubringen, würde er schon die Tür eintreten müssen, um hereinzukommen.

Insgeheim wusste er, dass er in diesem Fall wehrlos war. Von einer dünnen Toilettentür mit einem Drei-Dollar-Schloss ließ sich ein Mann wie Hayes nicht aufhalten.

Der Russe sprang zum Abfalleimer in der Ecke und übergab sich, bis nur noch bittere Galle kam.

Nach zwölf Jahren in der GRU, dem leitenden Zentralorgan des russischen Militärnachrichtendienstes, gehörte Gewalt für Wlad zum täglichen Geschäft. Nachdem er mit achtzehn zum Militär gekommen war, hatte er fünf Jahre lang einer Speznas-Spezialeinheit angehört und wertvolle Gefechtserfahrung in Tschetschenien und im Kaukasus gesammelt. Doch erst als Wlad in die Direktion V berufen wurde, lernte er die Kunst des *mokroje delo*, der Drecksarbeit.

In seiner Zeit in der Direktion V hatte er es mit Killerkommandos des Mossad in Libyen zu tun bekommen, mit dem französischen Auslandsgeheimdienst DGSE in Marseille und einem CIA-Agenten im Irak – und war aus jeder Auseinandersetzung ohne den kleinsten Kratzer hervorgegangen.

Doch als Wlad sich gegen die Wand sinken ließ und die kühlen Fliesen wie Labsal auf seiner fiebrigen Haut spürte, wurde ihm klar, dass keiner seiner Gegner sich mit Adam Hayes vergleichen ließ.

Als er sich einigermaßen sicher war, dass seine Beine ihn tragen würden, stand Wlad auf und ging zum Waschbecken. Er drehte das Wasser auf, spülte seinen Mund aus und wusch sich das Gesicht, um sich einigermaßen wiederherzustellen, bevor er die Toilette verließ.

Mit gesenktem Kopf durchquerte Wlad die Bar, trat durch die Tür und hielt inne, um sich eine Prima aus der Packung in der Brusttasche zu schütteln. Er steckte sich die Zigarette zwischen die Lippen und zündete sie mit dem abgewetzten Zippo-Feuerzeug an. Der herbe Geschmack des russischen Tabaks und der Nikotinschub in den Adern beruhigten seine angegriffenen Nerven.

Immer noch lief die Auseinandersetzung mit Hayes als Endlosschleife in seinen Gedanken ab. Wlad sah sich aufstehen, hörte das Klicken des aufschnappenden Messers in seiner Hand und erlebte noch einmal die Sekunden, als er mit hämmerndem Herzen auf den Amerikaner losgegangen war, um ihm das Messer in den Unterleib zu stoßen.

Doch bevor die Klinge sich ins Fleisch des verhassten Kerls senken konnte, hatte Hayes ihn bereits am Handgelenk gepackt und zu sich gezogen.

Den Schlag, der ihn zu Boden streckte, hatte er nicht kommen sehen, obwohl er dem Amerikaner Auge in Auge gegenübergestanden hatte, so nahe, dass er seinen Atem im Gesicht gespürt hatte.

Seine Gedanken schweiften zum Nahkampftraining zurück, das er bei den Speznas-Sondereinsatzkräften in der Militärakademie des Verteidigungsministeriums absolviert hatte, zu dem raubeinigen Sergeanten, der ihnen beigebracht hatte, wie man mit dem Messer tötete.

»Eineinhalb Sekunden. So lange braucht ein sechs Meter entfernter Mann, um auf dich loszugehen und dir ein Messer in den Bauch zu rammen.«

Nachdem er den Kurs absolviert hatte, schaffte es Wlad in der halben Zeit.

Wie kommt es dann, dass der Kerl noch lebt?

Er wusste es nicht.

Er hatte es versucht, mehr aber auch nicht.

Als Wlad dem Amerikaner zum ersten Mal begegnet war, hatte er in ihm einen Ausweg aus seinen Schwierigkeiten gesehen. Eines musste man Hayes lassen: Der Mann wusste gut zu verbergen, wer er wirklich war, mit seinem optimistischen Gerede, dass man den armen Menschen in Afrika helfen müsse. Nach und nach hatte Wlad ihn durchschaut. Er hatte bemerkt, dass Hayes' Augen niemals ruhten, dass er sich immer mit dem Rücken zur Wand setzte. Der Mann hatte eine ähnliche Ausbildung wie er selbst. Die Anzeichen waren für die meisten Beobachter nicht zu erkennen, doch Wlad ließ sich nicht täuschen und versuchte, so viel wie möglich über den bärtigen Amerikaner herauszufinden.

Das Problem war, dass er trotz seines weitreichenden Geheimdienstnetzwerks absolut nichts finden konnte.

Das alles kümmerte ihn längst nicht mehr, als er nun in die Avenue Playas del Duque einbog und keinen anderen Gedanken hatte, als Ceuta schnellstens zu verlassen und so weit wie möglich von Hayes wegzukommen.

Ich brauche einen Wagen.

Aus einem dunklen Winkel suchte Wlad die Straße nach einem Fahrzeug ab, mit dem er nicht auffallen würde, einem Citroën oder Toyota, doch nach zehn Minuten wurde ihm klar, dass er bessere Aussichten hatte, eine Jungfrau beim Abschlussball zu finden, als ein billiges Auto an der Marina. Also entschied er sich für einen mitternachtsblauen Audi RS5.

Der Wagen war nicht abgeschlossen, also stieg er ein. Mit seinem Messer schnitt Wlad die Kunststoffhülle von der Lenksäule und suchte in dem Kabelgewirr, bis er die beiden Kabel für die Stromversorgung fand. Er entfernte die Isolierung, drehte die beiden Drähte zusammen und sprang fast an die Decke, als das Radio losplärrte.

Scheiße.

Hastig drehte er es ab und schaute sich kurz auf der Straße um, ehe er weitermachte. Er duckte sich und murmelte auf Russisch vor sich hin, während er das Zündkabel suchte.

»Komm schon.«

Endlich fand er es, zog die Isolierung ab und hielt den Draht an den Stromdraht. Als der Motor ansprang, wendete Wlad den Wagen und trat das Gaspedal bis zum Anschlag durch.

Das Auto jagte los wie ein Sprinter aus den Startblöcken, der Sechszylinder brummte unter der Motorhaube, während die Tachonadel hundert km/h überschritt. Er zündete sich eine zweite Zigarette mit der Kippe der ersten an und dachte an seine Zeit bei der GRU zurück – an den Tag, als ihm klar wurde, dass der Körper nicht endlos einstecken konnte. Gebrochene Knochen konnten nicht ewig wiederhergestellt werden – irgendwann machten sich Abnutzungserscheinungen bemerkbar, und man begann seine Fähigkeiten einzubüßen.

Und was dann?

Soweit Wlad wusste, gab es keine Heime für dienstunfähige Spione – nur Schreibtischjobs, Berufsunfähigkeitsrenten und eine mickrige goldene Uhr, wenn die Regierungsbehörden beschlossen, dass es Zeit für dich war, den Hut zu nehmen.

Zum Glück würde er nie arm sein. In seiner Zeit im Ausland hatte er gelernt, dass es immer Leute gab, die für jemanden mit seinen Fähigkeiten gutes Geld zahlten.

Also verließ er die grauen Mauern des FSB und ließ sich im glamourösen Westen nieder. Schließlich landete er in Malta, wo er seine Dienste als Auftragskiller anbot.

An Auftraggebern herrschte kein Mangel.

Die Bezahlung war hervorragend. Innerhalb eines Jahres hatte Wlad mehr verdient als in den zehn Jahren im Staatsdienst. Sein Fünfjahresplan sah vor, mit einem satten Guthaben auszusteigen und sich ein schönes Haus an einem malerischen Strand zu kaufen.

Er war kurz vor dem Ziel gewesen – doch dann hatte er begonnen, für Cabot zu arbeiten, und alles war den Bach hinuntergegangen.

Er hielt an der Kreuzung, den Blick auf das blaue Schild am Straßenrand gerichtet, und dachte zum ersten Mal in seinem Leben ernsthaft daran, abzuhauen.

Aber wie?

Er schaute in den Innenspiegel, und ihm kam plötzlich eine Idee, als er den blauen Fleck am Hals betrachtete.

Das Flugzeug. Wenn ich es stehle, könnte ich damit …

Plötzlich wusste er, was er zu tun hatte.

Er fuhr rechts ran, holte sein Handy hervor und wählte die Nummer.

»Hallo?«, meldete sich eine Stimme auf Französisch.

»Ich muss Monsieur Cabot sprechen.«

7

MAYOTTE

André Cabot saß an einem Konferenztisch in Mayotte, einer kleinen Insel zwischen Madagaskar und dem afrikanischen Festland, die zu den letzten Resten des einst so großen französischen Kolonialreichs gehörte. Drei Stunden saß er nun schon an diesem Tisch und hörte zu, wie sein Anwalt und dieser Bürokrat aus Paris über irgendwelche Feinheiten des internationalen Rechts diskutierten.

Großer Gott, dachte er mit brummendem Schädel, *wann halten sie endlich mal die Klappe*?

»Also, wie gesagt, da Sie Ihren Firmensitz nach Mayotte verlegt haben, unterstehen die gesamten geschäftlichen Aktivitäten von DarkCloud nunmehr französischem Recht.«

André Cabot stand auf und ging zu dem Humidor aus Kirschholz, der am Rand seines Schreibtisches stand. Er öffnete den Deckel, wählte eine Cohiba Lancero und erinnerte sich daran, wie er nach Mayotte gekommen war, um das Vergangene hinter sich zu lassen und neu anzufangen.

Nun war er durch zwei Ozeane, einen Kontinent und fünftausend Meilen von Paris getrennt – und dennoch genügte ein Blick auf diesen Beamten an seinem Tisch, um zu wissen, dass er nicht weit genug geflohen war.

Er ging zum Tisch zurück, fischte das Dunhill-Feuerzeug aus achtzehnkarätigem Gold aus der Tasche, knipste es an und hielt das Ende der Zigarre über die Flamme. Cabot betrachtete das Feuerzeug einen Augenblick versonnen. Er hatte es in London gekauft, weil er die zeitlose Qualität schätzte und es sich gut in der Hand anfühlte. Das gute Stück hatte ihn drei Riesen gekostet, doch es war jeden Penny wert.

Was man von diesem Anwalt nicht behaupten konnte, der ihn 1500 Dollar die Stunde kostete und den er angeheuert hatte, um ihm diese Scheiße vom Hals zu schaffen.

»Das Gesetz ist in diesem Fall eindeutig«, betonte der Bürokrat und blickte zu Cabot auf. »Sie müssen also zusätzlich zu den vom Gericht verhängten Reisebeschränkungen damit rechnen, dass das gesamte Vermögen von DarkCloud eingefroren wird.«

»Hören Sie mal«, protestierte der Anwalt. »Wenn Sie glauben, Mr. Cabot lässt sich von irgendeinem Marionettengericht in der Dritten Welt vorschreiben, wohin er reisen darf, dann liegen Sie falsch.«

»Sie mögen davon halten, was Sie wollen, aber Monsieur Cabot ist immer noch französischer Staatsbürger und hat sich deshalb an die französischen Gesetze zu halten.«

Cabot paffte an seiner Zigarre und ließ den Rauch im Mund kreisen, während er den Anwalt ansah und sich an seinen Namen zu erinnern versuchte.

Es ist einer von diesen blöden Ivy-League-Namen, Chip oder Skip …

Er versuchte sich zu erinnern, doch er beschäftigte so viele Anwälte, die herumstolzierten wie die Gockel, groß abkassierten und einen Scheißdreck wert waren.

»Wir werden die nötigen Schritte in die Wege leiten und …«

Ich bin von lauter Vollidioten umgeben.

»Sie da«, sagte er, schlug mit der Hand auf den Tisch und deutete auf den Anwalt.

»Ja, Mr. Cabot?«

»Raus.«

»Aber ich … ich …«

»Raus, hab ich gesagt!«

Dem Mann klappte die Kinnlade herunter. Er stand auf, straffte die Schultern und stapfte aus dem Büro. Cabot ging zu dem verwaisten Stuhl, setzte sich und wartete, bis er die Tür ins Schloss fallen hörte, ehe er den Rauch über den Tisch hinweg blies.

»Wie viel?«, fragte er.

»M-Monsieur C-Cabot«, hüstelte der Mann. »Ich … ich weiß nicht, was Sie meinen!«

»Glauben Sie, ich war noch nie in einer solchen Situation? Es ist nicht das erste Mal, dass Paris mir jemanden schickt, um mir Druck zu machen«, sagte er mit eisiger Stimme.

»Das mag schon sein.«

»Dann sparen wir uns das Vorspiel, ja? Nennen Sie mir Ihren Preis.«

»*Preis*?« Der Mann stand auf und ging zur Zigarrenkiste auf dem Schreibtisch. »Sie wollen sich aus der Sache freikaufen? Womit? Mit diesen Zigarren vielleicht?« Er beugte sich vor und las die Inschrift auf der Messingtafel.

»›Als Zeichen der Wertschätzung einer dankbaren Nation‹.«

»Richtig.« Cabot stand auf, und die Zigarre in seiner Hand zitterte vor Wut, als er auf den Mann zuging.

»Kein Datum, gar nichts?«, fragte der Mann stirnrunzelnd. »Warum steht da nicht gleich, Sie wären nur das Opfer einer getürkten Anklage, damit ein paar Leute in Paris das Gesicht wahren können? Das würde sich gut machen.«

Cabot nahm einen tiefen Zug, seine Augen loderten heiß wie die Glut seiner Zigarre. »Wer hat Sie geschickt?«, fragte er und blies dem Mann den Rauch ins Gesicht.

Der Mann hustete, trat einen Schritt zurück, und sein Lächeln schwand.

»Leute, die es nicht mögen, dass Sie sich in ihre Angelegenheiten in Afrika einmischen.«

»Es geht also um Geld?«

»Nein, Monsieur Cabot. Geld ist das, was wir in der Tasche haben. Wir reden hier von Macht und von den Hunderten Millionen, die es kostet, sie zu behalten.« Er drehte sich um und ging zur Tür. »Aber glauben Sie mir, André, Sie werden sehr bald erfahren, worum es geht.«

Als er draußen war, nahm Cabot die Zigarrenkiste vom Schreibtisch und knallte sie an die Wand. Dann ging er um den Tisch herum und riss die Schublade auf, in der eine silberne Walther PPK lag.

Er sah auf die Pistole hinunter und überlegte, ob er sie nehmen, hinausgehen und dem Mann eine Kugel in den Kopf jagen sollte. In diesem Augenblick klopfte es an der Tür.

»Was gibt's?«, rief er und sah Beck eintreten, ein Satellitentelefon in der Hand.

»*Qui est-ce*?« Wer ist dran?

»Wlad«, sagte Beck, ohne seine Geringschätzung zu verbergen. »Er sagt, er weiß, wie man jemanden nach Grand-Bassam bringen kann.«

Cabot nahm das Telefon und drückte es ans Ohr. Seine Wut war verflogen, er fühlte sich wieder ganz ruhig.

»Ja?«

»Brauchen Sie noch einen Piloten?«

»Wieso fragen Sie? Haben Sie denn ein Flugzeug?«

»Ja, und jede Menge Frachtraum.«

»Und was kostet mich das?«, fragte Cabot.

»Meine Schulden.«

Cabot hatte schon vor langer Zeit herausgefunden, dass es so etwas wie Datenschutz nicht gab. Wenn Informationen in irgendeiner Weise aufgezeichnet oder gespeichert wurden, konnte man sie stehlen. Weshalb er im Gegensatz zu den meisten Leuten in seinem Geschäft wichtige Dinge nur in seinem Kopf speicherte.

Er wartete einen Augenblick, ehe er antwortete, und dachte an Wlads Akte. Der Russe schuldete ihm eine knappe Million Dollar.

Die meisten Leute in Cabots Position hätten sich gar nicht mit einer so läppischen Summe abgegeben, sondern den Russen einfach getötet.

Nicht Cabot.

Für ihn war das Geld zweitrangig; was für ihn noch mehr zählte, war *Respekt*. Ihm ging es darum, Männern wie Wlad seinen Willen aufzuzwingen. Seine Strategie hatte er aus Clausewitz' berühmtem Werk *Vom Kriege*. In diesem Fall hatte er alle ausstehenden Schulden des Russen aufgekauft und dann dafür gesorgt, dass niemand mehr mit ihm Geschäfte machte. Er wusste, es war nur eine Frage der Zeit, bis der Mann angekrochen kam.

»Einverstanden«, sagte Cabot. »Wann können Sie starten?«

»Morgen Nachmittag.«

»Gut, aber Wlad, das ist Ihre letzte Chance. Wenn Sie es vermasseln, werde ich alle töten, die Ihnen je nahegestanden haben. Habe ich mich klar ausgedrückt?«

»Ja«, sagte der Russe. »Völlig klar.«

»Ich glaube, unsere Pechsträhne ist vorbei«, sagte er, nachdem er das Gespräch beendet hatte.

»Wlad hat also ein Flugzeug«, sagte Beck achselzuckend. »*Sie können trotzdem nicht hinfliegen.*«

»Nein, aber Zoe«, erklärte Cabot.

»Ihre Tochter?«

»Gehen Sie ins Haus und sagen Sie ihr, sie soll packen.«

»Und was tun Sie?«, fragte Beck.

»Ich rede mit ein paar Leuten, die mir noch einen Gefallen schulden.«

8

CEUTA, SPANIEN

Drei Stunden später wies der Navigationscomputer ihn darauf hin, dass er nur noch eine Meile von seinem Ziel entfernt war. Er stellte den Motor ab, nahm die Knöpfe aus den Ohren und klappte das Nachtsichtgerät hoch. Auf das unentwegte Dröhnen des Motors folgte ohrenbetäubende Stille.

Hayes war klatschnass, sein Gesicht rau vom Salzwasser, sein Kopf schmerzte vom Nachtsichtgerät. Doch er kannte das. Allein und zerschunden, mit schmerzenden Muskeln und vom Schlafmangel brennenden Augen. Alles in ihm schrie nach einem Ende der Strapazen, bevor es zu spät war.

Er dachte an seine Zeit in der Armee zurück, an den Satz, den man zu hören bekam, wenn man müde wurde: *Ausruhen kannst du dich, wenn du tot bist.*

Was für ein Quatsch, dachte er, zog das Nachtsichtgerät über die Augen und suchte das Sumpfland vor ihm ab.

Vom Cockpit aus wirkte die Bucht verlassen; das einzig Lebendige war das Uferschilf, das sich im Wind wiegte. Selbst mit dem Nachtsichtgerät konnte Hayes das dichte Gestrüpp nicht durchdringen oder irgendetwas jenseits des klapprigen Bootsstegs erkennen.

Er überprüfte die Koordinaten.

Es muss hier sein.

Er zog die Taschenlampe hervor und richtete sie auf den Bootssteg. Dann drückte er auf den Knopf, gab das Signal – zweimal lang, einmal kurz, wie man es ihm gesagt hatte – und wartete.

Die Sekunden vergingen, die stickige Luft machte ihm zu schaffen. Nur das Summen der Moskitos um seine Ohren war zu hören.

Hayes hatte durch Treadstone nicht nur gelernt, Schmerzen und Entbehrungen zu ertragen, sondern auch wertvolle Einblicke in die Graubereiche gewonnen, in denen sich Dinge abspielten, von denen die Welt im Allgemeinen nichts mitbekam.

Das meiste, was er über Luca Harrak gehört hatte, waren Gerüchte, die in heruntergekommenen Kneipen ausgetauscht wurden.

Die geflüsterten Warnungen kamen in Russisch, Französisch oder Arabisch – die Sprache war nicht wichtig, die Botschaft war immer die gleiche: »Er ist ein Wilder, der seine Mutter verkaufen würde, wenn der Preis stimmt.«

Hayes war lange genug im Geschäft, um zu wissen, dass das meiste davon blanker Unsinn war. Geistergeschichten, die raue Männer sich am Ende ihrer aktiven Laufbahn erzählten. Es war ihre Art, die »schlimmen alten Zeiten« in Erinnerung zu behalten, in denen sie selbst mitgemischt hatten.

Das Einzige, was er sicher wusste, war, dass Luca auf Pünktlichkeit Wert legte – nicht, weil er sie als Tugend betrachtete, sondern weil er als Schmuggler wusste, dass Warten gefährlich sein konnte; wer lange am selben Platz verharrte, machte sich angreifbar. Hayes sah auf die Sangin Neptune an seinem Handgelenk. Die Leuchtzeiger sagten ihm, dass er eine halbe Stunde zu spät dran war.

Scheiße. Sind sie schon weg?

Die Antwort kam postwendend, als ein bewaffneter Mann aus dem Gestrüpp trat, eine Zigarette zwischen den Lippen. Gemächlich schlenderte er zum Bootssteg, blieb stehen, um einen letzten Zug zu machen, ehe er die Kippe in eine Tonne schnippte.

Der Inhalt entzündete sich mit einer Stichflamme, die durch Hayes' Nachtsichtbrille gelb leuchtete. Der Mann winkte ihn ans Ufer.

Hayes ließ den Motor an, und die Stimme in seinem Kopf schrie auf, als er das Boot zum Steg lenkte.

Bist du verrückt? Tu das nicht.

Doch Hayes hatte zu viel investiert, um jetzt noch umzukehren.

Als er ans Ende der Bucht gelangte und das Boot zum Ufer manövrierte, stand ein zweiter Mann auf dem Steg, mit einem Seil in der Hand.

»Sie sind spät dran«, sagte er und warf ihm die Leine zu.

»Der Verkehr«, sagte Hayes.

Er machte das Boot fest, nahm seinen Rucksack und ging an Land. Der feste Boden unter den Füßen verursachte ihm ein Schwindelgefühl nach dem ständigen Schaukeln auf dem Meer.

»Hier lang«, sagte der Mann.

Hayes nickte und ließ den Führer vorgehen, doch statt ihm zu folgen, wandte er sich an den zweiten Mann.

»Nach Ihnen.« Er wollte keinen Bewaffneten im Rücken haben.

Doch der Mann wollte davon nichts wissen.

»Nein, Sie zuerst.«

Als Hayes sich nicht von der Stelle rührte, richtete der Mann seine AK-47 auf Hayes' Brust und entsicherte das Gewehr.

Der Schmuggler war nun nahe genug, dass Hayes seinen tabakgeschwängerten Atem roch und seinen Finger am Abzug sehen konnte. »Gehen Sie.«

Hayes überlegte, dem Kerl das Gewehr aus den Händen zu reißen und ihn damit niederzuschlagen, als sich die Stimme in seinem Kopf meldete.

Nein. Wenn du ihn tötest, war alles umsonst. Lass ihm seinen Willen.

Doch das war leichter gesagt als getan. Die Auseinandersetzung mit Wlad hatte einen Schalter in ihm umgelegt; er war im Zerstörungsmodus, aus dem es nicht so leicht war, herauszukommen. Die Atemübungen, die die Psychologin in Tacoma ihm gezeigt hatte, würden dafür jedenfalls nicht ausreichen.

Er riss sich zusammen, ignorierte das selbstgefällige Grinsen des Kerls und folgte dem ersten Mann, der sich einen Weg durchs Gestrüpp bahnte, sich nach links wandte und zu einer klapprigen Holzbrücke gelangte.

Da willst du rüber?

Hayes blieb stehen und sah sich nach einem anderen Übergang um, doch da war nichts als Sumpfland.

Der Führer spürte sein Zögern, grinste und trat auf die erste Planke. Das morsche Holz knirschte unter seinem Gewicht, doch er schien kein bisschen beunruhigt und grinste nur.

»Es ist völlig sicher«, sagte er.

»Für Sie vielleicht.« Hayes musterte den spindeldürren Kerl. »Wie schwer sind Sie – fünfundsechzig Kilo?«

»Sechzig«, sagte der Mann, »aber sie wird halten.«

Sechzig Kilo? Scheiße, so schwer war ich in der Highschool.

Hayes überblickte das Ufer und suchte verzweifelt nach einem anderen Weg, doch der Mann hinter ihm stieß ihm den Lauf des Sturmgewehrs in die Nieren.

Hayes biss die Zähne zusammen, um seinen Zorn im Zaum zu halten, und drehte sich um.

»Wir beide haben ein ernstes Problem, wenn Sie den Scheiß noch einmal machen«, knurrte er.

Der Mann trat mit dem Gewehr im Anschlag auf ihn zu. Hayes hatte zwei Möglichkeiten. Er konnte versuchen, dem Kerl die Waffe zu entreißen, beide erschießen und hoffen, dass er das Boot erreichen würde, bevor noch mehr von der Sorte auftauchten. Oder er hörte auf, so pingelig zu sein, und überquerte diese Brücke.

Er drehte sich um und trat auf die erste Planke.

Wlad hatte ihm erzählt, dass die Insel eine wichtige Operationsbasis für Lucas Schmuggelgeschäft war, doch als er sich dem Ende der Brücke näherte, deutete immer noch nichts darauf hin, dass sich hier jemand aufhielt. Wenn Wlad die Wahrheit gesagt hatte, musste das Versteck der Schmuggler so gut verborgen sein, dass nicht einmal sein geschultes Auge es finden konnte. Genauso denkbar war allerdings, dass der verdammte Russe ihm eine Falle gestellt hatte. Dass er die beiden Arschlöcher bezahlt hatte, um ihn hier draußen abzuknallen, damit er sich das Flugzeug unter den Nagel reißen konnte.

Aber selbst wenn es so war – zum Umkehren war es jedenfalls zu spät.

9

MOGADOR

Er trat von der Brücke und ging zu dem Führer, der mit einer Zigarette im Mund bei einem Baum wartete.

Mit einem Kopfnicken deutete der Mann den Hügel hinunter, wo mehrere Gebäude in einer Senke standen. »Der Boss erwartet Sie in der Kneipe.« Er deutete auf das Haus in der Mitte. »Aber klopfen Sie an, bevor Sie reingehen, ja?«

»Klar.«

Es war heiß hier oben auf dem Hügel. Hayes schwitzte in der feuchten, stickigen Luft, Moskitos umschwärmten seinen Kopf und Hals. Doch auf halbem Weg den Hügel hinunter sorgte ein kühler, salziger Ostwind für Erleichterung.

Etwa hundert Meter entfernt rührte sich etwas; er hörte Stimmen und ferne Maschinengeräusche. *Was ist das? Ein Gabelstapler*?

Er verließ den Weg und ging am Hang entlang zwischen Bäumen hindurch, bis er freie Sicht auf einen zweiten Hafen hatte, der hinter einem Gebäude angelegt war.

Ein Grund mehr, warum man sich nicht ohne einen handfesten Plan auf so etwas einlassen sollte, mahnte die Stimme in seinem Kopf.

»Danke, das hilft mir jetzt sehr«, murmelte er.

Hayes erreichte die Senke; die Stimmen und das Gelächter wurden lauter, als er sich auf einem Schotterweg der Kneipe näherte. Vor der Tür blieb er stehen. Als er klopfte, wurde es drinnen totenstill. Ein Stuhl schrammte über den Boden, gefolgt von schweren Schritten in seine Richtung.

Also dann.

Hayes senkte den Blick, um seine geweiteten Pupillen vor dem grellen Licht zu schützen, das ihm aus dem Inneren entgegenschlagen würde, wenn die Tür aufging. Doch es kam kein Licht.

Was zum Teufel …?

Hayes blickte auf und sah den Grund, warum es dunkel blieb: einen Riesen im schwarzen Muskelshirt, der mit seinen dicken Armen und breiten Schultern die Tür ausfüllte, sodass kein Licht von drinnen herauskam.

»Was wollen Sie?«, fragte der Mann auf Französisch.

»Ich hab gehört, hier steigt eine Party.« Hayes beugte sich zur Seite, um einen Blick ins Innere zu erhaschen.

Die Kneipe war ein kleiner rechteckiger Raum mit fünf verschrammten Holztischen und einer halbmondförmigen Theke am anderen Ende. Hayes musterte die Männer an den Tischen zur Rechten, die keinen gefährlichen Eindruck machten. Er konnte jedoch den Rest des Raumes nicht sehen, bis der Mann einen Schritt zurücktrat und ihn mit einer Geste aufforderte hereinzukommen.

Hayes trat ein, und sein Blick fiel auf einen Tisch links hinten, an dem ein Mann die *Le Monde* las, ohne die drei

Funkgeräte zu beachten, die auf dem Tisch lagen und kreischten.

Hayes ging auf ihn zu, doch der Mann im schwarzen Muskelshirt trat ihm in den Weg und legte ihm die Hand auf die Brust. »Hände an die Wand«, befahl er.

»Sicher nicht.«

Der Mann krümmte die Lippen zu einem Grinsen, das jede Menge Goldzähne sehen ließ. »Was hast du gesagt, kleiner Mann?«

»Ich hab gesagt, verpiss dich, sonst schlage ich dir deine hübschen Zähne ein.«

Das Grinsen des Mannes verflüchtigte sich, er machte einen Schritt vor, die Hände an den Seiten zu Fäusten geballt.

»Das nächste Krankenhaus ist … wie weit entfernt?«, fragte Hayes, ohne den Blick von dem Türsteher zu wenden.

Luca Harrak faltete die Zeitung in der Mitte zusammen und legte sie auf den Tisch, doch statt aufzublicken wandte er sich der Pflege seiner Fingernägel zu. Er betrachtete das Ergebnis einen Augenblick, ehe er mit ruhiger Stimme das Wort ergriff, als würde er die in der Luft liegenden Spannungen gar nicht bemerken.

»Warum fragen Sie nach einem Krankenhaus?« Er blickte zu Hayes auf.

»Damit Sie Ihren Wachhund an die Leine nehmen – es sei denn, Sie haben einen guten Chirurgen hier in der Kneipe.«

»Emil, lass ihn durch.«

Widerwillig trat der Riese zur Seite, und Hayes ging zum

Tisch, setzte sich und musterte den Mann, der ihm gegenübersaß.

Luca Harrak war Anfang vierzig und gut gekleidet. Mit seinem Saint-Laurent-Anzug, dem weißen Hemd und den glatt zurückgekämmten Haaren sah er mehr wie ein Buchhalter aus, nicht wie der Kopf des größten Schmugglerrings in der Region.

Doch Hayes ließ sich nicht täuschen.

»Sie sind spät dran«, begann Harrak und legte die Hand auf den robusten schwarzen Schutzkoffer auf dem Tisch.

»Ich weiß, aber jetzt bin ich ja da.«

Luca ließ die Verschlüsse des Pelican-Schutzkoffers aufschnappen und klappte den Deckel auf. Im Koffer befanden sich drei Stapel weißer Kartons mit der schwarzen Aufschrift *Erythromycin 250 mg*.

»Darf ich?«, fragte Hayes und wartete auf Lucas Nicken, bevor er zwei Kartons herausnahm, öffnete und die pinkfarbenen Tabletten in Blisterverpackung begutachtete.

Er vergewisserte sich, dass die Verpackungen intakt waren, während Luca zu sprechen begann.

»In meinem Geschäft habe ich schon viel für meine Kunden beschafft. Drogen, Waffen, sogar Leute«, sagte er achselzuckend. »Aber noch nie Antibiotika. Und wissen Sie was? Die sind gar nicht leicht zu bekommen.«

Blöd für dich.

Hayes stand auf, zog einen nassen Umschlag aus der Gesäßtasche und reichte ihn Luca.

»Die sind sogar *verdammt schwer* zu bekommen«, fügte Luca hinzu, öffnete den Umschlag und zählte die Scheine.

Der bedrohliche Unterton in seiner Stimme sagte Hayes, dass es Zeit war, sich vom Acker zu machen. Eilig warf er die Tabletten in den Koffer, klappte den Deckel zu und wollte gerade aufstehen, als Lucas Hand auf den Koffer klatschte.

»Haben Sie mir zugehört?«

»Ja, habe ich«, sagte Hayes. »Aber wir hatten einen Deal, und ich habe Ihnen die zehntausend Euro gegeben, die wir vereinbart hatten.«

»Das war der Preis, den das Zeug vor einer Stunde hatte, aber …«

»Aber was?«

»Aber Sie haben sich verspätet.«

»Tut mir leid, wenn ich damit Ihre Gefühle verletzt habe.«

»Tja, wie auch immer, wenn Sie die Ware wollen, kostet Sie das fünftausend Euro extra.«

»Sie wollen mich verscheißern, oder?«

Luca schnalzte mit der Zunge und zuckte mit den Schultern.

»Was zum Teufel soll das heißen?«, fragte Hayes und ahmte sein Schulterzucken nach.

Kaum hatte Hayes die Hände vom Koffer genommen, zog Luca das Ding auf seine Seite des Tisches und seufzte übertrieben.

»Zahlen Sie oder gehen Sie.« Luca knöpfte seine Anzugjacke auf und lehnte sich auf seinem Stuhl zurück. »Es ist Ihre Entscheidung, aber verschwenden Sie bitte nicht meine kostbare Zeit.«

Von einem Moment auf den anderen hatte die ohnehin

kühle Atmosphäre in der Kneipe etwas Bedrohliches. Die Gespräche verstummten, das einzige Geräusch war das Scharren von Emils Stuhl auf dem Boden, als er aufstand, sich hinter seinem Boss postierte und mit den Fingern auf den Griff seiner Pistole tippte.

Er war mit einer Norinco NP-20 bewaffnet, einem chinesischen Nachbau der Heckler & Koch P7. Die Pistole war in Gegenden wie dieser sehr beliebt, weil sie robust war und mit einem Preis von fünfzig Dollar deutlich billiger war als das deutsche Original.

Hayes glaubte an die alte Weisheit, dass man immer bekam, was man bezahlte – dennoch wusste er aus langjähriger Erfahrung, dass eine 9-mm-Kugel aus einer Billigpistole genauso tödlich war wie eine aus seiner hochwertigen STI-Pistole.

»Also?«, fragte Luca.

Normalerweise hätte Hayes den verlangten Preis bezahlt, doch nach dem großzügigen Geschenk an den jungen Burschen in Ceuta war er völlig pleite. Er hatte das alles aber nicht auf sich genommen, um dann mit leeren Händen abzuziehen.

Somit blieb ihm nur eine Option.

Hayes trat vom Tisch weg, das Adrenalin schoss ihm in die Adern, und sein Sichtfeld weitete sich, bis er den ganzen Raum im Blick hatte. Er ließ die Hand sinken und stand ruhig und entspannt da, sah alles, ohne auf etwas Bestimmtes zu fokussieren.

»So geht das nicht«, sagte er mit rasiermesserscharfer Stimme.

Eine bleierne Stille senkte sich über den Raum. Das Blut rauschte in seinen Ohren, während Hayes das Geschehen überblickte. Emils Hand umschloss die Pistole, der Barkeeper griff unter den Tresen, und der kahlköpfige Schmuggler bei der Tür verlagerte sein Gewicht, um nach der Pistole zu greifen, die er, wie Hayes vermutete, hinten im Hosenbund trug.

Binnen Sekunden legte Hayes sich seinen Plan zurecht. *Den Großen zuerst, dann die Hakennase hinter der Theke und danach den Glatzkopf. Vier Sekunden, höchstens fünf? Wird das reichen?*

In einer Schießerei ging es um die Position, den Winkel, das Timing. Hayes hatte solche Situationen oft genug erlebt, um zu wissen, dass es für ihn nicht gut aussah. Er würde mit Sicherheit einen oder zwei von ihnen außer Gefecht setzen können, bevor sie auf ihn feuern konnten, aber nicht alle vier.

Das Kräfteverhältnis gefiel ihm gar nicht, und er hätte sich gern verkrümelt, wenn es noch möglich gewesen wäre, doch er spürte, dass die Männer in der Kneipe kaum noch zu bremsen waren. Also blieb ihm keine Wahl.

»Es muss niemand sterben«, sagte Hayes. »Geben Sie mir die Ware, wie es ausgemacht war, dann sind Sie mich los.«

»Das ist leider nicht möglich«, erwiderte Luca.

»Es wird nicht so laufen, wie Sie es sich vorstellen.«

»Ihr Amerikaner fühlt euch alle wie John Wayne. Ihr glaubt, das Leben ist wie in diesem Film … *Drei rechnen ab*.«

»Der Film heißt *Zwei rechnen ab*. Ich glaube, Sie haben zu viele Western gesehen.«

»Vielleicht, aber ich habe nichts gegen einen fairen Wettkampf. Was halten Sie davon, wenn ich bis drei zähle und *zieht* rufe, wie im Western? Wäre das fair, Emil?«, fragte er seinen Bodyguard.

»Ja«, sagte der Riese grinsend.

»Und was sagen Sie dazu?«, fragte er Hayes.

»Von mir aus können Sie bis tausend zählen. Aber an Ihrer Stelle würde ich nicht hier sitzen bleiben, wenn die Kugeln fliegen.«

Luca wurde blass, als ihm bewusst wurde, dass er in der Schusslinie saß. Er griff nach den Armlehnen und räusperte sich. »Wenn die Gentlemen mich noch kurz aus dem Weg gehen lassen.«

»Sicher, lassen Sie sich ruhig Zeit«, sagte Hayes und griff bereits nach der Pistole.

Der französische Riese ahnte, was Hayes vorhatte, und wollte die Waffe ziehen, doch in diesem Augenblick ging Luca vor ihm vorbei, sodass er nicht feuern konnte, ohne Gefahr zu laufen, ihn zu treffen.

Fluchend schob er seinen Boss aus dem Weg, doch es war zu spät.

10

ABIDJAN, ELFENBEINKÜSTE

General Joseph Dábo saß mit seiner Frau am Frühstückstisch und hörte kaum zu, als sie ihm erzählte, welche Vorhänge sie fürs Wohnzimmer kaufen wolle.

»Zuerst dachte ich, Beige würde gut zur Einrichtung passen«, sagte sie mit dem strahlenden Lächeln, das er immer an ihr sah, wenn es darum ging, sein Geld auszugeben.

»Hmm«, machte er geistesabwesend und zog ein zerschrammtes Zigarettenetui aus der Brusttasche seiner Uniform.

»Aber ich habe mich geirrt.«

»Moment, wie war das eben?«, fragte er und nahm eine Gauloise aus dem Etui.

»Ich habe gesagt, ich habe mich in der Farbe geirrt.«

»Eine Soro gibt zu, dass sie sich geirrt hat? Also, das hört man auch nicht alle Tage.« Grinsend klappte er das Zigarettenetui zu.

»Hast du nicht gesagt, du hörst damit auf? Weiß es Laurence?«

»Nein.« Er stand auf, ging um den Tisch herum, beugte sich mit seinen eins neunzig über seine zierliche Frau und küsste sie auf die Stirn. »Und ich hoffe, du sagst es ihm nicht.«

»Warum?«, fragte sie mit einem schelmischen Lächeln. »Hast du Angst, er könnte dich wieder feuern?«

»Präsident Soro – mich feuern?« Dábo lachte. »Das wagt er nicht.«

»Weil du die Republikanische Garde auf deiner Seite hast?«

»Nein, weil ich deinem Bruder gesagt habe, wenn er mich noch einmal entlässt, schicke ich dich zu ihm zurück.« Grinsend eilte er aus der Küche, bevor seine Frau ihm etwas nachwerfen konnte.

Immer noch lächelnd trat Dábo durch die Haustür ins Freie, erwiderte den militärischen Gruß der beiden Wachsoldaten, die auf der Veranda postiert waren, und ging zu dem gepanzerten Mercedes G-Klasse, der vor der Treppe wartete. Er stieg hinten ein, nickte dem Fahrer zu und lehnte sich in den weichen Ledersitz.

Der Mercedes setzte sich in Bewegung, und Dábo zog eine goldgeränderte Versace-Pilotenbrille aus der Tasche, versteckte seine intelligenten Augen dahinter und blickte aus dem Fenster.

Was er sah, erinnerte ihn an das Jahr 1999, als er als armer Bauernsohn, der nicht lesen und schreiben konnte, nach Abidjan gekommen war, um etwas aus sich zu machen. Wenn ihm damals jemand gesagt hätte, dass er eines Tages in einer riesigen Villa in Cocody wohnen würde, wo die kulturelle Elite der Elfenbeinküste und die Botschaften vieler Länder angesiedelt waren, so hätte er das für völlig utopisch gehalten. Er war nicht in die Hauptstadt gekommen, um reich zu werden; sein großes Ziel war eine Pilotenausbildung gewesen. Leider hatte die Armee auf seine Wünsche wenig Rücksicht genommen und ihn in den Fuhrpark geschickt statt auf die Flugschule.

Die Arbeit als Mechaniker war langweilig, doch ihm machte das nichts aus; immerhin verdiente er sein eigenes Geld. Die Situation änderte sich schlagartig, als 2002 Soldaten aus dem Norden des Landes gegen die Regierung rebellierten und die Hauptstadt stürmten.

Dábo witterte die Gelegenheit, verließ die Armee und schloss sich den Rebellen an, die sich nun Ivorische Volksfront (FPI) nannten.

Es wurde überall im Land gekämpft, doch das wichtigste Ziel der Aufständischen war die Kontrolle über die Hauptstadt. Im Laufe der erbitterten Gefechte tat sich Dábo durch besondere Entschlossenheit und Rücksichtslosigkeit im Kampf hervor, wodurch Laurence Soro, der Kopf der FPI, auf ihn aufmerksam wurde.

Ende des Jahres wurde Dábo zum Hauptmann befördert und war schließlich maßgeblich daran beteiligt, seinen jetzigen Schwager an die Macht zu bringen.

Und so wurde Joseph Dábo mit siebenunddreißig Jahren Kommandant der Republikanischen Garde und damit der zweitmächtigste Mann im Land. Das machte ihn aber auch zur Zielscheibe feindlicher Angriffe, vor allem für Gruppen, die sich von der FPI abgespalten hatten und Soros Regierung von ihren Hochburgen im Norden aus bekämpften.

Das alles erklärte, warum das Gelände mit einem sprengsicheren Tor ausgestattet war. Der Fahrer hielt bei zwei betonierten Unterständen, und zwei Soldaten kamen heraus. Einer salutierte und beeilte sich, das Tor zu öffnen, während die MG-Schützen auf dem Dach ihre Waffen zur Straße schwenkten, um jeden niederzumähen, der so dumm war, die Anlage zu betreten.

Das Tor glitt auf gut geölten Rollen auf, und der Fahrer lenkte den Wagen auf die Straße, als Dábos Satellitentelefon läutete. Er zog es heraus und sah die Nummer des Anrufers auf dem Display.

Cabot! Herrgott, warum ruft der mich an?, fragte er sich, bevor er ranging.

»Ja, Monsieur?«

Wie immer kam Cabot sofort zur Sache.

»Ich brauche den Flughafen in Korhogo.«

Nachdem Präsident Soro an die Macht gelangt war, hatte er Dábo freie Hand gelassen, die Republikanische Garde einzusetzen, um die Opposition zu vernichten. Mit seinen brutalen Methoden hatte der General jedoch unerwünschte Aufmerksamkeit auf sich gezogen, sodass der Präsident sich gezwungen sah, Dábos Befugnisse einzuschränken. Seither musste jedes Eingreifen von Soro persönlich autorisiert werden.

»General, sind Sie noch da?«, fragte Cabot.

»J-ja …«, stammelte Dábo, »aber Sie kennen den Befehl des Präsidenten.«

Während seines Aufstiegs vom einfachen Soldaten zum Kommandanten der Republikanischen Garde hatte es niemanden gegeben, dem er mehr verdankte als Cabot. Der Mann hatte ihm im wahrsten Sinne des Wortes das Leben gerettet.

Er konnte sich noch genau an jenen Tag erinnern, als der Konvoi den Präsidentenpalast verlassen hatte und im strömenden Regen auf dem Boulevard Clozel Richtung Süden gerollt war, als sie auf dem Weg zum Hotel Heden Golf in einen Hinterhalt gerieten.

Der Sprengsatz schleuderte seinen gepanzerten Mercedes von der Straße und tötete den Fahrer. Dábo konnte sich noch gut erinnern, wie der Rauch ihm in den Lungen gebrannt und die Flammen an seiner Kleidung geleckt hatten.

Mit gebrochenem Arm und Verbrennungen zweiten Grades am halben Körper war es ihm gelungen, aus dem brennenden Wagen zu kriechen und sich in einen Graben zu rollen. Das Regenwasser löschte die Flammen, doch die Angreifer nahmen ihn mit Maschinengewehren unter Beschuss.

Er konnte drei Attentäter mit seiner Pistole töten und hob die letzte Kugel für sich selbst auf, als Cabot mit seinen französischen Fallschirmjägern anrückte und ihm das Leben rettete.

Seither stand Dábo in seiner Schuld, das verstand sich von selbst, doch was er jetzt verlangte, war … *unmöglich*.

»General, sind Sie noch da?«

»Ja … aber Korhogo ist …«

»Umzingelt, abgeschnitten, ich weiß. Was glauben Sie, warum ich Sie anrufe?«

11

MOGADOR

Hayes stand da und wartete, doch als die Gelegenheit kam, zögerte er keinen Augenblick. Er zog die STI und feuerte. Mit der ersten Kugel traf er Luca in die Hüfte, dann nahm er die Waffe in beide Hände und zielte auf Emils Stirn.

Zu langsam, Scheißkerl.

Er drückte ab. Die Neunmillimeter ruckte in seinen Händen, die Kugel riss den Kopf des Mannes zurück. Hayes fuhr herum, ging auf ein Knie und streckte den Barkeeper mit zwei Schüssen in die Brust nieder.

Nahe der Tür hatte ein Mann die Pistole gezogen und feuerte, so schnell er konnte. Die Flammen schossen aus dem Lauf, als er eine Salve auf Hayes losließ.

Die erste Kugel schlug in den Holzfußboden ein, die zweite schoss hoch über das Ziel hinweg, doch Hayes blieb ruhig, zielte und setzte den Angreifer mit einem Hohlspitzgeschoss in den Augapfel außer Gefecht. Dann sprang er auf und wuchtete sich über die Theke, während die Kugeln mehrere Flaschen an der Rückwand zertrümmerten und ihn mit Glassplittern und Schnaps übergossen.

Der Barkeeper lag auf dem Rücken, sein Schädelinhalt

über die Bierfässer verteilt, die leblosen Augen zur Decke gerichtet. Auf seiner Brust lag eine Schrotflinte.

Kommt wie gerufen, dachte Hayes, ohne die Schüsse zu beachten, die in die Theke einschlugen.

Er schob die Pistole ins Holster und beugte sich vor, um die Schrotflinte von der Brust des Toten zu nehmen. Seine Hände schlossen sich um die Waffe, als eine Kugel von einem Bierfass abprallte und sich in seine Seite bohrte.

Seine Lungen schrien nach Luft, als er mit schmerzverzerrtem Gesicht auf dem Rücken lag, den Mund zum lautlosen Schrei geöffnet. Eine zweite Kugel schlug nur Zentimeter vor seinem Gesicht in die Wand ein.

Beweg dich oder stirb, befahl die Stimme.

Hayes versuchte, aus der Schusslinie zu kriechen, doch der Boden war nass von vergossenem Schnaps und dem Blut des Barkeepers. Die nächste Bleisalve durchschlug das Holz, und ihm war klar, dass sie ihn früher oder später treffen würden.

Er saß in der Falle, der Boden zu glitschig, um sich aus der Schusslinie zu retten. Seine einzige Option war, sich zur Seite zu rollen, die Schrotflinte anzulegen und den Lauf auf das Licht zu richten, das durch die Einschusslöcher hinter den Tresen drang.

Hayes drückte den Abzug, die Flinte donnerte wie eine Haubitze, der Rückstoß schlug ihm den Kolben gegen die Schulter. Die erste Schrotladung riss ein tellergroßes Loch ins Holz, doch er konnte die Angreifer immer noch nicht sehen. Als er ein zweites Mal abdrückte, wagte er einen zittrigen Atemzug.

Er hustete, als er den Rauch einsog, seine geprellten Rippen schrien vor Schmerz, Rauch und Schweiß brannten ihm in den Augen.

Die Schrotflinte hatte ein gezacktes Loch in die Bar gerissen, sodass Hayes, auf dem Rücken liegend, ein Beinpaar sehen konnte. Er nahm seine ganze Konzentration zusammen, zielte auf den Oberschenkel, wartete, bis der Mann sich nicht mehr bewegte, und drückte ab.

Die Schrotladung traf das Bein mit einer Geschwindigkeit von 1400 km/h und schnitt sich durch Fleisch und Knochen wie ein Messer durch Butter.

Hayes ließ die Flinte fallen, rollte sich auf den Bauch und robbte ans Ende der Theke. Er riss die Pistole aus dem Holster, rappelte sich in die Hocke auf und ignorierte die Schreie des Sterbenden auf dem Boden.

Der letzte verbliebene Schmuggler stand wie erstarrt in der Mitte des Raums und hatte ganz vergessen, dass er eine Pistole in der Hand hielt, während er seinen sterbenden Kumpel anstarrte.

Hayes wuchtete sich über die Theke und rief den Mann damit ins Hier und Jetzt zurück.

»Ich bring dich um«, schrie der Schmuggler. Dass sein Magazin leer war, merkte er erst, als er den Abzug drückte und statt eines Knalls nur ein harmloses Klicken kam.

Hayes hielt die Pistole auf ihn gerichtet; er wusste, dass der Mann ihn getötet hätte, ohne mit der Wimper zu zucken, und er jedes Recht hatte, genauso mit ihm zu verfahren. »Du hast gerade in der Lotterie gewonnen, Kumpel«, sagte er und ließ die Pistole sinken.

»Du … du schießt mir in den Rücken, wenn ich rausgehe«, sagte der Mann kreidebleich.

»Nicht mein Stil«, entgegnete Hayes.

Als der Schmuggler draußen war, überblickte Hayes einen Moment lang den Raum, um sicherzugehen, dass er keine Bedrohung übersehen hatte. Dann erst ließ er die Waffe sinken und schob ein frisches Magazin ein. Allein die Pistole zu heben und zu laden jagte ihm einen brennenden Schmerz durch den Körper. Als er die Waffe ins Holster schob, schwitzte er am ganzen Körper.

Er riss sein Hemd auf und fuhr mit der Hand an der Seite der Schutzweste entlang, bis er die Delle fand, die die Kugel wenige Zentimeter unterhalb der Achselhöhle geschlagen hatte. Er hatte verdammtes Glück gehabt. Hätte der Schütze nur ein bisschen höher gezielt, würde er jetzt innerlich verbluten.

Verdammt weh tat es trotzdem.

Hayes wankte zum Tisch, öffnete den Koffer und nahm die Medikamente heraus, als das Funkgerät zum Leben erwachte.

»Emil … Emil, kannst du mich hören?«

Als keine Antwort kam, rief die Stimme: »Posten eins, geht runter zur Kneipe und seht nach, was los ist.«

»Schon unterwegs«, antwortete ein Mann. Seine atemlose Stimme verriet Hayes, dass er sich beeilte.

Es wird Zeit.

Hayes steckte die Medikamente und den Umschlag mit dem Geld in seinen Rucksack. Ihm war klar, dass er irgendetwas tun musste, um die Funkverbindung der Bande zu stören. Er schnappte sich das Funkgerät, suchte auf dem Tisch nach einem Gummiband oder etwas Ähnlichem, um den Sendeknopf gedrückt zu halten und die Frequenz zu blockieren, damit keine Nachrichten mehr durchgegeben werden konnten. Er fand nichts Brauchbares.

Schließlich fiel Hayes' Blick auf den toten Bodyguard auf dem Boden. Er ging um den Tisch herum und kniete sich zu ihm.

»Hey, Emil, kannst du mir mal helfen?« Er legte dem Toten das Funkgerät in die Hand und schloss die steifen Finger um den Sendeknopf.

Das Rauschen sagte ihm, dass das Funkgerät sendete. Hayes ging zur Tür, schaltete das Licht aus, zog sich das Nachtsichtgerät über die Augen und trat ins Freie.

Er überlegte kurz, zum Boot zurückzukehren, verwarf den Gedanken aber gleich wieder. Das Boot wurde bestimmt bewacht, außerdem war der Tank fast leer.

Aber das wissen diese Leute nicht, die da vom Bootssteg heraufkommen.

Hayes kam aus der Deckung und eilte tief geduckt den Weg zurück, auf dem er gekommen war. Er erreichte den Pfad und nahm sich ein paar Sekunden, um eine deutliche Spur in den Boden zu ziehen, in der Hoffnung, dass die Verfolger sie sehen und daraus die falschen Schlüsse ziehen würden.

Dann duckte er sich hinter einen Baum und atmete tief durch. Wenig später sah er eine ganze Gruppe von Osten heraufeilen.

Da kommen sie.

Er vermutete, dass sie mit ihrer Suche bei der Kneipe anfangen würden. Wenn er Glück hatte, würden sie danach zum Bootssteg laufen, in der Annahme, dass er zu seinem Boot zurückwollte. Falls er sehr viel Glück hatte, würden sie auch noch seine Spuren sehen, sich denken, dass er ein Idiot war, und den Hügel hochsteigen.

Es war kein brillanter Plan, aber er hatte schon aussichtslosere Situationen überlebt. Hayes streckte den Hals, um nach Süden zum Bootssteg zu blicken, als er ein Geräusch hörte, das ihm das Blut in den Adern gefrieren ließ.

Er blickte zu den Männern zurück, die zur Kneipe liefen, von der er keine zwanzig Meter entfernt war. Sie kamen rasch näher; er hörte ihren frustrierten Wortwechsel und sah das Sortiment von Ostblockwaffen, die sie bei sich trugen.

Was Hayes jedoch wirklich Sorgen machte, waren weniger die exotischen Kalaschnikows, mit denen die Männer bewaffnet waren, sondern die Bestie, die an der Kette zog, die einer der Männer sich um das Handgelenk gewickelt hatte.

Was zum Henker ist das, ein Bär?

Durch die Zweige und das hohe Gras konnte Hayes nur kurze Blicke auf das Tier erhaschen, doch was er da sah, war schwer zu begreifen. Zuerst dachte er an eine optische Täuschung, eine Konstruktion seines Gehirns, um seine Augen zu unterstützen und das, was er durch das Nachtsichtgerät sah, zu vergrößern. Er verwarf den Gedanken, als ihm klar wurde, dass er die Männer in normaler Größe wahrnahm.

Vielleicht züchten sie Kampfhunde, und einer der Kerle hat einen Löwen betrunken gemacht und dazu gebracht, sich mit einem Bernhardiner zu paaren.

Hayes wartete quälende zwei Minuten, bis die Männer so nah waren, dass er das Tier genauer sah.

Das ist ein verdammter Boerboel.

Normalerweise wäre er erleichtert gewesen, dass er es mit einem Hund zu tun hatte und nicht mit irgendeinem fehlgeschlagenen genetischen Experiment. Doch bei allem, was er über den Boerboel wusste – das männliche Tier konnte bis zu achtzig Kilo schwer werden und hatte eine enorme Beißkraft –, wünschte sich Hayes, eine durchschlagskräftigere Waffe dabeizuhaben.

Als wäre die Größe des Tiers noch nicht besorgniserregend genug gewesen, wurde ihm nun klar, dass er noch ein Problem hatte, als er einen Windstoß im Rücken spürte.

Bisher hatte der Boerboel sich ruhig und passiv verhalten, zufrieden damit, seinen Halter durchs Gestrüpp zu ziehen. Somit hatte Hayes' Plan, abzuwarten und die Männer vorbeilaufen zu lassen, durchaus etwas für sich gehabt. Doch als der Wind aufkam, war ihm klar, dass die Größe des Hundes das kleinste Problem war.

Einer Studie zufolge, die Hayes gelesen hatte, besaß der Mensch bis zu dreißig Millionen Riechzellen, mit denen er bis zu einer Billion unterschiedlicher Gerüche wahrnehmen konnte. Das war keine Kleinigkeit, dennoch würde Hayes sich keine Sorgen machen, dass die Männer ihn wittern könnten, auch wenn der Wind seinen Geruch zu ihnen wehte. Ganz einfach deshalb, weil die Evolution seine Verfolger – wie auch ihn selbst – so programmiert hatte, dass sie ihre Umgebung *visuell* wahrnahmen.

Der Boerboel hingegen war blind und taub zur Welt gekommen und hatte deshalb wie alle Hundebabys gelernt, sich seine Umwelt nicht mit den Augen zu erschließen, sondern mit der Nase und ihren 250 Millionen Riechzellen. Deshalb war es keine Überraschung, dass der Hund nach kurzem Schnuppern erstarrte, seinen mächtigen Kopf herumriss, das Fell sträubte und mit seinen Augen Hayes' Versteck fixierte.

Und … verdammt.

Als der Boerboel sich in seine Richtung wandte, richtete Hayes das Fadenkreuz der STI auf die Brust des Tiers und hielt den Finger über dem Abzug.

Jetzt mach schon, erschieß den Hund, drängte die Stimme.

Auf zwanzig Meter war es nicht so einfach, mit einer Pistole einen präzisen Schuss abzugeben, doch Hayes wusste, dass er auf diese Entfernung einer Mücke die Flügel wegschießen konnte. Dennoch drückte er nicht ab. Nicht, weil er moralische Bedenken hatte, einen Hund zu erschießen, sondern weil er sich nicht sicher war, ob die Neunmillimeter den nötigen Wumms besaß, um das Tier niederzustrecken.

Halt dich an das, was du weißt.

Hayes schwenkte die Waffe vom Boerboel zum Hundehalter, der eben die Kette von seinem Handgelenk lösen wollte, als Hayes abdrückte.

Die 9-mm-Corbon-Pow'R-Ball schoss mit 1500 km/h

aus dem Lauf und bohrte sich in den Schädel des Mannes, wo sie sich pilzförmig deformierte.

Der Mann war auf der Stelle tot.

Die Kumpane des Hundehalters fuhren herum, als sie den Schuss hörten, doch bevor sie Hayes unter Beschuss nehmen konnten, verfeuerte dieser sein Magazin, als hätte er auf Automatik geschaltet. Er hoffte, sich damit die nötige Zeit zu verschaffen, um sich aus dem Staub zu machen.

Die Männer waren jedoch keine Anfänger. Sie warfen sich auf den Boden und ließen einen Bleihagel in seine Richtung los. Die Kugeln durchschlugen das Unterholz, ein Geschoss bohrte sich wenige Zentimeter über Hayes' Kopf in einen Baum.

Er rollte sich aus der Schusslinie und knallte ein frisches Magazin in seine Pistole. Dann sprang er auf und schlängelte sich geduckt zwischen den Bäumen hindurch, um in einer erhöhten Position Schutz zu suchen. Die Kugeln, die rings um ihn einschlugen, sagten ihm, dass er es nicht schaffen würde.

Hayes änderte die Richtung und stürzte sich den Hügel hinab. Er stolperte und rollte den Abhang hinunter, Sträucher schlugen ihm ins Gesicht und rissen ihm das Nachtsichtgerät vom Kopf.

Mit tausend Kratzern und Schrammen kam er unten an, Blätter und Erde im Mund. Aber er war am Leben. Wenn er es bleiben wollte, musste er schleunigst Deckung finden.

Er taumelte ein Stück weit, duckte sich hinter einen Felsblock und checkte seinen Rucksack, um sich zu vergewissern, dass er die Medikamente nicht verloren hatte. In diesem Augenblick hörte er seine Verfolger hinter sich durchs Unterholz stürmen.

Hayes hob die Pistole und spähte in die Dunkelheit, bereit, auf das erste Ziel zu feuern, das sich bot, als er das kehlige Bellen des Hundes hörte.

Ich glaub's nicht.

Doch es gab keinen Zweifel, dass es der riesige Hund war, der da zwischen den Bäumen hervorstürmte und den leblosen Körper des Hundehalters hinter sich herschleifte.

Lauf.

Hayes sprang auf und sprintete zur Anlegestelle hinunter. Dem Hund konnte er noch eher davonlaufen als einer Kugel. Er holte alles aus sich heraus, rannte mit raumgreifenden Schritten, doch Hayes war nie ein guter Sprinter gewesen. Er wusste, der Boerboel hätte ihn längst erwischt, wenn er nicht das tote Gewicht des Mannes mitgeschleppt hätte.

Im Vollsprint erreichte er den Pier, die Augen auf einen rostigen Fischkutter gerichtet, der im Begriff war, abzulegen. Hayes konnte nicht wissen, wie viele Männer sich an Bord befanden und ob sie bewaffnet waren, doch das war ihm im Moment herzlich egal.

Es ging nur darum, sich vor der Bestie in Sicherheit zu bringen, die bereits nach ihm schnappte.

Er hatte die Hälfte des Piers zurückgelegt, als der Bug des Kutters zu der Boje herumschwenkte, die die Hafeneinfahrt markierte.

Hayes hatte fast das Ende der Planken erreicht, der

Hund so dicht hinter ihm, dass er seinen heißen Atem zu spüren glaubte. Seine einzige Chance war, scharf nach rechts abzubiegen und die Kisten am Ende des Piers zu erreichen.

Vielleicht solltest du kurz bremsen, sonst kriegst du die Kurve nicht, riet die Stimme.

Hayes warf einen Blick über die Schulter, sah, dass der Hund zum Sprung ansetzte, und wusste, dass Bremsen keine Option war. Er griff nach dem letzten Pylon und schwang seinen Körper herum.

Der Hund wollte anhalten, doch die Holzplanken waren nass und glitschig, zudem rollte der Körper des Toten an ihm vorbei und riss das Tier mit sich ins Wasser.

Ein Problem gelöst.

Hayes rannte parallel zum Kutter und konzentrierte sich auf die Kisten am Ende des Piers, die er als Sprungbrett benutzen würde. Er betete, dass der Kapitän das Boot noch ein Stück am Pier entlanglaufen ließ, als er auf die Kisten kletterte und sprang.

12

WASHINGTON, D. C.

Es war kurz vor Mittag, als Shaw das Besucherzentrum im Kongress verließ. Der ungewohnte marineblaue Schlips fühlte sich wie eine Schlinge um seinen Hals an. Er lockerte den Knoten, nahm den Schlips ab und knöpfte den obersten Hemdknopf auf, während er zur Treppe ging.

Die vier Stunden vor dem Ausschuss waren nicht spurlos an ihm vorübergegangen. Sein Körper war steif von dem unbequemen Stuhl, sein Kopf ausgepresst wie eine Zitrone nach dem verbalen Schlagabtausch mit Senator Miles.

Als er die Treppe hinter sich hatte, eilte Luke Carter, sein Fahrer, bereits um den Wagen herum, um ihm die Tür zu öffnen.

»Wie war's?«, fragte Carter.

»Langweilig«, log Shaw, schob den Schlips in die Tasche und gab dem Fahrer die Aktentasche.

»Das ist doch gut, oder?«

»Fahren Sie doch schon mal zurück ins Büro. Ich will ein paar Schritte laufen und vielleicht unterwegs was essen.«

»Soll ich nicht mitkommen, Sir?«

»Nein, fahren Sie zurück ins Büro. Ich rufe Sie an, wenn ich fertig bin.«

»Ja, Sir«, sagte Luke.

Shaw sah dem Lincoln nach, bis er aus seinem Blickfeld verschwand, dann bog er nach Osten in Richtung der National Mall ab.

Es war ein Scheißtag für einen Spaziergang, der Himmel über dem Capitol Hill bleigrau, der Ostwind eiskalt auf der Haut. Doch er war so sehr damit beschäftigt, wie er jetzt vorgehen sollte, dass ihm das Wetter nichts ausmachte.

Dass Senator Miles Blut sehen wollte, überraschte ihn nicht. Seit der Mann zum Vorsitzenden des Geheimdienstausschusses ernannt worden war, hatte er sich auf Hayes eingeschossen. Shaw hatte sich nach Kräften bemüht, seinen besten Mann zu schützen, doch nun dämmerte ihm, dass er sich damit selbst zur Zielscheibe von Miles' Attacken gemacht hatte.

Er ging um das Gelände des Weißen Hauses herum, die Hände in den Taschen vergraben. Während er über den Lafayette Square stapfte, hallten die letzten Worte des Senators in seinen Gedanken nach.

»Wenn Sie mir Hayes nicht ausliefern, verspreche ich Ihnen, dass dieser Ausschuss jemanden finden wird, der dazu bereit ist.«

An der Kreuzung H und 16th Street blieb Shaw stehen. Als er das Hotel Hay-Adams sah, wurde ihm bewusst, dass er einen Drink brauchte.

Er sah auf seine Uhr – es war Viertel vor eins – und dachte daran, wie viel Arbeit im Büro auf ihn wartete.

Ach, zum Teufel damit.

Shaw überquerte die Straße. Bestimmt war er nicht der Einzige, der sich zur Mittagsstunde einen Cocktail im Hotel genehmigte.

Das Hay-Adams war eine Washingtoner Institution, der Treffpunkt hochrangiger Senatoren, aber auch von Politikern im Schatten, die hier ihre Intrigen spannen, um nach oben zu kommen.

Shaw trat ein. Die warme Luft der Lobby ließ sein Gesicht auftauen, als er zur Treppe ging, um die Bar im Kellergeschoss aufzusuchen, die den passenden Namen *Off the Record* (»Vertraulich«) trug. Die Hände immer noch in den Taschen vergraben, stieg er die Treppe hinunter und dachte an nichts anderes als den Blanton's Bourbon, den er sich gleich genehmigen würde.

Kurz vor dem Eingang hörte er ein Geräusch, das ihm die Nackenhaare aufstellte – das Rascheln von Stoff, gefolgt vom Kratzen einer Schuhsohle. Shaw fuhr herum und griff blitzschnell nach dem Karbonmesser, das er im Ärmel trug.

»Immer langsam, Killer«, sagte der Mann und hob die geöffneten Hände in Brusthöhe.

»Mike?« Shaw spürte, wie die Anspannung aus seinen Muskeln wich. »Was machen *Sie* hier?«

»Ich habe mir gedacht, wenn nur die Hälfte von dem stimmt, was über die Anhörung heute nach außen gedrungen ist, dann werden Sie einen Drink brauchen.«

»Und da haben Sie sich gedacht, Sie lauern mir hier in einem dunklen Winkel auf?«

»Alte Gewohnheit«, sagte Mike achselzuckend.

»So können Sie sich leicht den Tod holen.« Shaw schob das Messer in die Scheide, während er den Mann musterte.

Als Direktor der Operationsabteilung war Mike Carpenter nicht nur der Chefspion der CIA, sondern auch der logische Nachfolger der Direktorin, die nur noch bis Jahresende im Amt war.

»Spionieren Sie mir etwa nach, Mike?«

»Nö, ich war gerade in der Gegend.«

»So ein Zufall, was?«, sagte Shaw.

»Total. Wie wär's mit einem Drink?«

»Gehen Sie voraus«, sagte Shaw.

Carpenter nickte und ging zum Eingang, wo der Barchef sie empfing.

»Guten Tag, Gentlemen. Wenn Sie mir bitte folgen möchten – ich habe ein Privatzimmer für Sie bereit.«

Zufällig in der Gegend. Wer's glaubt.

»Was darf ich den Gentlemen bringen?«, fragte der Mann, nachdem er sie zum Tisch geführt hatte.

»Blanton's Single Barrel«, sagte Carpenter.

»Für mich das Gleiche«, fügte Shaw hinzu.

»Kommt sofort, Gentlemen.«

Shaw wartete, bis der Mann weg war, dann zog er eine schwarze Box von der Größe eines Kartenspiels aus der Jackentasche.

»Ein Funkdetektor? Echt jetzt?«, fragte Carpenter mit einem angedeuteten Lächeln, während Shaw den Raum abtastete. »Haben Sie überhaupt kein Vertrauen, Levi?«

Zufrieden, dass das Zimmer nicht verwanzt war, stellte

Shaw seinen Stuhl so, dass er sowohl die Tür als auch Carpenter im Blick hatte.

»Vertrauen, Mike?«, erwiderte er mit einem schmallippigen Lächeln. »Vertrauen muss man sich *verdienen*.«

Die beiden Männer kannten sich lange genug, und es hatte zwischen ihnen einige Unstimmigkeiten gegeben, doch Shaw war zu professionell, um ihn zu fragen, warum er hier war. Er saß schweigend da und suchte die Deckenleisten nach einer eventuellen Kamera oder einem anderen Gerät ab, das dem Detektor vielleicht entgangen war.

»Der Raum ist sauber«, versicherte Carpenter.

Wenn du es sagst, dachte Shaw.

Der Kellner brachte ihre Drinks, stellte sie auf den Tisch und fragte, ob sie eine Speisekarte wollten. Carpenter verneinte, worauf der Mann abzog und die Tür schloss.

Shaw nahm einen Schluck von seinem Drink, genoss die angenehme Wärme, die der Whiskey entfaltete, die feine Karamellnote im Abgang. Mit einem anerkennenden Nicken setzte er das Glas ab und wandte seine volle Aufmerksamkeit Carpenter zu, der sofort zur Sache kam.

»Miles blufft nicht. Er will Hayes.«

»Da erzählen Sie mir nichts Neues«, konterte Shaw.

»Er weiß von Ihrem Deal. Dass Sie ihm sechs Monate gegeben haben, um sich zu entscheiden.«

Scheiße. Woher?

»Das spielt keine Rolle«, fuhr Carpenter fort, seine Gedanken erahnend. »Das Entscheidende ist, dass Sie ihn decken.«

»Hat Miles Sie geschickt, weil er glaubt, ich erzähle

Ihnen, wo Hayes steckt? Um der alten Zeiten willen? Kommen Sie, Mike, Sie kennen mich gut genug, um zu wissen, dass ich da nicht mitspiele.«

»Hören Sie, Levi.« Carpenter beugte sich über den Tisch und fixierte ihn mit Nachdruck. »Irgendwie respektiere ich sogar, was Sie getan haben, aber jetzt ist es Zeit für eine Entscheidung. Sie müssen zeigen, wo Sie stehen. Nicht morgen oder in einer Woche. *Jetzt.*«

Verdammt.

Hätte das einer der anderen Abteilungsdirektoren zu ihm gesagt, die vom sechsten Stock aus die Geschicke der CIA lenkten, hätte Shaw ihm gesagt, er soll sich verpissen, und keinen Gedanken mehr daran verschwendet. Aber Mike Carpenter war nicht zur Nummer zwei der Agency aufgestiegen, weil er ein geschickter Bürokrat war. Er hatte sich nie gescheut, extreme Maßnahmen zu ergreifen, und im Kampf gegen den Terror damit auch einige Erfolge erzielt.

»Er wird nicht einfach so zurückkommen.«

»Was glauben Sie, warum ich hier bin?«, erwiderte Carpenter und lehnte sich auf seinem Stuhl zurück.

Scheiße.

»Wann soll er sich das nächste Mal melden?«, hakte Carpenter nach.

»In vierundzwanzig Stunden«, log Shaw.

»Gut. Wenn er in achtundvierzig Stunden nicht zurück in den Staaten ist, ist das Spiel aus. Verstanden?«

»Ja, alles klar.«

»Gut.« Carpenter stand auf, warf ein paar Scheine auf

den Tisch und ging. Bei der Tür drehte er sich noch einmal um.

»Und Levi, eins noch.«

»Ja?«

»Verlassen Sie nicht die Stadt.«

13

MOGADOR

Hayes wusste in dem Moment, als er sprang, dass er es nicht schaffen würde. Dass er nicht geschmeidig auf dem Deck des Kutters landen, sondern gegen die Schiffswand krachen würde.

Scheiße.

Der Aufprall presste ihm die Luft aus den Lungen und riss ihm die Pistole aus der Hand. Die STI flog durch die Luft, und Hayes griff nach dem Schandeck und suchte mit den Füßen verzweifelt nach Halt.

Doch die Bordwand war glitschig, und er spürte, dass sein Griff schwächer wurde und er jeden Moment ins graue Wasser stürzen würde.

Schwing deinen Arsch hoch, befahl die Stimme.

Er nahm sein letztes bisschen Kraft zusammen und hievte sich hoch genug, um sich mit den Achselhöhlen in der Bordkante einzuhaken. Sobald er sicheren Halt hatte, schwang er ein Bein über die Kante und wuchtete sich über die Bordwand.

Er landete hart auf dem Deck, rollte sich auf den Rücken und nahm sich einen Augenblick, um zu Atem zu kommen, als er einen zornigen Ruf aus dem Ruderhaus hörte.

»Wer zum Teufel ist da?«

Hayes rappelte sich auf und sah seine Pistole unter einer Kiste auf der anderen Seite des Decks eingeklemmt. Bevor er sie sich holen konnte, traten ihm vier zornige Matrosen in den Weg.

Hört das denn gar nicht mehr auf?

»Käpt'n, das ist er«, rief einer auf Arabisch. »Der Kerl, den sie suchen.«

»Tötet ihn«, kam die prompte Antwort.

»Leute, können wir in Ruhe darüber reden?«, fragte Hayes.

»Leider nein«, erwiderte der Mann und zog eine scharfe Klinge hervor.

Die anderen Seeleute bewaffneten sich mit allem, was sie an Deck fanden – einem Bleirohr, einem Stuhl und etwas, das wie eine kleine Harpune aussah.

»Hört mal, ich kriege so leicht Wutausbrüche, aber ich arbeite daran«, sagte Hayes und breitete die Hände aus. »Ich will heute wirklich niemanden mehr töten …«

Der Mann mit dem Messer hatte wenig Lust zu schwatzen und schwang die Klinge nach seinem Kopf. Hayes wich zwei Schritte zurück, in die Richtung des Mannes mit dem Bleirohr.

Okay, ich hab's versucht.

Hayes war durchaus in der Lage, sich im Nahkampf zu behaupten und einen Gegner mit einem Messer oder einer Schlinge zu töten, doch er war vor allem darauf trainiert, der Zielperson nicht zu nahe zu kommen; sich nicht in eine Position zu begeben, in der er identifiziert oder –

schlimmer noch – erschossen werden konnte. In seiner Welt galt es, einem fairen Kampf aus dem Weg zu gehen. Deshalb nahm sich Hayes meist viel Zeit, um sein Ziel zu studieren.

Warten und beobachten.

Bis es Zeit war, den perfekten Schuss anzubringen.

Ein Straßenkampf war eine andere Geschichte. Wenn man es, wie in diesem Fall, allein mit vier Gegnern aufnehmen musste, hatte man nur eine Chance, und die lag darin, ihnen in möglichst kurzer Zeit möglichst großen Schaden zuzufügen.

Der Mann mit dem Messer versuchte, ihm die Waffe in die Seite zu rammen, doch Hayes streckte ihn mit einem Handkantenschlag gegen den Hals nieder. Bevor der Mann mit der Harpune eingreifen konnte, rollte sich Hayes übers Deck und zog seine Pistole unter der Kiste hervor.

Er richtete sich in die Hocke auf, riss die Pistole hoch und nahm, wie auf dem Schießstand, ein Ziel nach dem anderen aufs Korn.

Als die letzte Patronenhülse aufs Deck fiel, waren alle Angreifer tot.

»Also, was meinen Sie, Käpt'n?« Er richtete die Pistole auf den Mann, der mit offenem Mund im Ruderhaus stand. »Lust auf eine Runde Schwimmen?«

Eine Stunde später stellte Hayes den Motor ab, schnappte sich seinen Rucksack und trat aufs Deck hinaus. Zu sagen, dass das Treffen mit Luca nicht nach Plan verlaufen war, wäre die Untertreibung des Jahrhunderts gewesen. Hayes hatte überlebt, aber die Auseinandersetzungen hatten ihre Spuren hinterlassen.

Er war durch und durch nass und völlig erledigt – und die Aussicht, ans Ufer schwimmen zu müssen, trug auch nicht dazu bei, seine Stimmung zu heben.

Hayes hatte die Toten, mit Ketten beschwert, ins Meer geworfen und wäre normalerweise mit dem Kutter zurückgefahren, hätte er nicht eine Vierteltonne Haschisch im Frachtraum gefunden.

Du willst mich immer noch reinreiten, was, Luca?

Er ging ans Heck des Bootes und spähte in die Dunkelheit hinaus.

Ohne Nachtsichtgerät konnte er die Küste nicht erkennen, aber riechen – eine abstoßende Mischung aus ungewaschenen Körpern und gegrilltem Fleisch, so nah, dass er beinahe die heiße Dusche und das weiche Bett spüren konnte, die fünf Meilen entfernt am Flughafen auf ihn warteten.

Aber zuerst musste er irgendwie hinkommen.

Hayes öffnete den Rucksack und vergewisserte sich, dass der Schnellverschlussbeutel, in den er die Medikamente gegeben hatte, luftdicht verschlossen war. Dann zog er die Stiefel aus und packte sie ebenfalls ein, nahm eine Stirnlampe heraus und schulterte den Rucksack. Beim Heckbalken blickte er ins Wasser, das im Licht seiner Lampe wie Motoröl schimmerte.

Zuvor im Ruderhaus hatte Hayes Mühe gehabt, wach zu bleiben, obwohl er die Fenster weit aufgerissen hatte. Er wusste, dass das Wasser jede Schläfrigkeit vertreiben würde.

Bringen wir's hinter uns, dachte er.

Das eiskalte Wasser des Atlantiks raubte ihm den Atem. Der Rucksack füllte sich mit Wasser und zog ihn nach unten, während er den Schock überwand und sich in Bewegung setzte. Die Küste erschien ihm mit einem Mal unerreichbar fern.

Den Rucksack zurückzulassen, kam nicht infrage, also drehte er sich auf den Rücken, in der Hoffnung, dass noch genug Luft im Rucksack war, um ihn ein bisschen zu tragen, während er im Rückenstil losschwamm.

Ein freier Wille und somit die Fähigkeit, jederzeit auszusteigen, war bei Treadstone kein erwünschtes Persönlichkeitsmerkmal und wurde deshalb im Rahmen der Verhaltensmodifizierung unterdrückt. Das Problem war nur, dass ein Treadstone-Agent, wie jede Hochleistungsmaschine, eine gelegentliche »Runderneuerung« benötigte, wie es die Ärzte damals ausgedrückt hatten. Bei Hayes war das schon drei Jahre her, deshalb musste er zwar mit allen unangenehmen Nebenwirkungen leben – den Wutausbrüchen, Albträumen und rasenden Kopfschmerzen –, während seine rasiermesserscharfen Sinne, seine Reaktionsfähigkeit und Entschlossenheit abzustumpfen begannen.

Für die Pillen würdest du jetzt sonst was geben, oder?, sagte die Stimme in seinem Kopf.

Seit den ersten Aufzeichnungen der organisierten Kriegführung im fünften vorchristlichen Jahrhundert hatten die Menschen stets danach gestrebt, ihre Waffen zu verbessern, um schärfere Schwerter, widerstandsfähigere Metalle und schnellere Pferde zur Verfügung zu haben. Dennoch hatte sich immer wieder gezeigt, dass es am Ende nicht die Waffen waren, die den Unterschied zwischen Leben und Tod ausmachten, sondern der Mensch, der die Waffe einsetzte.

Es war diese Erkenntnis, die die Wissenschaftler von Treadstone dazu motivierte, den perfekten Soldaten zu erschaffen. Einen Killer, der ohne Skrupel oder Angst tötete, der besser kämpfen und schneller denken konnte als jeder Feind.

Doch dem menschlichen Körper waren nun einmal Grenzen gesetzt. Und selbst die größte Motivation und Willenskraft vermochte die eisige Kälte des Wassers nicht auszublenden oder die Kalorien zu ersetzen, die Hayes in den vergangenen Stunden verbrannt hatte.

Denk an etwas anderes … irgendwas.

Hayes unterdrückte die Schmerzen und verdrängte alles, was an diesem Tag schiefgelaufen war, in die hintersten Winkel seines Bewusstseins, bis da nur noch ein leerer dunkler Raum war, in dem er seine Gedanken schweifen ließ. Ferne Bilder tauchten vor ihm auf, bis er zum eigentlichen Grund kam, warum er in diesen Schlamassel geraten war – dem Versprechen, das er Dr. Karen Miles drei Wochen zuvor gegeben hatte.

Er hatte sich im heruntergekommenen Hangar von World Aid in Essaouira aufgehalten, um eine Treibstoffpumpe zu zerlegen, als Dr. Miles hereingekommen war, statt des gewohnten Lächelns mit einem finsteren Stirnrunzeln im Gesicht.

»Adam, ich muss …«, begann sie.

»Was gibt's?«

»Es … es ist einfacher, wenn ich es Ihnen zeige«, sagte sie.

Er folgte ihr in ihr Büro, einen Sperrholzverschlag im hinteren Bereich des Hangars, und sah zu, wie sie den Laptop auf ihrem Schreibtisch hochfuhr.

»Das ist aus einem Flüchtlingslager in Bobo-Dioulasso«, sagte sie, während sie das Video startete.

Bei seinen Einsätzen im Irak und in Afghanistan hatte Hayes mehr als genug Leid und Elend gesehen, doch auf das, was er auf diesem Video sah, war er nicht vorbereitet. Mit weißen Tüchern bedeckte Leichen lagen Schulter an Schulter in einem Graben. Daneben standen Frauen mit hoffnungslosen Augen und Kinder mit tränennassen Gesichtern, die auf ihre Toten hinuntersahen.

»W-was ist das?«, brachte er heiser hervor.

»Cholera«, erklärte sie. »Mit den richtigen Medikamenten leicht zu behandeln, aber seit das Camp belagert wird …«

Hayes hatte die Gerüchte gehört, dass Milizen in der Gegend operierten, die die Flüchtlingslager umstellten und ausländische Helfer nur gegen enorme Zahlungen durchließen. Einige Helfer hatten es darauf ankommen lassen und versucht, sich an der Blockade vorbeizuschleichen. Soweit Hayes wusste, war keiner von ihnen zurückgekehrt.

»Sagen Sie mir, welche Medikamente die Leute brauchen. Ich besorge sie und fliege sie selbst hin.«

Warum zum Henker habe ich das gesagt?

Hayes versuchte immer noch, eine Antwort darauf zu finden, als seine Knie über festen Grund schrammten. Er war völlig erledigt, seine Beine zitterten wie Wackelpudding und ächzten unter dem Gewicht des wassergefüllten Rucksacks. Stöhnend rappelte er sich auf und watete ans Ufer, die Augen auf die Palme gerichtet, die hinter den Sanddünen aufragte.

Hayes wankte über den Strand, das Gehen auf dem Sand verursachte ihm Beinkrämpfe.

Vielleicht solltest du erst mal durchatmen, schlug die Stimme vor.

Ein verlockender Gedanke. Eine Rast hätte ihm sicher gutgetan, doch er fürchtete, nicht wieder hochzukommen, wenn er sich einmal in den Sand fallen ließ.

Besser, ich bleibe nicht stehen.

Er beugte sich vor wie in heftigem Gegenwind und stapfte durch den Sand, den Blick auf den Baum etwa fünfzig Meter voraus gerichtet. In seinem Zustand war es wie eine Meile.

Geh einfach weiter. Einen Schritt nach dem anderen.

Als er die Sanddüne erreichte, pfiff er aus dem letzten Loch. Auf allen vieren grub er die Hände wie Klauen in den Sand und kämpfte sich den Sandhügel hoch. Als er die Kuppe erreichte, fühlte sich der Anblick der klapprigen Hütte auf der anderen Seite wie die Vorfreude auf Weihnachten an. Hayes grub die Zehen in den Sand, nahm seine letzten Kräfte zusammen und hievte seinen Oberkörper über die Kuppe der Düne, immer weiter, bis die Schwerkraft einen Teil der Arbeit übernahm. Er rollte sich die Rückseite der Düne hinunter, schloss Augen und Mund gegen den Sand, der ihm ins Gesicht schlug.

Als er unten ankam, war jeder Zentimeter seiner Haut von Sand bedeckt. Er rappelte sich auf, schüttelte sich wie ein Hund, der aus dem Wasser kam, und stapfte auf die Tür zu, die Beine gespreizt, um das Reiben des Sandes zu verringern.

Gott sei Dank trage ich keine Unterwäsche.

Die sechs mal fünf Meter große Hütte aus verwittertem Holz erfüllte ihren Zweck. Früher hatte ein Fischer aus der Gegend seine Boote hier untergestellt, doch als Hayes auf die Hütte gestoßen war, hatte sie längst leer gestanden. Es hätte kaum jemand mitbekommen, dass er sie als Lager benutzte, doch er wollte sich nicht einfach fremdes Eigentum aneignen; also hatte er einige Tage dafür verwendet, den Besitzer ausfindig zu machen, um die Hütte zu mieten.

Halte dir immer einen Ausweg offen. So lautete die erste Regel, die man ihm bei Treadstone beigebracht hatte und die ihm schon unzählige Male das Leben gerettet hatte. Deshalb achtete er immer darauf, seinen Rucksack gepackt und seine Waffen sauber und einsatzbereit zu halten, um jederzeit abhauen zu können, falls die Situation es erforderte.

Hayes blieb bei der Tür stehen und bückte sich, um die zwei Vierteldollarmünzen zu überprüfen, die er in den Türspalt gesteckt hatte – eine einfache, aber wirkungsvolle Sicherheitsmaßnahme, die ihn gewarnt hätte, falls während seiner Abwesenheit jemand eingedrungen wäre. Nachdem er sich vergewissert hatte, dass die Münzen an ihrem Platz waren, schloss er die Tür auf, trat ein und zündete die alte Benzinlampe auf dem Tisch an.

Gedämpftes Licht erhellte das spartanische Innere. In der Mitte stand ein alter Land Rover, dahinter ein Stapel Wasserflaschen, drei Kisten mit Feldrationen und in der hinteren Ecke ein Metallschrank. Hayes zog die nassen Sachen aus, holte einen kleinen Eimer aus dem Schrank und füllte ihn mit dem Wasser aus fünf Flaschen. Kleidung und Abfälle stopfte er in einen Müllsack, dann nahm er einen Lappen, ging zum Eimer und wusch sich.

Als er sich, so gut es ging, von Sand und Dreck befreit hatte, trocknete er sich ab und zog ein schwarzes T-Shirt, Jeans und saubere Schuhe an. Aus dem Schrank holte er eine wasserdichte Tasche, öffnete sie und zog einen Campingkocher hervor.

Der MSR DragonFly sah eher unscheinbar aus, doch Hayes hatte den kleinen Kocher schätzen gelernt, nicht nur, weil er das leistungsstärkste Modell auf dem Markt war, sondern auch, weil er sich laut Hersteller mit so gut wie allem betreiben ließ, was einigermaßen brennbar war.

Hayes hatte den Kocher vor allem gekauft, um die ambitionierte Behauptung von MSR zu widerlegen. Seither hatte er verschiedenste Brennstoffe verwendet, von Wundbenzin bis zu Diesel, und der kleine Kocher hatte ihn noch nie im Stich gelassen. Er füllte etwas Reinigungsbenzin in die Brennstoffflasche, schaltete die integrierte Pumpe ein, um das Benzin unter Druck zu setzen, bevor er die Flasche an den Kocher anschloss und den Docht anzündete. Dann drehte er das Ventil langsam auf, bis er eine gleichmäßige

Flamme hatte. Zuletzt gab er etwas löslichen Kaffee in einen Emailbecher, füllte ihn mit Wasser und stellte ihn auf den Kocher. Während er das Flackern der Flamme beobachtete, erinnerte er sich daran, wie er in Marokko gelandet war.

Hayes war nicht nach Afrika gekommen, um sich für eine humanitäre Sache zu engagieren. Er war gekommen, weil er ein Flugzeug brauchte und wusste, dass sich nur in Afrika eines finden ließ, das sein begrenztes Budget nicht überstieg. Er begann seine Suche in Südafrika, kaufte den alten Land Rover und fuhr durch ein Labyrinth von Konfliktzonen nach Norden, um etwas Passendes zu finden. Die nächsten zwei Wochen verbrachte er hauptsächlich damit, Kugeln und Granaten auszuweichen. Tagsüber suchte er zerbombte Flugplätze und Militärschrottplätze ab, nachts schlief er im Auto. Sein einziges Ziel war, etwas halbwegs Flugtaugliches zu finden. Er wollte schon aufgeben, als er von einem großen Waffenbasar in der liberischen Hauptstadt Monrovia hörte.

Seiner Quelle zufolge wurde der Markt von einem südafrikanischen Glücksritter namens Pieter van Wyk organisiert, dessen Kunden vor allem afrikanische Kriegsherren waren, die davon träumten, sich an die Macht zu putschen. Für Hayes war es die vielleicht letzte Gelegenheit, etwas Brauchbares zu finden.

Das Flugzeug, das er schließlich erstand, war eine Fairchild C-123 Provider aus der Zeit des Vietnamkriegs. Es war die älteste Maschine im Angebot und in einem entsprechend schlechten Zustand. Doch Hayes dachte sich den Rost und die vielen Schäden weg und sah das Transportflugzeug als das, was es einmal war.

»Hallo, du Prachtstück«, sagte er, duckte sich unter dem Flügel hindurch und strich mit der Hand über die Wand.

Ich dachte, du willst ein Flugzeug kaufen und keinen Schrotthandel aufmachen, spottete die Stimme in seinem Kopf.

Doch Hayes hatte sich in das alte Flugzeug verliebt. Eine Stunde lang hatte er die Maschine von oben bis unten durchgecheckt und sich eine Liste aller kaputten Teile gemacht. Danach suchte er das angrenzende Ersatzteillager ab, bevor er ein Angebot unterbreitete.

»Abgemacht, aber nur damit Sie's wissen: Van Wyk hat die Bullen nur für achtundvierzig Stunden bestochen. Wenn Sie mit dem Schrotthaufen dann noch nicht in der Luft sind, gehen Sie in den Knast«, hatte die Antwort gelautet, die er bekam.

Das sagst du mir jetzt.

Es war nicht einfach gewesen, aber dreiundzwanzig Stunden später hatte Hayes die Triebwerke gestartet und war mit dem Flugzeug nach Norden geflogen. Unterwegs war er auf jedem Flugplatz gelandet, um irgendwelche gerissenen Schläuche zu reparieren, doch in Essaouira war Schluss. Er wusste, dass er die Maschine wieder in Gang setzen konnte, doch dafür brauchte er Werkzeug, Ausrüstung und einen Platz im Hangar, um die nötigen Reparaturen durchzuführen. Das Problem war, dass er kein Geld mehr hatte, um das alles zu bezahlen.

Er war gerade dabei, einen Deal mit einem Mechaniker auszuhandeln, als ein Mann mit verschmitzten blauen Augen auf ihn zukam.

»Sind Sie Pilot?«, fragte er mit britischem Akzent und wischte sich mit einem schmutzigen Taschentuch über den kahlen Schädel.

»Ja, bin ich«, bestätigte Hayes.

»Dr. Thomas Watson.« Der Mann streckte ihm die Hand entgegen. »Ich bin der Direktor von World Aid.«

»World Aid?«

»Genau. Wir sind eine NGO, wie *Ärzte ohne Grenzen*, aber leider nicht so bekannt und deshalb auch mit weniger Geld.«

»Verstehe«, sagte Hayes unverbindlich.

»Wir sind zwar nicht reich, haben aber trotzdem unsere Ressourcen«, fügte Dr. Watson hinzu, als er sah, dass er Hayes' Interesse verlor.

»Was zum Beispiel?«

»Zum Beispiel das hier.« Er deutete mit einer Kopfbewegung auf einen heruntergekommenen Hangar mit einem blau-weißen Globus über dem Tor. »Wir haben hier ein gut bestücktes Lager, zu dem Sie Zugang hätten, wenn Sie für uns fliegen.«

»Nur fliegen, sonst nichts?«

»Wir bezahlen sogar den Treibstoff.«

Wie er nun mit dem geleerten Kaffeebecher in der Hütte saß, schweiften Hayes' Gedanken zu seiner Frau und seinem Sohn. Wie gern hätte er ihnen Afrika gezeigt. Er würde eine Hütte in Kenia mieten, zusammen mit dem kleinen Jack die lebendigen Versionen der Spielzeugtiere bewundern, mit denen der Junge so gern spielte, und die Nächte mit seiner Frau genießen.

Solche Träume bringen dich schneller um als eine Kugel, warnte die Stimme.

»Was weißt du schon?«, konterte Hayes laut.

Ich weiß zum Beispiel, dass auch in Afrika ein Leopard nicht einfach in ein anderes Fell schlüpfen kann. Du bist ein Killer, Adam. Etwas anderes wirst du nie sein.

14

ESSAOUIRA, MAROKKO

Das Flugzeug war beladen und startklar, aber statt im Cockpit zu sitzen, stand Hayes in der verblichenen Telefonzelle beim Hangar. Er hielt den Hörer ans Ohr und tippte die Nummer ein, den Blick zur Decke gerichtet, wo Hornissen ihr Nest bauten.

»Nur ein kurzer Anruf – kein Grund zur Panik«, sagte er.

Normalerweise ging seine Frau immer schnell ran, doch als sie beim fünften Klingeln nicht abhob, sah Hayes auf seine Uhr. Zu spät wurde ihm klar, dass es in den Staaten drei Uhr nachts war.

Adam, du Rindvieh.

Er wollte schon auflegen, als er ein Klicken am anderen Ende hörte, dann die schlaftrunkene Stimme seiner Frau.

»H-hallo …«

»Scheiße, Baby, es tut mir leid … ich habe nicht daran gedacht, dass …«

»Nein, ist schon okay …«, sagte sie gähnend. »Ich habe … also, *wir* haben beide gehofft, dass du heute anrufen würdest.«

»Ja, weißt du, ich bin heute spät zurückgekommen und …«

Hayes verstummte, senkte den Blick zu Boden, wusste plötzlich nicht, was er sagen sollte. Er trat nach ein paar Steinen in der Telefonzelle und schoss sie über den Asphalt.

Verdammt, wie kann es so schwer sein, mit der eigenen Frau zu reden?

Wie immer war es Annabelle, die ihm aus der Patsche half.

»Als du gestern Abend nicht angerufen hast, war ich ein bisschen down. Weißt du, was dein Sohn da zu mir gesagt hat?«

»Ich habe nicht die geringste Ahnung«, sagte Hayes mit einem Lächeln im Mundwinkel.

»Mommy, hat er gesagt, Daddy hat viel zu tun – er muss diesen kranken Leuten helfen.«

»Der Junge ist so was von schlau – das muss er von dir haben«, lachte Hayes. »Er macht dir doch keinen Kummer, oder?«

»Nee. Aber er vermisst dich … tun wir beide.«

»Ja, Baby …«

Es gab so vieles, das er ihr sagen wollte. Aber die Emotionen, die ihre Stimme und der Gedanke an ihren gemeinsamen Sohn in ihm auslösten, schnürten ihm die Kehle zu.

»Ich vermisse euch auch. Mehr als ich dir je sagen kann.«

»Ich weiß«, sagte sie.

»Wirklich?«

Plötzlich war die Verbindung für einen Augenblick gestört, als wäre das Signal auf dem Weg von Afrika in die

Vereinigten Staaten und wieder zurück kurz ins Stolpern geraten. Die Unterbrechung dauerte nicht einmal einen Atemzug, doch es genügte, um seine Gedanken zum letzten Sommer zurückschweifen zu lassen.

Damals hatten sie kurz vor der Scheidung gestanden, und selbst so ein kurzes Gespräch wie jetzt wäre kaum denkbar gewesen.

»Ja, wirklich. Du bist mein Mann – ich liebe dich. Wenn du nur zu Hause wärst …«

»Das wünsche ich mir auch.«

»H-hast du dir schon überlegt, was … was du tun wirst?«

»Manchmal kommt es mir so vor, als dächte ich an nichts anderes«, sagte er.

»Wie immer du dich entscheidest, wir werden dich unterstützen. Aber jetzt lege ich mich lieber wieder hin. Jack und ich wollen morgen früh in den Zoo gehen.«

»Dann wünsche ich euch jede Menge Spaß. Passt auf euch auf, und sag dem kleinen Mann, ich hab ihn lieb.«

Er wartete, bis sie aufgelegt hatte, dann warf er einen kurzen Blick zu den Hornissen und wählte die Nummer, die Shaw ihm gegeben hatte.

Diesmal kam die Verbindung schon nach dem ersten Klingeln zustande, doch statt eines lebendigen Gegenübers bekam Hayes nur eine Ansage auf Kantonesisch zu hören.

»Danke, dass Sie Sterling Mercantile and Trust anrufen«, sagte die Stimme. »Wenn Sie Ihre Kundennummer zur Hand haben, tippen Sie sie bitte ein.«

Er tippte die zwölfstellige PIN ein – im nächsten Augenblick hörte er Shaws Stimme in der Leitung.

»Hayes, alter Junge, wie läuft's auf dem dunklen Kontinent?«

»Es ist verdammt heiß, Levi.«

»Sie können einem echt leidtun«, erwiderte Shaw. »Jeder andere würde im Sand liegen und einen Drink mit Schirmchen schlürfen – aber nicht Adam Hayes.«

Jetzt fängt er schon wieder mit dem Blödsinn an.

»Sand wird allgemein überschätzt.«

»Ja, wahrscheinlich ist es nicht so lustig, Ihr Kreuz zu schleppen in dieser Hitze. Wann hören Sie endlich auf, Mutter Teresa zu spielen, und kommen zurück, um das zu tun, wofür Gott Sie auf die Welt geschickt hat?«

»Gott hat damit nichts zu tun, was aus mir geworden ist – das waren Sie und dieser kranke Dr. Saddler.«

»Mein Junge, Sie waren schon ein Killer, als ich Sie rekrutiert habe. Wir haben nur dafür gesorgt, dass Sie noch besser wurden.«

»Tja, so gern ich Ihnen zuhöre, wenn Sie diesen Quatsch erzählen – ich habe leider nicht so viel Zeit.«

»Okay, wohin sind Sie jetzt wieder unterwegs? In den Kongo, nach Uganda oder irgendein anderes Dreckloch in der Dritten Welt, das niemanden interessiert?«

Hayes drückte den Telefonhörer, bis seine Knöchel weiß hervortraten. Nur die Hornissen hielten ihn davon ab, den Hörer an die Wand zu knallen.

Ganz ruhig, sag dem Alten, wo du hinwillst, und leg auf.

»Burkina Faso.«

»Wo in Burkina Faso?«, hakte Shaw nach.

»Bobo-Dioulasso.«

Dann war Schweigen.

Die Anrufe waren ein Teil der Vereinbarung, die er mit Levi Shaw getroffen hatte, nachdem der Mann als Direktor von Operation Treadstone bestätigt worden war. Hayes hatte gehofft, dass ihm die Anrufe mit der Zeit leichterfallen würden, doch das war bisher nicht der Fall.

»Adam.« Shaw klang plötzlich sehr müde. »Es gibt da etwas, das ich Ihnen sagen muss.«

15

GEORGETOWN, WASHINGTON, D. C.

Von der Straße aus betrachtet, unterschied sich Haus Nr. 2908 in der North Street NW nicht von all den anderen Häusern aus dem 18. Jahrhundert, von denen es in Georgetowns exklusivem East Village nicht wenige gab. Mit den frisch gestrichenen Kastenfenstern und den schmiedeeisernen Hunden, die die knallrote Tür bewachten, strahlte es einen idyllischen Vorstadtcharme aus.

Doch das war nur eine sorgfältig gestaltete Fassade, hinter der Direktor Shaw sein Büro im ersten Stock eingerichtet hatte. Er hatte die halbe Nacht über sein Treffen mit Carpenter nachgedacht und war schließlich um Viertel nach vier aufgestanden und ins Büro gefahren. Nachdem er sich eine Kanne Kaffee aufgebrüht hatte, machte er Feuer im Kamin und wartete, bis die Schatten der Flammen munter über die deckenhohen Bücherregale tanzten, die die kirschholzgetäfelten Wände säumten, bevor er Kaffee in seinen fleckigen CIA-Becher goss.

Derart ausgerüstet, setzte er sich an seinen massiven Eichenholzschreibtisch. Während er darauf wartete, dass der heiße Kaffee sich abkühlte, schaute er durch das sprengsichere Fenster auf die Schneeflocken hinaus.

Was mache ich nur mit Hayes?

Zwanzig Minuten später saß Shaw bei seiner zweiten Tasse und war der Antwort noch kein bisschen näher, als Hayes sich meldete.

Bringen wir's hinter uns.

»Adam, es gibt da etwas, das ich Ihnen sagen muss.«

»Was ist denn jetzt schon wieder, Levi?«, fragte Hayes mit eisiger, emotionsloser Stimme.

In mancher Hinsicht kannte Shaw seinen Agenten besser, als Adam Hayes sich selbst kannte. Verständlich, wenn man bedachte, dass Shaw ihn nicht nur rekrutiert, sondern jeden Schritt seiner Ausbildung persönlich begleitet und überwacht hatte.

In seiner Amtszeit als Direktor hatte Shaw viele Stunden damit zugebracht, die Datenbanken des Verteidigungsministeriums zu durchforsten, um Männer mit den nötigen Fähigkeiten und charakterlichen Voraussetzungen zu finden. Er hatte Hunderte rekrutiert, aber nie wieder jemanden wie Hayes.

»Man will, dass Sie zurückkommen«, sagte er.

»Ich habe noch dreißig Tage.«

»Nicht mehr«, erwiderte Shaw.

»Verdammt, was ist passiert?«

Shaw erzählte ihm von seiner Vorladung vor den Geheimdienstausschuss, dem verbalen Schlagabtausch mit Senator Miles und der darauffolgenden »Begegnung« mit Carpenter.

»Mike Carpenter?«, fragte Hayes. »Was zum Henker hat er damit zu tun?«

»Hören Sie, hier ist einiges im Busch. Dinge, auf die ich keinen Einfluss habe …«

»Können Sie sich nicht ein bisschen deutlicher ausdrücken?«

»Junge, machen Sie die Augen auf. Wir sind im Krieg, und im Augenblick gehen Miles und Carpenter davon aus, dass Sie der Feind sind.«

»Ist das etwas Neues?«

»Diesmal meinen sie es verdammt ernst. Wenn ich Sie nicht dazu bringen kann zurückzukommen, wird Carpenter ein Team beauftragen, das Sie jagen wird. Dann enden Sie unweigerlich mit einer Kugel im Hinterkopf … wenn Sie Glück haben.«

»Was treibt diese Leute bloß an?«

»Die sehen in Ihnen nur den Killer und wollen nicht akzeptieren, dass Sie auch etwas anderes sein könnten.«

»Haben Sie einen Bleistift zur Hand?«, fragte Hayes.

»Wie bitte? Ja, ich habe einen Bleistift. Wofür?«, erwiderte Shaw stirnrunzelnd.

»Weil ich eine Nachricht für den Scheißkerl habe – und ich will, dass Sie sie wortwörtlich weitergeben. Sind Sie so weit?«

»Ja, legen Sie los.«

»Sagen Sie Carpenter, wer immer mich verfolgt, sollte ein bisschen Kleingeld für die Postgebühr mitbringen.«

»Postgebühr … warum?«

»Weil jeder, der mich jagt, in einer Kiste nach Washington zurückgeschickt wird.«

»Adam, würden Sie wenigstens dieses eine Mal auf mich hören und ...«

»Ich melde mich wieder, Levi.«

Im nächsten Augenblick war die Verbindung getrennt.

Zweihundert Meilen weiter westlich, in West Virginia, war Skyler Harris kurz vor dem Ende ihrer zehnstündigen Schicht, als sie für die bevorstehende Arbeit noch eine Red-Bull-Dose öffnete.

»Der tägliche Datenmüll ... so sinnlos«, murmelte sie und nahm einen kräftigen Schluck.

Skyler arbeitete seit drei Jahren in Site Tango und war es leid, die Nachtschicht in der Abteilung für elektronische Aufklärung abzusitzen. Dreimal hatte sie schon um Versetzung zur Tagschicht angesucht, und ihr direkter Vorgesetzter hatte ihr immer die gleiche Antwort gegeben.

»Sie wissen ja, wie es hier läuft«, hatte er geduldig erklärt. »Es geht Schritt für Schritt die Leiter hoch, und da Sie erst GS-11 sind ...«

»Sitze ich hier fest«, hatte sie den Satz für ihn beendet.

»Ich find's auch nicht toll, aber so läuft es nun einmal«, hatte er achselzuckend gemeint.

»Kommen Sie, Carl, es muss doch irgendeinen Weg geben«, hatte sie gefleht.

»Sie können es auf die altmodische Art versuchen – das tägliche Datenmaterial durchforsten und versuchen, etwas zu finden, das die Bosse in den oberen Etagen beeindruckt.«

»Echt jetzt, Carl? *Niemand* sieht den ganzen Müll

durch, der täglich hereinkommt. Wozu auch? Man kann ja doch nichts damit anfangen.«

»Wie heißt es so schön – was für den einen Müll ist, kann für den anderen …«

»Jaja.«

Skyler wartete, bis sie die aufputschende Wirkung des Getränks spürte, setzte ihre Bose-Kopfhörer auf und öffnete die Taskleiste. Sie klickte das Icon an, tippte das aktuelle Datum in die Suchleiste ein und drückte die Eingabetaste.

Okay, dann wollen wir mal.

Wieder einmal tauchte sie in die Flut der abgefangenen Gespräche und Nachrichten ein, die die Spionagesatelliten jeden Morgen auf den Servern von Site Tango abluden, wo sie sich anhäuften, bis ein Systemadministrator entschied, dass sie zu viel Speicherplatz in Anspruch nahmen, und sie löschte.

Skyler öffnete die neueste Datei, nahm Notizblock und Kuli zur Hand und drückte die Starttaste. Das Audio begann mit nervtötendem Rauschen; sie wollte schon die Lautstärke zurückdrehen, als sie eine Stimme hörte.

Sie schloss die Augen, konzentrierte sich auf die Stimme und bereitete sich darauf vor, alles zu notieren, was irgendwie interessant klang, doch das Audio war so verzerrt, dass sie kaum ein Wort verstand, bis die Stimme verstummte.

Das fängt ja gut an, dachte sie, löschte das Audio und machte weiter.

In den folgenden zwei Stunden ging es in ähnlicher

Tonart weiter. Zehn Minuten vor dem Ende ihrer Schicht dachte Skyler daran, es gut sein zu lassen.

Eine noch.

Sie startete die Wiedergabe und wollte schon den Notizblock zuklappen, als sie es hörte.

»*Mike Carpenter?*«, fragte der Mann. »*Was zum Henker hat er damit zu tun?*«

»*Hören Sie, hier ist einiges im Busch. Dinge, auf die ich keinen Einfluss habe …*«

»*Können Sie sich nicht ein bisschen deutlicher ausdrücken?*«

»*Junge, machen Sie die Augen auf. Wir sind im Krieg, und im Augenblick gehen Miles und Carpenter davon aus, dass Sie der Feind sind.*«

»Ach du Scheiße«, sagte Skyler und griff zum Telefon.

16

ESSAOUIRA, MAROKKO

Hayes hängte den Hörer ein und ging zum Flugzeug, wo Wlad bei der Rampe stand, die rot-schwarze Packung Prima-Zigaretten in der Hand. Er steckte sich eine zwischen die Lippen, rieb ein Streichholz an der Flugzeugwand an und blickte mit höhnischem Grinsen zu Hayes auf.

»Probleme?«, fragte er.

Nur eins, dachte Hayes und blieb vor dem Mann stehen. »Kannst du nicht mal Zigaretten rauchen, die *nicht* wie ein Misthaufen riechen?«

»Das ist feiner russischer Tabak, von dem wir hier reden.«

»Okay, dann schwing dich mit deinem feinen russischen Tabak ins Cockpit, damit wir endlich von hier wegkommen«, forderte Hayes ihn auf.

»*Mudak*«, murmelte Wlad, ehe er sich umdrehte und davonstapfte. *Arschloch*.

Als er weg war, wandte Hayes seine Aufmerksamkeit wieder dem Flugzeug zu und begann mit der Startvorbereitung. Er überprüfte die Anzeigen, checkte Seitenruder, Bremsklappen und Querruder. Als er ins Cockpit kam und sich auf den Pilotensitz setzte, hatte sich seine Stimmung gebessert. Der Ärger des Morgens verlor sich im Kerosin- und Ölgeruch, der das Cockpit erfüllte.

Hayes stülpte sich das Headset über die Ohren, während sein Co-Pilot mit einer frischen Zigarette zwischen den Lippen stoisch ruhig neben ihm saß und ihm die Startvorbereitung überließ.

Wlad stellte das Funkgerät auf die Frequenz 118,25 ein und wartete, bis Hayes am Rand der Rollbahn hielt und auf Französisch den Tower anrief.

»Mogador Tower, hier spricht Pilgrim drei-neun X-Ray vor Startbahn sechzehn.«

»Pilgrim drei-neun X-Ray, Sie haben Starterlaubnis für Startbahn sechzehn in eins-fünf-sieben Grad.«

Hayes ließ die Maschine ans Ende der Startbahn rollen und ging im Kopf noch einmal den Startvorgang durch.

Er zog die Bremsen an und schob die Gashebel nach vorn, den Blick auf den Drehzahlmesser gerichtet. Das Flugzeug machte einen kleinen Satz nach vorn, kämpfte gegen die Bremsen an wie ein Jagdhund, der an der Leine zerrte, doch Hayes hielt die Maschine im Zaum und wartete, bis die Drehzahl hoch genug war.

Los geht's.

Er löste die Bremsen, und die C-123 rollte die Startbahn hinunter, während Hayes den Fahrtmesser im Auge behielt. Er wartete, bis die Nadel neunzig Knoten erreichte, ehe er das Steuerhorn zurückzog. Dann waren sie in der Luft, und die Strahltriebwerke dröhnten, als das Flugzeug die Wolkenfetzen durchschnitt, die wie Wattebausche über dem Flughafen hingen.

Hayes zog das Fahrwerk ein und brachte das Flugzeug in dreitausend Meter Höhe in die Waagrechte.

»Kurs Richtung Süden, eins-sechs-eins Grad«, gab Wlad ihm den Kurs vor.

Hayes führte die Kurskorrektur durch und wollte Wlad nach der Flugzeit fragen, beschloss dann aber, sie selbst zu checken, um sich die zu erwartende Bemerkung des Russen zu ersparen. Er aktivierte den Autopiloten und blickte zu der Ablage zwischen den Gashebeln, wo normalerweise Flugpläne und Navigationskarten lagen, doch das Brett war leer.

»Wo ist die Karte?«, fragte er.

»In meiner Tasche«, sagte Wlad, ohne ihn anzusehen.

»Macht es dir etwas aus, sie herauszuholen? Für den Fall, dass ich auf die bescheuerte Idee komme, zu überprüfen, wo wir hinfliegen.«

Mit einem theatralischen Seufzer beugte sich der Russe hinunter und zog das Material aus seiner Tasche.

»Zufrieden?«, fragte er und warf die Karte auf die Instrumententafel.

Blödmann.

Hayes faltete die Karte so, dass er den richtigen Quadranten vor sich hatte, und studierte die Route, die Wlad mit Bleistift eingezeichnet hatte. Für den heutigen Flug waren drei Abwürfe von Hilfsgütern vorgesehen. Bei den ersten beiden sollte es keine Probleme geben; es handelte sich um eine neue Brunnenpumpe für das Lager in Damba sowie Nachschub von Benzin und Wasser für Ouagadougou.

In beiden Fällen machte sich Hayes keine Sorgen, weil

die Kämpfe im Norden abgeflaut waren, doch der Abwurf über Bobo-Dioulasso war eine andere Geschichte.

Sie flogen eine Weile schweigend; die einzigen gesprochenen Worte waren ein brüskes »Kurs Richtung Süden, eins-sechs-acht Grad«, als sie algerischen Luftraum erreichten, und eine zweite Kurskorrektur in Richtung Damba.

Nach einer Weile war ein Lager als ferner Kaffeefleck am Horizont zu erkennen.

»Lager zwo, hier Pilgrim«, sprach Hayes ins Funkgerät, »können Sie mich hören?«

»Pilgrim, hier Lager zwo, wir können Sie sehen. Behalten Sie den Kurs bei; die Abwurfzone ist mit violettem Rauch markiert.«

»Verstanden.« Hayes wartete, ob Wlad sich dazu bequemte, aufzustehen und in den Frachtraum zu gehen, um den Abwurf vorzubereiten.

Ist wahrscheinlich zu viel verlangt, dass er seinen Job macht.

Hayes überließ dem Russen die Steuerung, löste die Gurte und stieg in den Laderaum hinunter. Er nahm sich einen Fallschirm, einen T-10 Delta aus Armeebeständen. Der Geruch nach verbranntem Treibstoff im Laderaum ließ seine Erinnerung für einen Augenblick zu dem Tag zurückschweifen, als er in der Militäraufnahmestelle (MEPS) in Tennessee den Entschluss fasste, der Armee beizutreten.

Am 11. September 2001 war Hayes neunzehn und besuchte das College. Im Gegensatz zu vielen Jungs in Tennessee, mit denen er aufgewachsen war, hatte er seine Entscheidung, zum

Militär zu gehen, nicht an jenem verhängnisvollen Tag getroffen. Wenn er zurückblickte, hätte er selbst nicht sagen können, warum ihn die Welle des Patriotismus, die nach den Terroranschlägen durchs Land ging, nicht genauso mitriss wie viele andere; wie er die Namen der Toten im Fernsehen hatte lesen können, ohne den Impuls zu verspüren, sich einzubringen.

Vielleicht lag es daran, dass er niemanden persönlich gekannt hatte, der in den Twin Towers ums Leben gekommen war, vielleicht war er einfach zu egoistisch, zu sehr auf seine Beziehung mit Annabelle fokussiert, auf sein Vorhaben, nach der Ausbildung einen gut bezahlten Job in der Finanzbranche anzunehmen.

Doch das änderte sich, als er in den Weihnachtsferien nach Hause kam und erfuhr, dass zwei Jungs aus der Nachbarschaft im Irak gefallen waren und zwei weitere in Afghanistan. Hayes war zum Soldatenfriedhof gefahren und hatte eine Stunde gebraucht, um ihre Gräber zu finden. Das entscheidende Erlebnis war, die Namen seiner Freunde im weißen Stein eingraviert zu sehen.

Nachdem sie beide ihr Studium absolviert hatten, war Annabelle wenig erfreut gewesen, als Hayes ihr anvertraute, dass er den Job im Finanzwesen, den er in Aussicht hatte, doch nicht annehmen und stattdessen zum Militär gehen würde.

»Warum?«, hatte sie gefragt.

Hayes hatte versucht, es ihr zu erklären, doch es gelang ihm nur ansatzweise, seine Motive in Worte zu fassen.

»Es ist Krieg.«

»Und?«

»Geht uns das nicht irgendwie alle an?«, hatte er gefragt.

»Tust du es für deine Freunde?«

Darauf hatte Hayes keine Antwort – er wusste nur instinktiv, dass er es ewig bereuen würde, wenn er nicht tat, was er für seine Pflicht hielt.

Dank seines Hochschulabschlusses konnte er als Offizier in die Streitkräfte eintreten, doch als er zur Militäraufnahmestelle kam, um die nötigen Tests durchzuführen, wusste er immer noch nicht, welcher Teilstreitkraft er sich anschließen wollte. Nachdem er die ärztlichen Untersuchungen absolviert hatte, schickte man ihn in die Lobby, wo alle Teilstreitkräfte ihre Büros hatten. Sein Blick fiel auf ein Plakat mit einem Offizier des Marine Corps in der blauen Uniform, die Annabelle immer so schneidig gefunden hatte, wenn sie sie irgendwo sah.

Der Gedanke an seine Freundin und daran, wie sauer und enttäuscht sie sein würde, wenn er ihr sagte, dass er die Soldatenlaufbahn einschlug, machte ihm schwer zu schaffen, und er fragte sich zum zehnten Mal, ob er drauf und dran war, alles kaputt zu machen.

Er schob den Gedanken beiseite und betrachtete das Plakat. Vielleicht würde es sie ja ein bisschen versöhnlicher stimmen, wenn er eines Tages diese Uniform tragen würde.

Wahrscheinlich nicht, aber einen Versuch war es wert.

Es sollte jedoch anders kommen. Auf dem Weg zur Rekrutierungsstelle des Marine Corps warf er einen Blick ins Büro der Army und blieb stehen, als er den stämmigen Captain an einem grauen Schreibtisch sitzen sah. Über dem Namensschild trug er verschiedene Leistungsabzeichen.

»Kann ich etwas für Sie tun, Junge?«, fragte er.

Normalerweise wäre Hayes weitergegangen, doch da war etwas in den Augen und der Stimme des Captains, das ihn herausforderte und ihm ein vages Gefühl der Minderwertigkeit einflößte. Er wusste nicht genau, was es war, aber es machte ihn zornig, und statt einfach »Nein danke« zu sagen und weiterzugehen, fragte er: »Woher haben Sie diese Narbe?«

»Welche?«, fragte der Captain und lehnte sich auf seinem Stuhl zurück.

Hayes deutete mit einem Kopfnicken auf die rote Linie, die sich vom Ohr bis hinunter zum Kinn zog und unter dem Kragen der Uniform verschwand.

»Die im Gesicht.«

»Die habe ich mir in einem Dreckloch namens Falludscha geholt.«

»Was haben Sie dort getan?«

»Was Fallschirmjäger halt so tun – in feindlichem Gebiet abspringen und für die Vereinigten Staaten von Amerika kämpfen.«

In diesem Augenblick vergaß er die Marines.

Fünf Monate später betrat Hayes das Lawson Army Airfield in Fort Benning, Georgia, als frisch gekürter Lieutenant; das Einzige, was ihn noch von einem Einsatz in der 82. Luftlandedivision trennte, waren fünf Sprünge aus einem Hochleistungsflugzeug.

»Auf geht's, Maschine zwei«, brüllte ein Ausbilder.

Hayes sprang auf und eilte zur Tür, die Riemen des T-10-Delta-Fallschirms schnitten sich in seine Schenkel, sein

Magen krampfte sich zusammen, als er das Transportflugzeug, eine C-130, auf dem Rollfeld stehen sah.

Kurz vor der Tür kam ein anderer Ausbilder, der seine Nervosität zu spüren schien, auf ihn zu. »Nicht vergessen, junger Lieutenant«, rief der Mann in das Dröhnen der Triebwerke, »Fallschirmjäger sterben nicht – wir fahren nur zur Hölle, um uns zu sammeln.«

Diese Typen müssen verrückt sein.

Doch es war zu spät, um umzukehren, zu spät, um irgendetwas anderes zu tun, als mit seiner Gruppe hinauszugehen und die Rampe der C-130 hochzusteigen, während ihm der Propellerwind glühend heiß ins Gesicht blies.

Das alles war eine gefühlte Ewigkeit her. Als er nun im Frachtraum der C-123 Provider den Brustgurt des Fallschirms schloss und nach achtern ging, waren seine Schritte gleichmäßig und sicher, obwohl sich der Boden des Flugzeugs unter seinen Füßen hob und senkte. Er löste die Sicherung der ersten Palette und rollte sie zur Rampe. Sobald sie in der richtigen Position war, sicherte er sie und überprüfte noch einmal das Netz über dem Pumpenmotor und den Fallschirm. Nachdem er sich vergewissert hatte, dass alles bereit war, klinkte er seine Aufziehleine in das Stahlseil an der Bordwand ein, hob die Hand zum Bedienungsfeld der Rampe und zog den Hebel herunter.

Der Riegel löste sich mit metallischem Geräusch, die Hydraulik summte; Augenblicke später erschien ein rechteckiges Stück blauer Himmel, als die Rampe nach unten klappte. Hayes spürte die feuchte afrikanische Luft in den Frachtraum strömen.

Er vergewisserte sich, dass die Rampe eingerastet war, ehe er hinter die Palette trat und Wlad ihm per Funk das Signal »eine Minute« gab.

Beim Dreißig-Sekunden-Signal löste Hayes die Feststellbremse und ging zu dem orangen Bremsschirm, der mit einer gelben Leine an der Palette befestigt war. Er hielt den Schirm von der Größe eines Strandballs geschlossen in der Hand, ging zurück zum Rand der Rampe und wartete. Der Wind zerrte an seiner Kleidung, das Dröhnen der Triebwerke war ohrenbetäubend trotz des Headsets, das er trug, während seine Augen das bernsteinfarbene Lichtsignal fixierten. Er wartete, bis das Licht auf Grün sprang, dann warf er den Bremsschirm aus dem Flugzeug.

Der Bremsschirm blähte sich auf, die gelbe Leine straffte sich und zog den Hauptschirm aus der Hülle. Der Fallschirm schlängelte sich aus dem Flugzeug, entfaltete sich im Luftschraubenstrahl und riss die Palette aus dem Frachtraum.

»Fracht ist draußen!«, rief er über Funk und wartete noch einen Augenblick auf der Rampe, um zu beobachten, wie die Palette elegant zu den wartenden Lastwagen hinabsegelte. Dann klappte er die Rampe hoch und ging nach vorn zum Cockpit.

Die Flugzeit bis zum zweiten Abwurf betrug weniger als fünfzehn Minuten, deshalb machte Hayes sich gar nicht die Mühe, den Fallschirm abzulegen. Einen Augenblick stand er im Cockpit und blickte auf die Karte. Irgendetwas an Wlads Flugplan kam ihm komisch vor. *Aber was*?

Der Abwurf in Ouagadougou verlief ebenfalls völlig reibungslos, und Hayes kehrte ins Cockpit zurück und blickte durch die Frontscheibe hinaus, als Wlad den Anflug auf Lager vier einleitete.

Burkina Faso war größtenteils trockenes, flaches Land, durch jahrhundertelange Erosion geformt, doch nach Süden hin änderte sich die Landschaft. Die buschbestandenen Ebenen gingen in Sandsteinplateaus über, man sah Sheanussbäume und grüne Savannen.

Aus einer Höhe von 4500 Meter war es eine wunderschöne Landschaft, doch Hayes ließ sich davon nicht täuschen, weil er die Gegend auch aus der Nähe kannte. Er hatte die Hölle auf Erden gesehen, die die Rebellen aus Mali angerichtet hatten. Mit ihren staubigen Toyota-Pickups waren sie in die Dörfer gekommen und hatten die Männer mit Maschinengewehren niedergemäht, ehe sie abstiegen und die Frauen vergewaltigten. Die Erinnerung ließ die Wut aufs Neue in ihm hochsteigen, doch er zwang sich zur Ruhe, um sich auf die bevorstehende Aufgabe zu konzentrieren.

Er hoffte, dass er sich auf Wlad verlassen konnte. Sie würden alle Hände voll zu tun haben, nicht von den Milizen in der Gegend abgeschossen zu werden. Als wäre es nicht schon schwierig genug, das Bündel innerhalb der Mauern des Lagers abzuwerfen. Falls es irgendwo außerhalb landete, würden die Kranken und Sterbenden ihre Medikamente nie bekommen.

Der zielgenaue Abwurf sollte eigentlich kein Problem sein. Kopfzerbrechen bereitete ihm vielmehr, dass der

Erfolg der Mission davon abhing, dass Wlad seine Anweisungen befolgte. Der launische Russe war selbst in seinen besseren Momenten unberechenbar, doch nun war er auch noch sauer auf Hayes, was die Sache noch viel gefährlicher machte.

Sag ihm einfach, dass es dir leidtut, riet seine innere Stimme.

Das war so ungefähr das Letzte, was Hayes wollte. Zumal er während des Flugs seine ganze Willenskraft hatte aufbringen müssen, um den Mann nicht aus dem Flugzeug zu werfen. Doch nach allem, was Hayes auf sich genommen hatte, um diese Mission durchzuführen, wollte er nicht riskieren, dass der Russe im letzten Moment alles kaputt machte.

»Hör mal, ich weiß, du bist noch sauer wegen letzter Nacht, aber wir sollten die Sache einfach vergessen.«

Der Russe ignorierte ihn, und Hayes wusste, dass er sich ein bisschen mehr anstrengen musste.

»Was ich sagen will … es … es …« Er brachte es einfach nicht über sich.

»Ja – was?«, fragte Wlad, seine kalten Augen vom Rauch der Zigarette umwölkt, die zwischen seinen Lippen baumelte.

»Ich möchte mich entschuldigen für das, was in der Sky Bar vorgefallen ist.«

»Ich hab dir auch etwas zu sagen«, begann der Russe. »Ich habe in Korhogo etwas abzuholen …«

»Nichts Illegales«, beeilte er sich hinzuzufügen. »Nichts, was gegen deine hehren Prinzipien verstoßen würde. Aber es gäbe mir die Möglichkeit, meine Schulden zurückzuzahlen.«

Jetzt fängt er damit an? So kurz vor dem Abwurf?

»Wie wär's, wenn wir uns zuerst auf den Abwurf konzentrieren und dann über diese Korhogo-Sache reden?«

»Wie du willst«, brummte Wlad.

Hayes verließ das Cockpit mit der Erkenntnis, dass er es dem Russen sowieso nicht recht machen konnte.

»Zum Teufel mit ihm«, murmelte er und konzentrierte sich wieder auf seine Aufgabe. Im Gegensatz zu den ersten beiden Abwürfen, bei denen die Hilfsgüter auf Paletten geladen waren, hatte er sich in diesem Fall für einen runden Sack aus extrastarkem Segeltuch entschieden. Er klinkte die Aufziehleine an der Bordwand ein und rollte das Bündel ans Ende der Rampe.

Als er sich zum Cockpit umdrehte, schaute er ins grelle Sonnenlicht, das durch die Frontscheibe hereinflutete.

Verdammt, ist das hell.

Sie hatten die Hälfte des Tals zurückgelegt und näherten sich rasch den Reihen der grauweißen Zelte, die auf dem rechteckigen Fleck schimmerten.

»Wir schaffen es tatsächlich«, meinte Wlad staunend.

»Halte sie so ruhig wie möglich.« Hayes wollte sich umdrehen und zur Rampe gehen, als unter ihm Hunderte Mündungsfeuer explodierten.

17

ABIDJAN, ELFENBEINKÜSTE

General Dábo stand bei seinem gepanzerten Mercedes-SUV und rauchte eine Zigarette, während das ferne Knattern der Helikopter ihn wie ein Stromschlag durchpulste.

Wo seid ihr?

Er suchte den Himmel von links nach rechts ab und übersah beinahe die beiden Hubschrauber vom Typ Mi-24, die tief über dem Horizont dahinstrichen. Mit ihren Raketenstartbehältern unter den Stummelflügeln sahen sie aus wie tödliche Libellen. Der Anblick der Kampfhubschrauber erinnerte ihn an einen Kinobesuch in Abidjan. *Rambo III* war sein erster Film gewesen, und die Hubschrauber in Aktion zu sehen, war ein entscheidender Moment in seinem Leben gewesen. Es hatte ihn letztlich bewogen, Soldat zu werden.

Er beobachtete, wie der erste Mi-24 zur Landung ansetzte, während sein Begleiter hoch über ihm kreiste. Die dröhnenden Wellenturbinen des landenden Helis lenkten Dábos Blick nach Osten zum Präsidentenpalast.

Jetzt ist es zu spät zum Umkehren.

Er schnippte die Zigarette ins Gras und nahm dem jungen Hauptmann die AK-47 ab.

»Sind Sie bereit?«, fragte er.

»Ja, General.«

Dábo nickte, hängte sich das Gewehr vor die Brust und ging zum Hubschrauber, der junge Hauptmann dicht hinter ihm.

Mit der AK-47 und seinem weinroten Barett in den Händen duckte sich der General unter den Rotorblättern hindurch, während der Abwind an seiner Uniform zerrte. Der russische Kampfhubschrauber war eine imposante Maschine, in der der hochgewachsene General normalerweise leicht Platz gefunden hätte. Heute war es jedoch eng, da die Kabine vollgestopft mit Soldaten und ihren Waffen war.

Immerhin brachte der hohe Rang gewisse Privilegien mit sich; als Dábo einstieg, stand sofort einer der Sergeanten auf und überließ ihm seinen Platz. Er setzte sich, stellte das Sturmgewehr mit dem Lauf nach unten zwischen seine Knie und nahm den Kopfhörer vom Haken. Als er ihn aufgesetzt hatte, ließ der Pilot bereits die TW3-117-Turbinen aufheulen, und der Helikopter rollte ein Stück, ehe er sich in die Luft schwang.

»General, wohin fliegen wir?«, fragte der Pilot über Bordfunk.

Dábo lächelte und blickte zu dem Truppenkommandanten, der auf der Bank gegenüber saß und dem dieselbe Frage ins Gesicht geschrieben war.

Unter allen Einheiten im ivorischen Militär war die Republikanische Garde die absolute Elite. Sie war am besten dotiert, genoss die beste Ausbildung und war darauf ausgerichtet, als eigenständige Einheit zu operieren. Hätte

Dábo eine herkömmliche Einheit befehligt, hätte er den Weg über die Befehlskette gehen und auf grünes Licht von oben warten müssen.

Als Kommandant der Republikanischen Garde brauchte er nur zum Telefon zu greifen.

»Der Präsident will, dass wir Korhogo einnehmen«, log er.

»Wurde auch Zeit«, sagte Hauptmann Koffi.

Dábo lächelte über den Eifer des jungen Offiziers und wusste, dass er den richtigen Mann dafür ausgewählt hatte.

»Wir werden schnell und dreckig zuschlagen. Unser Ziel ist der Flughafen; wir müssen ihn einnehmen und lange genug kontrollieren, damit ein Flugzeug landen und wieder starten kann. Verstanden?«

Der Hauptmann nickte. Falls er Fragen hatte, behielt er sie klugerweise für sich.

»Gut. Informieren Sie Ihre Männer.«

Es waren etwa dreihundert Meilen bis Korhogo. Die beiden Kampfhubschrauber legten einen Tankstopp in Kiémou ein, wo sie von einem mattschwarzen Mi-17 erwartet wurden, einem unbewaffneten Helikopter, der von einem Kordon schwer bewaffneter Söldner umgeben war.

Während die Kampfhubschrauber betankt wurden, stieg Dábo aus und ging zum Mi-17 hinüber. Einer der bärtigen Söldner führte ihn zur Rampe.

»Warten Sie hier – Augen nach unten«, befahl der Mann, den Finger am Abzug eines R4-Sturmgewehrs aus dem Hause Vektor.

Dábo gehorchte und blieb stehen, doch seine Neugier

konnte er nicht bezähmen und riskierte einen kurzen Blick die Rampe hinauf. Obwohl das Innere des Helikopters nur schwach beleuchtet war, konnte er zwei Gestalten erkennen. Die erste war eine Frau in einem schwarzen Kleid mit kastanienbraunem Haar.

Es war jedoch die zweite Gestalt, die jüngere Frau, die seine Aufmerksamkeit auf sich zog.

Dieses Gesicht habe ich doch schon einmal gesehen – aber wo?

Er versuchte, mehr zu erkennen, doch im nächsten Augenblick kam die Frau auf ihn zu, mit einem schwarzen Seesack in der Hand.

»General Dábo«, sagte die Frau auf Französisch. »Ich bin Theresa Mallory, Monsieur Cabots Vertreterin.«

»Und wer ist das?« Er deutete mit einer Kopfbewegung auf die jüngere Frau im Hubschrauber.

»Das müssen Sie nicht wissen.«

»Das ist mein Land, also geht es mich sehr wohl etwas an«, zischte er. »Also noch einmal: Wer ist das?«

»Ich denke, das ist eine angemessene Entschädigung für Ihre Unannehmlichkeiten«, sagte sie, öffnete den Reißverschluss des Seesacks und stellte ihn vor seine Füße.

Er schaute auf den prall gefüllten Seesack, aus dem einige Bündel von Hundertdollarscheinen auf den Asphalt fielen.

Er nickte. »Ja, ich glaube, Sie haben recht.«

»Gut. Dann kommen wir zum Geschäft.« Die Frau reichte ihm einen Umschlag. »Darin finden Sie die Satellitenbilder, die Sie angefordert haben, und alle nötigen

Informationen. Meines Wissens soll das Flugzeug in zwei Stunden ankommen.«

»In *zwei* Stunden?«, erwiderte Dábo ungläubig. »Es dauert zwanzig Minuten, um die Hubschrauber aufzutanken, danach brauchen wir eine halbe Stunde bis zum Flughafen.«

»Monsieur Cabot hält Sie für einen fähigen, einfallsreichen Mann. Ich bin sicher, Sie finden einen Weg.«

»Gibt es sonst noch etwas?«, fragte er und hob den Seesack auf.

»Nein. Sobald Ihre Hubschrauber betankt sind und meine Männer die taktische Frequenz haben, die Sie benutzen werden, kann es losgehen.«

Dábo nickte und spürte in seinem Kopf bereits die Uhr ticken, als er zu den Kampfhubschraubern zurückging.

Kaum war der General außer Hörweite, wandte sich Theresa Mallory an den bärtigen Söldner. »De Brun, ich muss mit Ihnen reden«, sagte sie und stieg die Rampe hinauf.

Vor der Bank blieb sie stehen und nahm die Sonnenbrille ab.

»Ja, Ma'am?«, sagte der Mann.

Theresa warf die Sonnenbrille auf den Sitz, griff in ihre Tasche und schloss die Finger um den Griff der Walther PPK.

»Ja, Ma'am?«

Blitzartig riss sie die Pistole aus der Tasche, fuhr zu dem bärtigen Söldner herum und hämmerte ihm den Schalldämpfer ins Gesicht.

Der Mann sackte auf die Knie, und Theresa drückte ihm den Schalldämpfer gegen die Stirn.

»Ich sollte Sie auf der Stelle erschießen«, sagte sie mit eisiger Stimme.

»W-was habe ich denn getan?«, fragte der Mann, während ihm das Blut übers Gesicht lief.

»Was habe ich Ihnen eingeschärft?«

»Niemand darf das Mädchen sehen.«

»Und wenn Sie es vermasseln?«

»Bitte, Theresa … ich …«

»Sorry, mein Lieber«, sagte sie und drückte ab.

Die Walther spie eine Kugel aus, und Theresa trat zur Seite, als der Tote nach vorn kippte.

Verdammter Idiot, dachte sie und ging zu einem der Söldner.

»Wikus, Sie haben das Kommando. Lassen Sie jemanden hier sauber machen, damit wir starten können.«

»Ja, Ma'am.«

Theresa steckte die Pistole in ihre Tasche, holte ein Satellitentelefon heraus und wählte eine Nummer.

»Ja?«, meldete sich eine Stimme auf Französisch.

»Monsieur Cabot, wir haben ein kleines Problem.«

»Sie wissen, was ich von Problemen halte.«

»Ja, Monsieur.«

»Also, was gibt's?«

»Der General hat mehr gesehen, als er sollte.«

Es folgte längeres Schweigen, und Theresa dachte schon, er hätte aufgelegt.

»Hat er sie erkannt?«

»Nein, ich glaube ni…«

»Sie wissen es nicht?«

Sie hätte ihm gern gesagt, dass Dábo die junge Frau nicht erkannt hatte, aber sie war sich nicht sicher und wusste, dass es keine gute Idee wäre, zu lügen.

»Nein, Monsieur, ich weiß es nicht mit Sicherheit.«

»Das *ist* ein Problem«, sagte Cabot. Im nächsten Augenblick war die Verbindung getrennt.

18

BOBO-DIOULASSO

Eben noch war der Himmel vor der C-123 Provider klar und blau gewesen – nun jagten rote Leuchtspurgeschosse auf das Transportflugzeug zu, durchschlugen den Boden und rissen faustgroße Löcher in den Laderaum.

»Halte sie ruhig!«, rief Hayes und wandte sich zur Rampe.

Der Beschuss vom Boden steigerte sich. Er konnte nur zusehen, wie die Leuchtspurgeschosse wie Glühwürmchen an einem Sommerabend durch die Luft schwirrten.

Wirf das Ding ab und mach, dass du wegkommst, drängte die innere Stimme.

Doch das war keine Option. Er hatte zu viel auf sich genommen, um jetzt einfach abzuhauen. Es ging hier nicht nur um sein Leben, sondern um viele andere.

Er hielt sich an der Kante fest, lehnte sich aus dem Flugzeug und kniff die Augen zusammen, während ihm der Wind und die Abgase ins Gesicht schlugen. Das Lager kam schnell näher, und Hayes duckte sich ins Innere zurück.

Er wischte sich die Tränen aus den Augen und griff nach dem Bündel, um es hinauszuwerfen, als Wlad aufgeregt ins Funkgerät schrie. Er ließ einen Wortschwall auf Russisch los, sodass Hayes nur die Worte »RPG-Granate« und »gehe hoch« verstand.

Im Cockpit drückte Wlad die Gashebel nach vorn und zog das Steuerhorn zurück, sodass die Maschine die Nase zum Himmel hob. Das scharfe Manöver brachte Hayes aus dem Gleichgewicht, er stolperte nach vorn und stürzte auf das Bündel. Der plötzliche Schub ließ das Paket über die Rollen laufen, auf die gähnende Öffnung der Frachtluke zu.

Hayes schlug mit den Beinen um sich, versuchte verzweifelt, sich mit dem Fuß irgendwo einzuhaken, um sich im Flugzeug zu halten, doch da war nichts. Das Bündel schlug gegen die Unterkante der Rampe, sprang in die Luft und zog ihn aus der Luke.

Hayes packte mit der linken Hand den Griff des Bündels und langte mit der rechten nach der Aufziehleine. Wlad ging mit der Provider in einen nahezu senkrechten Steigflug, und als Hayes ruckartig zum Stehen kam, riss ihm das Gewicht des Pakets fast die Schulter aus dem Gelenk.

Die Aufziehleine war stark genug, um ihn festzuhalten – doch der dünne Nylongriff war dafür weniger geeignet; das Brennen in seiner Handfläche sagte Hayes, dass er abzurutschen drohte.

Lass los, lass los!, schrie die Stimme in seinem Kopf.

Doch Hayes ließ nicht los. Während die Leine sich tief in seine Handfläche schnitt und das schwere Bündel ihm den Arm aus dem Schultergelenk zu reißen drohte, wartete er, bis er das Lager unter sich sah. Erst als er sicher war, dass das Paket sein Ziel erreichen würde, ließ er es los.

Die Aufziehleine des Bündels straffte sich und riss den Fallschirm aus der Hülle. Die seidene Kuppel entfaltete sich mit einem satten *Wump*, und das Bündel schwebte gleichmäßig auf die Mitte des Lagers zu.

Während die Bewohner auf das Paket mit den Hilfsgütern zueilten, versuchte dreihundert Meter über ihnen Hayes verzweifelt, sich ins Flugzeug zu retten.

Die Rampe war nur einen Meter über ihm, und obwohl das Adrenalin durch seine Adern pulsierte und er beide Hände an der Leine hatte, wusste Hayes, dass seine Chancen nicht allzu gut standen.

Er kletterte an der Leine nach oben, während der Wind ihn durchschüttelte und die Kugeln an seinem Kopf vorbeischossen.

»Schwing deinen fetten Arsch da rauf!«, trieb er sich selbst an.

Als er mit beiden Händen die Rampe erreichte, brannten seine Unterarme wie Feuer, und seine Kleidung war schweißgetränkt. Mit letzter Kraft zog er sich auf die Rampe hoch und kämpfte sich zurück in den Laderaum.

Sobald er im Flugzeug war, kroch er zur Bordwand und drückte den Hebel nach oben, um die Rampe hochzuklappen. Schwer atmend blieb er liegen; seine Brust brannte von den eingeatmeten Abgasen.

Er war völlig erledigt, sein Körper schrie nach Ruhe, doch Hayes musste ins Cockpit. Musste das Flugzeug aus dem Gefahrenbereich bringen, bevor Wlad mit seinen Manövern dafür sorgte, dass sie abgeschossen wurden.

Er streifte den Fallschirm ab, rappelte sich auf und

wankte nach vorn zum Cockpit, als eine 14-Millimeter-Granate in den Bauch des Flugzeugs einschlug und detonierte.

Die Explosion riss ein gutes Stück des Bodens heraus und warf Hayes gegen die Bordwand. Einen Moment lang blieb er benommen liegen, doch als er die Flammen sah, war er hellwach.

Hayes taumelte durch den Rauch und riss den Feuerlöscher von der Wand. Er zog den Sicherungsstift, richtete die Löschdüse auf das Feuer und drückte den Hebel durch. Während er den weißen Schaum in die Flammen sprühte, rief er Wlad über Funk.

»Drück die Nase runter, verdammt!«

Schweigen.

Hayes warf den Feuerlöscher weg, stieg die Treppe hoch und sprang ins Cockpit.

»Was machst du?«, rief er. »Bring uns runter!«

Doch Wlad war wie gelähmt, die Augen leer, die Hände knochenweiß am Steuerhorn, das Gehirn von Todesangst überwältigt.

Der ist fertig, sagte die Stimme. *Übernimm die Steuerung*.

Doch bevor er sich auf den Pilotensitz setzen konnte, wurde er auf eine metallische Lichtreflexion aufmerksam. Was er da sah, ließ ihn ungläubig erstarren.

Seit Muammar al-Gaddafi 2011 gestürzt worden war, hatte es immer wieder Gerüchte gegeben, dass das Waffenarsenal des libyschen Diktators auf dem Schwarzmarkt gehandelt worden sei und ganze Kisten mit russischen schultergestützten Boden-Luft-Raketen vom Typ Igla den Besitzer gewechselt hätten. Westliche Geheimdienste suchten neun Monate nach den Waffen, worauf Hayes Ende 2012 eine Liste mit sechs Personen erhielt, die es galt, ausfindig zu machen.

Es dauerte sechs Monate, bis er den letzten Namen von der Liste gestrichen und vier Kisten mit Igla-Raketen gefunden und zerstört hatte. Als er in die Staaten zurückkehrte, teilte Direktor Shaw ihm mit, dass auch der Rest der gestohlenen Waffen sichergestellt worden sei.

Da hat er sich wohl getäuscht, sagte die Stimme.

Das war eine krasse Untertreibung. Hayes hatte zwei Optionen: Er konnte sich über die Verantwortlichen ärgern, denen die Waffen durch die Lappen gegangen waren – oder etwas gegen die Boden-Luft-Rakete unternehmen, die bereits auf eines der Triebwerke zugeflogen kam.

Er griff hinter Wlads Sitz, wo sich die Notfallausrüstung befand. Mit einer blitzschnellen Bewegung zog er die Leuchtpistole aus der Halterung, schnappte sich eine Patrone und verließ das Cockpit.

Er lud die Signalpatrone in die Pistole und eilte zum Notausstiegfenster auf der Steuerbordseite des Frachtraums. Er ignorierte die warnende Aufschrift »NICHT WÄHREND DES FLUGS ÖFFNEN«, riss am Hebel und zog das Fenster auf. Es war kaum breiter als seine Schultern – er hatte Mühe, seinen Oberkörper gegen den Wind durch die Öffnung zu zwängen.

Die Igla-Rakete schoss mit einer Geschwindigkeit von fast 2400 km/h auf das Flugzeug zu, und Hayes wusste, dass jede weitere Verzögerung tödlich sein konnte. Verzweifelt wand er sich durch die Öffnung, bis sein Oberkörper im Wind hing, der ihm die Tränen in die Augen trieb.

Im Gegensatz zu den Vorgängermodellen war die Igla so konzipiert, dass sie ihr Ziel geradewegs ansteuerte. Sobald der Infrarotsuchkopf das Ziel gefunden hatte, steuerte das Lenksystem die Waffe darauf zu. Als Hayes die Rakete zuvor vom Cockpit aus bemerkt hatte, war sie in einem relativ flachen Bogen geflogen, doch nun hatte der Suchkopf ein Ziel gefunden, und das Geschoss flog eine scharfe Kurve und visierte das Flugzeugtriebwerk von vorn an.

Hayes richtete die Leuchtpistole auf die anfliegende Rakete und zielte etwa zehn Zentimeter höher. Sein Plan war, den Suchkopf vom Kurs abzubringen, indem das Leuchtgeschoss mit seiner Hitze ein näher liegendes Ziel vortäuschte.

Dafür brauchte es jedoch ein perfektes Timing. Wenn er zu früh abdrückte, würden die Sensoren noch genug Zeit haben, den Irrtum zu korrigieren und zum ursprünglichen Ziel zurückzukehren. Wartete er zu lange, würde die Rakete am Leuchtgeschoss vorbeijagen.

Als die Rakete nur noch etwa zweihundert Meter entfernt war, drückte er ab.

Das Magnesium-Leuchtgeschoss war nicht annähernd so schnell unterwegs wie die Igla mit ihrem Feststoff-Raketenmotor, und Hayes befürchtete schon, dass er zu lange gewartet hatte.

»Mach schon ...«, betete er im Stillen.

Die grelle Magnesiumkugel näherte sich der Rakete –

und wie Hayes gehofft hatte, stellte die nahe Hitzequelle für die empfindlichen Infrarotsensoren ein unwiderstehliches Ziel dar.

Das Lenksystem leitete die Kurskorrektur ein und schickte die Rakete senkrecht nach oben – weg von Hayes und dem Flugzeug.

»*Yes*!«, rief Hayes erleichtert und hämmerte triumphierend mit der Faust an die Bordwand.

Doch die Erleichterung war nicht von Dauer. Die Igla raste über das Leuchtgeschoss hinaus und fand dahinter nur kühle Luft, worauf ihr Suchkopf sich sofort nach einem neuen Ziel umsah – und das Flugzeug wiederfand.

Hayes zog sich in den Frachtraum zurück, warf die Leuchtpistole weg und rannte nach vorn zum Cockpit. Er rief Wlad eine Warnung zu, wollte ihn aus seinem Sitz ziehen – weg vom Fenster und aus dem unmittelbaren Gefahrenbereich –, als der Gefechtskopf fünf Meter vor dem Triebwerk detonierte.

Die Druckwelle zertrümmerte das Co-Piloten-Fenster, ein Hagel aus rasiermesserscharfen Glas- und Metallsplittern traf Wlad im Gesicht. Er sackte nach vorn auf die Instrumententafel und rührte sich nicht mehr.

Das Flugzeug kippte nach unten und richtete die Nase zur Erde. Hayes wischte sich Blut aus den Augen und sprang nach vorn auf den Pilotensitz, um die Maschine aus dem Sturzflug abzufangen, doch Wlads totes Gewicht klemmte das Steuerhorn ein.

»Sorry, Kumpel.« Hayes löste die Gurte des Russen und zog ihn von der Instrumententafel weg.

Einen Moment lang blieb Wlad aufrecht, dann sackte er zu Boden.

Hayes hatte das Flughandbuch der C-123 Provider von vorn bis hinten gelesen und verstand nun, was in Kapitel 5 klipp und klar festgehalten wurde: »Die minimale Crew sollte nicht nur in einer Gefechtssituation, sondern auch im Normalbetrieb aus Pilot und Co-Pilot bestehen.«

Er hatte schon beim Flug von Monrovia nach Marokko gegen diese Regel verstoßen und wusste deshalb, dass es möglich war, die Maschine allein zu fliegen – aber nicht unter den extremen Bedingungen eines feindlichen Beschusses.

Er blickte auf die Instrumententafel und versuchte einzuschätzen, wie schwer die Provider beschädigt war, doch die Anzeigen waren mit Blut und Gehirnmasse verschmiert. Er wischte mit dem Ärmel darüber und sah die roten Warnlichter und die zitternden Nadeln der Anzeigen.

»Okay, ein Problem nach dem anderen«, sagte er sich.

Er nahm einen tiefen Atemzug und blickte auf den Höhenmesser. Sie befanden sich in tausend Metern Höhe – ihm war klar, dass er das angeschlagene Flugzeug als Erstes aus dem unmittelbaren Gefahrenbereich bringen musste.

Er drückte das Steuerhorn nach vorn und nach links, um die Maschine in einer Kurve nach unten zu ziehen. Das Zittern des Steuers in seinen Händen und die träge Reaktion der Provider sagten ihm, dass die Steuerung massiv beschädigt war. Er beugte sich vor, blickte zum linken Flügel und sah, dass das Querruder von Einschusslöchern übersät war.

»Komm schon, Mädchen«, bettelte er, trat auf das Seitenruderpedal und drückte die Gashebel bis zum Anschlag durch.

Endlich reagierte die Provider, und er zwang sie in den Sturzflug, biss die Zähne zusammen und flog mitten durch den Geschosshagel. Die Rebellen feuerten aus allen Rohren, die Kugeln trommelten wie Hagelkörner auf ein Blechdach.

Hayes verfolgte, wie die Höhenanzeige absackte – *sechshundert Meter, vierhundertfünfzig, dreihundert* –, als eine letzte Salve in den Flügel auf der Backbordseite einschlug und die Triebwerksverkleidung schredderte.

Das Triebwerk stotterte und spuckte orange Flammen, gefolgt vom roten Blinken der Treibstoff- und Öldruckanzeigen und der Warnleuchte des Hydrauliksystems.

Er nahm die Leistung zurück und sah in der linken oberen Ecke der Instrumententafel eine Feuerwarnleuchte rot blinken. Hayes blickte aus dem Fenster; das linke Triebwerk qualmte wie eine Dampflok.

Schalte es ab.

Es war die einzig richtige Entscheidung.

Die Frage war nur, ob er mit einem Triebwerk die Sandsteinklippen überfliegen konnte, die fünf Meilen voraus am Ende des Tals aufragten.

19

LANGLEY, VIRGINIA

Es war sieben Uhr abends, Carpenter war erschöpft, sein Magen rumorte von zu viel Kaffee. Er fuhr seinen Computer herunter, zog seine ID-Karte aus dem Lesegerät, öffnete die oberste Schublade und holte eine Rolle Tabletten gegen Sodbrennen heraus. Es waren nur noch zwei übrig – die schob er in den Mund und stand auf.

In jüngeren Jahren hatten ihm die langen Arbeitstage und kurzen Nächte nichts ausgemacht. Wie ein Kleinkind betrachtete er Schlafen und Essen als Dinge, die ihn von Wichtigerem abhielten.

Doch die Zeiten, in denen er mit Essen aus dem Automaten und vier Stunden Schlaf auskam, waren vorbei. Von Essen zum Mitnehmen bekam er heute derartiges Sodbrennen, dass er die ganze Nacht wach lag.

Alt werden ist eine Plage, dachte er und hängte sich den Ausweis um den Hals.

Carpenter zerkaute die Tabletten und verzog das Gesicht wegen des Kreidegeschmacks, den der Säureblocker zurückließ. Er nahm die Jacke vom Haken und freute sich auf die ruhige Heimfahrt und vielleicht ein, zwei Biere vor dem Schlafengehen, doch als er im Vorzimmer das

Licht auf dem Schreibtisch seiner Sekretärin leuchten sah, wusste er sofort, dass aus dem geruhsamen Abend nichts wurde.

Die CIA war eine riesige Bürokratie, die von Bürohengsten geleitet wurde, denen es mehr um eine effiziente Verwaltung als um die nationale Sicherheit ging. Während Carpenter und seine Untergebenen alles taten, um die freie Welt vor ihren Feinden zu schützen, waren die Leute über ihm damit beschäftigt, Memos zu verteilen, die den Mitarbeitern erklärten, welche Farben sie für welche internen Dokumente zu verwenden hatten. Der Gedanke dahinter war, es Männern wie Carpenter leichter zu machen, Wesentliches von Unwesentlichem zu trennen – doch es machte vor allem mehr Arbeit.

Er presste einen stillen Fluch hervor, weil er zuerst die blau-weißen Akten von geringerer Wichtigkeit durchzuarbeiten hatte, bevor er sich den roten widmen konnte.

»Verdammte Akten«, grummelte er und schob sie in das äußere Fach seiner Aktentasche.

Als er alles hatte, was er brauchte, ging er durch die Lobby zum Expressaufzug, der ihn nach unten zur Parkgarage brachte, wo ihn sein Fahrer mit dem schwarzen Suburban erwartete.

»Harter Abend, Sir?«, fragte der Mann.

»Gibt's denn auch andere?«, erwiderte Carpenter und zog die AirPods aus der Jackentasche.

Er steckte sich die drahtlosen Knöpfe in die Ohren, zog sein Handy heraus, scrollte sich durch die Apps, bis er zu einem weißen Feld mit einem orangen Ball in der Mitte kam. Carpenter startete die App und dachte daran, wie skeptisch er gewesen war, als seine Frau ihn darauf gebracht hatte.

Das Leben der Frau eines CIA-Mannes war nichts für schwache Nerven. Man musste schon aus einem speziellen Holz geschnitzt sein, um mit dem täglichen Wahnsinn dieses Jobs zurechtzukommen – den Reisen, den langen Arbeitstagen und den manchmal monatelangen Auslandseinsätzen. Insofern war es nicht verwunderlich, dass die meisten seiner Mitarbeiter schon eine oder zwei gescheiterte Ehen hinter sich hatten.

Doch Carpenter hatte großes Glück gehabt, einer Frau wie Erin zu begegnen. Deshalb hatte er sich, ohne zu murren, schon mehreren der jeweils in Mode befindlichen Diäten unterzogen. Erst vor einigen Monaten hatte sie ihn überredet, es mit Yoga zu versuchen, sodass er nicht allzu überrascht gewesen war, als sie ihm eines Tages von Meditation erzählte.

»Eine App für Meditation? Im Ernst?«, hatte er gemeint.

»Es hilft, Stress abzubauen und besser zu schlafen. Du wirst begeistert sein, das verspreche ich dir«, hatte sie geschwärmt.

Und sie hatte recht.

Carpenter drückte den Startknopf, lehnte sich in den Sitz zurück und lauschte den Anweisungen der beruhigenden Stimme: »Schließen Sie die Augen und nehmen Sie einen tiefen, reinigenden Atemzug.« Er wollte sich gerade in die Meditation versenken und es zulassen, dass der ganze Stress des Tages an seinem Bewusstsein vorüberzog

»wie Wolken am Himmel«, als die Stimme von einem Klingelton auf seinem Handy unterbrochen wurde.

Er öffnete ein Auge und linste auf das Display. Als er die Nachricht las, war ihm klar, dass er den Zen-Zustand der tiefen inneren Ruhe heute nicht mehr erreichen würde.

Habe etwas gefunden, das Sie interessieren wird.

Bin auf dem Heimweg. Kann es nicht warten?, schrieb er zurück.

Nein. Kommen Sie so schnell wie möglich zu Site Tango!!!

Was Sie haben, ist hoffentlich GUT!, tippte er zurück.

Besser als Weihnachten.

»Planänderung«, sagte Carpenter, während seine Finger über die Tasten flogen.

»Was gibt's, Sir?«, fragte sein Fahrer mit Blick in den Innenspiegel.

»Zum Heliport in der South Capitol Street«, sagte er.

»Alles klar, Sir.«

Carpenter rief seine Frau an und teilte ihr mit, dass er es nicht zum Abendessen schaffen würde. Er steckte das Handy weg. Die letzte Zeile der Nachricht hatte eine elektrisierende Wirkung.

Besser als Weihnachten. In ihrer Codesprache bedeutete es, alles stehen und liegen zu lassen und auf dem schnellsten Weg zum vereinbarten Treffpunkt zu kommen. Aber was hatte sie herausgefunden?

Der Airbus H155 wartete bereits mit kreisenden Rotoren, als der Suburban den Hubschrauberlandeplatz erreichte. Beim Tor zeigte der Fahrer seinen Ausweis vor und fuhr direkt zum Helikopter. Noch bevor der Wagen zum Stehen kam, riss Carpenter die Tür auf und stieg an Bord.

»Wir können starten.«

»Roger.« Der Pilot ließ die Turbinen aufheulen, wovon in der schallgedämpften Kabine nicht viel zu hören war. Augenblicke später waren sie in der Luft und strichen tief über die 14th Street Bridge hinweg.

Carpenter sah durchs Fenster auf die dunkle Landschaft unter ihm.

Der Monongahela National Forest war größtenteils unwirtliches Gelände. Auf 3700 Quadratkilometern erstreckten sich Berge, Täler und Wälder, von einzelnen Wanderwegen durchzogen.

Hier konnte man tagelang wandern, ohne einem Menschen zu begegnen, was den Nationalpark zum idealen Standort für das neue Training and Application Lab der CIA machte.

Der Heli knatterte nordwärts durch eine enge Schlucht, bis der Fels nur noch einen halben Meter von den Rotorblättern entfernt war. Doch der Pilot war ein alter Hase, der die Maschine sicher durch die Engstelle mit ihren Luftströmungen steuerte und höher stieg, bis sie die Kiefern auf dem Gipfel überflogen.

Auf der anderen Seite des Waldes befand sich ihr Ziel auf einem Hügel mitten in einer Lichtung – ein Haus im Antebellum-Stil, dessen doppelstöckige Veranda mit den korinthischen Säulen ihn an *Vom Winde verweht* erinnerte.

Der Pilot landete auf dem Rasen und teilte ihm mit, dass er nordwärts nach Elkins fliegen und tanken würde. Carpenter nickte, nahm seine Aktentasche, stieg aus und wartete, bis der Helikopter in der Luft war, ehe er auf die Frau zuging, die vor dem Haus wartete.

Mit ihren eins fünfundsechzig, ihren dunkelblonden Haaren und den neugierigen grünen Augen hatte Victoria Arno nichts Bedrohliches an sich. Doch Carpenter hatte ihre Akte gelesen und wusste, dass sich hinter der Fassade einer harmlosen Bibliothekarin ein Raubtier verbarg. Aus diesem Grund hatte Carpenter sie mit der Leitung von Site Tango betraut.

»Okay, da bin ich«, sagte er.

»Und ich verspreche Ihnen, Sie werden es nicht bereuen«, schnurrte Arno und schlüpfte zwischen den schwer bewaffneten Wachen hindurch, die zu beiden Seiten der Tür postiert waren.

Als Carpenter das Haus zum ersten Mal aufgesucht hatte, wurde es gerade von einer Armee von Vertragsfirmen modernisiert – keine kleine Herausforderung, wenn man bedachte, dass es gebaut worden war, bevor es moderne Annehmlichkeiten wie Elektrizität und fließendes Wasser gegeben hatte.

Die Renovierung war mit enormem Aufwand durchgeführt worden; man hatte die morschen Fußböden und

Holzträger herausgerissen und alle Sicherheitsmaßnahmen eingebaut, die für ein Haus der Sicherheitsstufe IV notwendig waren.

Wäre es nach Carpenter gegangen, hätte er das Haus abreißen und ein neues bauen lassen, ohne sich darum zu kümmern, wie es aussah, solange es seinen Zweck erfüllte. Victoria Arno hingegen musste in dem Haus leben, weshalb es nicht nur funktional, sondern auch behaglich sein musste.

Im Gegensatz zur rauen Wildnis, die das Haus umgab, strahlten die eierschalenweißen Wände, die Hartholzböden und Eichenholzsparren etwas luftig Leichtes aus.

»Gefällt mir, was Sie aus dem Haus gemacht haben«, meinte er.

»Schon erstaunlich, was man zustande bringen kann, wenn Geld keine Rolle spielt«, sagte sie und führte ihn über den Flur in ihr geräumiges Arbeitszimmer.

»Also, was ist so verdammt wichtig?«

»Das.« Sie deutete auf eine Akte mit der blutroten Aufschrift STRENG GEHEIM.

»Ziemlich dünn«, meinte Carpenter, als er ihr die Mappe aus der Hand nahm.

»Sie sollten sich hinsetzen, bevor Sie anfangen zu lesen.«

»Ich bin schon eine ganze Weile im Geschäft«, sagte er lächelnd. »Ich glaube nicht, dass da etwas drinsteht, das mich umhaut.«

»Wie Sie meinen, Sir.«

Carpenter öffnete die Mappe und schaffte es bis zur Hälfte der ersten Seite, als ihm bewusst wurde, dass seine

Knie zitterten. »D-das glaub ich jetzt nicht …«, murmelte er und stützte sich mit der Hand auf dem Schreibtisch ab.

»Hayes und Shaw … Ist das …?«

»Ob es überprüft wurde? Ja, Sir.«

»Bitte, sagen Sie mir, Sie haben den aktuellen Standort.« Carpenters Herz hämmerte wie eine Trommel in der Brust.

»Er ist in Grand-Bassam.«

»Ich will innerhalb von zwölf Stunden ein Team startbereit haben«, sagte er.

»Ich habe genau den Richtigen für den Job«, erwiderte sie. »Aber wenn ich auf etwas hinweisen darf, Sir …«

»Was?«

»Direktor Shaw unterstützt Hayes allem Anschein nach. Wenn er herausfindet, was wir vorhaben …«

»Besorgen *Sie* mir jemanden, der Adam Hayes eliminieren kann«, sagte er. »Um Shaw kümmere ich mich selbst.«

20

KORHOGO, ELFENBEINKÜSTE

Während die Bodencrew die Kampfhubschrauber auftankte, rief General Dábo die Piloten und die Teamführer der Einsatzkommandos zu sich und öffnete den Umschlag, den Cabot ihm gesandt hatte.

»Ich habe Satellitenbilder vom Zielgebiet.« Er zog die fünf hochauflösenden Aufnahmen heraus und gab sie weiter.

Da die ivorische Armee über keine eigenen Überwachungssatelliten verfügte, hatte Dábo sich während des Bürgerkriegs an seine Kontakte in Frankreich gewandt, um Zugang zu taktischem Bildmaterial zu erhalten. Die Aufnahmen waren meist mehrere Wochen alt und von äußerst dürftiger Qualität.

Cabots Satellitenbilder hingegen waren gestochen scharf und keine zwölf Stunden alt. Zudem war darauf jede einzelne Stellung der Rebellen auf dem Flughafen markiert.

»Die armen Bastarde haben keine Chance«, grinste einer der Piloten.

»Gut so. Der Präsident will nämlich, dass wir den Flughafen in zwei Stunden unter Kontrolle haben.«

»*Zwei* Stunden?«, erwiderte Hauptmann Koffi. »A-aber die Helikopter sind noch nicht einmal aufgetankt.«

»*Sie* machen sich Gedanken über unsere Strategie«, sagte Dábo und zog seine vergoldete Fünfundvierziger aus dem Holster. »Um die Helikopter kümmere ich mich selbst.«

Fünfzig Minuten später befanden sich die Kampfhubschrauber zehn Meilen südlich des Flughafens, und Dábo sah stirnrunzelnd auf seine Uhr. Er hatte der Bodencrew gedroht, jeden Einzelnen umzubringen, wenn die Hubschrauber nicht innerhalb von zwanzig Minuten aufgetankt und in der Luft waren. Seine knallharte Strategie hatte funktioniert, doch nun waren die beiden Kampfhubschrauber gezwungen, ihre Geschwindigkeit an den langsameren Mi-17 anzupassen.

Dábo blickte aus dem Fenster und sah, dass der Mi-17 dennoch zurückfiel.

Zum Teufel damit. Er befahl den Piloten über Funk, in Angriffsformation zu gehen, und hielt sich am Haltegriff fest.

»Roger, General.«

Aufgrund des flachen Geländes und des aktiven Radars auf dem Flughafen hatte Dábo seinen Piloten angewiesen, so tief wie möglich zu fliegen.

Im nächsten Augenblick heulten die Turbinen auf, als der Pilot die Leistung erhöhte und den Steuerknüppel nach vorn drückte.

Der Kampfhubschrauber stürzte sich nach unten wie ein Falke auf der Jagd, und der Pilot zog die Maschine nach rechts zu der zweispurigen Straße, die sie direkt zum Ziel führen würde.

»Sissé, dass du mir in Anwesenheit des Generals ja nicht kotzt«, rief der Sergeant einem jungen MG-Schützen zu, dessen Gesicht sich blassgrün verfärbt hatte.

Fünfzehn Meter über dem Boden fing der Pilot den Helikopter ab und flog geradewegs auf das Ziel zu. Dábo ließ den Haltegriff los, und der Sergeant befahl seinem Einsatzkommando, die Waffen zu laden.

Im nächsten Augenblick hörte man von allen Seiten, wie Magazine in Gewehre geknallt und Patronen in die Kammer geladen wurden.

Als der Ruf »noch fünf Minuten bis zum Ziel« ertönte, gab Dábo seinen Männern letzte Anweisungen.

»Die Startbahn wird nicht beschädigt, und die Leute im Turm dürfen nicht verletzt werden.«

»Was ist mit dem restlichen Personal?«, fragte der Hauptmann.

»Was sich rührt, stirbt«, sagte Dábo grinsend.

»Noch eine Minute«, verkündete der Pilot.

Dann wollen wir mal, dachte Dábo und sah aus dem Fenster.

Die Piloten der Kampfhubschrauber waren darauf trainiert, im Tandem zu operieren. Während der zweite Helikopter knapp über dem Boden weiterflog, zog Dábos Pilot seine Maschine höher.

Von den Satellitenbildern wusste der General, dass der Flughafen lediglich aus einer Startbahn, drei heruntergekommenen Hangars und einem orange-weißen Wellblechgebäude bestand, das als Terminal diente. Auf der Nordseite befand sich der Tower, ein zweistöckiges Gebäude mit weißen Stuckwänden.

Darüber hinaus gab es noch drei MG-Türme und zwei Mörserstellungen, die die Rebellen zu beiden Seiten der Startbahn errichtet hatten, sowie eine Reihe von Sperrholzbaracken, die unter einem alten Tarnnetz verborgen waren.

Die Truppen in den Kampfhubschraubern waren gut vorbereitet. Die Kommunikation über Bordfunk verlief einseitig: Der Pilot gab die Ziele an, und der Schütze feuerte entweder mit dem vierläufigen 12,7-mm-Maschinengewehr unter der Nase oder ließ eine Salve von 80-mm-Raketen aus den Startbehältern an den Flügeln los.

Für den General gab es im Moment nichts zu tun. Grinsend saß er da und verfolgte die Symphonie des Todes.

Der Führungshubschrauber zerschoss die Baracken mit einem Hagel von 80-mm-Raketen und wandte sich sogleich den MG-Türmen zu. Diesmal war es die Maschinenkanone, die Feuer spie.

»Falke 1, da sind Truppen im Freien. Sieht so aus, als hätten sie gepanzerte Mannschaftstransportwagen im Hangar.«

»General, ersuche um Erlaubnis, die Panzerabwehrraketen einzusetzen.«

Dábo hatte es eigentlich vermeiden wollen, ihre AT-2-Raketen zum Einsatz zu bringen, um nicht Gefahr zu laufen, umliegende Gebäude zu zerstören, doch dass der Gegner über Panzerfahrzeuge verfügte, änderte die Lage.

»Alles klar – setzt sie ein.«

Der Pilot drosselte die Geschwindigkeit, ging in den Schwebeflug und hielt den Heli so stabil wie möglich, damit der Schütze sein Ziel anvisieren konnte. Die Rakete heulte aus dem Startrohr, ihr Lichtstrahl erleuchtete das dunkle Innere des Hangars.

»Er ist erledigt.«

Zehn Minuten später war alles vorbei, und die Kampfhubschrauber kreisten über dem Flugplatz wie eiserne Geier auf der Suche nach Aas, während da und dort schwarze Rauchsäulen zum Himmel stiegen.

»Gehen wir runter«, befahl Dábo.

»Aber, General, es ist nicht sicher«, gab der Pilot zu bedenken.

»Dann sorgt dafür, dass es sicher ist.«

»Jawohl, General.« Der Pilot nahm das Funkgerät zur Hand.

»Falke 2, hier Falke 1. Setzt eure Truppen ein.«

»Falke 2 – verstanden.«

Der Kampfhubschrauber kreiste über dem Flughafen, und General Dábo beobachtete, wie der zweite Heli landete und die Soldaten über die Rampe herausstürmten.

Dábo erwartete, dass der Kommandant eine Feuerbasis errichten ließ, bevor er zum Kontrollturm vorrückte, doch er tat es nicht. Der übereifrige Offizier rannte geradewegs auf das Ziel zu und befahl seinen Männern, ihm zu folgen.

Im nächsten Augenblick brach MG-Feuer aus dem Hangar hervor, dann schrie eine Stimme: »Hinterhalt!«

Jetzt reicht's, dachte Dábo und drückte auf den Sendeknopf.

»Hier Dábo an Jäger 1. Macht den verdammten Hangar platt.«

»Aber, General, unsere Männer …«

»Das ist ein Befehl, Major.«

Der Helikopter schwenkte herum, zwei Raketen schossen aus den Startbehältern, schlugen in den Hangar ein und explodierten.

»Eröffnet das Feuer mit den Maschinengewehren, dann gehen wir runter«, befahl Dábo, ehe er sich an seinen Hauptmann wandte. »Ich will, dass in zehn Minuten die aufständischen Bastarde tot sind und das Feuer gelöscht ist. Verstanden?«

»J-ja, General.«

Dábo stieg aus dem Hubschrauber und sah sich um. »Wo ist Hauptmann Koffi?«

»Beim Hangar, bei den Gefangenen, General«, meldete ein Sergeant und deutete auf zwei kniende Männer.

Dábo nickte und ging hinüber. »Hauptmann, ich will, dass das Feuer sofort gelöscht wird«, befahl er.

»Alles klar, General. Wir hätten es längst erledigt, aber diese Gefangenen …«

Gefangene waren im Moment das Letzte, was Dábo interessierte.

»Das sind keine Gefangenen, das sind Verräter.« Er zog seine Fünfundvierziger aus dem Holster und tötete beide Männer mit Kopfschüssen. »Jetzt löscht endlich das Feuer.«

Als Dábo den Tower betrat, blieben ihm noch fünf Minuten. Mit der rauchenden Pistole in der Hand wandte er sich an die ängstlichen Gesichter vor ihm.

»Ich bin General Joseph Dábo, der Kommandant der Republikanischen Garde«, verkündete er. »Wer leitet den Tower?«

»I-ich, General«, meldete sich ein Mann im mittleren Alter mit grauem Ziegenbärtchen und weißem Hemd. »Mein Name ist Daniel Aké. Die Waffe ist nicht nötig, General.«

»Das entscheide immer noch ich, verstanden?«

»J-ja, General.«

»Gut. Ich will eines klarstellen. Das da draußen waren Feinde des Staates, aufständische Mistkerle, die bekommen, was sie verdient haben.« Er schob die Pistole ins Holster. »Solange Sie hier tun, was ich sage, passiert Ihnen nichts. Haben wir uns verstanden?«

»Ja, General.«

»Sehr gut. Hier wird bald ein Flugzeug landen.« Er zog das Blatt mit dem Kennzeichen und der Funkfrequenz hervor und gab es dem Mann. »Sie bereiten alles vor, damit die Maschine landen kann.«

Der Mann zog eine Lesebrille aus der Tasche und studierte stirnrunzelnd die spärlichen Angaben. »Kein Flugplan?«

»Nein.«

»Können Sie uns wenigstens sagen, woher das Flugzeug kommt?«

»Das hier ist alles, was ich habe.«

»Hmm«, machte der Mann skeptisch. »D-das ist schwierig, aber wir werden unser Möglichstes tun.«

Er ging quer durch den Raum zum Radaroperator und gab ihm das Papier.

»Es kann eine Weile dauern«, sagte Aké.

Dábo nickte, trat ans Fenster und blickte auf das Panzerfahrzeug hinaus, das halb verbrannt auf der Landebahn stand. »Sag ihnen, sie sollen den Schrotthaufen von der Landebahn räumen«, befahl er. »Schnell!«

»Ja, General.«

Der mit dem Angriff verbundene Adrenalinschub ließ bereits nach, und Dábo fühlte sich nur noch müde. Er zog eine Zigarette aus der Tasche, zündete sie an und nahm einen tiefen Zug. Seit Cabots Anruf hatte er sich ganz auf die Einnahme des Flughafens konzentriert, doch erst jetzt, da er die Aufgabe erledigt hatte, begann er sich Gedanken zu machen, welche Konsequenzen es nach sich ziehen würde.

Es war Wahljahr, und der Präsident war bestrebt, das gespaltene Land zu einen und die Kämpfe zu beenden, die seit dem Bürgerkrieg immer wieder aufflammten.

Was wird er sagen, wenn er erfährt, was ich getan habe?, fragte er sich.

Dábo kannte die Antwort, doch er war sich sicher, dass ihn diesmal auch seine Frau nicht würde retten können.

»General, ich habe Ihr Flugzeug auf dem Schirm, auf null-drei-vier Grad«, meldete der Radaroperator.

Daniel Aké eilte zur Radarstation, der General dicht hinter ihm.

»Haben Sie schon versucht, Kontakt aufzunehmen?«, fragte Aké und blickte auf den Radarschirm.

»Ja, aber es kommt keine Antwort.«

»Ist er das?«, fragte Dábo.

Weder Aké noch der Operator ging auf die Frage ein.

»General, ich glaube, das Flugzeug ist in Schwierigkeiten.«

»Was meinen Sie damit?«

»Es verliert zusehends an Höhe. Und dass der Pilot sich nicht meldet, deutet auch darauf hin, dass es ein Problem geben muss.« Aké nahm die Lesebrille ab und schnappte sich ein Fernglas von seinem Schreibtisch.

»Fahren Sie die Sendeleistung hoch«, sagte er und trat ans Fenster. Dábo folgte ihm.

Aké hob das Fernglas an die Augen und blickte nach Nordosten.

Dábo überlegte bereits, was er mit dem Geld machen würde, als der Lautsprecher an der Wand zum Leben erwachte. Trotz des Inhalts der Nachricht klang die Stimme ruhig.

»Mayday … Mayday … Korho … Tower … hier Pilgrim drei-neun X-Ray. Muss … notlanden.«

21

BOBO-DIOULASSO

Die Fluggeschwindigkeit war jetzt das einzig Wichtige. Hayes blendete alles andere aus, ignorierte die blinkenden Warnlichter und das eindringliche »BODEN – BODEN – HOCHZIEHEN« des Warnsystems, das auf einen drohenden Absturz hinwies.

Hayes wartete bis zum allerletzten Augenblick, ehe er die Maschine in den Steigflug brachte. Die Nase der Provider hob sich zum Himmel, und die Fluggeschwindigkeitsanzeige bewegte sich in die falsche Richtung, während die Nadel des Höhenmessers zu klettern begann.

Er flehte das Flugzeug an, doch es würde zu spät sein. Als letzte verzweifelte Maßnahme, um es doch noch über die Felswand zu schaffen, auf die er zuflog, fuhr er die Landeklappen aus, um den Auftrieb zu verstärken. Das Zittern des Steuerhorns verriet ihm, dass er sich gefährlich nahe an der Mindestgeschwindigkeit bewegte.

Im entscheidenden Augenblick war der Flugzeugboden nur Zentimeter über dem Fels, ehe die Maschine die Klippe überflog, mit nichts als klarem Himmel und flachem Gelände, so weit das Auge reichte.

»*Ja*!«, rief Hayes unendlich erleichtert, schlug mit der

linken Hand auf das Steuerhorn und zog mit der rechten die Landeklappen ein.

Einen Schönheitswettbewerb oder einen Wettflug würde die Provider wahrscheinlich nie gewinnen, aber zäh war es, das alte Schlachtross. Nur aus diesem Grund war Hayes an Bord geblieben, obwohl sein Bauchgefühl ihm nahegelegt hatte, sich den Fallschirm umzuschnallen und abzuspringen.

»Mayday, Mayday, hier ist Pilgrim«, sprach er ins Funkgerät.

Es kam keine Antwort.

Laut GPS befand er sich fünfzig Meilen nördlich von Korhogo. Dass er den Tower nicht erreichen konnte, war sein kleinstes Problem. Die Provider hielt sich zwar konstant auf zweitausend Meter Höhe, doch die Nadel der Treibstoffanzeige hing tief im roten Bereich; er wusste, dass er es nicht schaffen würde. Trotz der Manöver über der Abwurfstelle hätte das Flugzeug genug Treibstoff im Tank haben müssen, um es bis Korhogo zu schaffen. Dass dem nicht so war, konnte nur bedeuten, dass der Tank leck war.

Das Einzige, was er tun konnte, war, das Treibstoffgemisch abzumagern, um die Reichweite zu erhöhen, und die Leistung zurückzunehmen. Doch auch diese Maßnahmen würden ihm nur ein klein wenig zusätzliche Zeit verschaffen.

Halt durch, Mädchen, flehte er.

Ohne Kontakt zum Tower musste Hayes selbst den treibstoffschonendsten Weg zum Ziel finden, also schaltete er auf Autopilot und nahm die Karte zur Hand. Laut Plan verlief die Landebahn in Ost-West-Richtung. Der Wind kam im Moment von Westen, also plante Hayes den Landeanflug dementsprechend.

Er berechnete die Route, bis er die treibstoffschonendste Lösung gefunden hatte. Dann schaltete er den Autopiloten aus, lenkte die Maschine sanft nach Osten und drehte zehn Minuten später nach Süden ab.

Nach einer letzten Wende Richtung Westen war er noch zehn Meilen von dem Punkt entfernt, an dem sich *hoffentlich* der Flugplatz befand. Wenig später sah er den Rauch; drei schwarze Säulen, die zum Himmel stiegen wie von den Scheiterhaufen einer fernen Vergangenheit.

Das ist gar nicht gut, dachte er, als er den Landeanflug einleitete.

Nach seinem Plan war die Landebahn breit genug für seine Maschine, doch aus einer Höhe von 1500 Metern sah sie erschreckend kurz aus und kaum breit genug für eine einmotorige Cessna.

Es gibt nur einen Weg, es herauszufinden.

Er richtete die Nase der Maschine auf die Mitte der Landebahn aus und wollte schon das Fahrwerk ausfahren, als sein Funkgerät zum Leben erwachte.

»Pilgrim drei-neun X-Ray, hier ist der Tower von Korhogo. Können Sie mich hören?«, fragte die ruhige Stimme auf Französisch.

Einen Moment lang war er überrascht, sein Kennzeichen über Funk zu hören, als ihm bewusst wurde, dass er nicht mehr allein war. Rasch drückte er den Sendeknopf.

»Tower, hier Pilgrim drei-neun X-Ray. Muss notlanden«, antwortete er auf Französisch.

»Beschreiben Sie das Problem.«

»Wo soll ich anfangen?«, erwiderte er und fuhr das Fahrwerk aus.

Einen Moment lang herrschte Schweigen; der Flugleiter schien nicht zu wissen, wie er reagieren sollte. »Roger«, sagte er schließlich.

In 450 Metern Höhe begann das linke Triebwerk zu stottern, und die Provider zog nach rechts. Hayes schaltete das Triebwerk ab und spürte den Schweiß auf der Stirn.

»Äh … Tower, ich habe ein Triebwerk verloren«, meldete er und umklammerte das Steuerhorn so fest, dass die Fingerknöchel weiß hervortraten.

Hayes checkte das Fahrwerk, obwohl er wusste, dass es draußen war, doch er musste sich irgendwie ablenken. Dann sah er eine ockergelbe Staubwolke über die Landebahn hinwegziehen.

Der Windsack auf dem Tower, der eben noch schlaff herabgehangen hatte, begann plötzlich zu flattern.

Irgendwie nicht mein Glückstag.

In 150 Meter Höhe erfasste ihn eine Windböe von Süden, die das Flugzeug aus der Position für den Landeanflug brachte.

Er trat auf das Seitenruderpedal und schaffte es gerade noch, die Maschine auf die Landebahn auszurichten, ehe die Räder aufsetzten. Im nächsten Augenblick trat er hart auf die Bremse und aktivierte die Schubumkehr.

Das Triebwerk stöhnte, das Cockpit war vom beißenden

Geruch nach verbranntem Gummi erfüllt, doch das machte ihm nichts aus. Er war am Leben – das allein zählte.

Knapp hundert Meter vor dem Ende der Landebahn kam die Provider zitternd zum Stehen. Auf das Rauschen der Luft durch die zertrümmerten Scheiben folgte ohrenbetäubende Stille.

Er schaltete das Triebwerk ab, öffnete den Gurt und erhob sich schweißgebadet aus dem Sitz. Stieg aus dem Cockpit, ging nach hinten und öffnete mit zitternden Händen die Kabinentür. Er wollte nur noch raus aus diesem Flugzeug.

Die Tür schwang auf, er trat auf den Asphalt, und die ivorische Sonne knallte ihm glühend heiß ins Gesicht.

Ich habe es tatsächlich geschafft.

Die Erleichterung, dem Tod entwischt zu sein, war stärker als jede Droge. Hayes hätte ewig hier stehen können, sich die Sonne auf das Gesicht scheinen lassen und zusehen, wie das grüne Gras sich im Wind wiegte.

Doch der Augenblick verflog, als ihm der unverkennbare Geruch von verbranntem Fleisch in die Nase stieg und er Reifen auf dem Asphalt quietschen hörte. Er blickte zum Tower und sah zwei Toyota-Hilux-Pick-ups heranbrausen, die Ladeflächen voll mit schwer bewaffneten Männern.

Das ist nicht gut.

Sein erster Gedanke war, zu rennen so schnell er konnte, doch das Flugzeug würde keinen Meter mehr fliegen, und ringsum war nichts als freies Feld, sodass an ein Entkommen zu Fuß nicht zu denken war.

Scheiße.

Es war nicht das erste Mal, dass er in irgendeinem

Dreckloch in der Dritten Welt in die Mündung einer AK-47 schaute. Nach seiner Erfahrung empfahl es sich in solchen Momenten, den naiven, ahnungslosen Amerikaner zu spielen.

Hayes stand mit erhobenen Händen da, ein schiefes Grinsen im Gesicht, als die Trucks vor ihm zum Stehen kamen. Die Beifahrertür schwang auf, und ein hochgewachsener Mann in makelloser Uniform sprang heraus. Die Sterne auf seinem Kragen blitzten im Sonnenlicht, als er übers Rollfeld stapfte.

Neben Hayes blieb er stehen, nahm die Sonnenbrille ab und starrte mit offenem Mund auf das ramponierte Flugzeug.

»W-was haben Sie getan?«, fragte der Mann auf Französisch.

»Sorry, Kumpel«, erwiderte Hayes achselzuckend, »kein parlez-vous Französisch.«

Er sah den Zorn im Gesicht des Mannes aufflackern, und das Zucken seiner Schultern verriet ihm, dass der Kerl zuschlagen würde – doch Hayes blieb bei seiner Strategie und machte keine Anstalten auszuweichen.

»Idiot«, zischte der General und schlug ihm mit dem Handrücken ins Gesicht.

Die Wucht des Schlags ließ Hayes einen Schritt zurücktaumeln, doch der General war noch nicht fertig und versetzte ihm einen Fausthieb in die Magengrube. Hayes klappte zusammen wie ein billiger Kartentisch und keuchte wie ein Fisch auf dem Trockenen, doch bevor er zu Boden ging, hämmerte Dábo ihm das Knie ins Gesicht.

Hayes blieb bei seiner Rolle, doch die Nase wollte er sich nicht brechen lassen und wich im letzten Moment aus, sodass der General ihn hauptsächlich an der Schulter erwischte.

Als Hayes auf dem Boden lag, hatte er alle Mühe, seine Wut zu bezähmen. Er hatte oft genug mit Typen wie diesem General zu tun gehabt. Der Mann war ein Tyrann, der bestimmt nicht davor haltgemacht hatte, Frauen und Kinder zu töten, um nach oben zu kommen. Nur zu gern hätte er dem Kerl kräftig in den Arsch getreten und ihm gezeigt, was passierte, wenn man sich mit dem Falschen anlegte. Doch Hayes beherrschte sich, weil er wusste, wie es ausgehen würde, wenn er sich wehrte. Der uniformierte Feigling würde seinen Männern sofort befehlen, ihn zu töten, wenn er sich respektlos behandelt fühlte.

Es fiel ihm nicht leicht, sich verprügeln zu lassen, doch es war die einzige Möglichkeit, lebend aus der Sache herauszukommen.

Der General bückte sich, packte Hayes am Hemd und zog seinen Oberkörper hoch.

»Wo ist der Russe?«, fragte er und schlug ihm erneut ins Gesicht.

Das wird langsam hässlich, meinte die Stimme, als der General noch einmal zuschlug.

Doch Hayes wusste, wie man mit solchen Typen umgehen musste. Als der Angreifer ihn zu sich zog, um ihm den nächsten Fausthieb zu versetzen, sammelte er etwas Blut im Mund.

»Ich spreche kein verdammtes Französisch«, spie er

hervor und spritzte Blut auf die makellose Uniform des Generals.

Der Mann ließ Hayes los wie eine heiße Kartoffel und sprang einen Schritt zurück. Als er auf seine ruinierte Uniformjacke blickte, verzerrte sich sein Gesicht vor Wut. »Ich … ich bring dich um!«, brüllte er und griff nach der Pistole im Hüftholster.

Hayes hatte auf eine andere Entwicklung gehofft, war bereit gewesen, sich dafür verprügeln zu lassen, aber eine Kugel – das ging zu weit.

Ja, sag das dem Kerl mit der Knarre.

Der Vorfall hatte die Soldaten näher herankommen lassen; alle wollten sehen, wie der General den Amerikaner tötete. Von seiner Perspektive auf dem Boden sah Hayes nur Stiefel und die Läufe von AK-47-Sturmgewehren, aber mehr brauchte er nicht.

Sein Plan war einfach: Nach rechts abrollen, den nächstbesten Gewehrlauf packen und den dazugehörigen Soldaten in die Schusslinie ziehen, ehe der General abdrückte. Falls es funktionierte, würde er vielleicht genug Zeit haben, um die Pistole zu ziehen und ein paar von ihnen zu toten, bevor sie ihn niederschossen.

Wenn nicht, würde Hayes wenigstens kämpfend untergehen.

22

KORHOGO, ELFENBEINKÜSTE

Hayes konzentrierte sich auf den Gewehrlauf einen Meter vor ihm und bereitete sich auf sein Manöver vor. In diesem Augenblick hörte er ein Auto mit quietschenden Reifen halten, dann Schüsse aus einer automatischen Waffe. Er zuckte zusammen, erwartete das Brennen einer Kugel in der Brust – stattdessen hörte er die Stimme einer Frau, die einen Befehl auf Französisch rief.

»General, stecken Sie die Pistole weg!«

»Ich habe hier das Kommando«, knurrte der Mann wütend.

Hayes hatte keine Ahnung, was hier vor sich ging, aber er wollte es nicht auf dem Boden liegend über sich ergehen lassen.

Er rappelte sich auf und sah eine Frau mit kastanienbraunen Haaren vor dem General stehen, flankiert von schwer bewaffneten Männern. Hayes erkannte auf den ersten Blick, dass es sich um Söldner handelte, wahrscheinlich Südafrikaner, nach den FAL- und Vektor-R4-Gewehren zu schließen. *Aber warum sind sie hier, und wer ist die Frau*?, fragte er sich, als ihm bewusst wurde, dass sie ihn ansah.

Ein Kopfnicken von ihr genügte, und die Pitbulls drängten mit den Gewehren im Anschlag die ivorischen Soldaten beiseite.

Hayes trat ihnen entgegen, die rechte Hand am Pistolengriff.

»Das würde ich an Ihrer Stelle nicht tun«, sagte einer der Söldner auf Französisch.

»Spricht denn hier keiner Englisch?«, erwiderte Hayes in seiner Rolle als ahnungsloser Amerikaner.

»Ich habe gesagt, das würde ich an Ihrer Stelle nicht tun«, wiederholte der Mann auf Englisch.

»He, alles cool, ja?«, sagte Hayes mit erhobenen Händen.

»Hände auf den Kopf, Finger verschränken«, forderte der Mann ihn auf und wartete, bis Hayes den Befehl befolgte, ehe er ihm die Pistole aus dem Holster zog. »Nette Knarre«, meinte er anerkennend.

»Das alte Ding?«, erwiderte Hayes. »Hab ich beim Poker gewonnen.«

»Dann macht es Ihnen bestimmt nichts aus, wenn ich sie behalte.«

Hayes zuckte mit den Schultern; was blieb ihm auch anderes übrig.

»Bringt ihn in den Wagen«, befahl die Frau, ehe sie sich an den kleinlauten General wandte.

Hayes ging nahe genug an der Frau vorbei, um zu hören, wie sie fragte: »Ist der Russe nicht da?«

Der Russe? Wlad? In was hat der Idiot mich da reingeritten?, fragte er sich, während er sich von den Männern zum Pick-up zerren ließ.

Es war das erste Mal seit der Landung, dass er an den

Russen dachte. Mit einem Anflug von schlechtem Gewissen wurde ihm bewusst, dass er den Mann auf dem Boden des Cockpits hatte liegen lassen. Hayes verdrängte die Schuldgefühle; er würde seine ganze Konzentration brauchen, wenn er am Leben bleiben wollte.

»Hände an den Wagen«, forderte der Mann ihn auf, und Hayes tat es.

Der Mann, der ihn filzte, war ein Profi und brauchte nicht lange, um den Inhalt seiner Taschen sowie das Geld und den Pass in der Gürteltasche zu finden.

»Nimm ihm auch die Uhr und den Gürtel ab.«

Hayes öffnete den Gürtel und legte ihn zu den anderen Sachen, machte aber keine Anstalten, die Uhr vom Handgelenk zu nehmen.

»Hast du Tomaten auf den Ohren, oder hat dir der General mit seinen Schlägen das Trommelfell zerrissen?«

»Meine Ohren sind in Ordnung, aber wenn du diese Uhr anrührst, kriegst du Ärger.«

»So?« Der Mann machte einen Schritt auf Hayes zu. »Soll ich dir vielleicht eine Kugel …« In diesem Augenblick trat die Frau dazwischen.

»Wikus, fahren Sie mit ihm zum Hangar.«

»Hör auf deine Mami«, spottete Hayes augenzwinkernd.

»Schwing deinen Arsch in den Wagen.« Wikus packte ihn am Hemd und stieß ihn zur Ladefläche.

Augenblicke später brausten sie über das Rollfeld. Hayes war zwischen zwei Männern eingeklemmt. Während der kurzen Fahrt zum Terminal schossen ihm hundert Fragen durch den Kopf.

Hayes stieg aus, und die Söldner führten ihn über eine Treppe zur Tür. Das Terminal war hoffnungslos veraltet und verblichen wie ein Bild aus einem Reisemagazin der Achtziger. Die einst farbenfrohen Wandgemälde waren mit regierungskritischen Graffiti und grotesken Karikaturen von Präsident Soro übermalt.

Hayes war zu dem Schluss gekommen, dass es sinnlos wäre, Widerstand zu leisten. Er ging gebeugt mit gesenktem Kopf, wie ein Mann, der sich in sein Schicksal ergeben hatte. Doch seine wachsamen blauen Augen hörten nicht auf, die Umgebung zu erkunden. Auf dem Flur prägte er sich jede Tür und jedes Fenster ein und zählte die zurückgelegten Schritte.

Er musste davon ausgehen, dass die beiden Männer Anweisung hatten, ihn nach hinten zu bringen und zu erschießen. In diesem Fall waren seine Bemühungen zwecklos, doch solange er lebte und atmete, würde er alles versuchen, um zu entkommen.

Nicht um seiner selbst willen, sondern für seine Frau und seinen Sohn.

Sie gingen auf einen Quergang zu, wo einer der Söldner ihn mit dem Lauf seiner FAL anstieß, um ihn aufzufordern, nach links abzubiegen. Am Ende des Ganges trat Hayes durch eine Metalltür in eine kleine Zelle.

Der Raum war kaum mehr als zwei mal zwei Meter groß; die Einrichtung bestand aus einem Edelstahltisch, zwei Stühlen und einem Spiegel an der Wand.

»Fessle dich damit an das Rohr«, befahl Wikus und warf ihm Handschellen hin.

»Im Ernst?«

»Entweder du machst es selbst oder ich lasse es *ihn* machen.« Der Söldner deutete auf seinen südafrikanischen Landsmann. »Aber glaub mir, das wird dir nicht gefallen.«

»Gut zu wissen.« Hayes befestigte eine Handschelle an seinem Handgelenk, die andere an dem Bleirohr, das an den Tisch geschweißt war.

»Mach dir's bequem, Kumpel. Wir zwei haben eine Menge zu besprechen«, spöttelte Wikus, ehe er mit seinem Kameraden hinausging.

Ich freu mich drauf.

Wie die meisten Agenten war Hayes schon öfter in der Situation des Häftlings gewesen, der an einen Tisch gefesselt war und sich fragte, was für schreckliche Dinge die Leute auf der anderen Seite des Einwegspiegels mit ihm vorhatten. Ebenso oft hatte er auf der anderen Seite der Glasscheibe gestanden und sich gefragt, wie viel Schmerz er dem Gefangenen zufügen musste, um ihn zum Reden zu bringen.

Von daher kannte Hayes alle schmutzigen Tricks, die Verhörspezialisten anwandten. Wie zum Beispiel, an den vorderen Stuhlbeinen zwei Zentimeter abzusägen, sodass der Gefangene ständig nach vorn rutschte.

Netter Versuch, dachte er und tauschte die Stühle aus.

Hayes hatte den Raum bereits studiert, aber nichts Interessantes finden können. Also konzentrierte er sich auf das einzige Bindeglied zwischen sich und den Männern, die ihn in Gewahrsam genommen hatten – die Handschellen.

Die Südafrikaner waren bestimmt Profis, doch die Tatsache, dass Wikus Handschellen benutzte, weckte seine Neugier.

Jemanden festzunehmen war immer mit einem gewissen Risiko verbunden. Deshalb hatte Hayes bei seinen Einsätzen immer Kabelbinder dabei. Die Vorteile lagen auf der Hand: Sie waren leicht und trotzdem kaum zu zerreißen. Vor allem aber waren sie leicht zu ersetzen.

Handschellen hingegen waren schwer, mussten gewartet werden, um zu funktionieren, und wenn man nicht einen ganzen Haufen davon zur Verfügung hatte, war es ratsam, sie nicht zurückzulassen.

Aus all diesen Gründen fragte sich Hayes: *Warum verwendet Wikus Handschellen*?

Die Antwort fand er in Form von winzigen Buchstaben an dem Teil, der am Rohr befestigt war: REPUBLIC ARMS MODEL 65 – SAP.

Model 65 … die Standardausrüstung südafrikanischer Polizisten, die der Koevoet angehörten, dachte Hayes.

Koevoet oder *Nageleisen* nannte man eine paramilitärische Spezialeinheit der südwestafrikanischen Polizei zur Bekämpfung von Aufständischen. Die eigens dafür ausgebildeten Spezialisten hatten in der Ära der Apartheid oftmals brutale Mittel angewandt, um Rebellen zu bekämpfen.

Hayes war nie einem von ihnen begegnet, doch er hatte genug gehört, um zu überlegen, ob er nicht von dem im Hosenbund eingenähten Keramikschlüssel Gebrauch machen sollte, um zu verschwinden.

Bevor er den Gedanken in die Tat umsetzen konnte, schwang die Tür auf, und Wikus trat gut gelaunt in die Zelle.

»Tja, Kumpel«, sagte er und knallte die Tür zu. »Jetzt haben wir Zeit, uns ein bisschen zu unterhalten.«

»Worüber?«

»Über die schlimmen Dinge, die ich da drin gefunden habe.« Er warf Hayes' blutverschmierten Rucksack auf den Tisch.

23

BRATISLAVA, SLOWAKEI

Cyrus Vandal saß in der Mitte des Frachtcontainers, mit nichts an als einer abgetragenen Jogginghose und der Kapuze, die seine Entführer ihm über den Kopf gezogen hatten. Er hievte sich auf den Stuhl, dessen kalter Metallrahmen ihm eine Gänsehaut über den Körper jagte.

Doch es war nur eine momentane Unannehmlichkeit, kaum zu vergleichen mit den vorangegangenen zwölf Stunden, die er zitternd in diesem kalten, dunklen Gefängnis verbracht hatte.

Die slowakischen Entführer hatten auf ihn eingeprügelt, bis ihre Arme erlahmten. Als er sich immer noch weigerte zu reden, ging einer der Männer an den Rand des Containers und befahl einem Wächter, *priniest' hadica* – den Schlauch zu bringen.

Bevor er zur Special Activities Division, der paramilitärischen Spezialeinheit der CIA, gekommen war, hatte Vandal zehn Jahre als Navy SEAL gedient. Dank des brutalen SERE-Trainings, in dem man ihn auf Verhörsituationen vorbereitet hatte, wusste er, was auf ihn zukam, als der Mann im marineblauen Trainingsanzug mit dem verblichenen grünen Gartenschlauch hereinkam.

»Jetzt wird sich zeigen, wie hart er wirklich ist«, meinte einer der Männer, als er den Schlauch zur Hand nahm.

Im SERE-Training hatte man ihnen beigebracht, sich in den hintersten Winkel des Bewusstseins zurückzuziehen und sich auf etwas Schönes zu konzentrieren. Doch im Moment konnte Vandal sich nur auf die Spritzdüse des Gartenschlauchs konzentrieren, die man ihm in den Mund steckte, und das Wasser, das ihm die Kehle hinunterlief.

Die meisten Männer wären spätestens jetzt eingeknickt und hätten auch noch die Farbe der Unterwäsche ihrer Mutter verraten. Nicht Vandal.

»Was soll das, Leute«, krächzte er, nachdem er einen Schwall Wasser erbrochen hatte. »Ich war ein Navy SEAL – glaubt ihr, das ist das erste Mal, dass mich jemand ertränken will?«

»Warte nur, bis der Chef kommt«, erwiderte der Wortführer der Bande, nachdem er ihn an den Stuhl gefesselt hatte. »Dann werden wir ja sehen, ob du es immer noch so lustig findest.«

Vandal hatte nicht vor zu warten. Sobald die Männer draußen waren, begann er die Kabelbinder zu bearbeiten, mit denen seine muskulösen Arme hinter dem Rücken gefesselt waren.

Wie er da in der Dunkelheit saß, wurde ihm wieder einmal bewusst, dass man sich seine Brötchen auch leichter verdienen konnte als bei der Special Activities Division der CIA. Zum Beispiel mit Jobs, in denen man nicht so leicht in die Situation kam, von slowakischen Gangstern gefoltert zu werden.

Aber Arbeit soll ja auch Spaß machen, oder?

Ohne Uhr konnte er unmöglich wissen, wie spät es war, doch nach einer Weile verriet ihm die Wärme, die der Metallcontainer abstrahlte, dass die Sonne aufgegangen sein musste. Nachdem er kurz innegehalten und neue Kräfte gesammelt hatte, fuhr er mit dem Daumen über die Plastikfessel und spürte den Riss, den er bereits zustande gebracht hatte.

Es fehlt nicht mehr viel.

Vandal drückte die eingerissene Stelle an das Metall der Stuhllehne, zog die Arme auseinander und versuchte, den Kabelbinder durchzusägen, als er draußen vor dem Container Stimmen hörte.

Er verstärkte seine Bemühungen und bearbeitete den Kabelbinder, bis ihm der Schweiß übers Gesicht lief und seine Muskeln vor Anstrengung brannten. Er beugte sich vor und zog die Arme mit aller Kraft auseinander, um die Fessel zu durchtrennen.

Der Kunststoff knirschte, riss aber nicht. Bevor Vandal einen neuen Versuch starten konnte, sagte ihm das metallische Klimpern des Schlosses, dass er keine Zeit mehr hatte.

Ihm blieb nichts anderes übrig, als den Kopf nach vorn sacken zu lassen und die Rolle des resignierenden Gefangenen zu spielen, als die Tür knarrend aufging. Er lauschte angestrengt, spürte die Augen, die auf ihn gerichtet waren, und wartete darauf, dass jemand etwas sagte.

Dann hörte er die raue Stimme von Ján Malicar, dem König der Unterwelt von Dunajská Streda, einem der meistgesuchten Verbrecher der Welt.

»Das ist der Kerl, der euch so viel Ärger macht?«

»Ja, Chef.«

»Bringt ihn raus, dann werden wir ja sehen, ob er wirklich so ein harter Bursche ist.«

Die Wächter kamen herein, ihre Schritte hallten von den Metallwänden wider. »Wir haben es dir ja gesagt, du Arschloch«, ätzte einer der Männer, ehe sie die Stuhllehne packten und ihn zur Tür zogen. Die Metallbeine schrammten über den Boden wie Nägel über eine Tafel.

Bevor er die Augen schließen konnte, rissen sie ihm die Kapuze herunter, und die Sonne blendete ihn nach der stundenlangen Dunkelheit. Vandal versuchte den Kopf zu senken, um sich vor dem grellen Licht zu schützen, doch zwei grobe Hände packten ihn am Kinn und drückten seinen Kopf nach oben.

»Du bist also der Yankee-Mistkerl, den die Amerikaner hergeschickt haben, um mich zu töten?« Malicars Hand ging zu dem Messer an seiner Hüfte.

»Das ist richtig«, antwortete Vandal in perfektem Slowakisch.

»Er spricht ja«, lächelte der Mann seinen Gehilfen zu und zog die Klinge, die im Licht schimmerte, als er sie Vandal vor die Augen hielt. »Mal sehen, was du mir noch alles zu sagen hast …«

Doch bevor er dazu kam, seine Drohung wahr zu machen, ließ Vandal den Kopf vorschnellen und rammte ihm die Stirn gegen die Nase.

»Aaaagh!«, schrie der Mann und riss die Hand zur gebrochenen Nase hoch, aus der ihm das Blut übers Hemd lief.

Bevor seine Männer eingreifen konnten, breitete Vandal die Arme aus, spannte sich innerlich an und wuchtete seinen Körper auf dem Stuhl nach vorn. Die Kabelbinder rissen, er sprang auf, packte den Stuhl und schwang ihn gegen die Wächter.

Der Mann mit der gebrochenen Nase ging mit dem Messer auf ihn los, doch Vandal wich aus, sah die Klinge an seinem Gesicht vorbeisausen und packte den Angreifer am Handgelenk. Er drehte es ruckartig, bis er den Knochen brechen hörte, dann stieß er den Mann zu Boden.

Während er seinen Arm festhielt, trat Vandal ihm mit voller Wucht in den Hals. Er nahm sich einen Augenblick, um seine Kräfte zu sammeln, dann brach er dem Mann mit einem jähen Ruck das Genick.

24

KORHOGO, ELFENBEINKÜSTE

Im Raum neben der Zelle zog Theresa Mallory eine neue Zigarette aus der Packung Marlboro Red und zündete sie mit der alten an. Normalerweise genehmigte sie sich nicht mehr als fünf Zigaretten am Tag, doch ihr Grundsatz war flöten gegangen, als sie am Flugplatz angekommen war und das ramponierte Flugzeug gesehen hatte. Außerdem hätte General Dábo dem Piloten beinahe eine Kugel in den Kopf gejagt.

Was, wenn ich ein bisschen später dazugekommen wäre? Was hätte ich dem Chef gesagt?

Sie hätte es verschmerzen können, einen zu verlieren, aber alle beide? Der Gedanke jagte ihr einen Schauer über den Rücken.

Wie alle, die für Cabot arbeiteten, fürchtete sie den Mann. Aber im Gegensatz zu den anderen Mitarbeitern, die mit allen Mitteln dafür sorgten, dass DarkCloud funktionierte, hatte Mallory keine Angst davor, dass er sie umbringen könnte, auch wenn sie nicht daran zweifelte, dass er es tun würde, wenn er sich davon einen Vorteil versprach.

Es war vielmehr so, dass er ihr nichts antun konnte –

weder körperlich noch seelisch –, was sie nicht schon in der Hölle der Sozialsiedlung erlebt hätte, in der sie ihre Kindheit und Jugend verbracht und aus eigener Erfahrung gelernt hatte, dass im menschlichen Leben nichts heilig war. Das Leben war eine Ware wie jede andere, die sich für ein bisschen Geld kaufen oder mithilfe eines Messers stehlen ließ. Für Mallory hatte körperlicher Schmerz keine Bedeutung; ihre Angst vor Cabot kam von der emotionalen Kälte, mit der er die Frauen in seinem Leben beherrschte.

Auch jetzt, als sie den Rauch ihrer Zigarette inhalierte und über die schwierige Situation nachdachte, war der Gedanke, den Mann zu enttäuschen, schlimmer als tausend Tode.

Sie hörte Schritte auf dem Gang näher kommen und drehte sich zur Tür. Im nächsten Augenblick hörte sie respektvolles Klopfen.

»Herein«, sagte sie auf Französisch.

Die Tür schwang auf, und General Dábo trat ein, gefolgt von einem kleineren Mann im grauen Overall.

»Sie wollten den Chefmechaniker sprechen – hier ist er«, sagte der General mit einem höflichen Nicken und seinem aalglatten Lächeln.

Mallory war in ihrem Leben schon Hunderten Dábos begegnet – Männern von stattlichem Äußeren, die skrupellos ihre Ziele verfolgten, die aber auch Charme und Hinterlist einsetzten, wenn Gewalt nicht zum Ziel führte. Es war vor allem diese Fähigkeit, Männer zu durchschauen, die es ihr ermöglicht hatte, in Cabots Organisation ganz nach oben zu kommen.

»Danke, General.«

»Keine Ursache, Madame«, sagte er. »Kann ich sonst noch etwas für …«

»Sie können draußen warten«, fiel sie ihm brüsk ins Wort, ohne das zornige Funkeln in seinen Augen zu beachten.

Sie wartete, bis er die Tür geschlossen hatte und seine Schritte sich auf dem Gang entfernten, ehe sie sich an den Mann im Overall wandte.

»Wie heißen Sie?«

»Drissa … Drissa Zadi«, sagte er.

»Haben Sie sich das Flugzeug angesehen?«, fragte sie und trat einen Schritt näher.

»Ja, Madame.«

»Können Sie es reparieren?«

»Der Schaden am Rumpf ist nicht so schlimm. Meine Männer arbeiten schon daran …«

Mallory ging auf den Mechaniker zu, und ihr eisiger Blick ließ die Temperatur im Raum fühlbar sinken.

»Das war nicht meine Frage!«, herrschte sie ihn an.

Wie fast ganz Afrika war auch die Elfenbeinküste extrem patriarchalisch geprägt – eine Gesellschaft, in der Frauen sichtbar, aber nicht zu hören sein sollten. Mallorys plötzliche Aggressivität traf den Mechaniker völlig unvorbereitet.

Er wich vor ihr zurück wie jemand, der ein Stück Holz aus einem Korb nehmen wollte und eine Schlange darin fand. »N-natürlich, Madame, m-mein Fehler«, stammelte Zadi, zog einen ölverschmierten Lappen aus der Tasche seines Overalls und wischte sich über die schweißglänzende Stirn.

Mallory ging zu der Bank beim Fenster, wo der Reisepass des Piloten neben ihrer Tasche lag. »Das Flugzeug muss in vier Stunden startbereit sein, um nach Grand-Bassam zu fliegen.« Sie zog ein dickes Geldbündel aus der Tasche und zeigte es dem Mann. »Wer mir das ermöglicht, den mache ich zu einem reichen Mann.«

Der Mechaniker riss die Augen weit auf, als er das Geld sah. Er leckte sich über die Lippen, seine Angst war augenblicklich vergessen.

»Ich will von Ihnen wissen, ob Sie dieser Mann sind, Drissa Zadi.« Sie legte das Geld auf die Bank und nahm die schallgedämpfte Walther heraus. »Oder muss ich einen anderen finden?«

Der Mechaniker blickte vom Geld zur Pistole und wieder zurück.

»Denken Sie gut nach, bevor Sie antworten«, warnte sie ihn.

»Ich bin der Mann«, betonte er.

»Dann schlage ich vor, Sie machen sich gleich an die Arbeit.«

»Natürlich«, sagte er und eilte zur Tür.

Als der Mechaniker draußen war, nahm Mallory den Pass des Piloten und kehrte zu ihrem Beobachtungsposten vor dem Einwegspiegel zurück. Sie blätterte in dem Pass, und die Oberflächenbeschaffenheit des Papiers sowie der matte Glanz der optisch variablen Farbe sagten ihr alles, was sie wissen musste.

Der Pass ist gefälscht.

Nicht viele von Cabots Mitarbeitern verfügten über die Fähigkeit, gefälschte Dokumente zu erkennen. Und selbst wenn jemand eine solche Entdeckung machte, würde er es nicht von sich aus melden. Cabot war kein guter Zuhörer; er führte sein Unternehmen wie die Streitkräfte, denen er angehört hatte. Kommunikation war für ihn eine Einbahnstraße; Cabot gab die Befehle, die anderen gehorchten.

Dank ihrer jahrelangen harten Arbeit und einer unerwarteten Glückssträhne war er auf Mallory aufmerksam geworden. Sie war in der Hierarchie nach oben geklettert und zu einer wichtigen Beraterin für ihn geworden. Umso überraschter war sie gewesen, als Cabot sie anrief und ihr mitteilte, dass er sie in Korhogo brauche.

Der Anruf hatte sie in Paris erreicht, wo sie erst am Tag zuvor zu einem dringend benötigten Urlaub angekommen war.

»Ich habe nicht gewusst, dass wir geschäftliche Interessen in der Elfenbeinküste haben«, hatte sie gemeint, während sie den Koffer aus dem Schrank holte.

»Es geht um ein spezielles Projekt«, hatte Cabot erklärt. »Dafür braucht es eine Frau mit Ihrem Fingerspitzengefühl.«

Als er das Gespräch beendete, hatte Mallory bereits ihren Koffer gepackt.

Während des viereinhalbstündigen Flugs nach Heraklion waren ihre Gedanken nur um die Frage gekreist, worum es gehen mochte. Sie hoffte, gleich nach der Landung mehr zu erfahren. Doch als sie auf Wikus und sein Team traf, wurde alles nur noch rätselhafter.

Mallory kehrte mit ihren Gedanken ins Hier und Jetzt zurück, drehte die Lautstärke des Lautsprechers an der Wand etwas höher und konzentrierte sich ganz auf den Mann, der da am Tisch saß.

Wer sind Sie, Mr. Hayes?

»Sie haben sich ganz schön in die Scheiße geritten, Kumpel«, sagte Wikus, als er zu dem Mann an den Tisch trat. »Ich werde Ihnen jetzt ein paar Fragen stellen.« Er beugte sich über den Tisch. »Ich würde Ihnen raten zu antworten.«

Der Südafrikaner war ein imposanter Mann mit dicken Armen und einem kurzen, stämmigen Hals. Ein Typ, der darauf abfuhr, Schmerzen zuzufügen. Doch Hayes wirkte keineswegs ängstlich wie die meisten, die der bullige Söldner in die Mangel nahm, sondern eher gelangweilt.

»Was machen Sie in der Elfenbeinküste?«

»Ich bin Reporter.«

»Mit Zeitungsleuten kenn ich mich aus. Ich hatte da mal so 'ne Bettgeschichte.«

»War's schön mit ihm?«

Es war eine Kunst, Leute dazu zu bringen, zu tun, was man von ihnen wollte. Mallory war darin bereits eine Meisterin gewesen, als sie anfing, für Cabot zu arbeiten. Sie hatte ihre Fähigkeiten eingesetzt, als sie Wikus klarmachte, wie die Befragung des Piloten abzulaufen hatte.

»Sie können ihn anbrüllen und ihm drohen, so viel Sie wollen, aber Sie schlagen nicht zu, verstanden?«

Sie glaubte, sich klar genug ausgedrückt zu haben, doch als Wikus mit zornrotem Kopf von dem Rucksack aufblickte und die Hände zu Fäusten ballte, war sie sich nicht mehr so sicher.

Doch statt Hayes die Nase zu plätten, drehte er den Rucksack um und schüttete den Inhalt auf den Tisch.

»Was ist das, Ihr Rekorder?« Er nahm das Nachtsichtgerät und hielt es hoch.

»Was wollen Sie?«, fragte Hayes.

»Ganz einfach.« Wikus setzte sich dem Amerikaner gegenüber. »Ich will wissen, wie ein so netter Bursche wie Sie dazu kommt, mit einem Toten im Cockpit hier zu landen, mit einem Flugzeug, das mit Blei vollgepumpt ist, als wär's 'n fliegender Bleistift.«

25

KORHOGO, ELFENBEINKÜSTE

Hayes fand es zwar recht amüsant, zu beobachten, wie der Südafrikaner darum kämpfte, seine Wut im Zaum zu halten – dennoch fing der Mann an, ihm auf die Nerven zu gehen.

»Hören Sie, Mann, wir wissen beide, dass Sie hier nicht das Sagen haben, also tun Sie mir einen Gefallen, ja?«

»Und der wäre?« Wikus beugte sich über den Tisch.

»Halten Sie endlich die Klappe und holen Sie Ihren Boss.«

Dass Wikus ihm nicht sofort die Nase plättete, bestätigte Hayes' Verdacht, dass die Leute, die das Geschehen auf der anderen Seite der Glasscheibe beobachteten, den Südafrikaner an der kurzen Leine hielten. Hayes hatte jedenfalls genug von seinen lästigen Fragen.

»Hör zu, Arschgesicht, ich werde dir einen Dreck erzählen, also hör auf, meine Zeit zu verschwenden, und hol deine Mami.«

Wikus schoss vom Stuhl hoch wie eine Rakete. »Jetzt reicht's, du großmäuliger Drecksack«, knurrte er und schwang seine fleischige Faust gegen Hayes' Gesicht.

Hayes war sich sicher, dass er den Südafrikaner jederzeit auf die Bretter schicken konnte, obwohl er mit einer

Hand an den Tisch gefesselt war. Es würde sich sicher gut anfühlen, war aber der sicherste Weg, seine Tarnung auffliegen zu lassen.

Es gab Wege, einen Mann zu verletzen, ohne es wie Absicht aussehen zu lassen.

Hayes wartete bis zum allerletzten Augenblick, dann spannte er den Hals an, zog die Schultern hoch und senkte die Stirn, ehe die Faust ihn traf.

Er hatte in seiner Laufbahn schon genug schwere Treffer einstecken müssen, aber Wikus konnte verdammt hart zuschlagen. Hayes' Kopf wurde nach hinten gerissen, der Stuhl balancierte auf den hinteren Beinen, und wäre er nicht an den Tisch gefesselt gewesen, wäre er mit Sicherheit auf dem Boden gelandet. Während er versuchte, seine Benommenheit abzuschütteln, kam Wikus um den Tisch herum auf ihn zu, sein Gesicht hochrot vor Zorn. Das Funkeln in seinen Augen sagte Hayes, dass der Mann entschlossen war, seine Wut an ihm auszulassen.

Hayes sprang auf und trat dem wütenden Südafrikaner den Stuhl vor die Beine. Es war ein schwacher Versuch – er erwartete nicht wirklich, den Kerl damit aufhalten zu können, doch der Stuhl kippte zur Seite, und eine Armlehne bohrte sich zwischen Wikus' Beine.

Der Aufprall stoppte ihn wie eine großkalibrige Kugel. Wikus sackte auf die Knie, den Mund zu einem lautlosen O geformt.

Bevor Hayes seinen Vorteil nutzen konnte, trat jemand von draußen die Tür auf, und eine Gruppe ivorischer Soldaten kam hereingestürmt. Sie eilten zum Tisch, und Hayes machte sich auf Prügel gefasst, doch die Soldaten ignorierten ihn, hoben den stöhnenden Südafrikaner vom Boden auf und zogen ihn nach draußen.

Im nächsten Augenblick war Hayes mit der Frau allein, die er auf dem Rollfeld gesehen hatte.

»Ich … äh …«

»Sie wollten mit der Person reden, die hier das Sagen hat«, begann sie. »Also, hier bin ich, Mr. Hayes.«

Er studierte die Frau, als sie zum Tisch kam, und fragte sich, wer sie war und was sie von ihm wollte. Normalerweise fand er die Antworten in den Augen der Leute, doch der Blick dieser Frau verriet gar nichts, ihr perfekt geschminktes Gesicht war völlig ausdruckslos.

»Lady, wer sind Sie und warum wollen Sie unbedingt wissen, wer ich bin und was ich hier mache?«

»Mein Name ist Theresa Mallory«, sagte sie.

»Sie sind keine Polizistin und arbeiten sicher nicht für die Regierung, oder? Also, was wollen Sie von mir?«

»Ich bin Anwältin«, erklärte sie, holte seinen Reisepass heraus und schlug ihn auf.

»Bringen Sie mich hier raus?«

»Wenn ich an den Toten denke, den wir in Ihrem Flugzeug gefunden haben, brauchen Sie keinen Anwalt, sondern einen Priester.«

»Sind Sie deswegen hier? Um mir die Absolution zu erteilen?«

»Mr. Hayes, wissen Sie, welche Strafe in der Elfenbeinküste darauf steht, mit falschen Papieren ins Land einzureisen?«

»Wer sagt denn, dass sie falsch sind?«, erwiderte er, wieder ganz der naive, aber harmlose Amerikaner.

»*Ich* sage es.« Ihre Stimme hatte einen eisigen Unterton.

In den Tagen, als Hayes noch regelmäßig im Ausland operiert hatte, war er ebenso wie die anderen Treadstone-Agenten immer mit falschen Papieren unterwegs gewesen. Auf dieser Mission war er jedoch auf sich allein gestellt – die CIA hatte ihm seine Papiere entzogen.

Für solche Fälle hatte Hayes jedoch vorgesorgt. Schon in seiner aktiven Treadstone-Zeit hatte er Ersatzpapiere in mehreren Verstecken in verschiedenen Städten deponiert.

In der Theorie war das Problem damit gelöst, doch in der Praxis erwies es sich als nicht ganz so einfach. Als er nämlich eines dieser Verstecke bei einer Bushaltestelle in Berlin aufsuchen wollte, bemerkte er, dass er beschattet wurde. Er ging unverrichteter Dinge weiter und versuchte herauszufinden, wer ihn überwachte.

Zehn Minuten streifte er durch die Straßen auf der Suche nach einem geeigneten Fahrzeug und fand schließlich ein Auto, das für seine Zwecke alt genug war und bestimmt keine Alarmanlage hatte. Er blieb bei der Fahrertür stehen und kramte in der Hosentasche, als würde er den Schlüssel suchen, während er sich auf der Straße umsah.

Die Luft ist rein.

Mit dem Schraubenzieher, den er für solche Fälle bei sich trug, knackte er das Türschloss, stieg ein und benutzte erneut den Schraubenzieher, um die Zündung kurzzuschließen.

Im Handschuhfach fand Hayes einen Stadtplan, auf

dem er nach einer Gegend suchte, in der er sich im Vorteil sah. Er wählte die Schönhauser Allee Arcaden, ein großes Einkaufszentrum im Bezirk Pankow.

Eine Minute später war er Richtung Norden unterwegs und sah bei jedem Abbiegen in den Spiegel. Als er bei seinem Ziel ankam, wusste er, welches Auto ihn verfolgte: ein marineblauer BMW 550i.

Er parkte an der Straße, stieg aus und ging zum Einkaufszentrum. Ein Blick ins Schaufenster verriet ihm, was seine Verfolger machten.

Sie waren zu zweit – ein Mann und eine Frau von scheinbar harmlosem Äußerem; Hayes sah ihnen an, dass sie keine professionellen Agenten, sondern eher hinter dem Schreibtisch zu Hause waren.

Einerseits war er erleichtert, dass Shaw nicht seine besten Kräfte gegen ihn einsetzte, andererseits empfand er es fast als beleidigend, dass der Direktor ernsthaft glaubte, ihn mit diesen Dilettanten überlisten zu können.

Es war lächerlich einfach gewesen, die beiden abzuschütteln. Trotzdem war Berlin für ihn erledigt; vor allem aber hatte er immer noch keine Papiere. Er konnte nicht wissen, wie lang es dauern würde, bis die beiden Verfolger meldeten, dass sie seine Spur verloren hatten, aber eines stand fest: Shaw würde es sehr persönlich nehmen, dass er die von ihm eingesetzten Beschatter abgeschüttelt hatte. Und er würde bessere Leute schicken, um sicherzugehen, dass das nicht noch einmal passierte.

Hayes nahm sich vor, noch vorsichtiger vorzugehen. Er knackte ein anderes Auto und fuhr nach Frankfurt. Dort nahm er einen Zug bis zur französischen Grenze, die er zu Fuß überquerte. In Straßburg ließ er sich absichtlich von Kameras beim Besteigen eines Zuges nach Zürich aufnehmen.

Auf der Toilette zog er sich um, schnitt sich die Haare und färbte sie. Als er bei der nächsten Haltestelle ausstieg, war er nicht mehr derselbe Fahrgast.

Er hatte schon gedacht, sich der Verfolgung endgültig entzogen zu haben, doch als er sein Versteck in Marseille aufsuchen wollte, musste er feststellen, dass Shaw seine Profis geschickt hatte. Er spürte ihre Anwesenheit, ohne sie zu entdecken.

Am Ende war ihm nichts anderes übrig geblieben, als einen halb blinden Fälscher aufzusuchen und sich von ihm Papiere anfertigen zu lassen. Es durfte ihn nicht wundern, dass Mallory die Fälschung erkannt hatte.

Er wusste zwar immer noch nicht, was sie von ihm wollte, aber ihre Taktik war sonnenklar. Sie versuchte, ihn mit unausgesprochenen Drohungen zu verunsichern, indem sie auf Wlads Leiche hinwies und ihm unter die Nase rieb, welche Strafe auf die Einreise mit falschen Papieren stand.

Aber warum? Sie ist keine Polizistin, und nach den Schlägertypen zu urteilen, von denen sie sich helfen lässt, ist sie auch keine Mutter Teresa. Aber was will sie?

Ihm war klar, dass er es nur herausfinden würde, wenn er ihr das lieferte, was sie wollte – eine Geschichte.

»Es ist so«, begann er, »ich bin vor ein paar Monaten in Schwierigkeiten geraten.«

»Welche Schwierigkeiten?«, fragte sie und schob sich eine Zigarette zwischen die scharlachroten Lippen.

Es gab viele mögliche Antworten, aber die Art, wie Mallory ihn über die Zigarette hinweg studierte, als wäre er ein wissenschaftliches Forschungsobjekt, sagte ihm, dass sie etwas suchte.

Einen Ansatzpunkt, um ihn noch mehr unter Druck zu setzen.

»Schmuggel«, sagte er.

Mallory nickte, knipste das Feuerzeug an und beugte sich vor, ohne ihn aus den Augen zu lassen, bis die Spitze der Zigarette zwei Zentimeter vor der Flamme war; dann senkte sie den Blick und streckte die Zigarette vor.

Sie sprach kein Wort, doch wer die feinen Nuancen dieses Spiels verstand, wusste, was sie mit ihren Gesten ausdrücken wollte.

Sie hatte das Heft in der Hand und scheute sich nicht, es zu zeigen.

Der Geruch des brennenden Tabaks übertönte ihr Parfüm. Erst als die Zigarette angezündet war, blickte sie auf.

»Ich mache Ihnen einen Vorschlag«, sagte sie.

26

KORHOGO, ELFENBEINKÜSTE

Hayes stand auf dem Gerüst vor dem Triebwerk des Flugzeugs. Sein Overall war schweißgetränkt, als er sich auf die Zehenspitzen hob und mit der Taschenlampe nach oben leuchtete, um besser sehen zu können.

Es war nicht mehr so heiß seit dem Gewitter, das vor zwei Stunden niedergegangen war, dafür war die Luft noch etwas feuchter als zuvor. Zufrieden mit dem, was er im Triebwerk sah, schaltete Hayes die Taschenlampe aus, steckte sie ein und nahm einen kräftigen Schluck aus der Wasserflasche, die die Mechaniker ihm gegeben hatten.

Das Wasser war warm, aber es löschte den Durst – das war alles, was ihn interessierte.

Er schraubte den Verschluss auf die Flasche und inspizierte das Flugzeug noch einmal eingehend. Vor vier Stunden hatte die Provider mehr Löcher im Rumpf gehabt als ein Stück Schweizer Käse, aber die ivorischen Mechaniker hatten es nicht nur geschafft, die Löcher zu flicken – sie hatten dem Flugzeug sogar einen nahezu originalen Anstrich verpasst.

Am meisten verblüffte ihn jedoch, dass sie das lädierte Triebwerk wiederhergestellt hatten.

Hayes blickte kurz zum anderen Ende des Hangars, wo Mallory und der General außer Hörweite standen.

»Wie habt ihr es angestellt?«, fragte er den Chefmechaniker auf Französisch.

»Na ja, die Löcher zu flicken war eigentlich nicht so schwer …«

»Nein, ich meine das Triebwerk.«

»Zauberei«, sagte der Mann.

»Also, auf Zauberei verlasse ich mich nicht. Entweder verraten Sie mir, wie Sie es hingekriegt haben, oder ich sage General Dábo, er muss sich einen anderen Piloten suchen.«

Das Lächeln wich aus dem Gesicht des Mechanikers. »Okay, okay, kein Problem. Die Treibstoffpumpe hat eine Kugel abbekommen, und die Leitung war von Splittern beschädigt, also habe ich sie ersetzt. Ganz einfach, oder?«

»Und Sie haben rein zufällig die passenden Ersatzteile für ein Flugzeug, das schon länger nicht mehr hergestellt wird, als Sie auf der Welt sind?«

»Ich zeige es Ihnen, dann werden Sie es verstehen«, sagte der Mechaniker.

Sie stiegen vom Gerüst, duckten sich unter dem Propeller hindurch und gingen in den hinteren Bereich des Hangars.

»Es war hier nicht immer so«, begann der Mechaniker.

»Wie?« Hayes zog einen Lappen aus der Tasche und wischte sich den Schweiß von der Stirn.

»Sie wissen schon – der Krieg, das Blutvergießen.« Er öffnete die Tür und trat ins Freie. »Man kann sich das heute kaum noch vorstellen, aber es gab hier mal eine Zeit, da war das ein völlig intakter Flughafen. Die Leute sind gern hier gelandet. Aber …«

»Aber … das ist Afrika«, sprach Hayes den Gedanken des Mannes aus.

»Richtig. Das ist Afrika.«

In der knappen Bemerkung schwang die ganze Liebe zu diesem Kontinent mit, aber auch die Resignation angesichts der Notwendigkeit, sich mit den Zuständen hier abzufinden. Das traf auch auf Hayes' Situation und die Vereinbarung zu, die er zuvor mit Mallory getroffen hatte.

Der nüchterne Ton, in dem sie ihm ihren Vorschlag unterbreitet hatte, hätte ihn fast glauben lassen können, dass er tatsächlich eine Wahl hatte. Doch falls es irgendwelche Zweifel gab, hatte der kalte Stahl der Handschellen, mit denen er an den Tisch gefesselt war, ihm klargemacht, wie die Dinge standen.

»Es gab eine ganz klare Vereinbarung zwischen meinem Chef und Ihrem Co-Piloten«, hatte sie angefügt.

»Er hatte kein Recht, sich auf so etwas einzulassen«, hatte Hayes erwidert.

»Das will ich nicht beurteilen. Mich interessiert nur, dass die Fracht nach Grand-Bassam geliefert wird.«

Vlad, du Mistkerl, hatte Hayes gedacht.

Du hättest ihn umbringen sollen, als du Gelegenheit dazu hattest.

Hayes gestand es sich nicht gern ein, aber er musste seiner inneren Stimme in diesem Punkt recht geben. Sein Instinkt und seine Erfahrung hatten ihm gesagt, dass der Russe etwas Zwielichtiges im Schilde führte.

»Was ist dabei für mich drin?«, hatte er gefragt.

»Die Mechaniker haben mir versprochen, Ihr Flugzeug wieder in Schuss zu bringen und …«

»Das soll ich …«

»Unterbrechen Sie mich nicht, Mr. Hayes«, fuhr sie ihn mit zornfunkelnden Augen an.

Die Zurechtweisung hatte von den Wänden widergehallt und ihm die Zornesröte ins Gesicht getrieben.

Immer langsam, Cowboy, hatte die Stimme gemahnt. Lass dich von der kleinen Lady nicht provozieren.

Es war ein guter Rat gewesen, und Hayes wusste, dass es klüger war, ihn zu beherzigen. Das Problem war nur, dass seine Geduld schon seit Stunden aufgebraucht war.

»Wie gesagt, die Mechaniker werden die nötigen Reparaturen durchführen, damit Sie sicher nach Grand-Bassam kommen. Wenn Sie dort sind, wird Ihnen mein Chef eine Generalüberholung bezahlen.«

»Eine Generalüberholung?«, hatte Hayes betont skeptisch gefragt.

»So ist es.«

»Lady, dieses Flugzeug wird seit 1970 nicht mehr gebaut.«

»Na und?«

»Selbst wenn Sie die Ersatzteile auftreiben *könnten* – haben Sie eine Ahnung, was das kostet?«

»Das lassen Sie meine Sorge sein. Haben wir einen Deal?«

Hayes hatte sein ganzes Geld in die Provider gesteckt, doch in ihrem jetzigen Zustand würde er dafür keinen Cent mehr bekommen. Also war es natürlich in seinem Interesse, das Flugzeug reparieren zu lassen. Trotzdem war das nicht der entscheidende Grund, warum er sich auf den Deal eingelassen hatte.

Er war darauf eingegangen, weil es der einzige Weg war, aus der Sache herauszukommen, *ohne* diese Leute zu töten.

»Da haben Sie Ihre Antwort«, sagte der Mechaniker und deutete auf drei Flugzeuge mit den verblichenen Wappen der South African Airways, die Flügel an Flügel standen.

Ich glaub's nicht, dachte Hayes.

»Ist das eine …«

»Canadair North Star«, sagte der Mechaniker grinsend.

»Aber wie kommen die hierher?«, fragte er, seinen Augen nicht trauend.

»Wie gesagt, es gab eine Zeit, da kamen die Leute gern hierher. Und irgendwer musste sie herfliegen.«

Bevor er weitere Fragen stellen konnte, hörte Hayes das Knarren der Tür und das Klackern von Mallorys Absätzen auf dem Beton.

»Und?«, fragte sie. »Sind Sie zufrieden?«

Hayes war nicht abergläubisch, aber in seiner Jugend im Süden waren ihm genug Menschen begegnet, die in allem Möglichen ein Zeichen oder ein Omen sahen. Alte Männer, die umdrehten und in eine andere Richtung gingen, wenn sie eine schwarze Katze sahen, oder Frauen wie seine Großmutter, die immer einen Spiegel auf der Veranda stehen hatte, um böse Geister abzuschrecken.

Für ihn war das alles Quatsch, aber in diesem Augenblick fragte er sich doch, wie groß die Wahrscheinlichkeit war, auf dem einen Flughafen zu landen, auf dem es genau die Ersatzteile gab, die er benötigte.

Wenn du ein Zeichen darin sehen willst – bitte, kein Problem, meldete sich die innere Stimme, *aber mach, dass du ins Flugzeug steigst und abhaust, bevor das Miststück es sich anders überlegt.*

»Mr. Hayes, fliegen Sie jetzt oder nicht?«

»Okay, bringen wir's hinter uns.«

27

BRATISLAVA, SLOWAKEI

Nachdem er Malicars Lager durchsucht hatte, fuhr Cyrus Vandal zu seiner Operationsbasis, der gemieteten Wohnung nahe dem Medická záhrada, dem beliebtesten öffentlichen Park der Stadt. Dort verbrannte er die Kleider, die er einem der toten Gangster abgenommen hatte. Nach einer dreißigminütigen Dusche fühlte er sich fast wieder sauber.

Die hiesigen Behörden würden über Ján Malicars unerwartetes Ableben sicher nicht allzu traurig sein; da jedoch nicht nur er, sondern noch einige weitere Männer gestorben waren, war es für Vandal höchste Zeit, die Stadt zu verlassen.

Mit einer Tube Concealer deckte er, so gut es ging, die sichtbaren blauen Flecken ab, dann zog er eine graue Sportjacke und eine blaue Hose an, nahm seine Tasche und ging zur Tür. Auf der Straße setzte er eine Ballonmütze auf und zog sie tief über die Sonnenbrille.

Zwanzig Minuten später kam er am Bahnhof Petržalka an, ein anonymes Gesicht in der Menschenmenge, und stieg in den nächsten Zug nach Wien. Die Anspannung ließ jedoch erst nach, als er die österreichische Grenze passierte.

Vandal wollte schon die Zeitung aufschlagen, als er

das durchdringende Summen seines Mobiltelefons in der Jackentasche spürte.

Was ist denn jetzt schon wieder?

»Sicherheitsmaßnahmen«, sagte eine elektronisch veränderte Stimme, als er dranging.

»Sekunde.« Vandal aktivierte die Verschlüsselung und wartete, bis die grüne Box am Rand des Displays erschien.

»Wir haben ein Problem in Afrika und brauchen Sie dort«, erklärte die Stimme.

»Was für ein Problem?«

»Jemand muss verschwinden.«

Eine Eliminierung. Könnte lustig werden.

»Wo befindet sich das Ziel?«

»Der letzte Kontakt war in Marokko, aber die Zielperson ist gegenwärtig unterwegs.«

»Unterwegs? Heißt das, Sie haben keinen aktuellen Standort?«, fragte Vandal.

»Richtig. Wir haben es mit einer veränderlichen Situation zu tun, aber der Befehl kommt von ganz oben. Alle Informationen finden Sie auf Ihrem Computer; die nötige Ausrüstung wird bereitgestellt. Sie müssen nur so schnell wie möglich vor Ort sein.«

Vandal sah auf seine Uhr; es war kurz vor Mittag. Vorausgesetzt, er bekam einen Platz in der nächsten Maschine, konnte er in etwa siebzehn Stunden vor Ort sein. Zudem war eine Stunde für Zoll und einen fahrbaren Untersatz einzuplanen. Er musste also davon ausgehen, dass die Zielperson einen Vorsprung von mindestens vierundzwanzig Stunden hatte.

»Bis ich vor Ort bin, könnte die Zielperson über alle Berge sein.«

»Fliegen Sie erst mal hin«, erwiderte die Stimme.

»Gut.« Vandal zögerte einen Augenblick, ehe ihm eine Frage einfiel. »Wer ist die Zielperson?«

»Adam Hayes.«

28

KORHOGO, ELFENBEINKÜSTE

Hayes betrat das Flugzeug und zögerte einen Augenblick. Sein Herz hämmerte wie ein Presslufthammer. Er sagte sich, dass er nur darauf wartete, dass seine Augen sich an das düstere Licht gewöhnten, doch das war nur eine Ausrede.

Die Wahrheit war, dass er trotz der geflickten Löcher und des blitzblank geschrubbten Inneren immer noch das Blut unter dem Kiefernnadelgestank des Desinfektionsmittels riechen konnte, mit dem die Mechaniker das Flugzeug gereinigt hatten.

Mallory hatte ihm versichert, wie wichtig es sei, dass sein Passagier nach Grand-Bassam gebracht wurde. Hayes konnte sich zwar nicht vorstellen, dass sie ihm die Wahrheit sagte – trotzdem wollte er gern glauben, dass er das Richtige tat. Er wollte Shaw und vor allem sich selbst beweisen, dass er mehr war als ein Killer.

Red dir das nur ein, Kumpel, machte sich die Stimme über ihn lustig.

Der Gedanke machte ihn zornig, und er stapfte ins Cockpit, um sich abzulenken. Er setzte sich auf den Pilotensitz und blickte durch das wiederhergestellte Cockpitfenster. Zadi stand sichtlich nervös vor dem Flugzeug.

Der Mechaniker deutete auf das rechte Triebwerk, hob die Hand und machte eine kreisende Bewegung, als würde er ein Lasso werfen. Hayes beugte sich vor, um an dem Stück Pappkarton vorbeizusehen, das über ein Loch im Fenster geklebt worden war, um sich zu vergewissern, dass der Propeller frei war, bevor er die Treibstoffpumpe einschaltete.

Die alten Sternmotoren hatten durchaus ihre Macken, sodass es mehr eine Kunst als eine Wissenschaft war, die Dinger zu starten. Aus diesem Grund hassten die meisten Piloten die alten Vögel mit dem manchmal etwas launischen Antrieb.

Hayes hingegen hegte großen Respekt für die zähen alten Maschinen und begann die Startprozedur mit dem rechten Triebwerk. Er schaltete die elektrische Treibstoffpumpe ein und drückte den Schalter des Elektromotors, der den Propeller in Bewegung setzte. Nach zwei vollen Umdrehungen des Propellers betätigte er die Zündung.

Das Triebwerk erwachte zum Leben, und Hayes verschaffte sich einen Überblick über die makellos sauberen Anzeigen auf der Instrumententafel, die alle in die richtige Position gingen. Das Triebwerk lief rund wie eine Nähmaschine, und Hayes blickte zum Mechaniker hinaus.

Zadi deutete auf das linke Triebwerk und gab erneut das Startsignal, doch diesmal lief es nicht so glatt.

Der Motor hatte eine Fehlzündung und spie schwarzen Rauch aus. Zadis Gesicht wurde aschfahl, seine Nervosität steigerte sich zu nackter Angst, und er reckte die Faust in die Luft – *sofort abschalten!*

Es war eigentlich die richtige Maßnahme, doch Hayes ignorierte die Aufforderung und versuchte es stattdessen mit minimalen Anpassungen des Kraftstoff-Luft-Gemischs, bis das Triebwerk tatsächlich rund lief.

Ladies and Gentlemen, so einfach geht das.

Zadis Gesicht nahm wieder Farbe an, und er grinste von einem Ohr zum anderen.

»*Très bon!*«, rief er begeistert. Sehr gut.

Hayes wollte die Motoren laufen lassen und signalisierte Zadi, dass er das Flugzeug aus dem Hangar rollen würde. Er löste die Bremsen und schob die Gashebel vorsichtig nach vorn. Die Provider setzte sich in Bewegung und rollte ins grelle Sonnenlicht hinaus.

Fünfzig Meter voraus schimmerte eine Luftspiegelung über dem Asphalt.

Zieh es durch, drängte die Stimme im Kopf.

In den Spiegeln sah Hayes eine Gruppe von Soldaten im Schatten des Hangars hocken, die Augen geschlossen, die Waffen neben sich auf dem Boden.

Selbst wenn sie mitbekamen, dass er abhaute, und das Feuer eröffneten, bevor er die Startbahn erreicht hatte, würden sie ihn nicht aufhalten können. Was ihn zurückhielt, war, dass er sein Wort gegeben hatte. Mit einem Fluch griff er nach den Gashebeln, doch statt sie durchzudrücken, nahm er sie zurück und zog die Bremsen an.

Bevor er vom Pilotensitz aufstand, griff Hayes unter die Instrumententafel und zog die Beretta 92 aus dem Versteck. Er erhob sich, schnallte sich das Holster mit der Waffe um, vergewisserte sich, dass eine Kugel in der Kammer war, und verließ das Cockpit. Bei laufenden Triebwerken war es nicht sicher, die Pilotentür zu benutzen, also ließ er die Rampe herunter und ging nach hinten in den Frachtraum.

Draußen auf dem Rollfeld sah er Mallory beim Tor des Hangars auf ihn warten; sein Rucksack stand neben ihr auf dem Boden.

»Alles zu Ihrer Zufriedenheit?«, fragte sie.

Er nickte und blickte in die gegenüberliegende Ecke des Hangars, wo Wikus und seine Kumpane einen Kordon um eine junge blonde Frau gebildet hatten.

»Ausgezeichnet«, sagte Mallory und reichte ihm seinen Rucksack.

Hayes öffnete ihn und fand darin nicht nur seine Ausrüstung, sondern zusätzlich ein Satellitentelefon und einen dicken Umschlag.

»Was ist das?« Er nahm den Umschlag heraus.

»Für den Fall, dass unterwegs zusätzliche Kosten anfallen.«

»Zusätzliche Kosten?«, fragte er stirnrunzelnd. Es klang irgendwie beunruhigend.

Hayes öffnete den Umschlag und stieß einen anerkennenden Pfiff aus, als er das dicke Bündel Hundertdollarscheine sah.

»Das sind bestimmt zehn Riesen«, meinte er, als er das Geldbündel mit dem Daumen durchblätterte.

»Es gibt eine kleine Planänderung.«

Na klar, dachte er.

Der Deal, dem er zugestimmt hatte, sah vor, dass er

nach Grand-Bassam flog, wo ihn eine Eskorte am Flughafen erwarten würde. Mallory hatte ihm versichert, dass General Dábo bereits mit dem Kommandanten vor Ort gesprochen hatte und Hayes ungehindert landen, auftanken und weiterfliegen konnte.

Was hat sich daran geändert?

Mallory hatte offenbar seine Gedanken erraten und zögerte nicht mit der Antwort.

»Das Bodenteam kann nicht rechtzeitig dort sein und wird Sie nicht am Flughafen erwarten, sondern im Hotel La Commanderie.«

»Ich werde ein Fahrzeug brauchen.«

»Wenn Sie landen, wird ein Auto bereitstehen«, sagte sie. »Noch Fragen?«

»Ja. Wer ist sie?« Hayes deutete mit einer Kopfbewegung zu der blonden Frau im Hangar.

»Eine Passagierin, Mr. Hayes.« Sie signalisierte Wikus, dass er die Frau herausführen sollte.

Klar, dachte er skeptisch.

Wikus geleitete sie durch den Hangar, sodass Hayes seine Passagierin zum ersten Mal aus der Nähe sah. Sie war hübsch, hatte aschblondes Haar und eine glatte, sonnengebräunte Haut. Ihr Alter schätzte er auf Anfang zwanzig.

Alt genug, um zu wissen, worauf sie sich einlässt, sagte er sich.

»Eins noch.« Mallory beugte sich zu ihm. »Zoe ist Typ-1-Diabetikerin.«

»Und das sagen Sie mir erst jetzt?«, zischte er. »Was ist, wenn sie …«

»Kein Problem, sie hat eine Insulinpumpe. Ich sage Ihnen das, weil es ihr peinlich ist, wie es halt so ist bei Leuten in ihrem Alter.«

»Dann wird es ihr nicht recht sein, dass ein Fremder es weiß.«

»Passen Sie nur auf, dass sie ihr Insulin nicht im Flugzeug vergisst«, flüsterte Mallory, ehe sie sich der Blonden zuwandte. »Zoe, das ist der Pilot, von dem ich Ihnen erzählt habe. Er heißt Adam Hayes und wird Sie nach Grand-Bassam bringen.«

Hayes wusste nicht, was er sagen sollte, und streckte ihr die Hand entgegen.

»Freut mich, Sie kennenzulernen.«

»Ein Amerikaner?«, fragte sie Mallory auf Französisch, ohne den Blick von Hayes zu wenden.

»Es hat sich so ergeben«, sagte die Anwältin achselzuckend.

Hayes wusste nicht, wie er zu dieser unfreundlichen Begrüßung kam, tat aber weiter so, als würde er kein Französisch verstehen, und verbiss sich die Bemerkung, die ihm auf der Zunge lag. Wenn er es schaffte, noch ein paar Minuten den Mund zu halten, konnte er lebend aus der Sache herauskommen. Allein darum ging es.

»Stellen Sie sich vor, er ist einer von Ihren Hunden, dann wird es schon gehen«, fügte Wikus in seinem kehligen Französisch hinzu.

Bleib cool, du kannst das, sagte er sich.

Mallory unterdrückte ein Lächeln und sagte auf Englisch: »Nun, dann schlage ich vor, Sie machen sich auf den Weg.«

»Nichts, was ich lieber täte«, sagte Hayes und ging zum Flugzeug.

»He, Arschloch«, sagte Wikus, der ihm gefolgt war. »Wenn du es zulässt, dass ihr etwas passiert, dann gibt es keinen Platz auf der Welt, wo du dich vor mir verstecken kannst. Kapiert?«

»Du wirst mich nicht suchen müssen«, konterte Hayes.

»Ja? Warum?«

»Weil ich zurückkommen werde, um mir mein Eigentum zu holen.« Er deutete auf seine Pistole, die Wikus im Hosenbund trug.

Zoe war schon vorausgegangen, dennoch war Hayes, von seiner Wut beflügelt, vor ihr beim Flugzeug. Er stapfte in den Frachtraum, ging zum Schalthebel und drückte ihn nach oben.

Als sie die Rampe hochgehen sah, rannte Zoe los. Die Flüche, die sie ihm an den Kopf warf, gingen im Lärm der Motoren unter.

»Was soll das?«, fragte sie auf Englisch, als sie an Bord war.

»Sie wissen ja, wie diese *amerikanischen* Flugzeuge sind«, sagte er.

Zoe nahm die Sonnenbrille ab und sah sich im leeren Frachtraum um, bis ihr Blick auf die unbequemen Nylonsitze fiel. »Wo soll ich sitzen?«

»Wo Sie wollen«, sagte er und ging zum Cockpit.

Hayes hatte sich bereits angeschnallt und wollte gerade den Tower anrufen, als Zoe in der Tür erschien.

»Kann ich …?«

Er beugte sich hinüber, nahm den Kopfhörer vom Co-Piloten-Sitz und reichte ihn ihr. Dass noch Blut daran klebte, fiel ihm erst auf, als Zoe den Kopfhörer aufgesetzt hatte.

Ups.

»Setzen Sie sich lieber hin.«

Als sie saß, zeigte er ihr, wie man den Gurt anlegte.

»Bequem?«

»Ja, danke.«

»Gut, dann machen wir, dass wir wegkommen.«

Hayes rief den Tower, mehr aus Gewohnheit als aus Notwendigkeit. Als er die Startfreigabe bekam, lenkte er die Provider ans Ende der Startbahn.

Nichts wie weg hier, dachte er und schob die Gashebel bis zum Anschlag nach vorn.

29

GRAND-BASSAM

Auf siebentausend Meter brachte Hayes das Flugzeug in die Waagrechte und überprüfte den Kurs. Bis Grand-Bassam waren es etwas mehr als dreihundert Meilen. Er hätte den Flug gern schweigend hinter sich gebracht, aber er hatte Fragen, die beantwortet werden mussten, bevor sie landeten.

Er blickte zu Zoe. Sie saß mit geschlossenen Augen und verschränkten Armen da und hörte Musik aus ihrem iPhone, das sie kurz nach dem Start hervorgeholt hatte. Hayes hatte keine Ahnung, was sie hörte; wahrscheinlich hätten ihm die Namen ohnehin nichts gesagt.

Ihre Körperhaltung hingegen sagte alles. Wie alle verheirateten Männer wusste Hayes, dass man eine Frau, die so dasaß, besser nicht ansprach. Tat man es dennoch, verwickelte man sich unweigerlich in einen Wortwechsel, den man nur verlieren konnte.

In diesem Fall blieb ihm nichts anderes übrig, als es dennoch zu versuchen.

Du wirst es überleben, sagte er sich.

Er räusperte sich, hustete dreimal, doch in dem Dröhnen der Motoren hätte er eine Haubitze abfeuern können, ohne dass sie es bemerkt hätte.

Ich werde wohl ein bisschen nachhelfen müssen, dachte er.

Er zog das Steuerhorn zurück und ließ die Provider hochsteigen, ehe er das Steuer wieder nach vorn drückte. Verglichen mit dem Höllenritt, den er mit dem Flugzeug hinter sich hatte, war es ein sanftes Manöver. Hayes spürte nur ein leichtes Kribbeln in der Magengrube, wie immer, wenn man für ein paar Sekunden der Schwerkraft trotzte.

Ganz anders war die Wirkung auf seine Passagierin.

Hayes wusste nicht, ob sie geschlafen hatte oder einfach noch nicht oft geflogen war – jedenfalls schoss sie aus dem Sitz hoch, dass sie ohne Gurt wahrscheinlich durch die Frontscheibe gedonnert wäre.

»*Was war das?*«, schrie sie, die blauen Augen weit aufgerissen.

Zweifellos wäre sie ziemlich wütend gewesen, wenn sie gewusst hätte, dass er es absichtlich gemacht hatte, deshalb tat Hayes für ein paar Sekunden so, als müsste er das Flugzeug unter Kontrolle bekommen. Als sie wieder ruhig geradeaus flogen, deutete er auf seinen Kopfhörer.

»Ich kann Sie nicht hören.«

Zoe atmete ein paarmal tief durch. Als sie sah, dass er die Maschine unter Kontrolle hatte, nickte sie, setzte den Kopfhörer auf und wiederholte ihre Frage.

»Was war das?«

»Nur eine kleine Turbulenz«, sagte Hayes. »Diese älteren Flugzeuge sind nicht darauf ausgelegt, einfach darüber hinwegzufliegen.«

»Passiert so etwas öfter?«

»Das kann man nie wissen. Aber wenn, dann wäre es hilfreich, wenn Sie Ihr Headset aufhätten, damit ich mit Ihnen reden kann.«

»Okay … okay …«, keuchte sie.

»Machen Sie erst mal ein paar tiefe Atemzüge – durch die Nase ein, durch den Mund aus.«

Zoe machte es so, wie er es ihr zeigte, und beruhigte sich schnell wieder.

»Wie alt ist das Flugzeug?« Sie begutachtete das Innere, als sähe sie es zum ersten Mal.

»Gebaut wurde es in den späten Sechzigern, aber sein letzter offizieller Flug war 1986.«

»Ist es denn sicher, mit einem so alten Flugzeug zu fliegen?«

»Na ja, die Maschine war nicht im allerbesten Zustand, als ich sie gekauft habe. Ich hatte eine ganze Weile zu tun, um sie wieder in Schuss zu bringen. Die meisten Reparaturen habe ich selbst gemacht.«

»Sind Sie auch Mechaniker?«

»Nicht wirklich.«

»Aber Sie haben schon mit Flugzeugen gearbeitet … oder?«

»Äh … vielleicht sollten wir von etwas anderem reden«, sagte er ausweichend. Es gefiel ihm nicht, wie das Gespräch sich entwickelte.

»Okay … wie lange sind Sie schon Drogenschmuggler?«

Die Frage traf ihn völlig unvorbereitet. »Drogenschmuggler …?«, stammelte er. »Wer hat Ihnen denn das erzählt?«

»Mallory«, sagte Zoe achselzuckend. »Sie hat gesagt, dass Sie deswegen so ein großes Flugzeug hätten. Aber wenn Sie nicht darüber reden wollen, ist es auch okay.«

Um das Gespräch am Laufen zu halten, nannte Hayes irgendeine Zahl. »Es sind jetzt … warten Sie mal … fünf Jahre.«

»Wie funktioniert das?«

»Äh … na ja, man holt die Drogen ab und schmuggelt sie …«

»Sie haben keine Ahnung davon, stimmt's?«, sagte sie grinsend.

Das Gespräch verlief nicht ganz so, wie er es sich vorgestellt hatte. In diesem Augenblick bereute er, dass er in seiner Ausbildung nicht besser aufgepasst hatte, als es darum gegangen war, sich mit überzeugenden Argumenten die Hilfe ausländischer Staatsangehöriger zu sichern.

In der geheimen Ausbildungseinrichtung Harvey Point lernten junge CIA-Agenten, wie man in Auslandseinsätzen Helfer rekrutierte, indem man zuallererst ihr Vertrauen gewann. Es war eine hohe Kunst, die sich um vier Schlüsselbegriffe drehte: Geld, Ideologie, Zwang und Ego.

Männer fürs Grobe, wie Hayes, bekamen zu diesem Thema lediglich eine kurze Einschulung, die der Ausbilder in dem Satz zusammenfasste: »Das beste Mittel, einen ausländischen Staatsbürger dazu zu bekommen, Sie *nicht* an die Behörden auszuliefern, ist, ihm etwas zu geben, das er braucht.«

In Harvey Point hatte das ganz plausibel geklungen, aber jetzt, da Zoe seine schöne Geschichte in der Luft zerrissen hatte, wusste Hayes, dass es wieder einmal Zeit war, das Thema zu wechseln.

»Waren Sie schon einmal in Grand-Bassam?«, fragte er.

Sehr einfallsreich, dachte er. *Da kannst du auch gleich übers Wetter reden.*

»Mehr als einmal«, sagte sie lächelnd.

»Echt?«

»Ja. In Grand-Bassam hat mir mein Vater das Surfen beigebracht … aber das ist lange her. Damals hat er noch etwas mit mir unternommen.«

Hayes beobachtete interessiert, wie der Ausdruck ihrer Augen sich veränderte, als sie auf ihren Vater zu sprechen kam. Er wusste nicht, ob es da etwas gab, das sie bedauerte, aber es war anscheinend ein wunder Punkt, an dem er ansetzen konnte.

Halt das Gespräch am Laufen.

»Wissen Sie, als Kind habe ich meinen Vater nicht oft gesehen«, sagte er.

»Wirklich?«

»Ja.«

»Warum?«

»Wir hatten damals wenig Geld. Als meine Mutter krank wurde, musste mein Dad einen zweiten Job annehmen. Wenn ich Glück hatte, habe ich ihn beim Frühstück gesehen, aber meistens kam er nach Hause und legte sich gleich ins Bett. Er hat sich den Arsch aufgerissen, damit wir alles hatten, aber ich … ich …«

Er verstummte; die Emotionen, die die Erinnerung in ihm auslöste, waren ihm unangenehm.

Warum zum Henker erzähle ich ihr das alles?

Das letzte Mal hatte Hayes über seine Kindheit gesprochen, als die Therapeutin in Tacoma ihn danach gefragt hatte. Es hatte ihn einige Überwindung gekostet, und er hatte ihre Fragen nur sehr vage beantwortet, in der Hoffnung, dass sie das Thema wechseln würde.

Leider hatte er mit seinen ausweichenden Antworten ihr Interesse nur noch mehr geweckt, und was er auch tat, um das Gespräch von diesen für ihn wenig erinnerungswürdigen Jahren wegzulenken, sie fand immer irgendeinen Weg, um wieder davon anzufangen.

»Wie sind Sie damit umgegangen, dass Ihr Vater nie da war?«, hatte sie nachgehakt. »Waren Sie wütend auf ihn? Hatten Sie das Gefühl, dass er Sie im Stich lässt?«

»Hören Sie, das ist jetzt vierundzwanzig Jahre her«, hatte er sich beim dritten Nachfragen ereifert. »Glauben Sie, ich kann mich noch erinnern, was in mir vorgegangen ist, als ich zehn war?«

Das war gelogen. In Wahrheit wusste er noch ganz genau, wie er sich damals gefühlt hatte, weil solche Verletzungen zwischen Vater und Sohn im Gegensatz zu einer Schusswunde nie wirklich verheilten.

»Ja?«, hakte Zoe nach, nachdem er verstummt war. Es schien sie wirklich zu interessieren.

»Na ja, ich habe mich ihm gegenüber scheiße verhalten«, sagte Hayes. »Ich habe mir geschworen, nie so zu sein wie er, wenn ich selbst einmal ein Kind hätte.«

»Haben Sie Kinder?«, setzte sie nach.

»Ja«, nickte er.

»Und?«

»Wie soll ich sagen? Der Apfel fällt nicht weit vom Stamm«, murmelte er kleinlaut.

Zoe runzelte die Stirn, doch bevor sie nachhaken konnte, piepte etwas an ihrer Taille.

»Scheiße.« Sie zog ihr Hemd ein Stück hoch, und eine schwarze Box von der Größe eines Kartenspiels kam zum Vorschein.

»Alles in Ordnung?«, fragte Hayes.

»Ja, es ist … meine Insulinpumpe. Ich muss die Patrone wechseln.«

»Ah … verstehe. Wollen Sie einen Augenblick … allein sein?« Hayes' Gesicht verfärbte sich angesichts ihrer Blöße.

»Mr. Hayes, Sie sind ja ein richtiger Gentleman«, sagte sie mit einem schelmischen Grinsen, als sie sah, wie peinlich ihm die Situation war.

»Ich sag ja nur … wenn Sie einen Augenblick allein sein wollen, schalte ich den Autopiloten ein und … gehe kurz hinaus.«

»Das wird nicht nötig sein.« Zoe holte ein schwarzes Etui aus ihrem Rucksack.

Mit geschickten Handgriffen nahm sie die leere Ampulle aus der Pumpe und setzte eine frische ein.

»Bevor ich das hier bekam, brauchte ich jeden Tag eine Spritze, musste ständig meinen Zuckerspiegel messen und mir selbst Insulin spritzen. Das hier nimmt mir die ganze Arbeit ab. Sehen Sie – schon erledigt. Keine Spritzen und Arztbesuche mehr.«

»Das verstehe ich gut. Ich gehe auch nicht so gern zum Arzt«, sagte Hayes. »Mir ging's hinterher meistens schlechter als vorher.«

Mallory hatte Wort gehalten. Die Landung am Flughafen Félix Houphouët-Boigny verlief ohne Zwischenfälle. Im Tower wies man Hayes an, zur Laderampe auf der Südseite des Flughafens zu rollen, wo er die Maschine zum Stehen brachte.

»Wir haben es geschafft«, sagte er, nachdem er Zoe aus dem Flugzeug geholfen hatte.

»Und dafür bin ich Ihnen echt dankbar.« Der Wind vom Meer zerzauste ihre blonden Haare, als sie ihre steifen Glieder dehnte. »Die Frage ist, wo man hier eine Toilette findet.«

»Die haben sicher eine im Büro.« Hayes deutete auf das niedrige Gebäude vor ihnen. »Ich bin hier gleich fertig, dann helfe ich Ihnen suchen.«

»Nein, es kann nicht warten«, sagte sie und verzog das Gesicht. »Ich bin gleich wieder da.«

»Also gut«, sagte er, »aber kommen Sie danach wieder hierher.«

»Klar, *Dad*«, sagte Zoe grinsend.

Hayes sah ihr nach, bis sie durch die Tür trat, dann stieg er wieder ins Flugzeug, nahm die Ölauffangwannen und Bremsklötze und warf sie nach draußen.

Er stellte die Auffangwannen unter die Motoren und sicherte die Räder mit den Bremsklötzen, als er ein Motorgeräusch näher kommen hörte. Ein armeegrüner Toyota-

Hilux-Pick-up und ein Nissan Pathfinder rasten auf das Flugzeug zu.

Hayes schloss die Tür ab und ging um das Fahrwerk herum, als Zoe aus dem Gebäude zurückkam.

Ganz in ihr Smartphone vertieft, ging sie mit gesenktem Kopf auf das Flugzeug zu. Die beiden Autos bemerkte sie erst, als sie direkt vor ihr anhielten.

Zoe konnte kaum noch reagieren, als die Soldaten von der Ladefläche des Pick-ups sprangen und ihr den Weg versperrten. Sie wich zur Seite aus und ging um die Motorhaube herum, doch ein Offizier hielt sie an der Schulter zurück.

»Fassen Sie mich nicht an!«, schrie sie.

»Seien Sie still!«, knurrte der Mann.

Doch Zoe dachte nicht daran, sich zu fügen.

Sie trat ihm hart gegen das Schienbein und versuchte, sich aus seinem Griff zu befreien.

»Lassen Sie das!«, befahl der Offizier.

Er hob die Hand, um Zoe ins Gesicht zu schlagen, als Hayes von hinten zu ihm trat.

»Das würde ich nicht tun«, knurrte er und drückte dem Mann die Beretta an den Hinterkopf.

»Sie müssen Adam Hayes sein«, sagte der Offizier spöttisch.

»Und Sie sind ein toter Mann, wenn Sie sie nicht *sofort* loslassen.«

»Gut.« Er ließ das Mädchen los.

»Zoe, steigen Sie in den Wagen.« Hayes wartete, bis sie drin war, dann schob er den Offizier zum Pick-up.

Der Offizier drehte sich um und musterte Hayes mit kalten Schlangenaugen.

»Haben Sie etwas zu sagen?«, fragte Hayes.

»Eine Nachricht von General Dábo.«

»Okay, schießen Sie los, und dann verschwinden Sie, bevor ich Ihre Geburtsurkunde annulliere.«

»Der General rät Ihnen, vorsichtig zu sein. Die Straßen von Grand-Bassam können ziemlich gefährlich sein.«

»Soll das eine Drohung sein?«

»Sie können es verstehen, wie Sie wollen.« Der Offizier nahm seine Sonnenbrille ab. »Aber es wäre sehr bedauerlich, wenn Miss *Cabot* etwas zustößt.« Der Soldat grinste, drehte sich um und ging zurück zum Pick-up.

Während Hayes beobachtete, wie der Offizier sich auf den Rücksitz setzte, schoss der Name in seinem Schädel hin und her wie eine Flipperkugel. Er hielt seinen Zorn im Zaum und wartete, bis der Truck weggefahren war, ehe er in den Geländewagen stieg und die Fahrertür zuknallte.

»I-ist alles okay?«, fragte Zoe.

»Zoe Cabot – ist das Ihr Name?«

»Was? Wer hat Ihnen das gesagt?«

»Beantworten Sie einfach meine Frage.«

»Nein, das ist nicht mein Name«, erwiderte sie trotzig.

Hayes ließ sich nicht täuschen.

»Nehmen Sie die Sonnenbrille ab«, forderte er sie auf.

»Was … warum?«

»Ich will Ihre Augen sehen.«

Zoe wurde sehr blass und wich einen Schritt zurück.

»S-Sie machen mir Angst, Mr. Hayes«, sagte sie mit zitternden Lippen.

»Ich werde Ihnen nicht nur Angst machen, wenn Sie nicht tun, was ich sage.«

Zitternd nahm Zoe die Sonnenbrille ab, die Angst in ihren blauen Augen war nicht zu übersehen.

Doch Hayes war zu wütend, um auf ihre Gefühle Rücksicht zu nehmen. Er hatte genug von den Lügen, die man ihm erzählte, hatte es satt, wie eine Schachfigur herumgeschoben zu werden.

Das ist kein Spiel – das ist mein Leben.

»Hören Sie mir gut zu – ich frage Sie nämlich nur ein Mal. Entweder Sie sagen mir die Wahrheit, oder Sie sind hier auf sich allein gestellt. Haben Sie mich verstanden?«

»Ja«, sagte sie kleinlaut.

»Gut. Ich will wissen, ob André Cabot Ihr Vater ist.«

30

LANGLEY, VIRGINIA

Etwa zehn Stunden, nachdem er Site Tango in West Virginia verlassen hatte, saß Mike Carpenter in seinem Büro und ließ im Kopf noch einmal das Gespräch mit Senator Miles ablaufen, mit dem er sich heute früh um sechs Uhr getroffen hatte.

»Es ist mir egal, *was* Sie tun und *wie* Sie es anstellen, aber ich will, dass Shaw bis spätestens Ende dieser Woche tot ist. Der Mann ist ein Sicherheitsrisiko.«

»Ja, Sir«, hatte Carpenter zugestimmt, sein Kopf vom Schlafmangel benebelt.

»Mir ist schon klar, dass es nicht einfach ist, gegen einen Ihrer Leute vorzugehen«, hatte Miles in etwas versöhnlicherem Ton hinzugefügt. »Aber wenn Sie es durchziehen, verspreche ich Ihnen, dass Sie spätestens zum Jahresende auf dem Stuhl des Direktors sitzen werden.«

»Es ist so gut wie erledigt, Sir.«

»Das hört man gern.«

Die Annahme des Senators, dass es Carpenter einige Überwindung kosten würde, Shaw zu töten, traf nicht zu. Für ihn war der Mann nur ein Hindernis auf seinem Weg an die Spitze der CIA.

Das Problem war nicht die moralische Seite, sondern die Durchführung.

In seiner Anfangszeit in der Operationsabteilung Anfang der Achtzigerjahre hatte er noch jede Menge Einsatzkräfte zur Verfügung gehabt, die ihre Lektion im Kalten Krieg gelernt hatten. Eiskalte Killer, die ihr finsteres Geschäft in den dunklen Gassen der osteuropäischen Städte ausgeübt hatten.

Damals hätte es nur eines kurzen Telefonanrufs bedurft, um Shaw von der Bildfläche verschwinden zu lassen.

Der 11. September 2001 hatte alles verändert. Wäre Shaw ein islamistischer Extremist gewesen, der sich irgendwo in den Bergen des Jemen oder einer Höhle in Afghanistan versteckt hielt, hätte Carpenter ihm eine Hellfire-Rakete schicken können oder ein Killerkommando des JSOC, das ihm die Tür eingetreten und ihn im Schlaf ausgeknipst hätte. Aber hier in den Vereinigten Staaten musste man die Dinge mit der feinen Klinge lösen.

Das Problem war nur, dass die feine Klinge nicht unbedingt zum gewohnten Repertoire der CIA gehörte.

Es muss wie ein Unfall aussehen.

Die erste Option war, ihn zu Hause zu erwischen. Carpenter fragte sich, wie schwierig es sein mochte, einen kleinen Gasunfall in Shaws Haus in Alexandria zu inszenieren und ihn in die Luft zu jagen, während er in seinem Lehnstuhl döste.

Er ließ die Idee jedoch gleich wieder fallen, weil er wusste, dass das nur schwer machbar war, ohne irgendwelche Spuren zu hinterlassen, die sich zurückverfolgen ließen.

Nein, er musste es auf die altmodische Tour machen. In der Öffentlichkeit, mit jeder Menge Zeugen, die der Polizei Auskunft geben konnten.

Aber wie?

Als er nun gegen 17.30 Uhr in seinem Chevrolet Suburban saß, war Carpenter der Antwort noch immer nicht näher gekommen.

Verdammter Mist. Er schaute nach vorn durch die Windschutzscheibe und sah eine lange Reihe von Bremslichtern vor ihnen.

»Was ist da los?«, fragte er den Fahrer.

»Ach, wieder mal Bauarbeiten auf dem Beltway«, sagte der Mann und schaute in den Außenspiegel, um auf die äußere Fahrspur zu wechseln.

Als der SUV nach links ausscherte, blickte Carpenter instinktiv über die Schulter zurück und wollte dem Fahrer schon sagen, dass von hinten nichts kam, als er einen Porsche heranbrausen sah, der rücksichtslos die Fahrspur wechselte, um vorwärtszukommen.

»Das Arschloch wird doch nicht etwa …«

Bevor er den Satz zu Ende sprechen konnte, schoss der deutsche Sportwagen am Suburban vorbei und verfehlte nur um Haaresbreite dessen Stoßstange.

»Verdammt, das war knapp«, sagte er und drehte sich wieder nach vorn.

»Im Irak habe ich mich auf der Straße sicherer gefühlt«, meinte der Fahrer und lächelte in den Rückspiegel. »Dort konnte man wenigstens zurückschießen.«

Warum ist mir das nicht gleich eingefallen?

Carpenter zog sein Notizbuch aus der Jackentasche und machte sich an die Arbeit.

Den Rest der Fahrt verbrachte er damit, sich die Einzelheiten des Plans zurechtzulegen, der sein Problem lösen würde. Welche Tageszeit am günstigsten war, wie viele Männer er dafür brauchen würde und wo es stattfinden sollte.

Carpenter ließ kein noch so kleines Detail außer Acht, und als er aus dem Auto stieg und zur Haustür ging, wusste er, dass Shaw so gut wie tot war.

31

GRAND-BASSAM

Es gab in der Elfenbeinküste viele Dörfer mit Zugang zum Meer, doch es war Grand-Bassams strategische Lage an der Mündung des Comoé-Flusses, die die Franzosen einst bewogen hatte, es zur Hauptstadt ihrer Kolonie zu machen.

Schon nach wenigen Wochen hatten französische Ingenieure die Hafenanlagen errichtet. Monate später waren die ersten Handelsschiffe aus Europa eingetroffen. Die Güter, die sie brachten, wurden in Kanus geladen und flussaufwärts befördert.

Der Warenstrom, der in die Welt hinausging, und das Geld, das hereinfloss, machten das verschlafene Fischerdorf zum Kronjuwel des französischen Kolonialreichs in Afrika.

Hayes hatte Bilder der Stadt in ihrer Blütezeit gesehen – mit den Villen aus weißem Stuck, die die Profiteure des Handels sich bauten, den stattlichen Verwaltungsgebäuden und den gepflasterten Promenaden, die zum Stadtplatz führten.

Als sie sich den Außenbezirken von Grand-Bassam näherten, wurde ihm schnell klar, dass die Zeit ihre Spuren hinterlassen hatte.

Von der Pracht, die der Stadt den Beinamen »kleines

Paris« eingebracht hatte, war nicht mehr viel übrig. Die alten Villen, die noch standen, waren nur noch ein Schatten von einst; die herausgerissenen Türen und leeren Fenster starrten schwarz wie die Augenhöhlen eines Totenschädels vor sich hin.

»Sind Sie sicher, dass wir hier richtig sind?«, fragte er.

»Das ist die Altstadt«, sagte Zoe. »Die Gelbfieberepidemie von 1896 hat die Leute vertrieben.«

»Sieht die ganze Stadt so aus?«

»Nein. Wo wir hinfahren, ist es besser. An der nächsten Kreuzung biegen wir rechts ab.«

Als sie der Straße Richtung Süden folgten, wichen die Ruinen der Altstadt modernen Gebäuden und Gehsteigen voller Touristen mit rosigen Gesichtern.

»Sehen Sie.« Zoe deutete auf zwei blonde Mädchen im Bikini, die Arm in Arm schlenderten. »Hier ist es total sicher.«

»Für die vielleicht«, murmelte er.

»Was haben Sie gesagt?«

»Nichts.«

Hayes parkte vor dem Hotel La Commanderie, sprang aus dem Wagen, öffnete die Heckklappe und holte Zoes Rucksack heraus.

Er wusste selbst nicht, warum, aber die junge Frau weckte einen Beschützerinstinkt in ihm. Vielleicht lag es an der Unschuld, die er in ihren Augen sah, oder an dem Schmerz, der zum Vorschein kam, wenn sie über ihren Vater sprach. Was immer es war – er würde die Stadt erst verlassen, wenn er wusste, dass sie in Sicherheit war.

»Wollen Sie mit mir essen?«, fragte Zoe, bevor sie ausstieg.

»Ich weiß nicht, ob ich mir das Restaurant leisten kann«, sagte Hayes und blickte zum Türsteher.

»Daddy bezahlt«, sagte sie grinsend.

»In diesem Fall gern.«

Kaum hatten sie das köstliche Mahl beendet, vibrierte Zoes Handy auf dem Tisch. Hayes blickte auf das Display und prägte sich die Nummer des Anrufers ein, bevor sie zum Telefon griff.

»Es ist Jean-Luc«, sagte sie, ehe sie dranging.

»Wir sind fast da«, meldete eine Stimme auf Französisch. »Beeilen Sie sich.«

»Ich komm gleich raus«, sagte Zoe auf Französisch und beendete das Gespräch. »Ich muss los«, fügte sie, zu Hayes gewandt, hinzu.

Hayes hasste Abschiede, obwohl er in den letzten zehn Jahren eigentlich genug Erfahrung damit gesammelt hatte. Das Schlimmste war, dass er nie wusste, was er sagen sollte, wenn es so weit war. Meistens blieb er bei dem bewährten »Gute Reise« mit anschließendem Händedruck, doch in diesem Fall schien ihm das nicht so recht zu passen.

»Haben Sie alles?«, fragte er etwas hilflos.

»Ich glaube schon.« Zoe schob ihr Handy in die Gesäßtasche und schulterte ihren Rucksack.

»Also dann …«, sagte er und streckte die Hand aus.

Doch statt ihm die Hand zu schütteln, machte Zoe einen Schritt auf ihn zu und umarmte ihn.

»Danke«, sagte sie.

Die Geste kam für Hayes völlig überraschend – ihm fiel nichts anderes ein, als ihr freundschaftlich den Rücken zu tätscheln. »Schon gut … kein Problem …«, murmelte er.

Er fragte sich, ob er sie hinaus begleiten sollte, doch die drei schwarzen Land Rover, die draußen vorfuhren, nahmen ihm die Entscheidung ab.

Noch bevor das Führungsfahrzeug ganz zum Stehen gekommen war, sprang ein finster dreinblickender Mann mit einer Plate-Carrier-Einsatzweste aus dem zweiten SUV und kam ins Hotel geeilt.

»Oh, ich hab ganz vergessen … *l'addition*, die Rechnung«, sagte sie.

»Lassen Sie, ich mach das schon.«

»Sind Sie sicher?«

»Ja, kein Problem.«

»Zoe, wir müssen los«, drängte der Mann bei der Tür.

»Ich glaube, es wird Zeit«, sagte Hayes.

Sie wandte sich zum Gehen, doch nach drei Schritten fuhr sie herum und kam zu ihm zurück.

Hayes wollte schon fragen, ob alles in Ordnung sei, doch bevor er ein Wort herausbrachte, hob sich Zoe auf die Zehenspitzen und küsste ihn auf die Wange.

»W-wofür war das denn?«, stammelte Hayes.

»Dafür, dass Sie ein guter Mensch sind.«

»Zoe, wir müssen wirklich los!«, rief der Mann bei der Tür ungeduldig. Sie drehte sich um, eilte quer durch die Lobby und zur Tür hinaus.

Viel Glück, Mädchen, dachte Hayes, während der Mann sie zum SUV geleitete.

Hayes bezahlte die Rechnung, nahm seinen Rucksack und dachte an das Geld, das Mallory ihm gegeben hatte; wenigstens konnte er sich ein Zimmer in einem vernünftigen Hotel leisten. In diesem Augenblick hörte er die Kellnerin hinter sich rufen.

»Entschuldigen Sie, aber Mademoiselle hat das hier auf dem Tisch vergessen.«

Scheiße, ihr Insulin.

Mit einem eiligen »Danke« riss Hayes ihr das Etui aus der Hand und sprintete durch die Lobby. Kurz bevor er die Tür erreichte, fuhr der Land Rover los. »Halten Sie das Auto auf!«, rief er dem Türsteher zu.

»*Quoi?*«, fragte der Mann verwirrt.

»Den SUV … den Land Rover! Halten Sie ihn auf!«

Als der Mann begriff, was er wollte, war es längst zu spät.

»Tolle Reaktion«, giftete Hayes, drängte sich am Türsteher vorbei und sah, dass der Konvoi schon mehr als die Hälfte der kreisförmigen Auffahrt zurückgelegt hatte.

Er sprang über die Hecke und sprintete quer über den Rasen auf die Fahrertür des Land Rover zu. Laut schreiend schwenkte er das Etui über dem Kopf, um den Fahrer auf sich aufmerksam zu machen.

Er war sich nicht sicher, ob der Mann ihn wirklich nicht gesehen hatte oder ob man ihm befohlen hatte weiterzufahren – jedenfalls entfernte sich das Auto in einer Staubwolke.

Hayes war höchstens zwanzig Meter gerannt, aber die Hitze machte ihn müde; außerdem lagen ihm die Garnelen mit Reis im Magen, die er zuvor verdrückt hatte. Keuchend lief er weiter, wenn auch in gemäßigtem Tempo.

Wäre er für Zoes Konvoi verantwortlich gewesen, hätte er dafür gesorgt, dass in jedem Wagen Insulin mitgeführt wurde, dachte er sich.

Bist du dir da sicher?, stichelte die innere Stimme.

Verdammt, nein, musste er sich eingestehen.

Hayes schob das Etui in die Gesäßtasche und lief auf die Sträucher zu, die die Hotelanlage von der Straße trennten. Er holte alles aus sich heraus, als er über die Grünanlage hetzte, an einem Sandvolleyballplatz vorbei, wo ein paar Interessierte stehen geblieben waren und den jungen Leuten beim Spiel zusahen.

Nachdem er eine leichte Steigung hochgelaufen war, blieb er schweißgebadet stehen. Vom Auto aus hatte die Hecke um die Hotelanlage ganz harmlos ausgesehen – ein Irrtum, wie sich nun zeigte. Was er für Ziersträucher gehalten hatte, glich eher den Hecken, die die Alliierten einst bei der Landung in der Normandie vorgefunden hatten – zu hoch, um sie zu überspringen, und zu dicht, um sich durchzuschlängeln.

Na toll.

Hayes ging in die Hocke und sah sich nach einer Stelle um, wo das Gestrüpp nicht ganz so dicht war. Ein paar Meter weiter fand er eine rechteckige Lücke, gerade breit genug für einen Mann von seiner Statur.

Ohne zu zögern, warf er sich auf den Boden und robbte

durch das Gestrüpp. Anfangs kam er gut voran, doch dann wurde die Lücke schmaler, und Hayes musste die Arme an den Körper drücken, um durchzukommen.

Während er sich allein mit der Kraft seiner Beine vorwärtsschob, konnte er sich nicht gegen die Moskitos wehren, die ihn umschwärmten. Fluchend kämpfte er sich weiter, während die Plagegeister ihm das Gesicht zerstachen.

Der Bürgersteig war nur noch einen Meter entfernt; einige Passanten blieben stehen, als sie ihn im Gestrüpp bemerkten, doch das kümmerte ihn im Augenblick wenig.

Noch einmal stieß er sich mit den Füßen ab, kämpfte sich durch die letzten Sträucher und rappelte sich auf, ohne die verblüfften Blicke der Fußgänger zu beachten, die auf dem Weg zum Strand waren. Er griff sich an die Gesäßtasche, um sich zu vergewissern, dass er das Etui mit dem Insulin nicht verloren hatte, und zupfte sich Blätter und Dreck aus den Haaren. Dann wandte er sich nach links und rannte zu der einen halben Block entfernten Kreuzung.

Von seiner Position auf der Südseite der Straße wurde seine Sicht von einer Reihe billiger Hotels und einem großen dreieckigen Gebäude an der Ecke behindert, dafür hatte er freie Sicht auf den Verkehr in Ost-West-Richtung. In diesem Augenblick sah er nicht weit entfernt den Konvoi auf die Route d'Azuretti abbiegen. Die Motoren heulten auf, als die Fahrer sofort wieder beschleunigten.

Hayes warf einen Blick über die Schulter, wo ein Mann mit geblümtem Hemd bei einem Fußgängerübergang stand und auf eine Lücke im Verkehr wartete. In Europa oder den Staaten hätte er wohl auch nicht lange warten müssen, doch hier in Afrika wurden Verkehrsregeln bestenfalls als Vorschlag gesehen, nicht als Gesetz. Hayes hatte sich lange genug auf dem Kontinent aufgehalten, um zu wissen, dass es Stunden dauern konnte, bis hier ein Auto anhielt, um einem das Überqueren der Straße zu ermöglichen.

So viel Zeit hatte er nicht.

Als er nach Westen blickte, näherte sich der Konvoi bereits der Kreuzung. Er wusste zwar nicht, was er von dem Mann mit der Einsatzweste halten sollte, aber die Fahrer waren immerhin Profis. Mit chirurgischer Präzision schnitten sie durch den Verkehr, ohne mehr als einen Meter Abstand zwischen den drei Autos zu lassen.

Eines stand fest: Der Konvoi würde nicht warten, bis er die Straße überquert hatte. Also musste er handeln und zwar sofort.

In seiner Zeit in Afrika hatte Hayes immer wieder beobachtet, wie undurchdringlich ethnische und kulturelle Barrieren hier noch waren. Obwohl er eine natürliche Begabung für Sprachen und ein ausgeprägtes Gespür für die lokale Kultur hatte, wurde er doch immer wieder daran erinnert, dass er ein Außenseiter war.

Dennoch wusste er, dass es überall auf der Welt zwei Dinge gab, die keiner Übersetzung bedurften: Geld und Waffen.

»Tut mir leid, dass ich so weit gehen muss«, sagte er und zog die Beretta aus dem Holster.

Dann trat er auf die Straße. Noch bevor er die Pistole

auf den klapprigen Brotwagen richten konnte, der auf ihn zugedonnert kam, trat der Fahrer auf die Bremse. Ebenso der Lenker eines roten Mopeds auf der anderen Fahrspur.

»Bist du verrückt, Mann?«, rief ihm der Mopedfahrer auf Französisch zu.

»Nein, ich hab's bloß eilig«, konterte Hayes und sprang auf die Mittelplanke aus Beton, die die vierspurige Straße teilte.

Hayes wusste aus Erfahrung, dass das Überleben oft davon abhing, unauffällig zu bleiben – vor allem, wenn man, so wie er, allein agierte. Aber wie alle in diesem Geschäft war er auch ein Spieler, der bereit war, ein hohes Risiko einzugehen, wenn die Situation es erforderte. Das Ziehen der Pistole hatte zwar gegen seine Grundregel verstoßen, doch das Risiko hatte sich gelohnt. Der anhaltende Brotwagen hatte den Verkehr zum Erliegen gebracht, und die Soldaten am Ende des Blocks hatten nicht bemerkt, dass er zur Waffe gegriffen hatte.

Während die Land Rover sich aus dem Verkehr zu schlängeln versuchten, sprintete Hayes über die Straße, sprang auf den Bürgersteig und kämpfte sich zwischen den Fußgängern hindurch, die sich vor den Schaufenstern der Geschäfte drängten, die handgemachte Souvenirs verkauften.

»Möchten Sie vielleicht einen Schlüsselanhänger?«, fragte ein Verkäufer.

Hayes schüttelte den Kopf, ohne stehen zu bleiben. Als er sich dem letzten Geschäft näherte, wechselte das Führungsfahrzeug des Konvois auf die Abbiegespur. Hayes zog das Etui hervor und versuchte, ins Sichtfeld des Fahrers zu gelangen, als er plötzlich einen kalten Luftzug im Nacken spürte. Er blieb abrupt stehen.

In diesem Augenblick nahm er alles um sich herum wahr: die Fußgänger auf dem Bürgersteig, den Land Rover, der langsam zur Kreuzung rollte, wo der Fahrer links abbiegen würde, um den Konvoi nach Norden zu führen, weg von Hayes und dem Hotel.

Dann sprang die Szene wieder in Echtzeit zurück – er hörte Glas bersten, als die raketengetriebene Granate aus dem Fenster schoss, mit kreideweißem Strahl über die Straße jagte und in die Motorhaube des ersten Land Rover einschlug.

In diesem Augenblick sah er die Gestalt auf dem Dach des Gebäudes gegenüber, sah das Aufblitzen der Flamme aus der Panzerbüchse, gefolgt vom Heulen des Geschosses, das ihm das Blut in den Adern gefrieren ließ.

32

GRAND-BASSAM

Hayes spürte die sengende Hitze auf der Haut. Er hob die Arme, um sein Gesicht zu schützen, wandte sich ab, um in Deckung zu gehen, als ihn die Druckwelle von den Beinen riss und gegen einen Peugeot 504 schleuderte, der mitten auf der Straße stand.

Er prallte hart gegen die Windschutzscheibe, und die Welt wurde schwarz vor seinen Augen. Der Schmerz riss ihn aus der Benommenheit – ein dumpfes Ziehen unten im Rücken, das entlang der Wirbelsäule nach oben schoss. Er schlug die Augen auf, doch statt blauem Himmel und Sonnenschein sah er eine Straße in Flammen. Dicker schwarzer Rauch stieg vom brennenden Land Rover auf, der Geruch von Composition-B-Sprengstoff hing schwer in der Luft. Die Schreie der Touristen wurden von MG-Feuer übertönt.

Hayes wand sich aus der geborstenen Windschutzscheibe, rollte sich über die Motorhaube und landete im Rinnstein. Er schüttelte den Kopf, um sich von dem Nebel zu befreien, hob sich auf ein Knie und untersuchte sich kurz auf Einschusslöcher, Fleischwunden oder gebrochene Knochen. Nachdem er sich vergewissert hatte, dass da nichts war, was sich nicht mit ein paar Aspirin kurieren ließ, wandte er seine Aufmerksamkeit der Straße und dem Schusswechsel zu, der zwanzig Meter vor ihm tobte.

Nachdem die Granate den ersten Land Rover getroffen hatte, war er noch über die Kreuzung gerollt, über den Bordstein geholpert und in ein Haus gekracht, wo er nun ausbrannte. Die zwei anderen Fahrzeuge des Konvois waren auf der Abbiegespur zwischen zwei braunen Ford-Excursion-SUV eingeklemmt und wurden von Männern mit Gasmasken und schwarzen Schutzwesten beschossen.

Hayes studierte die Szene einen Augenblick, die Anordnung der Geländewagen, die den Konvoi in die Zange genommen hatten, die Schützen, die ihre Ziele mit automatischem Gewehrfeuer aufs Korn nahmen, und deren Helfer, die Tränengasgranaten auf die Straße warfen.

Es war ein Hinterhalt wie aus dem Lehrbuch. Eine Operation, die Profis geplant hatten. Dennoch erkannte Hayes eine Schwachstelle, als er zu einem der Geländewagen blickte.

Um die Zielfahrzeuge effektiv zu blockieren, hätte der Ford sie an einem unbeweglichen Objekt festnageln müssen. Doch der Geländewagen ließ eine kleine Lücke, die der Fahrer des Land Rover zu nutzen versuchte. Er legte den Rückwärtsgang ein und fuhr mit eingeschlagenem Lenkrad zurück.

»Ja, weiter«, murmelte Hayes, doch der Fahrer hörte nicht auf ihn, legte den ersten Gang ein und trat aufs Gaspedal.

Dann eskalierte die Situation.

Bevor Hayes eingreifen konnte, sah ihn einer der Angreifer und warf eine Tränengasgranate in seine Richtung. Drei Meter vor ihm schlug sie auf der Straße auf, sprang hoch und explodierte in einer kreideweißen Wolke.

Das ist unser Stichwort, drängte die Stimme.

Hayes hatte oft genug Tränengas abbekommen, um zu wissen, dass es kein Vergnügen war. Doch statt wegzulaufen, ließ er sich auf ein Knie nieder, ohne Zoes Land Rover aus den Augen zu lassen.

Sie schaffen es nicht.

Er beobachtete, wie der Land Rover gegen die Frontpartie des Ford Excursion prallte.

Bleib unten. Es ist nicht dein Kampf, mahnte die Stimme.

Dem konnte Hayes nicht widersprechen. Er hatte seinen Teil der Vereinbarung erfüllt, als er Zoe im Hotel abgeliefert hatte. *Für den Rest ist ihr Sicherheitsteam zuständig.*

Im nächsten Augenblick wurde die Beifahrertür des zweiten Land Rover aufgerissen, und der Mann mit der Einsatzweste sprang heraus.

Er legte sein Gewehr am Türrahmen an und rief seine Männer zu sich, ehe er das Feuer auf die Angreifer eröffnete.

Die übrigen Soldaten sprangen aus den SUVs, gingen dahinter in Position und nahmen die Angreifer ebenfalls unter Beschuss.

»Wir sind so weit«, rief einer der Männer.

Der Teamführer stellte das Feuer ein und holte eine Rauchgranate hervor. Er zog den Stift und warf die Granate in die Richtung der Angreifer. Dann sprang er zur hinteren Autotür und zog Zoe heraus.

In seiner Zeit in Afghanistan war Hayes des Öfteren zum Rückzug gezwungen gewesen, wenn seine Einheit von einer Übermacht angegriffen wurde. In diesem Fall gab es eine bewährte Taktik, die von der Idee her sehr einfach war. Das Team bildete eine Kolonne, deren Führungsmann den Feind mit Automatikfeuer unter Beschuss nahm. Wenn dem Schützen die Munition ausging, zog er sich aus der Kolonne zurück, und der Nächste eröffnete das Feuer.

Es war die perfekte Taktik für diese Situation und hätte auch funktioniert, wäre der Mann mit der Einsatzweste nicht von einer Kugel in den Hinterkopf getroffen worden.

Scheiße.

Nachdem der Teamführer gefallen war, suchten die meisten Soldaten das Weite und rannten nach Westen, in die Richtung, aus der sie gekommen waren. Zoe blieb allein zurück und hockte vor Angst zitternd bei dem Toten.

»Ihr Mistkerle«, murmelte Hayes und zog die Beretta.

Der Tränengaswerfer blickte zum Peugeot und hatte schon die nächste Granate in der Hand, als Hayes aus der Deckung kam. Hastig warf der Mann sein Geschoss und griff nach der MP, die er an einem Riemen um den Hals hängen hatte. Seine Hand schloss sich um den Griff, als Hayes ihn mit zwei gezielten Schüssen in die Brust niederstreckte.

Das Gas hüllte Hayes in einen künstlichen Nebel, stieg ihm in die Augen und brannte wie Säure im Gesicht. Halb blind rannte er zum Konvoi, zwischen Autos und Fußgängern hindurch, die vor den Schüssen flüchteten. Jedes Mal, wenn eine dunkle Silhouette vor ihm auftauchte, riss er die Beretta hoch und musste in einem Sekundenbruchteil entscheiden, ob er einen Freund oder Feind vor sich hatte.

Die Angreifer hatten keine derartigen Skrupel und feuerten mit ihren automatischen Gewehren auf jeden, der so leichtsinnig war, die Straße zu überqueren. Hayes bekam keine Luft mehr, sein Sichtfeld verdunkelte sich an den Rändern, und die Kugeln, die ihm um die Ohren flogen, spürte er mehr, als er sie hörte.

Ein Mann rannte über die Straße; im nächsten Moment feuerte ein Angreifer mit orangefarbenen Leuchtspurgeschossen auf ihn. »Schnell runter«, rief Hayes dem Passanten auf Französisch zu und eilte zu ihm, um ihn zu Boden zu ziehen. Bevor er ihn am Arm zu fassen bekam, fand eine Kugel ihr Ziel und streckte den Mann nieder wie eine Marionette, deren Fäden gekappt wurden.

Lauf weiter.

Er orientierte sich am Mündungsfeuer, das da und dort aufblitzte, und sprintete die Straße hinunter. Ihm war bewusst, dass er mausetot war, wenn er einem Schützen mit einer Gasmaske vor die Flinte lief.

Wenn er das Brennen des Gases in seiner Lunge loswerden wollte, hätte er nur kehrtmachen und wegrennen müssen. Die frische Luft hätte die Chemikalien aus dem Körper gespült. Doch Flucht war keine Option. Er rannte weiter, die Pistole in der rechten Hand, und schwang den linken Arm vor dem Körper wie einen Blindenstock. Nur einmal blieb er kurz stehen, um sich zu übergeben.

Hayes berührte den Ford Excursion mit der Hand, bevor er mit der Stirn dagegen knallte. Fluchend taumelte er nach hinten, ging in die Hocke und suchte nach der Leiche des Mannes, den er erschossen hatte.

Er tastete sich am Auto entlang, bis er auf einen Stiefel und ein Bein stieß.

Gott sei Dank.

Er tastete den Körper des Toten ab und fand die Gasmaske, legte die Pistole weg und riss die Maske herunter. Auch wenn er nicht viel sah, wusste er, was er zu tun hatte; die Bewegungen hatten sich während seiner Ausbildung in Fort Benning in die Muskeln eingeprägt. Er drückte sich die Innenmaske ans Gesicht, hielt die flache Hand auf das Ventil und blies, so fest er konnte, um die kontaminierte Luft aus der Maske zu bekommen, bevor er die Riemen am Kopf fixierte.

Dank der Maske war er vor weiteren Gasattacken geschützt, aber er wusste, dass sich die Auswirkungen des ersten Angriffs nur mit etwas Zeit und klarem Wasser mildern ließen; beides war gerade Mangelware.

Hayes schob die Beretta in den Hosenbund und nahm dem Toten die Maschinenpistole ab. Er nahm das Magazin heraus und drückte mit dem Daumen auf die oberste Patrone; der Widerstand sagte ihm, dass es voll war. Mit einer fließenden Bewegung legte er das Magazin ein und lud die Waffe durch.

Höchste Zeit, den Feind zu dezimieren.

Tief geduckt ging er um das Heck des Wagens herum und lugte hinter der Stoßstange hervor. Immer noch hing dichter Nebel über der Straße; er sah die feindlichen

Schützen nur als dunkle Schatten mit Schutzwesten und schweren Waffen.

Unter anderen Umständen hätte er versucht, näher heranzukommen, um sicher zu sein, auf wen er schoss. Doch als er einen Schützen sah, der auf den Land Rover feuerte, war er sich relativ sicher, dass es kein Freund und kein Passant war.

Er richtete das holografische Visier auf den Kopf des Schützen und drückte ab. Dank des moderaten Rückstoßes der MP5 konnte Hayes das Fadenkreuz auf dem Ziel halten und war bereit, sofort eine zweite Kugel abzufeuern. Der rötliche Sprühnebel sagte ihm, dass das nicht nötig war.

Einer weniger.

Hayes schlich um die Stoßstange herum auf die Mündungsblitze und die gedämpften Stimmen zu. Beim Vorderreifen hielt er inne; es widerstrebte ihm, sich aus der Deckung zu wagen, solange er die Situation nicht besser überblickte. Andererseits wusste er, dass die Zeit drängte.

Er musste etwas unternehmen, solange es noch möglich war. Aber was?

Hayes wog seine Möglichkeiten ab, als eine steife Meeresbrise über die Straße wehte. Der Wind durchschnitt die Gaswolke wie ein Rasiermesser.

Dann sah er Zoe beim Heck des SUV stehen und schreien, als einer der Angreifer sie am Arm packte.

»*Nein!*«, kreischte sie, schlug dem Mann ins Gesicht und biss ihm in die Hand, als er ihr einen schwarzen Sack über den Kopf stülpen wollte.

»Halt still, du Miststück«, knurrte er und schlug ihr hart ins Gesicht.

Zoe sackte gegen den Wagen, doch der Mann hielt sie auf den Beinen.

Der Anblick ließ kalte Wut in Hayes aufsteigen. Er sprang aus der Deckung und legte die MP an.

»Kontakt links!«, rief eine Stimme.

Bevor Hayes auf den Angreifer, der Zoe festhielt, feuern konnte, zwangen ihn feindliche Kugeln wieder in Deckung.

Scheiße.

Hayes beugte sich zur Seite und richtete das Fadenkreuz auf den schwarz gekleideten Angreifer. Schon in dem Moment, als er den Finger an den Abzug legte, wusste er, dass er übereilt feuerte.

Er gab drei Schüsse ab, als ein zweiter Schütze ihn ins Visier nahm. Er ignorierte die Kugeln, zielte ganz ruhig und streckte den Mann mit einem Kopfschuss nieder. Dann fuhr er herum und feuerte zweimal auf den anderen Angreifer.

Der erste Schuss traf den Mann in die Brust; die Schutzweste vermochte die Kugel zwar aufzuhalten, doch der Aufprall schleuderte ihn rücklings gegen den Van. Statt zu zielen, schaltete Hayes auf Automatikfeuer und hielt den Abzug gedrückt. Der Lauf sprang mit jedem Schuss ein Stück nach oben; die zweite Kugel traf die Schutzweste etwas höher, die dritte durchbohrte den Hals und malte einen scharlachroten Fleck auf den Autolack.

Der Angreifer sackte gegen den Land Rover, ließ das

Gewehr fallen und drückte die Hände auf den Hals. Das Blut, das zwischen den Fingern hervorsprudelte, verriet Hayes, dass der Mann nicht mehr lange zu leben hatte.

Das Knirschen von Kies unter Militärstiefeln lenkte seine Aufmerksamkeit auf eine dritte Gestalt, die durch den Rauch angestürmt kam. Hayes schwenkte die Waffe herum, doch der Mann war mit zwei, drei schnellen Schritten bei ihm und zog ihm den Gewehrkolben über den Kopf. Hayes taumelte, der Schlag hatte die Maske beschädigt, sodass er erneut Gas einatmete.

Er wich zurück, doch der Angreifer setzte nach, rammte ihm den Kolben in die Niere, riss ihm die MP aus den Händen und packte ihn an der Kehle.

Es war ein erbitterter Kampf mit Ellbogen und Knien. Hayes spürte den Atem des Gegners im Gesicht, doch er war halb blind und bekam kaum noch Luft, sodass er nicht viel mehr tun konnte, als die Schläge einzustecken und auf eine Gelegenheit zum Konter zu warten.

Schließlich setzte der Mann zu einem vernichtenden Hieb an, doch Hayes duckte sich, griff nach oben und riss ihm die Maske vom Gesicht.

»Scheißkerl«, fluchte der Mann, ließ von ihm ab und versuchte, die Maske zurechtzurücken.

Hayes wartete nicht, bis der Gegner bereit war; er nutzte seinen Vorteil, packte ihn an den Schultern und hämmerte ihm die Stirn gegen die Nase. Das Nasenbein explodierte mit einem hölzernen Knirschen und einem warmen Blutschwall, der Hayes ins Gesicht spritzte.

Der Angreifer brüllte vor Schmerz und wich einen

Schritt zurück, was Hayes Gelegenheit gab, die Beretta aus dem Holster zu ziehen.

Er feuerte ihm zwei Schüsse in die Schutzweste. Die 9-Millimeter-Geschosse schleuderten den Mann nach hinten, und Hayes setzte ihn mit einem Kopfschuss endgültig außer Gefecht. Im selben Augenblick hörte er einen Motor aufbrüllen.

Als er aufblickte, sah er den Ford Excursion durch den Rauch auf sich zurasen, der Kühlergrill so riesig wie eine Plakatwand.

Hayes warf sich zur Seite und spürte den Luftzug des vorbeisausenden Fahrzeugs. Er zog den Kopf ein, rollte sich über die Schulter ab und feuerte in der Hocke auf den SUV.

Es war eine hilflose Geste, das wusste er selbst. Die Neunmillimeter konnte den Truck bestenfalls leicht beschädigen, aber nicht aufhalten. Doch irgendwie musste er seiner Wut Luft machen, die wie ein Feuer in ihm tobte.

Die Kugeln zertrümmerten das schwarze Glas, doch der Fahrer blieb auf dem Gas und schwenkte den SUV in eine scharfe Linkskurve. Hayes warf das leere Magazin aus, zog ein Ersatzmagazin aus dem Gürtel und knallte es in die Pistole.

Als er die Waffe wieder auf sein Ziel richtete, war der Excursion längst außer Schussweite und brauste in Richtung Norden davon.

Hayes schob die Pistole ins Holster. Die Waffen waren verstummt, für einen Augenblick lag eine ohrenbetäubende Stille über der Straße, die durchbrochen wurde vom Dröhnen in seinen Ohren und den Schreien der Verletzten.

Sein erster Impuls war, den unschuldigen Opfern zu helfen, doch dann hörte er die Sirenen von Krankenwagen in der Ferne. Zoe hingegen war allein.

Er musste weg, bevor es zu spät war und die Polizei ihn festnahm. Statt zum Hotel zurückzukehren, in den Pathfinder zu springen und auf dem schnellsten Weg zum Flugplatz zu fahren, schnappte er sich die Maschinenpistole eines toten Angreifers und lief zu dem dunkelgrünen Motorrad, das verlassen auf der Straße lag.

Verdammt, was hast du vor?, mahnte die innere Stimme. *Das ist nicht dein Kampf.*

»Jetzt schon.«

33

GRAND-BASSAM

Hayes hängte sich die MP um, hockte sich neben die auf der Straße liegende Ducati Multistrada und drückte den Rücken gegen den Sitz. Dann holte er Atem und stemmte die Füße in den Boden. Das Auspuffrohr brannte wie Feuer an seinem Unterarm, während er seine ganze Kraft aufbot, um die 230 Kilo schwere Ducati auf die Räder zu stellen.

Warum muss ich von allen Motorrädern in Afrika ausgerechnet das schwerste Ding finden?

Schließlich gelang es ihm, die Maschine hochzustemmen. Mit der MP auf dem Rücken startete er die Ducati. Der Motor sprang sofort an, Hayes schwang sich auf den Sitz, lenkte das Bike Richtung Norden und gab Gas, um die Verfolgung der Entführer aufzunehmen.

Die Ducati Multistrada vereinte die Leistung eines Sportmotorrads mit der Ausdauer eines Tourers. Dank des 1200-cc-Motors hatte Hayes bereits auf über 100 km/h beschleunigt, als er die Brücke erreichte.

Vom Scheitelpunkt der Brücke konnte er die Straße vor sich überblicken und sah in der Ferne den Excursion mit seiner ganzen Wucht durch den Verkehr pflügen. Die anderen Verkehrsteilnehmer hatten zwei Möglichkeiten: Platz zu machen oder gerammt zu werden.

Hayes war mit Motorrädern aufgewachsen. Er hatte mit einer 250er Yamaha angefangen – das ideale Fahrzeug für die abgelegenen Straßen im ländlichen Tennessee.

Als er mit sechzehn den Führerschein machte, konnte er mit größeren und schnelleren Straßenmotorrädern das unvergleichliche Gefühl auskosten, Sonne und Wind zu spüren, während er durch die Landschaft glitt.

Es war jedoch eine gefährliche Leidenschaft. Auch wenn er selbst nie in einen Unfall verwickelt gewesen war, musste er immer an die mahnenden Worte seines Vaters denken, als er sein erstes Straßenbike bekam: »Junge, es gibt zwei Arten von Bikern – die einen hatten schon mal einen schweren Unfall, die anderen werden irgendwann einen haben.«

Hayes wusste nicht, warum er sich ausgerechnet jetzt daran erinnerte. War es ein Omen oder eine Laune seines Unterbewusstseins? Es war jedenfalls der falsche Moment dafür. Vorsicht war keine Option. Er war fest entschlossen, die Entführer einzuholen – oder als Futter für die Geier zu enden, die auf den Stromleitungen saßen.

Er schaltete in den sechsten Gang, beugte sich über den Lenker und drängte alle störenden Gedanken beiseite. In niedrigerem Tempo hatte Hayes noch jede Unebenheit in der Straße gespürt, doch nun, mit hundertdreißig Sachen, flog die Ducati über jedes Hindernis hinweg, und es brauchte nur eine leichte Gewichtsverlagerung, um eine Kurve zu nehmen.

Hayes donnerte geradewegs den weißen Mittelstreifen entlang, und das Brüllen des Motors hallte von den Autoreihen auf beiden Seiten wider. Eins war klar: Wenn bei dieser Geschwindigkeit ein Auto vor ihm die Fahrspur wechselte, war er erledigt. Tot. Doch das Zielfahrzeug war fast eine Meile vor ihm, also blieb ihm nichts anderes übrig, als das Risiko einzugehen.

In der Ferne sah er den Excursion auf die rechte Fahrspur wechseln. Hayes wusste, dass er sich ebenfalls in diese Spur einreihen musste, drosselte das Tempo und suchte nach einer Lücke zwischen den Fahrzeugen. Er schaltete in den vierten Gang herunter und wusste, dass das Spiel aus war, wenn die Entführer abbogen und er ihnen nicht folgen konnte.

Doch die Autos auf der rechten Spur fuhren Stoßstange an Stoßstange und ließen ihm nicht die kleinste Lücke, in die er sich zwängen konnte.

Die Bremslichter des Excursion leuchteten auf, gleich würde er abbiegen, und Hayes steckte in der Mitte der Fahrbahn fest.

Er wollte schon zur Waffe greifen, um ein paar Fahrzeuge mit Schüssen auf die Reifen zu stoppen, als dreißig Meter vor ihm der Motor eines überladenen Lasters den Geist aufgab. Der Fahrer trat auf die Bremse, Hayes sah die Lücke, die sich auftat, und beschleunigte.

Er jagte die Drehzahl hoch, ehe er schaltete, den Laster umkurvte und auf die rechte Spur wechselte, um am Excursion dranzubleiben.

Er gab Gas und achtete darauf, nicht auf den Schotterstreifen neben der Straße zu gelangen, während er hinter dem SUV herjagte, der bereits von der Schnellstraße abbog.

Du darfst ihn nicht verlieren.

Als Hayes sich der Ausfahrt näherte, ging er vom Gas und schaltete herunter, um das Tempo zu drosseln.

Du bist immer noch zu schnell, warnte die Stimme, doch Hayes sah das anders.

Er legte sich in die Kurve, das Knie gefährlich nahe am Asphalt. Die Augen auf den Punkt gerichtet, dem er mit dem Bike folgen wollte, konnte er nichts anderes tun, als die Linie zu halten und darauf zu vertrauen, dass es gut gehen würde.

Es hatte etwas Beängstigendes, eine Kurve in diesem Tempo zu nehmen. Hayes wusste zwar, dass er die Gesetze der Physik auf seiner Seite hatte, dennoch schrie alles in ihm danach, zu bremsen. Er widerstand dem Drang in dem Wissen, dass es lebensgefährlich gewesen wäre, mitten in der Kurve das Tempo zu drosseln.

Hayes zog die Ducati unbeirrt um die Kurve und wartete, bis die Straße wieder geradeaus verlief, ehe er das Gewicht in die Mitte verlagerte und beschleunigte.

Zweihundert Meter vor ihm rollte der Excursion schwerfällig dahin; nach der Kurve brauchte er seine Zeit, um wieder Fahrt aufzunehmen.

Jetzt krieg ich dich.

Bis hierher war seine einzige Sorge gewesen, das Auto einzuholen, doch nun, da er es fast geschafft hatte, stellte sich ein anderes Problem.

Wie zum Henker soll ich ihn aufhalten?

Der leichteste und effektivste Weg, ein Auto zu stoppen, war, den Fahrer zu erschießen. Mit Zoe auf dem Rücksitz konnte er dieses Risiko nicht eingehen. Auf die Reifen zu schießen, war genauso gefährlich. Hayes kam zu dem Schluss, dass es nur eine Möglichkeit gab, zu handeln, ohne dass Zoe im Leichenschauhaus landete: Er musste irgendwie in das Fahrzeug kommen.

Aber wie soll ich das anstellen?

Dann sah er es – die gähnende schwarze Öffnung, wo zuvor die Heckscheibe gewesen war.

Du wirst doch nicht …?, begann die Stimme.

»Doch«, entschied er sich und gab Gas.

Nach Hayes' Erfahrung ging es bei so riskanten Manövern weniger um minutiöse Planung als vielmehr um die Fähigkeit, zu handeln, bevor das Hirn eingreifen konnte.

Ein Helm wäre hilfreich gewesen, aber es musste auch ohne gehen. Hayes drückte kurz den Anlasserknopf, um den Tempomat einzuschalten, und zog die Füße auf den Sitz hoch. Das Bike schlingerte unter ihm, doch er hielt das Gleichgewicht und ging in die Hocke, die Hände immer noch am Lenker.

Er blendete die Straße aus, die unter ihm dahinraste, ebenso den Seitenwind, der ihn vom Motorrad zu fegen drohte, und konzentrierte sich nur auf das viel zu kleine Rechteck aus zertrümmertem Glas.

Es war nur eine Frage des richtigen Timings. Im letzten Augenblick schaute Hayes auf den Vorderreifen und den schwindenden Abstand zur Stoßstange des SUV. Er wusste, wenn er den Sprung nicht richtig ansetzte, würde er nicht im Wagen landen, sondern gegen das Heck krachen.

Noch nicht … noch nicht … *jetzt!*

Hayes stieß sich ab und katapultierte sich über das Windschild. Einen Sekundenbruchteil später prallte die Ducati gegen das Heck des SUV. Dann war er in der Luft und segelte durch das zertrümmerte Heckfenster.

Er hatte kaum Zeit, um sich auf den Aufprall vorzubereiten, zog den Kopf ein und nahm die Hände vors Gesicht, ehe er gegen die beiden Schlägertypen krachte, die gerade versuchten, Zoe mit einem Kabelbinder zu fesseln.

Hayes stieß sie zur Seite, wurde nach vorn zwischen Fahrer- und Beifahrersitz geschleudert und krachte hart gegen das Armaturenbrett.

»Scheiße …«, stöhnte er schmerzverzerrt.

Das plötzliche Auftauchen des blutverschmierten Mannes im Auto versetzte die Männer für einen Augenblick in Schockstarre. Hayes nutzte die Verwirrung, zog die Beine an die Brust und knallte dem Beifahrer den Wanderschuh ins Gesicht. Der Mann krachte so heftig mit dem Kopf gegen die Scheibe, dass das Glas splitterte.

»Adam … helfen Sie mir!«

»Schnell … zur Tür!«, rief Hayes.

Er setzte sich auf und griff nach dem Lenkrad, doch der Fahrer versetzte ihm einen wuchtigen Schlag mit dem Handrücken. Für einen Augenblick konnte Hayes nichts sehen, doch er fing sich rasch. Als der Fahrer zur Pistole griff, zog Hayes das Microtech-Troodon-Messer aus der Tasche.

»Zu langsam.« Hayes ließ die Klinge aufschnappen und

rammte sie dem Fahrer in den Oberschenkel. Der Mann wich reflexartig zurück, nahm den Fuß vom Gaspedal und versuchte dennoch, die Pistole zu ziehen.

Hayes riss das Messer aus der Wunde und stieß es ihm mit solcher Wucht in den Unterarm, dass die Spitze im Magazin des Sturmgewehrs stecken blieb, das der Fahrer vor der Brust trug.

»Das hält dich eine Weile still.« Hayes griff nach dem Sitzverstellhebel zwischen den Beinen des Fahrers.

Er riss ihn nach oben, drückte den Sitz nach hinten und spürte, wie der Wagen langsamer wurde, als kein Druck mehr auf das Gaspedal ausgeübt wurde. Hayes griff nach der Handbremse, um den SUV anzuhalten – doch Zoes Entführer hatten sich vom ersten Schock erholt.

»Komm her, du Bastard«, rief einer der Männer, packte Hayes an den Beinen, zog ihn auf den Rücksitz und stieß ihn zu Boden.

»Hilfe!«, schrie Zoe verzweifelt.

Der Angreifer warf sich auf Hayes, packte ihn mit einer Hand an der Kehle und schlug mit der anderen zu.

Als er erneut ausholte, drehte sich Hayes auf die Seite und schlang ein Bein um seinen Oberkörper. Er packte den Mann am Unterarm und half mit dem Bein nach, um ihn aus dem Gleichgewicht zu bringen. Das Manöver verschaffte ihm genug Spielraum, um ihm den Ellbogen gegen die Schläfe zu hämmern.

Der Mann sackte nach hinten, und Hayes stieß ihn gegen seinen benommenen Kumpel, drehte sich auf den Bauch und langte nach dem Türgriff.

»Zoe, wir müssen springen!«, rief er und drückte die Tür auf.

»Ich … ich kann nicht!«

Hayes sah keinen anderen Weg. »Du kannst es«, redete er ihr zu, fasste sie an der Schulter und schob sie zur Tür.

»Nein! Ich …«, schluchzte sie.

»Ich weiß, du kannst es.«

Er drehte sie zur offenen Tür. Für einen Augenblick glaubte er, sie überzeugt zu haben, doch dann schaute sie nach unten auf den vorbeiziehenden Asphalt und wich entsetzt zurück.

Schlag zu und wirf sie raus, riet die Stimme.

Er wusste, dass sich das Problem so lösen ließe, doch Hayes war im Süden aufgewachsen und hatte schon in jungen Jahren gelernt, dass es nichts Verwerflicheres gab, als eine Frau zu schlagen. Und selbst jetzt, da ihr und sein Leben davon abhing, brachte er es nicht über sich.

»Mach die Augen zu und …«

In diesem Augenblick prallte etwas Hartes gegen seinen Hinterkopf, und derbe Hände packten ihn am Gürtel. Ein Mann trat ihm gegen den Arm und riss ihn hoch.

»Du willst springen? Das kannst du haben.«

Dann warf er Hayes aus dem Auto.

34

LIBREVILLE, GABUN

Es war heiß auf dem Rollfeld, und Cyrus Vandal schwitzte in seinen Kleidern, über denen er einen Fliegeranzug trug. Er holte die Amphetamintabletten heraus, die sie ihm gegeben hatten, bevor er vor dreizehn Stunden aus den Staaten abgereist war, warf eine der orangen Pillen ein und spülte sie mit einem kräftigen Schluck Wasser aus der Flasche hinunter. Dann erst ging er zu der MC-130 Talon, die in der Dunkelheit wartete.

Vandal stieg die Rampe hoch; er trug schwer an seinem Rucksack und der großen Frachttasche.

Im Frachtraum der Talon überprüfte ein Jumpmaster der Sondereinsatzkräfte noch einmal den MC-4-Ram-Air-Fallschirm an seinem Rücken und seine übrige Ausrüstung. Er arbeitete schweigend und gewissenhaft, checkte jede Verbindung und zog an jedem Riemen, sein Gesicht ausdruckslos im gedämpften roten Licht des Frachtraums.

Nachdem der Mann sich vergewissert hatte, dass alles bereit war, klinkte er den Sauerstoffschlauch in das Versorgungssystem der Maschine ein. Vandal testete den Sauerstofffluss und gab das Daumen-hoch-Signal, ehe er sich auf die Nylonbank setzte.

»Alles klar. Wir starten jeden Moment«, rief der Jumpmaster in das Dröhnen der Triebwerke.

Vandal nickte, und während der Crew Chief die Rampe schloss und sicherte, lehnte er sich mit dem Helm an die Bordwand und blickte auf die Kabel und Drähte im Frachtraum.

Dreißig Sekunden, nachdem der Crew Chief sich angeschnallt hatte, rollte die Talon los und zitterte wie eine Waschmaschine im Schleudergang, als sie die Startbahn hinunterdonnerte und abhob.

Vandal war seit vierundzwanzig Stunden auf und dementsprechend erschöpft. Seine Augen brannten vom Schlafmangel, seine Kehle war staubtrocken von der Dehydrierung und dem Sauerstoff aus der Maske.

Ich mach kurz mal die Augen zu.

Er fühlte sich gleich wohler, und während er darauf wartete, dass die Droge zu wirken begann, versuchte er die Flut an Informationen zu verarbeiten, die er am Vortag erhalten hatte.

Als Angehöriger der Marine Raiders wusste Vandal sehr gut, wie weit der Arm des Special Operations Command reichte. Es gab keine andere Einrichtung, die es so gut verstand, Feinde des Landes ausfindig und unschädlich zu machen. Dennoch staunte er immer noch, wie es den Spezialisten in der Fernmeldeaufklärung und im Analyselabor in so kurzer Zeit gelungen war, sein Ziel zu finden und über fünfzehnhundert Meilen bis nach Luanda zu verfolgen.

Aber sie hatten es geschafft – der Rest lag nun an ihm.

Kurz nach dem Start begann die Droge zu wirken; das

Amphetamin war für sein Nervensystem, als würde man Benzin ins Feuer gießen. Hatte Vandal eben noch Mühe gehabt, die Augen offen zu halten, war er nun hellwach und fokussiert. Bereit, es mit der Welt aufzunehmen.

Fünfzig Minuten später stand er an der offenen Rampe und schaute durch das Nachtsichtgerät an seinem Helm auf den Horizont hinaus, während der Pilot den Landeanflug einleitete. Vandal stützte sich an der Bordwand ab, niedergedrückt vom Gewicht seiner Ausrüstung und vom eisigen Wind gepeitscht.

Hier auf 9000 Meter herrschte eine Temperatur von -40 Grad, sodass er trotz des isolierten Overalls und des Amphetamins im Blut vor Kälte zitterte. Seine Hände in den Gore-Tex-Handschuhen waren völlig gefühllos.

Er verdrängte die Unannehmlichkeiten aus dem Bewusstsein, konzentrierte sich ganz auf das rote Licht und zählte die letzten Sekunden bis zum Absprung herunter.

Eintausend. Zweitausend. Dreitausend. Jetzt.

Das Licht sprang auf Grün um, Vandal machte drei Schritte vor und stürzte sich in den Abgrund. Er ging in Position, krümmte den Rücken und zog den Kopf ein. So erreichte er schnell eine Fallgeschwindigkeit von 200 km/h. Wie ein gefallener Engel stürzte er durch die schiefergrauen Wolken in die Tiefe.

Als der Fallschirm sich öffnete und ihn mit einem Ruck abbremste, schaute er nach oben, überprüfte den Schirm auf eventuelle Löcher und fasste die Schlaufen der Steuerleinen, bevor er einen Blick auf den Kompass warf.

Er stellte fest, dass er vom Kurs abwich, was er mit leichtem Ziehen an der Steuerschlaufe korrigierte. Dann blickte er auf die GPS-Anzeige an seinem Handgelenk, um den Groundspeed zu checken, die Geschwindigkeit relativ zum Boden.

In tausend Metern Höhe brach er aus den Wolken hervor, sah die graue Erde unter sich und das blaue Schimmern des Atlantischen Ozeans zur Rechten. Er aktivierte das Infrarotsignal, das am Zielort vorbereitet worden war, und nahm sich zwanzig Sekunden, um die grüne Masse vor sich abzusuchen.

Dann sah er es – ein gelbes Blinken aus einer Lichtung fünf Grad rechts von ihm. Vandal zog leicht an der Steuerschlaufe und flog auf das Signal zu.

In größerer Höhe hatte man noch kein Gefühl für die wirkliche Fallgeschwindigkeit, doch nun, in vierzig Metern Höhe, kam die Erde erschreckend schnell auf ihn zugerast, und er riss an den Steuerleinen, um den Fall zu bremsen.

Dann war er unten, der Schirm fiel in sich zusammen, als seine Füße den Boden berührten.

Er arbeitete schnell und effizient, löste die Fangleinen, die das Gurtzeug mit dem Schirm verbanden, zog die schallgedämpfte HK-Maschinenpistole aus dem Rucksack und blickte sich um.

Das einzige Lebenszeichen war das gelbe Blinken des Infrarot-Stroboskoplichts auf dem Dach des Toyota 4Runners, der hinter den Bäumen auf ihn wartete.

Nachdem er sich vergewissert hatte, dass er allein war,

zog Vandal die Handschuhe aus und stieg aus dem Overall. Mit einem Klappspaten vergrub er Fallschirm und Overall und lud sein Gepäck in den SUV.

Es war Zeit, auf die Jagd zu gehen.

35

GRAND-BASSAM

Eine Stunde, nachdem er aus dem fahrenden Auto geworfen worden war, parkte Hayes am hinteren Ende des Parkplatzes eines Mini-Markts. Er stieg aus dem Mitsubishi-SUV, den er gekapert hatte, und verlagerte sein Gewicht vorsichtig nach links.

Verdammter Mist. Er verbiss sich die Schmerzen, die von seinem verletzten Knie nach oben schossen.

Als er sicher war, dass das Bein sein Gewicht tragen konnte, überquerte er den Parkplatz. Die Sohle seines zerfetzten Wanderschuhs klatschte bei jedem Schritt auf den Beton, als er zu der Telefonzelle vor dem Geschäft ging. Kurz bevor er sie erreicht hatte, sah er zwei nicht sehr vertrauenerweckende Typen auf dem Bordstein sitzen und Bier trinken.

Nein, nicht das auch noch.

Fest entschlossen, eine Auseinandersetzung zu vermeiden, blickte Hayes geradeaus und betete, dass sie ihn in Ruhe lassen würden. Doch das Raubtiergrinsen in ihren Gesichtern, als sie aufstanden, sagte ihm, dass seine Hoffnung sich nicht erfüllen würde.

»Musst du telefonieren?«, fragte der Erste und baute sich vor der Telefonzelle auf.

»Ja«, sagte Hayes.

»Kostet 'ne Kleinigkeit.«

»Wie viel?«, fragte er und griff nach seiner Brieftasche, bis ihm einfiel, dass er sie verloren hatte. »Na toll.«

»Was ist – hast du deine Brieftasche verloren?«

»Ja, so was in der Art.«

Der zweite Mann beugte sich zu seinem Kumpel, flüsterte ihm etwas ins Ohr und deutete mit der Machete, die er hinter dem Rücken hervorholte, auf sein Handgelenk.

»Stimmt, ist wirklich eine hübsche Uhr«, grinste der andere. »Ich glaube, die passt gut in die Sammlung.«

»Was für eine Sammlung?«, fragte Hayes.

»Weißt du, das ist unser Telefon, und wer es benutzen will, muss eine Gebühr zahlen.« Er deutete auf einen Plastiksack auf dem Boden.

Hayes sah, dass sich in dem Sack bereits jede Menge Smartphones, Brieftaschen und Armbanduhren befanden. Das Geschäft lief anscheinend gut. Es war klar, worauf es hinauslief. Gern hätte er eine Eskalation verhindert – er wusste nur nicht, wie.

»Also, wie willst du es haben?« Der Mann nahm einen Schluck aus seiner halb leeren Bierflasche.

»Hör zu, Junior, du kriegst meine Uhr nicht. Am besten nehmt ihr eure Beute und macht einen Abgang, bevor jemand verletzt wird.«

»Was für'n Scheiß erzählst du mir da?«, knurrte der Wortführer und fasste die Flasche am Hals.

»Du hast es gehört.«

Der Bursche war schnell, das musste Hayes ihm lassen.

Noch bevor er den Satz beendet hatte, schwang der Mann die Flasche gegen seinen Kopf. Doch Hayes war darauf vorbereitet, duckte sich weg und zimmerte ihm einen linken Haken in die Magengrube.

Der Schlag presste dem Angreifer die Luft aus den Lungen. Er klappte zusammen, den Mund zum lautlosen Schrei geöffnet. Bevor Hayes ihm den Rest geben konnte, schritt der Kerl mit der Machete ein und ließ die Waffe durch die Luft sausen.

Hayes wich zur Seite aus, packte ihn mit beiden Händen am Handgelenk und verdrehte es, bis der Ellbogen nach oben zeigte.

Der Machetenmann stöhnte vor Schmerz und versuchte sich zu befreien, doch Hayes versetzte ihm einen Tritt gegen das Knie, der das Gelenk mit lautem Knacken explodieren ließ.

Der Mann schrie auf, die Machete fiel klappernd zu Boden, als Hayes ihn herumwirbelte und mit dem Kopf durch die Seitenwand der Telefonzelle drosch. Als er sich umdrehte, sah er, dass der andere ein Messer aus dem Hosenbund zog.

Ohne zu zögern, griff der Bursche an und stieß die Klinge nach Hayes' Gesicht.

Hayes tänzelte nach hinten; die einzige Waffe, die er zur Verfügung hatte, war der Schalldämpfer in seiner Gesäßtasche. Er zog ihn hervor, hielt ihn wie einen Schlagstock und parierte den nächsten Messerangriff, der seine Leber getroffen hätte. Sein Glück war, dass der Schalldämpfer aus Titan war statt aus Aluminium.

Der Kampf war still und erbittert; die einzigen Geräusche waren das Aufeinanderprallen von Messerklinge und Schalldämpfer und das wütende Schnauben des Angreifers, der unermüdlich versuchte, Hayes' Deckung zu überwinden.

Während sein Gegner noch nicht einmal schwitzte, war Hayes völlig ausgepumpt. Sein verletztes Knie drohte bei jeder Belastung einzuknicken. Außerdem war die Wunde an seiner Stirn wieder aufgeplatzt, Blut lief ihm ins Auge und trübte seine Sicht.

Es ist genug.

Er wich nach links aus, auch wenn ihm jeder Schritt einen schmerzhaften Stich durchs Bein jagte.

»Du hättest die Gebühr zahlen sollen, Alter«, spottete der Angreifer, während er näher herankam und das Messer von einer Hand in die andere wechselte.

»Komm schon, sonst wird mein Bier warm«, sagte Hayes und blieb stehen.

»Welches Bier?«

»Das du da im Sack hast und das ich gleich trinken werde.« Er stockte und sah auf seine Uhr. »In ungefähr zehn Sekunden, wenn du endlich aufhörst zu tänzeln wie eine Ballerina.«

»Das kannst du haben.« Der Bursche sprang auf Hayes zu, ließ die Schulter sinken, wie um zuzustoßen, setzte dann aber zu einem Tritt gegen Hayes' verletztes Knie an.

Hayes sah den Angriff kommen und blockte ihn mit einem Tritt seinerseits ab, der den Schmerz wie einen Blitz durch sein Bein zucken ließ. Er biss die Zähne zusammen und hämmerte den Schalldämpfer auf das Handgelenk seines Gegners.

Der Schlag ließ den Knochen brechen, doch bevor der Angreifer schreien konnte, drehte Hayes den Schalldämpfer um, knallte ihn dem Kerl gegen die Kehle und drückte ihm die Luftröhre ein.

Als der Mann auf dem Boden lag, beförderte Hayes das Messer mit einem Fußtritt in die Sträucher. Dann humpelte er zur Telefonzelle, nahm sich das Bier aus dem Sack und öffnete den Verschluss. Er hob die Flasche an die Lippen und nahm einen kräftigen Schluck.

Das Bier war lauwarm, doch Hayes konnte sich nicht erinnern, wann er zum letzten Mal etwas so Köstliches getrunken hatte.

Er trat in die Zelle, nahm den Hörer ab und wählte die Nummer, die Mallory ihm gegeben hatte.

36

GRAND-BASSAM

Obwohl die Sonne bereits hinter dem Horizont verschwunden war und ein sanfter Ostwind vom Meer hereinwehte, war es heiß und stickig in der Telefonzelle.

Hayes war hundemüde, als er da stand und der hypnotische Klingelton in seinem Ohr dröhnte. Wären die Schmerzen nicht gewesen, hätte er wahrscheinlich das Bewusstsein verloren.

Mit einem kräftigen Schluck leerte er die Bierflasche, als die Verbindung doch noch zustande kam und er Mallorys Stimme in der Leitung hörte.

»Wer ist da?«, fragte sie.

»Ihr Laufbursche«, sagte Hayes.

»Das ist keine sichere Verbindung. Sie müssen mich mit dem Telefon anrufen, das ich Ihnen gegeben habe«, sagte sie mit messerscharfer Stimme.

»Glauben Sie mir, das würde ich gern, aber …«

»Aber *was*?«

»Es wurde aus einem Auto geworfen«, sagte er.

Das Schweigen am anderen Ende dauerte so lang, dass Hayes schon dachte, sie hätte aufgelegt.

»Hallo?«, fragte er. »Sind Sie noch da?«

»Ja, ich bin da«, zischte sie. »Ich habe nur gerade überlegt, wie blöd jemand sein muss, ein elfhundert Dollar teures Iridium-Satellitentelefon aus einem Auto werfen zu lassen. Wie kann so etwas passieren?«

Hayes unterdrückte seinen Zorn; er hätte jetzt noch ein Bier vertragen. Diesmal war es Mallory, die das Schweigen beendete.

»Hallo, sind *Sie* noch da?«

»Bin ich.«

»Gut. Noch mal zu meiner Frage. Wie … kommt es, dass … *Ihr Telefon* … aus dem Auto geworfen wurde?« Sie betonte die Wörter, als würde sie mit einem kleinen Kind reden.

»Weil es in meiner Tasche war«, erwiderte Hayes mit einer Stimme so hart wie Stahl.

»Moment mal … *was*?«

»Sie haben mich schon verstanden.«

»Was … was ist passiert … und wo … wo ist Zoe?«

»Die haben sie entführt.«

»W-wer hat sie entführt?«

Noch vor zehn Sekunden hatte er vorgehabt, Mallory ordentlich die Leviten zu lesen. Ihr klarzumachen, dass er wusste, wer Zoe war, und dass er nicht in ihrer Haut stecken wolle, wenn André Cabot erfahren würde, dass Mallory ein paar Feiglinge angeheuert hatte, um seine Tochter zu beschützen. Schafe im Wolfspelz, die Reißaus genommen hatten, als sie von einem Killerteam angegriffen wurden.

Doch Hayes widerstand dem Drang, weil er sich mehr

davon versprach, bei seiner Rolle des naiven Amerikaners zu bleiben, den das alles heillos überforderte.

»Ich weiß nicht, wer die waren, aber sie waren schwer bewaffnet und haben aus allen Rohren gefeuert.«

»Berichten Sie mir in allen Einzelheiten, was passiert ist.«

Hayes begann mit dem Zwischenfall mit Dábos Männern auf dem Flughafen, erzählte ihr, dass Zoe ihr Insulin im Hotel vergessen hatte, und wollte gerade zu dem Angriff auf den Konvoi kommen, als der Mann auf dem Boden an der Telefonzelle mit lautem Stöhnen zu sich kam.

»Was ist das für ein Geräusch? Ist da jemand bei Ihnen?«

»Nein, es ist nur … Sekunde.« Er deckte die Sprechmuschel mit der Hand ab und stieß den Mann mit seinem zerfetzten Schuh an. »Siehst du nicht, dass ich telefoniere?«

Der Mann grunzte gequält und drehte sich auf den Bauch, um aufzustehen. »L-leck mich«, brummte er.

»Tu dir selbst einen Gefallen und bleib unten.«

Statt die Warnung zu beherzigen, setzte sich der Mann auf und trat nach Hayes' Beinen. »Ich … ich mach dich fertig …«

Meint der das ernst?

»Lass den Blödsinn.« Hayes stieß den Mann mit dem Fuß nach hinten, sodass er erneut das Gleichgewicht verlor.

»Sind Sie noch da? Mit wem reden Sie?«, fragte die gereizte Stimme am anderen Ende.

»Ist nur ein Penner, der ein bisschen aufdringlich wird.«

»Dann sagen Sie ihm, er soll sich verpissen.«

»Ja, Sekunde.« Er legte den Hörer ab und nahm die leere Bierflasche zur Hand.

Als er sich umdrehte, stützte sich der Mann an der Seitenwand ab und versuchte aufzustehen.

»Ich hab gesagt, du sollst unten bleiben.« Hayes schlug ihm die Flasche in den Nacken.

Der Schlag hatte die gewünschte Wirkung; Hayes vergewisserte sich, dass der Mann genug hatte, und griff nach dem Hörer.

»Sorry«, sagte er.

»Ich will das nicht über eine unsichere Leitung besprechen, aber ich glaube, ich weiß, wer Zoe entführt hat.«

»Woher?«

»Hören Sie, ich kann Sie schützen, aber Sie müssen aus Grand-Bassam weg.«

»Mich *schützen*? Vor wem?«

»Diese Männer, die Sie angegriffen haben – die kennen Ihr Gesicht. Glauben Sie, die lassen Sie davonkommen?«

»Die müssen mich erst finden.«

»Sie sind ein Weißer in Afrika, der ein altes amerikanisches Flugzeug fliegt. Was glauben Sie, wie schwer es sein wird, Sie ausfindig zu machen?«

Sie macht das nicht zum ersten Mal.

»Gut. Wo soll ich hin?«

37

GRAND-BASSAM

Hayes stand vor dem gestohlenen Mitsubishi und studierte die Karte, die er auf der Motorhaube ausgebreitet hatte. Das Licht der Streamlight-Taschenlampe zwischen seinen Lippen bildete einen goldenen Lichtkreis um Angola.

Er schüttelte den Kopf über seine anhaltende Pechsträhne und die Tatsache, dass die Frau von allen afrikanischen Städten, von allen *Höllenlöchern*, in die sie ihn hätte schicken können, ausgerechnet Luanda wählen musste.

Hayes hatte versucht, sie umzustimmen, hatte gemeint, es sei zu weit, doch Mallory war hart geblieben.

»Das sind fast fünfzehnhundert Meilen«, hatte er eingewandt.

»Ist Ihr Flugzeug wieder mal kaputt?«

Wieder einmal konnte er nicht die Wahrheit sagen, wenn er bei seiner Rolle bleiben wollte. Er konnte ihr nicht verraten, dass sein Flugzeug nur eine Autostunde von dem Ort entfernt stand, wo er einen Haufen Tote zurückgelassen hatte.

Verdammt.

»Nein, ich hab mir nur gedacht …«

»Wir wollen eines klarstellen. Sie werden nicht dafür

bezahlt, zu denken, sondern dafür, dass Sie tun, was ich Ihnen sage«, fiel sie ihm ins Wort. »Haben Sie das kapiert?«

»Okay.«

»Gut, dann schwingen Sie Ihren Arsch nach Luanda«, fügte sie hinzu und legte auf.

Er warf noch einen letzten Blick auf die Karte, ehe er die Taschenlampe ausschaltete und in den SUV einstieg. »Dann bringen wir es hinter uns.«

Er startete den Motor und fuhr in Richtung Osten. Als Erstes musste er den gestohlenen Wagen loswerden. Normalerweise würde er ihn in der Nähe seines Ziels am Straßenrand parken und den Schlüssel stecken lassen; den Rest würde die hiesige Unterwelt besorgen. Doch die Blutflecken auf den Sitzen und am Türgriff machten das in diesem Fall unmöglich.

Ich muss irgendeinen sicheren Platz nahe dem Flughafen finden.

Eine Viertelmeile von seinem Ziel entfernt sah er eine aufgelassene Konservenfabrik, bog mit dem SUV in das Gelände ein und stellte den Motor ab. Er nahm seinen zerrissenen Rucksack vom Beifahrersitz, stieg aus und gab acht, nichts von seinen spärlichen Habseligkeiten zu verlieren. Der faulige Fischgeruch drehte ihm fast den Magen um.

»Nichts wie weg hier.« Er zwang sich zu einem moderaten Joggingtempo.

Schweißgebadet erreichte er den Flugplatz und ging mit finsterem Blick an den Sicherheitsleuten vorbei, damit sie gar nicht erst auf die Idee kamen, ihn aufzuhalten. Als er über das Rollfeld humpelte, hatte er nur einen Gedanken: Grand-Bassam so schnell wie möglich hinter sich zu lassen.

Hayes öffnete die Truppentür seines Flugzeugs, nahm die Ölauffangwannen und die Bremsklötze weg und warf beides zusammen mit seinem Rucksack in den Frachtraum. Dann stieg er ein, knallte die Tür zu und setzte sich ins Cockpit.

In aller Eile traf er die Startvorbereitungen, ließ die Triebwerke an, nahm das Funkgerät und stellte es auf die Frequenz des Kontrollturms ein. »Tower, hier ist Pilgrim drei-neun X-Ray. Bin startbereit.«

»Pilgrim drei-neun X-Ray«, antwortete der Flugleiter. »Rollen Sie zu Startbahn null-drei.«

Hayes bestätigte den Funkspruch, wendete die Maschine und schaute links und rechts. Nachdem er sich vergewissert hatte, dass der Weg frei war, löste er die Bremse und lenkte das Flugzeug zur Startbahn. Als er die doppelte gelbe Linie vor der Startbahn sah, drosselte er das Tempo. Er wusste, wenn Dábos Männer ihn angriffen, würden sie es hier tun.

»Tower, hier Pilgrim drei-neun X-Ray«, meldete er. »Ersuche um Starterlaubnis.«

»Negativ, Pilgrim drei-neun X-Ray. Warten Sie eine bevorstehende Landung ab.«

Eine bevorstehende Landung?

Die Nacht war klar, der Mond schien hell, doch Hayes konnte weit und breit kein Flugzeug im Landeanflug erkennen.

»Tower, hier Pilgrim drei-neun X-Ray, wiederholen Sie das bitte.«

Schweigen.

Er beugte sich auf dem Sitz vor, blickte nach hinten und sah zwei Militärjeeps auf sein Flugzeug zurasen.

In all den Jahren als Pilot hatte Hayes nie auch nur daran gedacht, sich über eine Anweisung des Towers hinwegzusetzen. Das änderte sich schlagartig, als er von einem der Jeeps das Mündungsfeuer eines M60-Maschinengewehrs aufblitzen sah.

»Dann eben ohne Erlaubnis.« Er löste die Bremsen und schob die Gashebel nach vorn, ohne auf die zornige Stimme des Flugleiters zu hören.

»Pilgrim drei-neun X-Ray, Sie haben *keine* Starterlaubnis. Ich wiederhole …«

»Jaja«, murmelte Hayes, beugte sich vor und schaltete den Funk ab. Er wartete, bis die Nase der Provider auf die Startbahn ausgerichtet war, dann drückte er die Gashebel bis zum Anschlag durch.

Die Soldaten gaben sich jedoch nicht so leicht geschlagen.

Die Jeeps holperten über den Grasstreifen, um dem Flugzeug den Weg abzuschneiden, bevor es die Startgeschwindigkeit erreichte. Unterdessen hielten die Schützen den Abzug ihrer Waffen durchgedrückt.

Hayes sah die grünen Leuchtspurgeschosse vor der Nase des Flugzeugs vorbeipfeifen; es war nur eine Frage der Zeit, bis die Kugeln die Frontscheibe oder – schlimmer noch – ein Triebwerk trafen.

Er hatte noch nicht einmal die Hälfte der Startbahn hinter sich gebracht, und ein Blick auf den Fahrtmesser machte ihm klar, dass er es nicht schaffen würde. Nicht ohne zusätzliche Motorleistung.

Zum Glück hatte das alte Schlachtross noch ein Ass im Ärmel.

Hayes beugte sich zu der roten Sicherheitsabdeckung mit der Bezeichnung JATO (Jet Assisted Take Off), wartete einen Augenblick und sah noch einmal auf den Fahrtmesser. Es war tatsächlich die einzige Möglichkeit, lebend aus Grand-Bassam herauszukommen. Er öffnete die Abdeckung und drückte den Schalter zur Zündung der acht kleinen Raketen unter dem hinteren Fahrwerk.

Die Raketenmotoren heulten auf, und die Beschleunigung durch den zusätzlichen Schub drückte Hayes in den Sitz zurück. »Bis später, Jungs«, rief er und hielt das Steuerhorn fest umklammert, während die Provider die Startbahn entlangschoss. Die von den Raketen erzeugte weiße Wolke hüllte seine Verfolger ein und nahm ihnen die Sicht.

Als die Maschine neunzig Knoten erreichte, zog er das Horn zurück. Die Provider hob ab, und Hayes zog sofort das Fahrwerk ein. In einer Flughöhe von nur 250 Metern ging er in die Waagrechte, drehte nach Südwesten ab und flog tief über den Golf von Guinea hinweg.

Hayes wartete, bis er sich sechs Meilen über internationalem Gewässer und außerhalb der Reichweite der ivorischen Luftwaffe befand, bevor er auf sechstausend Meter hochstieg. Er passte den Kurs an, drehte nach Osten ab und drosselte die Geschwindigkeit. Nach einer kurzen Überprüfung der Anzeigen ließ er den angehaltenen Atem entweichen.

So erleichtert er war, lebend aus Grand-Bassam herausgekommen zu sein, beschlich ihn beim Gedanken an sein Reiseziel dennoch ein ungutes Gefühl. Vielleicht stand ihm das Schlimmste noch bevor.

Drei Stunden später landete Hayes auf einem staubigen Flugplatz fünfzig Meilen nördlich von Luanda. Er stellte die Triebwerke ab, nahm seinen Rucksack und den Geldumschlag, den Mallory ihm gegeben hatte, stieg auf das Rollfeld hinaus und humpelte zum Hangar.

Der Mann am Tresen riss die Augen auf, als er ihn hereinkommen sah. Seine Hand ging unter den Tresen – um eine Pistole hervorzuholen, wie Hayes vermutete.

»Ich muss nur tanken und mich irgendwo frisch machen«, sagte Hayes. »Wie viel?«

»Zuerst will ich Ihren Pass sehen«, erwiderte der Mann.

»Kein Problem.« Hayes knallte tausend Dollar auf den Tresen.

Der Mann blickte auf das Geld, runzelte die Stirn und hob den Blick wieder zu seinem blutverschmierten Kunden.

»Ich fürchte, das …«

»Ach ja, und keine Polizei«, fügte Hayes hinzu und legte noch ein Bündel Hundertdollarscheine auf den Tresen.

»Natürlich, Sir«, sagte der Mann grinsend, nahm das Geld und gab Hayes den Schlüssel zum Waschraum.

Na also, geht doch.

Der schmuddelige Waschraum war immerhin mit Waschbecken, Toilette und einer offenen Dusche ausgestattet. Nicht sehr einladend, aber Hayes hatte schon Schlimmeres erlebt.

Seine Kleidung und die Wanderschuhe waren zerrissen. Er zog das Hemd aus und warf es auf den Boden, setzte sich auf die Bank und wollte die Schuhe ausziehen, als er etwas Hartes in der Gesäßtasche spürte.

»Was ist das denn?«

Dann fiel es ihm ein.

Zoes Insulin. Ob es noch zu gebrauchen war?

Er zog das Etui hervor und sah die Kratzer und Dellen, die sein Sturz aus dem Auto verursacht hatte. Die Scharniere quietschten, als er den Behälter öffnete. Der Anblick der unbeschädigten Ampullen rief die Erinnerung an den Hinterhalt in ihm wach. Wie klein und verletzlich sie ausgesehen hatte, als die Kerle ihr die Kapuze über den Kopf gestülpt und sie in den Wagen gestoßen hatten.

Die Angst in ihren Augen, als er sie hatte überreden wollen zu springen.

Du musst das Mädchen vergessen und abhauen, solange du noch kannst, drängte die Stimme.

Wenn es nur so einfach wäre, dachte Hayes. Nein, abhauen war keine Option.

Hayes hatte seine Mission, und die würde er erfüllen, koste es, was es wolle.

Er streifte die Schuhe ab, zog die Hose aus und warf das ganze Bündel in den Abfalleimer. Dann nahm er die Seife und ging unter die Dusche.

Hayes wusste, dass der dürftige Wasserstrahl und das bisschen Seife nicht annähernd ausreichen würden, um ihm das Gefühl von Sauberkeit zu geben.

Nachdem er sich zehn Minuten abgeschrubbt hatte, gab er es auf, zog rasch eine frische hellbraune Carhartt-Hose und ein verblichenes Jeanshemd an, dazu ein Paar Ariat-Roper-Stiefel.

Immer noch müde verließ er die Toilette, doch die Dusche und die frische Kleidung hatten doch eine gewisse Wirkung. Seine Schritte waren elastischer, als er zum Tresen zurückging.

»Ich brauche einen Wagen – nichts Besonderes, Hauptsache, er rollt«, erklärte er dem Mann.

Hayes sah ihm an, dass der Kerl ihn übers Ohr hauen wollte, doch das war ihm egal. Das Einzige, was ihn interessierte, war, nach Luanda zu kommen, bevor die Sonne aufging.

Als er zwanzig Minuten später in einen klapprigen Land Cruiser einstieg, war der Geldumschlag spürbar leichter als zuvor, doch er konnte seine Reise fortsetzen.

Die Fahrt vom Flugplatz zur Hauptstadt verlief ohne Zwischenfälle, und wie Hayes gehofft hatte, kam er an, als die Sonne aufging.

Nach dem Verfall, der ihm in manchen Vierteln von Grand-Bassam begegnet war, strahlte Luanda etwas Erfrischendes aus. Die Glasfronten der Hochhäuser funkelten wie Diamanten in der Morgensonne, die asphaltierten Straßen und Luxusautos an der Promenade verdrängten jede Erinnerung an die Zustände, die Anfang der 2000er-Jahre hier geherrscht hatten, als noch ein blutiger Bürgerkrieg in der Stadt getobt hatte.

Als Hayes die Küste in Richtung Süden entlangfuhr, änderte sich das Gesicht der Stadt. Im Arbeiterviertel Belas war nichts von Luandas neuer Pracht zu sehen. Hier waren die Bewohner zu sehr damit beschäftigt, ihren Lebensunterhalt zu verdienen, um die Narben des Krieges zu beseitigen. Vor allem die Gebäude an der Lar do Patriota zeigten noch deutliche Spuren der Kämpfe.

Doch Hayes beklagte sich nicht. Im Gegenteil, die löchrigen Mauern und Fassaden hatten etwas seltsam Tröstliches für ihn.

Okay, normal ist das wahrscheinlich nicht, dachte er, als er die angegebene Adresse erreichte.

Statt direkt zum Hotel zu fahren, umkreiste er den Block und stellte den SUV in einer Seitengasse ab. Bevor er ausstieg, beobachtete er die Straße mit dem Fernglas und versuchte, die Schärfe zu erhöhen, die vom Hitzeflimmern beeinträchtigt wurde.

Obwohl die Kämpfe beendet waren und die Wirtschaft sich erholt hatte, war die Lage in Angola alles andere als sicher. Die starke Polizeipräsenz rund um das Stadtzentrum hielt Diebe und Entführer fern, doch Touristen, die sich in die äußeren Viertel wagten, wurden häufig Opfer von Überfällen.

Um ihre Gäste zu schützen, hatten die Besitzer vieler

einfacher Hotels angefangen, ihre Sicherheitsmaßnahmen zu verstärken. Manche stellten bewaffnete Wächter ein, andere errichteten zweieinhalb Meter hohe Mauern um ihre Grundstücke.

So hatte auch der Inhaber des Hotel Sunshine die Anlage zu einer kleinen Festung ausgebaut, die von einer hohen Mauer umgeben war. Das Torhaus war rund um die Uhr von bewaffneten Wächtern in Kampfanzügen bemannt.

Der Inhaber war überzeugt, dass die schwer bewaffneten Sicherheitsleute und der Stacheldraht auf der Mauer das Sicherheitsgefühl seiner Gäste erhöhte, doch Hayes erinnerte die Anlage eher an ein Gefängnis.

Um da reinzugehen, brauche ich ein bisschen mehr Feuerkraft.

Er legte das Fernglas auf den Beifahrersitz, startete den Motor und fuhr in Richtung Norden, während die schwächliche Klimaanlage des SUV ihm lauwarme Luft ins Gesicht blies.

Hayes hatte nicht umsonst den Ruf eines Einzelgängers. Es lag weniger daran, dass er so gern allein war, sondern vielmehr an der Tatsache, dass er die meisten Leute, die ihm während seiner Zeit bei Treadstone begegnet waren, nicht mochte. Wie in den meisten männerdominierten Berufen gab es einfach zu viele Arschlöcher. Testosterongesteuerte Typen mit aufgeblasenem Ego und dem Finger allzu schnell am Abzug.

Obwohl er sich längst daran gewöhnt hatte, allein zu agieren, wusste Hayes, dass er in diesem Fall Hilfe brauchte.

38

WASHINGTON, D. C.

Levi Shaw saß an seinem Schreibtisch und blickte ausdruckslos auf den Laptop, als es an der Tür klopfte.

»Herein.«

Die Tür schwang auf, und eine unscheinbar aussehende Frau mit kurzen schwarzen Haaren streckte den Kopf durch den Spalt. »Direktor, Ihr Wagen ist da.«

»Danke, Linda.«

Shaw klappte den Laptop zu und schob ihn in seine abgewetzte Aktentasche, nahm die Walther PPK samt Holster aus der Schublade und stand auf. Er schnallte sich die Waffe um, nahm einen abgetragenen Tweedmantel vom Haken und trat aus seinem Büro.

»Sie arbeiten zu viel, Linda«, sagte er und zog den Mantel an.

»Bin fast fertig, Sir«, erwiderte sie lächelnd.

»Gut, aber lassen Sie sich von jemandem zum Auto begleiten«, fügte er hinzu, während er zur Tür ging.

»Ja, Sir.«

Es war ein kühler Abend, und Shaw schlug den Mantelkragen hoch, ehe er die Treppe zu dem Lincoln Town Car hinunterging, der am Bordstein wartete.

Mit einem müden Seufzer stieg er ein und stellte die Aktentasche auf den Boden.

»Carter, schalten Sie doch das Spiel ein, ja?«

»Wird gemacht«, sagte der Fahrer und drehte am Suchknopf, während er losfuhr.

»Und wenn Sie wieder auf die Yankees tippen, sind Sie gefeuert.«

»Alles klar, Sir!« Carter lachte.

Sie fuhren Richtung Osten, und Shaw hörte mit halber Aufmerksamkeit der Übertragung zu, als sie in die Wisconsin Avenue einbogen und nach Süden über die Key Bridge fuhren. Seine Gedanken schweiften zu Hayes und ihrem jüngsten Gespräch zurück.

Dass Hayes nicht zurückkam, wunderte ihn nicht; im Grunde hatte er es schon vor dem Gespräch gewusst. Er konnte dem Mann nicht einmal einen Vorwurf machen; trotzdem war es kein Vergnügen, dem Geheimdienstausschuss des Senats Hayes' Entscheidung mitzuteilen.

Senator Miles hatte es überraschend sachlich aufgenommen, was Shaw aus irgendeinem Grund mehr beunruhigte, als es ein Wutausbruch des Senators getan hätte.

Er führt irgendwas im Schilde. Aber was?

Shaw schaute aus dem Fenster auf das metallgraue Wasser des Potomac, das unter der Brücke hindurchfloss. Er kannte die Antwort und wünschte sich, irgendetwas dagegen tun zu können.

Nach fünfzehn Minuten auf dem George Washington Parkway stellte Shaw fest, dass sie langsamer wurden. Er blickte auf und sah eine lange Reihe von Bremslichtern.

»Nicht schon wieder«, sagte Carter.

»Ich habe gedacht, die Bauarbeiten wären für dieses Jahr beendet.«

»Sollten sie auch sein«, meinte Carter. »Zumindest haben sie das gesagt.«

»Das war dann wohl gelogen.« Ein Stück voraus sah Shaw einen Mann vom Straßenbauamt, der die Autos zur Ausfahrt umleitete.

»Jetzt ist da auch noch eine Umleitung«, brummte Carter.

»Anscheinend ist es zu viel verlangt, dass ich mir das Spiel in Ruhe zu Hause anschauen kann«, seufzte Shaw.

»Sir, ich sag's ungern«, grinste Carter, als er in die Ausfahrt abbog, »aber die Mets haben keine Chance.«

»Ach nee, was Sie nicht sagen.« Shaw schaute aus dem Fenster.

»Ist leider so.« Carter folgte der Straße, die sich nach rechts wand. »Das Problem der Mets ist, dass ihre Offensive einfach zu schwach ist.«

»Hört, hört«, sagte Shaw.

»Im Ernst, Sir …«

Doch Shaw war zu sehr auf die Gestalt am Straßenrand fokussiert, hinter der ein leeres Straßenschild stand. Als der Lincoln vorbeifuhr, hob der Mann beiläufig die Hand zum Mund, was Shaw auf beunruhigende Weise an den Irak erinnerte, an die Rebellen, die am Straßenrand die vorbeifahrenden Konvois beobachtet hatten.

Die Erinnerung verursachte ihm ein längst vergessenes Kribbeln im Nacken, das ihn augenblicklich hellwach werden und seine Hand zur Walther PPK gehen ließ.

Wer ist der Kerl, und ist das da hinter ihm wirklich ein Straßenschild?

Im nächsten Augenblick machte die Straße eine abrupte Biegung nach links, die für Shaw und seinen Fahrer völlig überraschend kam.

»Festhalten, Sir«, rief Carter und hielt das Lenkrad so fest, dass seine Knöchel weiß hervortraten.

Er ging vom Gas, riss fluchend das Lenkrad herum und kämpfte gegen die Zentrifugalkräfte an, die den Lincoln von der Straße zu drücken drohten.

Auf dem Rücksitz stützte sich Shaw an der Autotür ab und griff nach dem Gurt, als er auf eine jähe Bewegung zehn Meter vor ihnen aufmerksam wurde.

Was ist das denn?

Er beugte sich vor und spähte mit zusammengekniffenen Augen in die Dunkelheit, als zwei Scheinwerfer aufleuchteten. Das grelle weiße Licht, das durch das Beifahrerfenster hereinfiel, explodierte wie eine Blendgranate, und Shaw hielt sich die Hand vors Gesicht. Als er wieder sehen konnte, raste ein Pick-up mit einer Stoßstange aus massivem Stahl auf den Lincoln zu.

»Carter, passen Sie auf …«

Im nächsten Augenblick knallte der Truck vorn rechts in den Lincoln. Der Aufprall zertrümmerte das Beifahrerfenster und schleuderte das Fahrzeug quer über die Straße.

Shaw warf sich auf den Boden, kurz bevor die Räder des Lincoln gegen den Bordstein stießen. Der Wagen wurde hochgerissen, prallte gegen einen Baum, rollte die Böschung hinunter und knallte schließlich gegen eine alte Eiche.

Shaws Sinne sprangen an wie ein Computer nach einem harten Neustart. Mit einem hohen Summton kehrte sein Hörvermögen zurück.

Er wollte sich aufsetzen, doch der schmerzhafte Blitz, der ihm durch den Kopf schoss, ließ ihn benommen und keuchend in den Sitz zurücksinken. Als er ausspuckte, spürte er metallischen Blutgeschmack auf den Lippen.

Wo bin ich? Was ist passiert?

Nach und nach kamen ihm die Einzelheiten des Unfalls zu Bewusstsein. Er erinnerte sich an den Mann vom Straßenbauamt, der die Umleitung angezeigt hatte, und schließlich den Pick-up, der sie gerammt hatte.

Ein Hinterhalt.

Das Wort flammte in seinem Bewusstsein auf wie ein Neonschild. Ihm war schlagartig klar, dass es noch nicht vorbei war.

Die kommen zurück. Du musst weg hier.

»C-Carter«, stöhnte er. »Wir müssen weg. Hören Sie mich?«

Schweigen.

Die Tür klemmte, also trat er die Scheibe ein. Die Glasscherben zerschnitten ihm die Beine, als er durchs Fenster stieg. Er hielt sich am Türgriff fest und richtete sich auf. Der Schmerz, der ihm durch das Knie fuhr, hätte ihn beinahe umkippen lassen.

Er humpelte nach vorn zur Fahrertür. Ein Blick auf das blutverschmierte Fenster und den eingeschlagenen Schädel seines Fahrers sagte alles.

Der Adrenalinschub, den die Kollision ausgelöst hatte,

ebbte ab – Shaw spürte jähe Übelkeit in sich aufsteigen. Er sank gegen das Auto; sein keuchender Atem und die Kälte, die ihm über die Haut kroch, waren typische Anzeichen des einsetzenden Schocks.

Er war kurz davor, das Bewusstsein zu verlieren, als er oben auf der Böschung das Knacken von trockenen Zweigen hörte. Dann sah er das rote Licht von zwei Taschenlampen den Hang herunterwandern und griff augenblicklich zum Hüftholster.

Doch statt des kalten Stahls der Walther war da nichts als Luft.

Scheiße.

Er wusste, dass er nicht genug Zeit hatte, um nach der Pistole zu suchen, also packte er den Türgriff, nahm seine ganze Kraft zusammen und riss sie auf. Das Knirschen der Scharniere hallte laut wie ein Gewehrschuss durch die Nachtluft.

Carters Leiche sackte zur Seite; Shaw lehnte sich gegen ihn und griff nach der Sig Sauer, die der Fahrer an einem Hüftholster trug. Er bekam die Waffe am Griff zu fassen, doch als er sie herauszuziehen versuchte, rührte sie sich nicht vom Fleck.

Von der Böschung hörte er die Killer näher kommen, ihre gedämpften Schritte im Gestrüpp. Das rote Licht ihrer Taschenlampen wurde bereits von der eingedrückten Motorhaube zurückgeworfen.

Erneut zog er mit einem heftigen Ruck am Griff, doch die Pistole löste sich nicht aus dem Holster.

Verdammt, warum geht das Ding nicht heraus?

Shaw spürte Panik hochkommen, das Bewusstsein des nahen Todes legte sich wie eine eiskalte Schlange um sein Herz.

Du musst dich beruhigen. Denk nach, bevor es zu spät ist.

Er begutachtete das Holster an der Hüfte des Toten und erwartete jeden Moment, das Brennen einer Kugel zu spüren. Was er spürte, war vielmehr die Daumensicherung an der Innenseite des Holsters. Er erinnerte sich, dass Carter wie die meisten Bediensteten zum neuen Holster aus Kydex-Kunststoff gewechselt war, das mit einer Auslösesperre ausgestattet war. Shaw war einer der wenigen, die noch das klassische Holster verwendeten.

Er löste den Sicherungsbügel und zog die Pistole ganz leicht aus dem Holster. Mit der Waffe in der Hand stolperte Shaw zwei Schritte rückwärts, ehe seine Beine einknickten und er von der Tür wegrollte.

Ein kantiges Metallstück zerkratzte ihm das Gesicht, doch der brennende Schmerz und das warme Blut auf der Wange waren sofort vergessen, als er die Stimme hinter dem Auto hörte.

»Wir haben einen Überlebenden.«

Shaw drehte sich auf den Rücken, sodass er eine freie Sichtlinie durch die zertrümmerte Scheibe der hinteren Autotür hatte. Er hob die Sig Sauer mit beiden Händen, zielte auf die Gestalt, die er durch die Scheibe sah, und feuerte dreimal kurz nacheinander.

Der zweite Schütze glaubte, die Schüsse wären aus dem Wagen gekommen, und pumpte das Innere des Lincoln mit Blei voll.

Auf dem Boden liegend, drehte sich Shaw auf den Bauch, nahm die Beine ins Visier, die er auf der anderen Seite des Fahrzeugs stehen sah, und jagte dem Mann eine Kugel in die Kniescheibe.

Das Gelenk explodierte wie eine reife Melone, der Angreifer brüllte vor Schmerz, machte noch einen halben Schritt zurück und sackte zu Boden.

Stöhnend rappelte sich Shaw auf und humpelte um das Heck des Lincoln herum. Beim Kofferraum blieb er stehen und sah auf den am Boden liegenden Mann hinunter. Zu müde, um sich zu bücken und seinen Puls zu prüfen, brannte er ihm eine Kugel in den Kopf.

Auf der anderen Seite des Wagens fand er den zweiten Schützen, der versuchte, seinen Oberschenkel abzubinden. Seine MP lag neben ihm auf dem Boden.

Shaw trat die Maschinenpistole ins Gestrüpp und humpelte mit der rauchenden Sig zu dem Verletzten. Blieb vor ihm stehen und musterte ihn ohne jede Emotion über das Visier der Pistole hinweg.

»H-helfen Sie mir … ich sage Ihnen alles«, flehte der Mann.

»Danke, aber ich weiß Bescheid.«

Dann drückte er ab.

39

LUANDA, ANGOLA

Hayes fuhr zurück zum Strand und parkte in einer dunklen Gasse nahe der historischen Festung São Miguel. Er ließ die Fenster herunter und beobachtete mit dem Fernglas die zweihundert Meter entfernte Strandbar.

Das Lokal machte einen hellen, freundlichen Eindruck, von der neongelben Markise über der rückwärtigen Terrasse bis zu den Tischen mit Blick aufs Meer.

Hayes' Aufmerksamkeit galt jedoch der braun gebrannten Frau im ärmellosen weißen Top, die die Fenster putzte. Er zoomte auf ihr Gesicht, als zwei Frühaufsteher ins Bild kamen. Die Frau drehte sich zu ihnen um und grüßte sie mit einem freundlichen Lächeln.

Sie wirkte völlig entspannt, als gäbe es nichts, was ihre gute Laune trüben könnte, doch Hayes blickte hinter die Fassade, sah die Konturen der Pistole in ihrem Rücken und die verblasste Narbe auf der Brust, als sie sich eine Haarsträhne hinters Ohr strich.

Sie schwatzte eine halbe Minute mit den beiden Gästen, dann war sie wieder allein, und das Lächeln verschwand aus ihrem Gesicht, als sie die Straße in Augenschein nahm. Ihre grünen Augen schossen wie Kolibris hin und her, als suchten sie etwas, was sie spürte, aber nicht sah. Sie blickte von links nach rechts, zuerst auf alles, was sich auf ihrer Straßenseite bewegte, dann auf das Geschehen gegenüber.

Schließlich schaute sie direkt zu ihm.

Hallo, Charli.

Ihr Blick blieb für einen Augenblick auf der Gasse hängen, und obwohl Hayes wusste, dass sie ihn unmöglich sehen konnte, hätte er schwören können, dass da ein kurzer Ausdruck des Wiedererkennens in ihrem Blick war, sodass er sich irgendwie ertappt fühlte. Er wischte den absurden Gedanken beiseite, legte das Fernglas auf den Beifahrersitz und zog die verblichene Baseballkappe über die Augen.

Na, das wird lustig.

Hayes erwachte zu Mittag, schwitzend in der glühenden Sonne, die auf ihn niederbrannte. Die Szene vor ihm hatte sich verändert; auf dem Platz, der zuvor noch menschenleer gewesen war, tummelten sich jede Menge Touristen, die die historische Festung fotografierten oder die Waren begutachteten, die die Handwerker auf Leinentüchern darboten.

Er wischte sich den Schweiß von der Stirn. Von den Straßenverkäufern wehte der köstliche Duft von gegrilltem Fleisch und Gemüse herüber und erinnerte ihn daran, dass er seit zwölf Stunden nichts mehr gegessen hatte. Es war jedoch nicht Hunger, was ihn zum Aufbrechen bewog, sondern die Polizisten, die in ihren blauen Uniformen in der Gegend patrouillierten.

Hayes ließ den Motor an und fuhr los, um Mallory anzurufen und irgendwo etwas zu essen.

Drei Meilen weiter fand er, was er suchte, auf einem Markt, wo er zwei Schüsseln Calulu aß, einen traditionellen Eintopf mit Fisch und Gemüse, den er mit einem Liter Wasser hinunterspülte. Danach zahlte er dem Inhaber des Stands zwanzig Dollar dafür, dass er dessen Telefon benutzen durfte.

Hayes wählte die Nummer, rückte die Beretta an seiner Hüfte zurecht und wartete auf die Verbindung.

Diesmal ging Wikus dran.

»Du solltest doch zum Hotel kommen, Laufbursche. Was ist los, hast du dich verirrt?«

»Wenn du glaubst, ich komme auch nur in die Nähe des Hauses, bist du noch blöder, als du aussiehst«, konterte Hayes und sah auf seine Uhr.

In Grand-Bassam war es ihm egal gewesen, ob sie seinen Anruf zurückverfolgte oder nicht; doch nun, da er sich in derselben Stadt wie Mallory und ihre Piratenbande aufhielt, ging er kein Risiko ein.

»Ihr müsst euch einen anderen Platz ausdenken, etwas Schönes, Offenes, wo ich euch sehen kann und ihr mich seht. Kapiert?«

»Hör zu …«

Doch Hayes hatte genug davon, Befehle entgegenzunehmen.

»Du hast fünfzehn Sekunden. Ja oder nein?«

»Ich sage es Mallory«, brummte Wikus.

»Gut. Ich melde mich wieder.« Hayes beendete das Gespräch.

Er setzte die Sonnenbrille auf, zog sich die Baseballkappe über die Augen und trat auf die Straße hinaus. Er musste sich ein Mobiltelefon und ein paar andere Dinge besorgen, ehe er die Strandbar aufsuchte.

Er setzte sich in den Land Cruiser und fuhr in Richtung Norden, da er sich weder im Stadtzentrum noch in seinem Hotel aufhalten wollte. In seinem Kopf begann ein Plan Gestalt anzunehmen.

Seine erste Anlaufstelle war der AngoMart in der Estrada Zango, wo er zwei Einweghandys für seine Gespräche mit Mallory kaufte, außerdem einen Babymonitor und Verbandszeug für seine Wunden. Auf dem Weg hinaus ging er zu den Münztelefonen; bei einem lag wie durch ein Wunder noch ein altes Telefonbuch. Er riss es von der Kette und eilte zum SUV.

Danach nahm er sich fünf Minuten, um sich nach eventuellen Verfolgern umzusehen, ehe er auf einen Parkplatz fuhr. Hayes' Portugiesisch war etwas eingerostet, dennoch hatte er keine Mühe, die Seite mit den Baumärkten zu finden. Auf der Karte, die der Mann auf dem Flugplatz ihm gegeben hatte, fand er einen Markt etwa fünf Meilen von seiner gegenwärtigen Position.

Überall anders auf der Welt hätte Hayes die Strecke in höchstens fünfzehn Minuten zurückgelegt, doch wie überall in Afrika war auch in Luanda der Verkehr eine Plage. Die Straßen waren von Autos und Verkäufern verstopft, die alles von Benzin bis Obst verkauften.

Gut, dass ich es nicht eilig habe.

In seiner Zeit bei der 82. Luftlandedivision hatte Hayes über Sprengmittel nur gewusst, dass man den Stift aus einer Handgranate ziehen und sie werfen musste, bevor sie in der Hand explodierte. Für alles andere waren bestens ausgebildete Techniker zuständig.

Erst in der Special-Forces-Ausbildung in Fort Bragg, North Carolina, lernte Hayes, dass man alles, was man benötigte, um etwas in die Luft zu jagen, im nächsten Baumarkt kaufen konnte.

Als er bei seinem Ziel ankam, hatte die altersschwache Klimaanlage im Wagen den Geist aufgegeben, und Kupplung und Bremsen glühten vom quälenden Stop-and-go-Verkehr.

Dennoch hatte Hayes die Fahrt genutzt, um eine Liste der benötigten Artikel zusammenzustellen, sodass er sich im Geschäft gleich einen der klapprigen Einkaufswagen schnappen und loslegen konnte.

Vieles fand er auf Anhieb, wie etwa Bleirohre, Trockenbatterien, Magnesiumfackeln und Haushaltsreiniger. Die etwas ausgefalleneren Komponenten forderten Hayes' Fantasie und sein beschränktes chemisches Wissen heraus, doch am Ende hatte er alles, was er benötigte.

Nachdem er die Sachen im Auto verstaut hatte, musste er nur noch eine geeignete Operationsbasis finden. Einen Ort, wo er ungestört arbeiten konnte, bis es Zeit war, die Strandbar aufzusuchen.

40

LUANDA, ANGOLA

Es war Mittag, als Cyrus Vandal in den Parkplatz des Hotels Epic einbog und im Schatten einer Kokospalme parkte. Er setzte sich auf den Rücksitz des Toyota 4Runner, zog seine Reisekleidung aus und schlüpfte rasch in eine Khakihose, ein weißes Seidenhemd und leichte Deckschuhe.

Nachdem er sich die Sig Sauer 365 umgeschnallt hatte, zog er noch eine hellblaue Sportjacke an und stieg aus. Er ging zum Heck des SUV, vergewisserte sich kurz, dass er unbeobachtet war, und öffnete die Heckklappe.

Eine der ersten Regeln, die er in seiner Ausbildung gelernt hatte, war, stets unauffällig zu bleiben. Vieles verstand sich dabei von selbst, wie etwa, dass es nicht ratsam war, mit großem Frachtgepäck und Militärrucksack in ein Fünfsternehotel zu spazieren. Deshalb hatte er sich für den kompakteren Pelican-Schutzkoffer und einen neutralen Rucksack entschieden.

Nachdem er die ganze Ausrüstung in den Koffer gepackt hatte, wog er an die fünfzig Kilo, doch Vandal hob ihn mühelos aus dem Wagen und stellte ihn auf den Boden. Dann schulterte er den Rucksack und schloss die Heckklappe.

Er nahm den Koffer am ausziehbaren Tragegriff, setzte die Ray-Ban-Sonnenbrille auf und schlenderte zum Eingang.

Mit seinen knapp über hundert Metern war das Hotel eines der höchsten Gebäude der Stadt. Vom Balkon der Präsidentensuite, die dreitausend Dollar pro Nacht kostete, würde er eine imposante Aussicht auf die Stadt haben.

Das einzige Problem war, dass die Suite für den Rest der Woche von Mr. und Mrs. Chadwick aus Virginia Water, Surrey, gebucht war.

Es war aber nicht Vandals Problem.

Auf halbem Weg zum Eingang klingelte der Bluetooth-Knopf in seinem Ohr.

»Ja?«

»Ist erledigt«, meldete Skyler, ihre Stimme leise in seinem Ohr.

»Gut. Rufen Sie mich in fünfzehn Minuten wieder an.«

Vandal beendete das Gespräch, ging unter der Markise hindurch und nickte dem Mann im grauen Anzug zu, der ihm die Tür aufhielt.

Er trat ein, nahm die Sonnenbrille ab, schob sie in die Jackentasche und sah sich um.

Vandal war unweigerlich beeindruckt von der gediegenen Eleganz der Lobby. Der weiße Marmorboden, das in Chrom gehaltene Treppenhaus und die Kronleuchter mit den tränenförmigen Gehängen spiegelten die Entschlossenheit der Stadt, ihre gewalttätige Vergangenheit hinter sich zu lassen. Während er erst so richtig anfing.

Mit diesem Gedanken durchquerte Vandal die Lobby, wo ein rotgesichtiger Mann den Manager anbrüllte.

»Wissen Sie, was das ist?«, schrie der Mann und wedelte mit einer schwarzen Kreditkarte. »Das ist eine verdammte Amex Black Card.«

»Mr. Chadwick, bitte beruhigen Sie sich«, flehte der Manager.

»Ich soll mich *beruhigen*?«, donnerte der Mann. »Sie erzählen mir, meine Kreditkarte sei gesperrt – und ich soll mich beruhigen?«

Tja, dumm gelaufen, Kumpel.

Cyrus ging an dem Mann vorbei zum Empfangstisch, wo ein Angestellter die Szene mit offenem Mund verfolgte.

»Gibt's ein Problem?«, fragte Vandal auf Portugiesisch.

»Anscheinend stimmt mit der Kreditkarte des Herrn etwas nicht«, sagte der Mann mit einem gezwungenen Lächeln. »Was kann ich für Sie tun?«

»Ist die Präsidentensuite frei?«

»Die Zimmermädchen machen sie gerade sauber.« Der Angestellte deutete mit einem Kopfnicken auf den zornroten Engländer.

»Ah … verstehe«, sagte Vandal mit möglichst neutralem Gesichtsausdruck. »Also, wenn das so ist, würde ich die Suite gern für den Rest der Woche buchen.«

»Selbstverständlich, Sir.«

Vandal nahm den Schlüssel und zwinkerte Mr. Chadwick amüsiert zu, als er zum Aufzug ging. Dem Hinweis des Angestellten folgend, trat Vandal in die erste Kabine von rechts, schob die Schlüsselkarte in den Schlitz und drückte auf den einzigen Knopf.

Der Aufzug kam mit einem dezenten Klingelton im zweiundvierzigsten Stockwerk an. Vandal trat auf den Flur und zog den Koffer hinter sich her. Vor der Mahagonitür am Ende des Flurs blieb er stehen, zog die Karte über das Lesegerät und trat ein.

Er ließ den Koffer mit der Ausrüstung im Wohnzimmer stehen, zog Jacke und Schuhe aus und nahm sich ein Bier aus dem Kühlschrank. Da er sich zum ersten und wahrscheinlich letzten Mal in einem solchen Raum aufhielt, nahm er sich ein wenig Zeit, es zu genießen.

Die Präsidentensuite war eine makellose Einheit von Form und Funktion. Die weißen Eichenholzböden bildeten den perfekten Kontrast zu den rotbraunen Polstermöbeln und den gediegenen Deckenbalken aus Kastanienholz.

Das herausragende Merkmal der Suite waren jedoch die deckenhohen Fenster in der Südwand. Vandal ging zur Tür und trat auf den Balkon hinaus, die Fliesen warm unter seinen Füßen.

Nachdem er sich an den ewig grauen Himmel und den schmutzigen Schnee in der Slowakei gewöhnt hatte, war die Fülle der Farben und Geräusche von Luanda fast zu viel für ihn. Vom goldenen Glanz der Sonne über dem Atlantik bis zum üppigen Grün der Hügel im Norden erstreckte sich die Stadt in ihrer ganzen bunten Pracht.

Für jeden anderen wäre es wie die Suche nach der Stecknadel im Heuhaufen gewesen, in einer Stadt mit zweieinhalb Millionen Einwohnern eine bestimmte Person zu finden. Und selbst für jemanden mit Vandals Ausbildung wäre es – auf sich allein gestellt – praktisch aussichtslos gewesen.

Doch für die Spezialisten in Site Tango war es eine Routineaufgabe.

Er ließ das Bier auf dem Balkon stehen, kehrte ins Wohnzimmer zurück und ging vor dem Koffer in die Hocke. Er öffnete die Verschlüsse, hob den Deckel und begutachtete sein Werkzeug: die schallgedämpfte HK MP7, die beiden Sig Sauer 226 und das Accuracy-International-AX308-Gewehr mit dem Nightforce 5-25x56-mm-Zielfernrohr.

»Sieht gut aus«, sagte Vandal und hob das Fach heraus.

Vorsichtig setzte er die Waffen ab, nahm einen Laptop und einen zylinderförmigen schwarzen Behälter aus dem Koffer und ging auf den Balkon hinaus.

Vandal stellte den Laptop auf einen der Korbstühle und fuhr ihn hoch. Er öffnete den Zylinder, zog eine kleine S-Band-Antenne heraus, die wie ein überdimensionaler Korkenzieher aussah, und steckte den Kabelstecker in den USB-Port des Computers.

Mit der Antenne ging er zum Balkongeländer und richtete den Parabolspiegel auf die Stadt. Er achtete darauf, dass die Antenne sich nach beiden Seiten bewegen konnte, und befestigte sie am Geländer, als sein Telefon im Ohr klingelte.

»Identifizierung«, verlangte eine elektronische Stimme.

Vandal hob das Telefon vor seine Augen und wartete, bis die Authentifizierung abgeschlossen war, ehe er das Handy wegsteckte.

Eine Sekunde später war Skyler wieder in der Leitung.

»Sind Sie in Position?«, fragte sie.

»Ja, ich kann jederzeit loslegen.«

»Gut. Ich stelle jetzt den Uplink her.«

Vandal nahm einen Schluck von seinem Bier und verfolgte das Flackern auf dem Computerbildschirm, als Skyler die Kontrolle übernahm. Das blitzschnelle Öffnen und Schließen der Programme auf dem Display konnte einen denken lassen, dass der Laptop von Dämonen besessen war.

Echt gespenstisch.

An der Antenne erschien ein rotes Licht, dann begann der Motor an der Basis zu surren. »Wir starten die Suche«, sagte Skyler, während die Antenne bereits von links nach rechts schwenkte.

Jetzt mussten sie nur noch warten, bis Hayes einen Anruf machte.

41

ROCHA PINTO, LUANDA

Das Stadtviertel Rocha Pinto – zwischen dem Flughafen im Osten und der Schnellstraße im Westen gelegen – war ein Land für sich. Eine Gegend, um die Polizei und Militär einen Bogen machten und in der Sturmgewehre und Panzerbüchsen regierten.

Ein Ort, an dem Adam Hayes sich ungestört fühlte.

Er hatte das Hotel im Telefonbuch gefunden. Da er wusste, wie leicht es in der Gegend passieren konnte, dass ein Haus niedergebrannt wurde, rief er vorher an, um sicherzugehen, dass es noch stand.

Die Frau, die seinen Anruf entgegennahm, bestätigte ihm, dass das Hotel geöffnet war, und schien sich über den neuen Gast zu freuen.

»Soll ich Ihnen den Weg beschreiben?«, bot sie an.

»Ich werde es schon finden. Bis später.«

Er fuhr Richtung Nordwesten die Estrada de Catete entlang, bog auf die Avenue de 21 Janeiro ab und folgte ihr in südlicher Richtung am Flughafen vorbei.

Er kam gut voran, bis er beim Toyota-Werk rechts abbog und sich in einem Gewirr von Straßen ohne Schilder wiederfand.

Wo bin ich denn hier gelandet?

Die nächsten zehn Minuten fuhr Hayes kreuz und quer durch die Gegend, bis er bei einem freien Platz anhielt, auf dem Schrottautos standen und ein paar barfüßige Jungen Fußball spielten. Er zog die Beretta aus dem Holster und schob sie unter den Oberschenkel, nahm die Karte zur Hand und suchte seine aktuelle Position, ohne die Schüsse zu beachten, die in der Ferne krachten.

Er hatte das Hotel auf der Karte markiert und fand schließlich seinen Standort. Während er sich eine Route zum Hotel zurechtlegte, wurde er auf die wummernden Bässe einer Autostereoanlage aufmerksam.

Hayes blickte auf und musterte stirnrunzelnd das Auto, das auf ihn zugerollt kam.

Was zum Henker ist das denn?

Auf den ersten Blick schien es ein Van zu sein, doch als das Gefährt näher kam, sah Hayes, dass der hintere Teil abgeschnitten war. Das Ergebnis wirkte ebenso bizarr wie die Rowdys mit den Stachelfrisuren auf der Ladefläche, die mit rostigen Sturmgewehren bewaffnet waren und Bier tranken.

Nicht anhalten … nicht anhalten … Scheiße. Sie halten an.

Direkt neben ihm kam das Fahrzeug ächzend zum Stehen, und der Fahrer signalisierte ihm mit einer Geste, er solle das Fenster herunterlassen.

Hayes hielt sich nicht zum ersten Mal in einer Umgebung auf, in der einen der kleinste Fehler das Leben kosten konnte. Er wusste, dass sich Gewalt und Blutvergießen nur vermeiden ließen, wenn die Jungs begriffen, dass er nicht die Art Opfer war, auf die sie es abgesehen hatten.

Er ließ das Fenster herunter und sah dem Burschen in die Augen. »*Qual é cara?*« Was gibt's, Mann?

Der Fahrer war einen Moment lang sprachlos. Er hatte nicht damit gerechnet, dass der Gringo ihm den hiesigen Straßenslang entgegenschleudern würde. Während Hayes wartete, dass der Junge sich fing, ging seine Hand zur Pistole.

»Hast du dich verirrt, Mann?«, fragte der Bursche.

»Wieso? Seid ihr vom Pannendienst?«, erwiderte Hayes.

»Pannendienst?« Der Bursche sah ihn stirnrunzelnd an und langte durchs offene Fenster zum Türgriff. »Du bist ein lustiger Kerl, was, Gringo?«

»Wie heißt du, Junge?« Das Lächeln verschwand aus Hayes' Gesicht.

»Man nennt mich Razor«, sagte der Junge, seine Finger nur noch Zentimeter vom Türgriff entfernt.

»Du solltest diese Tür nicht aufmachen, Razor«, warnte Hayes.

Es gab so etwas wie eine Übereinkunft unter Raubtieren, einen sechsten Sinn, der dem Schakal sagte, dass es besser war, dem Löwen aus dem Weg zu gehen. Sein Instinkt ließ den Burschen innehalten und den Gringo mit dem harten Blick neu einschätzen.

»Nicht?«, fragte er, während seine Kumpel hinter ihm angespannt schwiegen. »Und warum nicht?«

»Ich glaube, das weißt du sehr gut«, sagte Hayes.

»Er blufft«, zischte einer der Passagiere. »Knöpfen wir ihn uns vor.«

»Du stirbst als Erster.« Wie durch Zauberhand hatte Hayes plötzlich die Beretta in der Hand. »Kapiert?«

»Ja, ja … alles klar, Mann«, sagte der Bursche, und alle nickten zustimmend.

»Cool«, sagte Hayes. »Wenn ihr mir noch sagen könnt, wo ich das Hotel Claro finde, seid ihr mich schon wieder los.«

Fünf Minuten später hielt er bei seinem Ziel an.

Verglichen mit den Monolithen aus Glas und Stahl, die über der Bucht von Luanda thronten, war das dreistöckige, in Korallenpink gehaltene Hotel Claro eine bescheidene Hütte. Die frisch gefegte Veranda und die blitzsauberen Fenster verrieten Hayes jedoch, dass Senhora Marta ihr Haus im Griff hatte.

Das Innere bestätigte diesen Eindruck. Die Einrichtung war etwas altmodisch, aber blitzblank, von der Kuhglocke über der Tür bis zum Vinylboden.

Als die Glocke klingelte, kam eine freundlich dreinblickende Frau im handgewebten Baumwollkleid hinter dem Perlenvorhang hervor, ein strahlendes Lächeln im karamellfarbenen Gesicht. »*Ah, Senhor Hayes*«, begrüßte sie ihn, »*boa tarde*.«

Senhora Martas Lächeln war ansteckend. Entspannt trat Hayes zu der polierten Holztheke.

»Sie hatten doch hoffentlich keine Mühe, das Hotel zu finden, oder?«

»Überhaupt nicht«, log Hayes.

»Wie Sie sehen, können Sie sich das Zimmer aussuchen.« Sie deutete auf das volle Schlüsselbrett. »Welches hätten Sie gern?«

»Eines im dritten Stock, mit Blick auf die Straße, wenn es Ihnen recht ist.«

»Zimmer 306 hat eine schöne Aussicht.«

Hayes nahm den Schlüssel entgegen und ging hinaus zum Auto. Mit den eingekauften Sachen stieg er zu seinem Zimmer hinauf und sah sich verstohlen nach möglichen Notausgängen um.

Das Zimmer war klein, aber hübsch eingerichtet, mit einem kompakten Doppelbett, einem kleinen Schrank und einem Minikühlschrank, der in der Ecke vor sich hin summte. Er trat ein, ließ die Tür einen Spalt offen und trug seine Sachen zu dem Tisch beim Fenster.

Nachdem er den Parkplatz gecheckt hatte, packte er den Babymonitor aus, nahm die Kamera und ging damit auf den Gang hinaus. Er befestigte die Kamera mit Klebeband am Ausgangsschild an der Decke und ging zurück ins Zimmer.

Hayes schloss die Tür ab und setzte sich an den Monitor auf dem Tisch. Verglichen mit den ultrahochauflösenden Mikrokameras, die er in seiner Zeit bei Treadstone benutzt hatte, war die Kamera, die er auf das Exit-Schild geklebt hatte, der reinste Ramsch. Das Bild, das sie ihm auf den Monitor lieferte, war alles andere als scharf.

Doch sie war besser als nichts, dachte er, als er die Kamera per Fernsteuerung nach rechts schwenkte, sodass er fast den ganzen Flur und einen Teil des Treppenhauses im Blick hatte.

Während der Monitor auf dem Tisch lud, ging er mit den übrigen Sachen ins Badezimmer, breitete sie auf dem Waschbecken aus und öffnete das Fenster über der Toilette einen Spalt, damit der Raum ordentlich belüftet wurde. Dann streifte er Gummihandschuhe über und ging an die Arbeit.

Mit dem Teppichmesser aus dem Baumarkt schnitt Hayes das obere Ende der Magnesiumfackeln ab und benutzte ein Sieb, um das Magnesium von den übrigen Substanzen zu trennen. Dann zog er das Hemd aus, band es sich um Mund und Nase und trug die Flasche mit dem Ammoniak und das Unkrautvernichtungsmittel zur Badewanne.

Hayes war in Chemie nie besonders gut gewesen – umso konzentrierter ging er zu Werke, als er vor der Wanne kniete und die blubbernden Chemikalien mischte. Ihm war bewusst, dass ein falscher Handgriff genügte, um in die Luft zu fliegen.

Abends um halb neun war er mit der Arbeit fertig, spülte die Badewanne aus und duschte. Bevor er das Zimmer verließ, verschob er das Bett, löste ein Dielenbrett aus dem Boden und verstaute die Granaten im Hohlraum darunter.

Er setzte das Brett wieder ein, schob das Bett an seinen Platz, nahm die Streichhölzer aus dem Aschenbecher auf dem Tisch und ging auf den Flur hinaus. Er schloss die Tür ab, ließ sich auf ein Knie nieder, riss ein Streichholz aus dem Briefchen und schob es zwischen Tür und Rahmen.

Nur für den Fall, dass Senhora Marta irgendwelche dubiosen Verwandten hat, die sich hier herumtreiben.

Es war kurz vor neun, als Hayes in der Gasse parkte, die er bereits zuvor als Beobachtungsposten genutzt hatte. Er blieb im Auto sitzen und wartete, bis seine Augen sich an die Dunkelheit gewöhnt hatten. Dann riss er die Zellophanhülle von dem Zigarettenpäckchen, das er unterwegs gekauft hatte.

Hayes hatte nie viel geraucht, doch er wusste, dass Zigaretten in einer Kneipe ein wertvolles Gut waren. Man konnte damit zum Beispiel die Tatsache kaschieren, dass man sich nicht wie die anderen Gäste betrinken wollte. Er schob das Päckchen in die Brusttasche seines Hemds und zog eines der Einweghandys hervor.

Da es schon spät war, glaubte Hayes nicht, dass das Treffen heute noch zustande kommen würde; trotzdem wollte er den Anruf hinter sich haben, bevor er hineinging – also rief er Mallorys Nummer an.

Es war ein angenehmer Abend, kühler als in Grand-Bassam und nicht annähernd so schwül. Während er auf die Verbindung wartete, sah er sich auf der Straße um und schüttelte den Kopf über die paar Touristen, die über den Platz schlenderten. Er fragte sich, ob sie zu dumm oder zu betrunken waren, um sich bewusst zu machen, dass man in Angola besser nicht spazieren ging, wenn es dunkel war.

Bevor er eine Antwort darauf fand, meldete sich Wikus am anderen Ende. Seine Stimme klang angespannt und nicht so großspurig wie sonst.

»Morgen früh um acht.«

»Wo?«

»Im Museu da Moeda. Kennst du es?«

»Ja«, sagte Hayes.

»In der Öffentlichkeit, wie du es haben wolltest«, setzte Wikus hinzu.

»Gut, dann sehen wir uns dort. Und bring meine Pistole mit.« Hayes beendete das Gespräch und stieg aus dem Land Cruiser.

Er überquerte die Straße und blieb vor der Tür stehen. Er sagte sich, dass er das dunkel getönte Glas als Spiegel benutzen wollte, um sich zu vergewissern, dass ihm niemand folgte, doch das war eine Ausrede. Die Wahrheit war, dass er das Unvermeidliche hinauszögerte, das drinnen auf ihn wartete.

Reiß dich zusammen und bring's hinter dich, drängte die Stimme.

»Du hast leicht reden«, murmelte Hayes und streckte die Hand zum Türgriff aus. »*Dich* will sie ja nicht umbringen.«

Auch wieder wahr.

42

HOTEL EPIC, LUANDA

Cyrus Vandal saß auf dem Balkon und beobachtete, wie die S-Band-Antenne hin und her schwenkte, während sie die Handy- und Funksignale der Stadt auffing. Nach jedem Schwenk lud sie die Daten auf den Laptop, der den Standort jeder Stimme registrierte und die Audiosignale digitalisierte, bevor er sie durch das Stimmanalyseprogramm laufen ließ.

In den ersten paar Stunden hatte er fasziniert vor dem Laptop gesessen und verfolgt, wie die Daten der Stimmanalyse unterzogen wurden. Gespannt hatte er auf das Signal gewartet, das ihm sagen würde, dass der Computer die Zielperson gefunden hatte. Adam Hayes.

Doch nachdem unzählige Male die Meldung »Keine Übereinstimmung« auf dem Bildschirm erschienen war, ließ Vandals Aufmerksamkeit nach. Die Anstrengungen der vergangenen vierundzwanzig Stunden machten sich bemerkbar, und er schloss die Augen, genoss den sanften Wind auf dem Balkon und das beruhigende Zischen der Suchantenne im Kopfhörer.

Er war fast schon eingeschlafen, als er im Kopfhörer ein elektronisches *Ping* vernahm. Augenblicklich war er hellwach und blickte zum Laptop auf dem Tisch. Auf dem Bildschirm war die Meldung eingeblendet: STIMMÜBEREINSTIMMUNG – WAHRSCHEINLICHKEIT 99,9 %.

Hayes. Ich habe ihn.

Vandal startete die Aufnahme, die mit einem Rauschen begann.

»*Morgen früh um acht.*«

»Wo?«

»*Im Museu da Moeda. Kennst du es?*«

»*Ja.*«

»*In der Öffentlichkeit, wie du es haben wolltest.*«

»*Gut, dann sehen wir uns dort. Und bring meine Pistole mit.*«

Er spielte den kurzen Dialog noch einmal ab und konzentrierte sich auf die Stimmen. Der erste Mann klang wie ein Australier, vielleicht auch ein Südafrikaner – das war schwer zu sagen. Doch beim anderen gab es nicht den geringsten Zweifel.

Es war Hayes. Hundertprozentig.

Vandal riss sich den Kopfhörer herunter, sprang auf, schnappte sich das Telefon und wählte die Nummer, während er ins Zimmer zurückging. Er hielt das Handy vor dem Gesicht. *Komm schon, beeil dich, verdammt.*

Als er das Klicken der Kamera hörte, legte er das Handy auf den Tisch und drückte sich den Bluetooth-Knopf ins Ohr. Er zog die Sachen aus, die er seit seiner Ankunft im Hotel trug, und schlüpfte rasch in eine schwarze Cargohose, legte eine dünne Kevlar-Schutzweste an und zog ein grafitfarbenes Hemd darüber.

Dann schlüpfte er in seine Asolo-Wanderschuhe, als eine Stimme sich meldete.

»Ja?«

»Haben Sie seine Position?«

»Sekunde … ja, wir haben die Position.«

»Was haben wir in der Gegend zur Verfügung?«

»Wir hätten eine Reaper-Aufklärungsdrohne im Senegal …«

»Nichts in der Nähe?«

»Negativ.«

Scheiße.

»Gut, dann mache ich es selbst.«

Vandal beendete das Gespräch, schob das Handy in die Gesäßtasche und nahm sich eine Sig Sauer aus dem Koffer. Er schnallte sich das Holster an den Gürtel, nahm die MP und schob sie mit zwei Extramagazinen in seinen Rucksack.

Sein Herz hämmerte, als er zur Tür ging. Das Warten war vorbei. Hayes hatte nicht mehr lange zu leben.

43

LUANDA, ANGOLA

Hayes betrat die Kneipe, zog sich die verblichene Baseballkappe über die Augen und nickte den hart aussehenden Männern zu, die nahe der Tür standen, ehe er ans Ende der Theke ging. Er stellte sich mit dem Rücken zur Wand, zündete sich eine Zigarette an und tat, als würde er rauchen, während er das Geschehen beobachtete.

Bevor er hereingekommen war, hatte Hayes seine Hausaufgaben gemacht und sich alle Türen und Fenster des Gebäudes eingeprägt. Deshalb wusste er, dass die Tür zehn Schritte rechts von ihm hinaus auf die Terrasse führte, von der man zum Strand gelangte.

Hinter dem Flur auf der linken Seite mussten sich die zwei Ostfenster befinden, die wahrscheinlich zu den Toiletten gehörten. Nur wo die Tür hinter der Theke hinführte, wusste er nicht.

Nicht so wichtig. Pass einfach auf.

Er wandte seine Aufmerksamkeit der Frau hinter dem Tresen zu, beobachtete, wie sie den Männern aus einer Flasche Patrón-Tequila einschenkte.

»Komm schon, Charli, trink einen mit uns«, drängte der Größte in der Runde sie auf Portugiesisch.

»Nito, du weißt, dass ich mir dieses Zeug nicht leisten kann.«

»Das geht auf mich.«

»Bist du sicher?«

»Klar. Trink einen mit mir.«

»Na ja, wenn du zahlst.« Sie nahm die Flasche und langte unter die Theke nach einem Glas.

Statt des Stampers, den der Mann erwartet hatte, nahm sie ein großes Whiskyglas zur Hand, schenkte sich großzügig ein und erhob lächelnd das Glas.

Bevor der Mann sich von seiner Verblüffung erholt hatte, kippte sie den Drink hinunter, knallte das Glas umgedreht auf den Tresen und ging mit breitem Grinsen zu Hayes.

»Was darf es sein?«, fragte sie.

»Johnnie Walker. Black Label, falls ihr den habt«, fügte er hinzu und blickte zu ihr auf.

Das Blut wich aus ihrem Gesicht, ihre Haut war so weiß wie die Narbe auf ihrer Brust. »Ich … ich hab immer gewusst, dass sie dich schicken werden.«

Hayes packte sie am Handgelenk, als sie hinter sich greifen wollte.

»Schick die Burschen weg.« Er deutete auf die Gäste am anderen Ende der Theke.

Sie versuchte sich loszureißen, doch Hayes ließ nicht locker, drückte aber nicht fester zu, als unbedingt nötig war.

»Schick sie weg, Charli, und mach keine Dummheiten«, sagte er und ließ sie los.

Zornig riss sie die Hand zurück, und die Angst wich

aus ihren Augen wie die Brandung bei Ebbe, während sie ihr Handgelenk massierte. »Und wenn ich mich wehre? Schießt du mir in den Rücken? Das war früher nicht dein Stil.«

»Willst du es wirklich herausfinden?« Hayes ließ die Hand zur Hüfte sinken.

»Verpiss dich, Adam«, knurrte sie, drehte sich um und stapfte ans andere Ende der Theke, um ihren Gästen zu sagen, dass sie gehen sollten.

»Was? Es ist noch nicht einmal acht«, beschwerte sich einer der Männer. »Und ich hab noch nicht ausgetrunken.«

»Kommt morgen wieder«, sagte sie. »Dann gibt's eine Runde aufs Haus.«

Die Männer waren vielleicht beschwipst, aber nicht dumm. Sie spürten sofort, dass irgendwas nicht stimmte. »Ist es wegen ihm?«, fragte der Größte in der Runde.

»Nein, Nito. Ich bin bloß müde.«

Der Mann nahm es ihr nicht ab.

»Was hast du zu ihr gesagt, *Gringo?*«, rief er Hayes zu. Charlis Lächeln sank in sich zusammen, als der Mann zum anderen Ende der Theke ging. »He, ich rede mir dir.«

Hayes musterte ihn.

»*Cuidado*« – Vorsicht – »großer Mann«, sagte Hayes. »Du handelst dir nur Ärger ein.«

»Nito«, sagte Charli mit einer Stimme wie ein Peitschenschlag, »wenn du hier noch einmal etwas trinken willst, dann gehst du jetzt!«

Ihr Ton ließ den Mann innehalten, und er schaute sich, Unterstützung suchend, zu den anderen um.

»Hauen wir ab, *mané*«, sagte einer seiner Kumpel und ging zur Tür.

»Na gut«, nickte der Mann, »aber sei vorsichtig, *cabrão*, sonst passiert dir was.«

»Jaja, schon gut«, sagte Charli und scheuchte sie hinaus.

»Nette Jungs«, meinte Hayes.

»Luanda ist ein raues Pflaster, und die Einheimischen mögen Ausländer nicht besonders.« Sie schloss ab und schaltete das Licht über der Tür aus. »Aber wenn du ihr Vertrauen gewinnst und sie dich akzeptieren …«

Charli ließ den Satz in der Luft hängen und fuhr zu ihm herum, eine silberne Automatik in der Hand. Blitzschnell entsicherte sie die Pistole und richtete sie auf ihr Ziel. Doch dann riss sie die Augen auf, als sie auf einen leeren Hocker zielte.

Im nächsten Augenblick war Hayes bei ihr und packte die Pistole, bevor sie reagieren konnte. Auf diese Entfernung kannte er hundert Arten, jemanden zu töten, doch er begnügte sich mit einem einfachen Griff, drehte ihr das Handgelenk um und warf sie zu Boden. Dann nahm er ihr fast sanft die Waffe aus der Hand.

»Bist du fertig?«, fragte er.

»Na los, bring zu Ende, was du damals begonnen hast«, knurrte sie und öffnete ihr Hemd, unter dem eine riesige Narbe zum Vorschein kam.

Hayes trat einen Schritt zurück, zog das Magazin aus der Pistole, nahm die Patrone aus der Kammer und warf die Waffe auf den Tisch.

»Hab ich mir fast gedacht, dass du immer noch angepisst bist.«

»Du wolltest mich umbringen«, hielt sie dagegen. »Da kann man schon mal angepisst sein.«

»Damals hat es geheißen, du wärst tot gewesen, wenn die Kugel dich drei Zentimeter weiter links getroffen hätte.«

»Ja … und?«

»Weißt du, wie schwer es ist, auf siebenhundert Meter um drei Zentimeter danebenzuschießen?«

»Moment mal, was sagst du da?« Der Zorn wich aus ihrem Gesicht.

»Charli, ich habe in meinem ganzen Leben noch nie danebengeschossen.« Er ging zurück zur Theke.

Als sie aufstand und zu ihm trat, hatte er sich bereits eine Flasche Kapuka genommen, den heimischen Wodka, den die Angolaner bevorzugten, und schenkte zwei Stamper ein. Immer noch misstrauisch stand sie neben ihm am Tresen.

»Angenommen, ich glaube dir, dass du absichtlich danebengeschossen hast«, begann sie und nahm eines der Schnapsgläser. »Warum hättest du das tun sollen?«

»Weil ich nur Leute töte, die es verdient haben.« Er kippte den Wodka hinunter, der wie Feuer brannte.

Sie blickte auf ihre Narbe hinunter, dann zu ihm auf, ihre Miene von der Erinnerung getrübt.

»Ich weiß noch, wie die Ärzte mir nach der Operation sagten, was für ein Glück ich hatte. Die Polizei wollte wissen, was geschehen war, wer auf mich geschossen hatte, und warum.«

»Hast du ihnen gesagt, warum es passiert ist? Weil du Waffen nach Libyen verkauft hast?«

»Klar«, schnaubte sie abschätzig. »Natürlich habe ich das der ägyptischen Geheimpolizei gesagt.« Ihr Gesicht wurde wieder ernst. »Nein, ich habe es ein bisschen anders erzählt …«

»Dass du dir eine verirrte Kugel eingefangen hast, während du die Proteste in Kairo gefilmt hast.«

»Woher weißt du …?«

Was glaubst du, wer dich ins Krankenhaus gebracht hat, Charli?

»So was spricht sich herum.«

»Wenn du nicht gekommen bist, um mich zu töten«, sagte sie, nahm die Flasche und füllte ihre Gläser, »was willst du dann hier?«

»Ich brauche deine Hilfe.«

»Das sind ja ganz neue Töne.«

»Mag sein«, erwiderte Hayes. »Aber ich finde, du bist mir einen Gefallen schuldig.«

»Okay. Was willst du?«

»Waffen, Charli. Ich brauche Waffen.«

»So was mache ich nicht mehr«, entgegnete sie.

»Wirklich?« Hayes machte einen Schritt zurück und trat gegen die Tür hinter ihm. »Dann hast du da drin wahrscheinlich deinen Champagner gelagert, oder?«

»Du bist ein Bastard, weißt du das?« Charli zog einen Schlüsselbund aus der Tasche und ging zu der Tür.

»Jeder hat seine Eigenheiten.«

Sie schloss die Tür auf und langte an Hayes vorbei

hinein, um Licht zu machen. Die Glühbirne an der Decke beleuchtete eine Metalltreppe.

»Ladies first«, sagte Hayes und trat zur Seite.

»Erzähle ja niemandem von diesem Raum«, sagte sie eindringlich.

»Pfadfinderehrenwort.« Er ließ sie ein paar Schritte vorausgehen, ehe er ihr folgte. Seine Hand schloss sich um den Griff der Beretta.

Unten tippte sie einen Code in ein Tastenfeld an der Wand, worauf die Lichter über ihnen angingen. Hayes stieß einen anerkennenden Pfiff aus, als sie die deckenhohen Waffenschränke aufschloss, die an der Wand aufgereiht waren.

»Verdammt, Mädchen – dafür, dass du nicht mehr im Geschäft bist, hast du aber eine Menge Spielzeug.«

»Nachdem du auf mich geschossen hattest, habe ich mich mehr auf Qualität verlegt als auf Quantität«, erwiderte sie.

»Also keine russischen Boden-Luft-Raketen und keine italienischen Landminen mehr?«, fragte Hayes und trat zu den Waffenschränken.

»Ich verkaufe keinen Schrott«, sagte sie.

In den ersten drei Schränken befanden sich nur Kampfgewehre, die allesamt Charlis Bekenntnis zur Qualität entsprachen. Als Hayes die belgischen FN SCARs, die österreichischen Steyr-Gewehre und die israelischen Tavor-Sturmgewehre sah, fühlte er sich wie ein kleiner Junge im Spielzeugladen.

»Hast du eine Tasche?«, fragte er und nahm eine HK 416 mit unter dem Lauf montiertem Granatwerfer heraus.

»Klar.«

Fünfzehn Minuten später stand Hayes an der Werkbank und schärfte die Klinge des Cold-Steel-Kampfmessers an einem Wetzstein. Er testete die Schneide am Daumen, schob das Messer in die Scheide und warf es in die Tasche.

Charli trat zu ihm und schaute in die Tasche. Außer der HK 416 hatte Hayes eine Knight's Armament PDW, eine B&T APC 9-Millimeter-Maschinenpistole, eine Remington TAC-14-Schrotflinte, einen Gurt mit 40-Millimeter-Granaten und zwei vollautomatische Glock-18C-Pistolen.

»Bist du sicher, dass du nichts vergessen hast?«, fragte sie sarkastisch.

»Du hast nicht zufällig einen Kampfhubschrauber hier irgendwo herumstehen?«

»Nein.«

»Dann muss es das hier tun.«

»Sind wir jetzt quitt?«, fragte sie.

»Ja, Charli.« Er schulterte die Tasche. »Wir sind quitt.«

»Gut, dann verschwinde.«

»Ich geh ja schon, ich geh ja schon.« Er stieg die Treppe hinauf.

Als er fast oben war, rief Charli ihm von unten nach. »Hey, Adam?«

»Ja?« Er drehte sich um.

»Hast du nicht doch etwas vergessen?« Sie warf ihm einen olivgrünen Beutel zu.

Er fing ihn auf, drehte ihn um und runzelte die Stirn, als er das rote Kreuz sah. »Verbandszeug? Wofür ist das?«

»Auch wenn du dir etwas anderes einredest«, sagte sie mit einem schiefen Grinsen, »du bist auch nicht mehr der Jüngste.«

»Pass auf dich auf, Charli«, sagte er und ging.

44

LUANDA, ANGOLA

Als Vandal bei der angegebenen Position eintraf, hatte die Wirkung der Droge bereits eingesetzt; sein Herz pochte gegen das Brustbein wie ein Vorschlaghammer auf einen Amboss. Er stellte den Motor ab, ließ das Fenster einen Spalt herunter und nahm sich einen Augenblick, um seine Sinne an die Dunkelheit zu gewöhnen, bevor er ausstieg.

Während er die Straße hinunterging, sagte ihm der eindringliche GPS-Piepton im Ohr, dass er sich dem Ursprung des Signals näherte.

Verdammt, wo steckst du?

Vandal trat vom Bordstein auf die Straße und ging in südlicher Richtung weiter. Das Piepen verlangsamte sich – er entfernte sich von der Signalquelle.

Er kehrte um und ging zur Mündung der Gasse zurück; ihm war klar, dass er den klapprigen SUV in der dunklen Gasse ohne GPS kaum gefunden hätte.

Du bist zu aufgedreht, mahnte die Stimme. *Halt die Augen offen, sonst machst du die Heimreise in einer Kiste.*

Das erste Mal hatte Vandal die innere Stimme gehört, nachdem er aus der Propofol-Narkose aufgewacht war und sich von Männern und Frauen in hellblauen Kitteln umgeben sah.

Verdammt, was soll das?

Vandal hatte versucht, die Arme zu heben, doch sie waren ans Bett gefesselt. Die Hilflosigkeit hatte seinen Herzschlag wie wild galoppieren lassen.

»Er ist wach und will sich losreißen«, hatte eine der Schwestern gesagt.

Vandal hatte den Mund geöffnet, hatte versucht, zu schreien oder wenigstens zu fragen, was sie mit ihm machten, doch sie hatten ihm einen Schlauch in den Hals gesteckt, sodass er nur ein gedämpftes Stöhnen herausbrachte. Er hatte sich so heftig gewehrt, dass das Bett zitterte, bis auf den Monitoren rote Lichter blinkten und ein Alarm losging.

Dann hörte er die Stimme: *Du musst dich entspannen. Alles wird gut.*

Er hatte sich umgedreht, um zu sehen, wer da mit ihm sprach, doch da waren nur die blauen Kittel, die hektisch um ihn herumwuselten.

Entspann dich, ich bin ja da, hatte die Stimme wiederholt.

Dann wurde es schwarz um ihn herum.

Seit diesem Tag war die Stimme sein ständiger Begleiter. Regelmäßig meldete sie sich in seinem Kopf, gab Ratschläge, sagte ihm, was er falsch gemacht hatte. Sie machte ihm klar, dass die Zeiten vorbei waren, in denen er seinen Kopf für sich allein hatte.

»Da könnte man schon auf die Idee kommen, sich eine Schrotladung in den Mund zu jagen«, murmelte er.

Bevor die Stimme etwas erwidern konnte, tauchte Hayes auf. Er kam aus der Kneipe, mit einer riesigen Tasche über der Schulter.

Scheiße, da ist er.

Vandal spürte das Adrenalin durch seine Adern pumpen, und seine Hand ging instinktiv zu der schallgedämpften MP, die er unter der Jacke trug.

Bist du verrückt?, mahnte die Stimme. *Wir sind hier nicht in Compton. Du bist ein Profi, um Himmels willen. Warte auf den richtigen Moment und mach es so, wie es sich gehört.*

»Okay.«

Einen Moment lang sah es so aus, als würde Hayes in die Gasse einbiegen, doch er blieb auf dem Gehsteig und ging in die Richtung der Festung São Miguel.

Vandal trat aus seinem dunklen Winkel hervor und folgte ihm.

Du bist zu nah dran. Lass dich zurückfallen, warnte die Stimme.

Doch Vandal sah, dass Hayes auf eine der vielen Gassen zuging, die von der Straße abgingen. Statt auf die Stimme zu hören, beschleunigte er seine Schritte.

Verdammt, was hast du vor?

Kannst du endlich mal still sein und mich meine Arbeit machen lassen? Einmal mehr wünschte er sich einen Schalter, mit dem man die Stimme zum Schweigen bringen konnte.

Vor der Gasse wurde er langsamer und schaute sich mit der MP in den Händen um. Im letzten Moment sah er Hayes in eine Seitengasse einbiegen.

Er wusste, dass er geduldig auf seine Chance warten sollte, doch der Nervenkitzel der Jagd und das Amphetamin in seinen Adern trieben ihn zur Eile an.

Den Kolben der MP an die Schulter angelegt, senkte er den Lauf und schlich die Gasse hinunter, direkt auf die Mündung der Seitengasse zu.

Er beugte sich vor, die entsicherte Maschinenpistole im Anschlag, doch die Gasse war leer.

Vandal ging ein paar Schritte, alle Sinne zum Zerreißen gespannt, während seine Augen hin und her sprangen. *Wo zum Teufel ist er hin*?

Er hatte ein Viertel der Gasse zurückgelegt, als er das niedrige Tor sah, davor einen frischen Fußabdruck in der feuchten Erde.

Er zog das Tor ein Stück weit auf und schlüpfte lautlos durch den Spalt. Die Spur führte geradewegs zu einer brusthohen Ziegelmauer. Vandal folgte den Fußabdrücken, als er plötzlich den kalten Druck eines Laufs am Hinterkopf spürte.

Hayes wollte vom Bordstein auf die Straße treten, als er die Gestalt bemerkte, die im Schatten lauerte. Zuerst dachte er, Nito hätte auf ihn gewartet, nachdem er seinetwegen hinausgeworfen worden war, doch dann griff der Mann in seine Jacke, und Hayes sah einen Schalldämpfer im Mondlicht schimmern.

Nein, das ist nicht Nito.

Er blieb auf dem Gehsteig und näherte sich dem Labyrinth von Gassen, die das Viertel umgaben.

Hayes ließ sich Zeit, stapfte gemessenen Schrittes den Gehsteig entlang. Er wollte seinen Verfolger nicht wissen lassen, dass er ihn entdeckt hatte. Sein langsames Schlendern ermöglichte es ihm außerdem, sich in jedem Schaufenster und Autospiegel nach seinem Verfolger umzusehen.

Hayes hatte sofort bemerkt, dass der Mann ein Profi war. Er wusste, dass die Liste seiner Feinde lang war, aber dass sein Verfolger allein agierte, ließ nur zwei mögliche Erklärungen zu: Entweder war er sehr von seinen Fähigkeiten überzeugt, oder er kam von Treadstone.

Hayes war müde, wollte nur zurück ins Hotel und schlafen, aber das schien ihm nicht vergönnt zu sein.

Er bog in eine Gasse ein und behielt sein gleichmäßiges Tempo bei. Erst in der Seitengasse steigerte er sein Tempo und rannte zu dem Tor, stampfte fest mit dem Fuß auf, ehe er hindurcheilte.

Er sprintete noch ein paar Meter weiter, um deutliche Spuren zu hinterlassen, ehe er zum Tor zurückging und in einem dunklen Winkel auf den Verfolger wartete.

Er setzte die Waffentasche ab, zog die Beretta und schraubte den Schalldämpfer auf, den er in Charlis Waffenlager gefunden hatte. In diesem Augenblick hörte er es – das leise Knarren, mit dem das Tor geöffnet wurde.

Der Schatten näherte sich langsam, die Maschinenpistole im Anschlag. Hayes ließ ihn vorbeigehen, sprang aus der Deckung und drückte ihm den Schalldämpfer an den Hinterkopf.

»Bei der kleinsten Bewegung sind Sie tot. Haben Sie mich verstanden?«

»Ja.«

»Gut. Auf die Knie.«

»Ich bin nicht …«

»Falsche Antwort.« Hayes hämmerte ihm die Pistole in den Nacken; der Mann sackte zu Boden, die MP fiel ihm aus den Händen.

Doch bevor Hayes seinen Vorteil nutzen konnte, wirbelte der Mann herum und versuchte, ihm die Beine wegzuziehen.

Hayes wich zurück, sein Gegner sprang auf und zielte mit einem wuchtigen Haken auf seine Schläfe.

Hayes wich aus, hob die Pistole, doch bevor er abdrücken konnte, traf ihn der Mann mit einem tückischen Fausthieb am Kopf, und die Beretta flog ihm aus der Hand.

In seiner langen Laufbahn war Hayes schon von vielen Männern angegriffen worden, von schlanken, drahtigen Kerlen ebenso wie von schwergewichtigen Riesen, doch so etwas wie diesen Faustschlag hatte er selten einstecken müssen. Einen Moment lang war es, als hätte ihn ein Güterzug überfahren.

Er sah nur noch verschwommen, wich zuruck, um sich zu fangen, doch diese Chance wollte der Angreifer ihm nicht geben.

»Dann wollen wir mal sehen, was du draufhast, alter Mann.«

Blitzschnell ging er auf Hayes los und versetzte ihm eine rechte Gerade in die Magengrube, die ihm die Luft aus den Lungen presste. Hayes klappte vornüber und schaffte es gerade noch, den Arm hochzureißen, um das

Knie abzuwehren, das der Mann ihm ins Gesicht rammen wollte.

»Scheiße, ich hab gedacht, das wird ein richtiger Kampf«, spöttelte der Mann und feuerte den nächsten Schlag gegen Hayes' Nase ab, der ihm einen Blutschwall in den Mund strömen ließ.

Wer zum Teufel ist der Kerl?

Hayes täuschte einen rechten Haken an, sein Gegner wich aus und lief direkt in den Fußtritt, der ihn am Oberschenkel traf.

Einem schmächtigeren Mann hätte Hayes damit das Bein gebrochen, doch sein Gegner steckte den Angriff mit einem Grinsen weg und konterte mit einem Tritt gegen Hayes' Kopf.

Hayes konnte gerade noch den Arm hochreißen, bevor das Schienbein des Mannes gegen seinen Oberarm krachte. Die Wucht des Tritts brachte ihn aus dem Gleichgewicht und nahm ihm für einen Augenblick das Gefühl im Arm. Der Angreifer ließ einen Schlaghagel folgen, um den Kampf zu beenden. Hayes wusste, dass er im fairen Faustkampf nicht gewinnen konnte. Wenn er überleben wollte, musste er zu anderen Mitteln greifen.

Er duckte sich unter dem nächsten Hieb hindurch, langte nach unten, hob eine Handvoll Dreck auf und schleuderte ihn dem Mann in die Augen. Der Angreifer fluchte, konnte für einen Augenblick nichts sehen. Hayes rammte ihm das Knie zwischen die Beine und hämmerte ihm den Unterarm ins Gesicht.

Der Mann taumelte zwei Schritte zurück, stieß einen

Kampfschrei aus und setzte zu einem wütenden Hieb an, doch Hayes tauchte unter der Faust hindurch, rollte sich auf dem Boden ab und stand mit der Beretta in der Hand wieder auf.

»Mir reicht's, Junior«, sagte er und jagte ihm zwei Kugeln in die Brust.

45

HOTEL CLARO, LUANDA

Als Hayes um Mitternacht ins Hotel zurückkehrte, war er kaum noch imstande, die Treppe hochzusteigen. Nach dem, was er hatte einstecken müssen, hätte er sich am liebsten hingelegt, um nicht mehr aufzustehen. Aufgeben kam jedoch nicht infrage.

Nicht, weil er es nicht wollte, sondern weil er es nicht konnte.

Er betrat sein Zimmer und hinterließ Blutflecken auf dem Türgriff. Die Waffen warf er aufs Bett, dann humpelte er ins Bad und drehte die Dusche auf, zog sich aus und stellte sich unter den eiskalten Wasserstrahl.

Nach der Dusche versorgte er seine Wunden im Gesicht, träufelte Jod auf die lädierten Fingerknöchel und ging ins Schlafzimmer. Die Kraft reichte gerade noch, um die Laken vom Bett zu ziehen und sich auf dem Boden ein Lager zu bereiten. Dann legte er den Kopf aufs Kissen und schlief ein.

Als ihn ein Geräusch aus dem Schlaf riss, rollte er sich zur Seite, schnappte sich die Knight's Armament PDW und versuchte festzustellen, was ihn geweckt hatte.

Dann sah er es – das Leuchten des vibrierenden Handys auf dem Boden neben dem Bett.

»Charli?«, meldete er sich. »Was ist …«

»Die sind dir auf den Fersen.«

Was? Wie kann das sein? Niemand weiß, dass ich hier bin.

Die Worte durchdrangen den Nebel in seinem Kopf wie frühmorgendliche Sonnenstrahlen, und er trat instinktiv ans Fenster.

»Wovon redest du?«

»Ich rede von dem Killerkommando, das gerade in meine Bar eingedrungen ist.«

O nein.

»Bist du …?«

»Mir geht's gut«, sagte sie. »Sie sind gekommen, nachdem ich abgeschlossen hatte und nach Hause gegangen war. Ich hätte es nicht mitbekommen, wenn meine Sicherheitskamera nicht mit meinem Handy verbunden wäre.«

»Hast immer noch so viel Glück wie früher«, meinte er.

»Ja, und du ziehst immer noch die Scheiße an.«

»Heutzutage rächt sich wirklich jede gute Tat.«

»Sei froh, wenn du überlebst. Mehr kannst du nicht tun«, meinte Charli.

»Danke für die Warnung.« Hayes beendete das Gespräch.

Er zog sich im Dunkeln an und schlüpfte in die Schuhe, als er vor dem Hotel einen Van anhalten sah. Die Seitentür wurde geöffnet, und bewaffnete Männer stiegen aus. Während Hayes das Geschehen verfolgte, schossen ihm hundert Fragen durch den Kopf. Es gab keinen Zweifel, was die Männer hier wollten: ihn.

Wie haben die mich gefunden?

Er hatte alle nötigen Vorsichtsmaßnahmen getroffen, hatte sein Mobiltelefon weggeworfen und eine Stunde darauf verwendet, eventuelle Verfolger abzuschütteln, bevor er ins Hotel zurückgekehrt war.

Doch das war im Moment nicht wichtig. Mit dem Wie und Warum konnte er sich später beschäftigen. Nun kam es darauf an, auf die Bedrohung zu reagieren.

Dass die Angreifer das Überraschungsmoment verloren hatten, verschaffte ihm einen Vorteil, wenn auch nur für wenige Sekunden.

Mit dem Babymonitor ging Hayes zur Tür, ohne das Display aus den Augen zu lassen. Er befand sich nicht zum ersten Mal in einer solchen Situation: allein gegen eine Übermacht. Sein Herz pochte wie ein Presslufthammer, seine Sinne waren zum Zerreißen gespannt. Er hörte das Knarren, wenn ein Gast sich im Bett umdrehte, das leise Klopfen der alten Heizungsrohre, nahm die Geräusche des Hauses tausendfach verstärkt wahr.

Er zwang sich, ruhig und gleichmäßig durch die Nase einzuatmen, die Luft fünf Sekunden anzuhalten und auszuatmen. Es war eine einfache Übung, um die natürliche Kampf-oder-Flucht-Reaktion des Körpers auszutricksen. Sein Puls war fast wieder normal, als er den ersten Mann aus dem Treppenhaus kommen sah.

Da sind sie.

46

HOTEL CLARO, LUANDA

Hayes stellte den Babymonitor auf den Boden. Das kompakte PDW-Gewehr in seiner Hand fühlte sich wie eine Verlängerung des Körpers an, als er das sechsköpfige Killerkommando durch den Flur huschen sah. Im smaragdgrünen Lichtschein ihrer Nachtsichtgeräte sahen sie aus wie grünäugige Dämonen.

Zwei Türen vor Hayes' Zimmer hob der Führungsmann die Faust, und die anderen blieben augenblicklich stehen. Der Mann tippte sich mit der Hand auf den Helm, dann ging er mit zwei Bewaffneten zur Tür, während die anderen warteten.

Ein Mann ging neben dem Türschloss in Stellung, der zweite postierte sich auf der anderen Seite der Tür, während der Führungsmann sich zum Flur wandte, um abzusichern.

In seinem Zimmer beobachtete Hayes, wie der Breacher die Hand zum Türgriff ausstreckte. Doch bevor er die Tür aufbrechen konnte, durchschnitt ein leises *Psst* die Stille, und die Finger des Mannes verharrten über dem Griff.

Als Hayes sich nach dem Geräusch umsah, kam draußen ein siebter Mann in sein Sichtfeld. Das grünlich-gelbe

Leuchten, das von dem Gerät am Handgelenk des Mannes ausging, beantwortete Hayes' Frage, wie das Killerkommando ihn gefunden hatte.

Hayes drehte sich um und rannte zu seinem Rucksack, zog den vorderen Reißverschluss auf und holte das Etui mit Zoes Insulin heraus. Mit einem Schlag war ihm alles klar. Sie hatten immer gewusst, wo er sich aufhielt.

Du Idiot.

Er nahm das Etui und warf es in den Kühlschrank, doch als er zur Tür zurücklief und durch den Spion lugte, war ihm klar, dass er zu spät reagiert hatte.

Draußen auf dem Flur studierte der Mann die Anzeige an seinem Handgelenk und drehte sich unschlüssig hin und her. Nun, da das Etui im Kühlschrank war, bekam er anscheinend kein Signal mehr.

Doch sie wussten, dass er da war; es war nur eine Frage der Zeit, bis sie ihn finden würden.

Du kannst durchs Fenster abhauen, riet die Stimme.

Hayes erwog die Möglichkeit, verwarf sie aber gleich wieder. Wenn der Sprung aus dem Fenster ihn nicht umbrachte, würden es die Killer tun, die bestimmt unten absicherten.

Nein, er konnte dem Kampf nicht ausweichen.

Er nahm eine seiner selbst gebastelten Blendgranaten, die er aus dem Versteck unter dem Dielenbrett hervorgeholt hatte, und ging damit zur Tür.

Die meisten Blendgranaten wurden zeitverzögert gezündet. Sobald man den Ring zog, hatte man vier bis fünf Sekunden bis zur Detonation. Bei seinen selbst gebastelten

Granaten war sich Hayes jedoch nicht sicher, ob er alle Bestandteile exakt berechnet hatte und sich auf die Zündverzögerung verlassen konnte.

Wir werden es gleich wissen.

Er hängte sich das Gewehr vor die Brust, legte die Hand an den Türgriff und drehte ihn um. Das leise Knarren ließ ihn zusammenzucken. *Verdammt, Marta, schon mal was von Schmieröl gehört*?

Nachdem die Tür so gut wie offen war, schob Hayes den Daumen in den Ring, holte tief Atem und konzentrierte sich nur noch auf das, was er in den nächsten Sekunden zu tun hatte. Ihm war bewusst, worauf er sich einließ: Eine verirrte Kugel, ein Fehler seinerseits – und alles war vorbei.

»Bringen wir's hinter uns«, murmelte er.

Im nächsten Augenblick verlangsamte sich alles um ihn herum, und Hayes bekam jedes kleinste Detail mit – das Knacken des Stiftes, den er aus dem Sprengsatz zog, die aufschwingende Tür, dann den Angreifer auf dem Flur, der immer noch unschlüssig auf sein Handgelenk sah. Als der Türgriff gegen die Wand knallte, fuhr der Mann herum und riss die Augen auf, als er Hayes in der Tür stehen sah, eine rauchende Granate in der linken Hand, das Gewehr in der rechten.

»Scheiße.«

»Genau.« Hayes jagte ihm drei Kugeln in die Einsatzweste.

Der Einschlag der Geschosse ließ den Mann nach hinten taumeln; noch bevor er gegen die Wand krachte, hatte

Hayes bereits die Blendgranate nach den anderen Angreifern geworfen und ging im Zimmer in Deckung.

Die Granate detonierte mit dem Donnern einer Haubitze, die Explosion erschütterte die Wände und ließ Staub und Putz von der Decke rieseln.

Als Hayes auf den Flur hinaustrat, brannte der Teppich, und die Angreifer stolperten blindlings durch die weiße Rauchwolke. Er wollte schon das Feuer eröffnen, als der Mann, auf den er zuvor geschossen hatte, sein Gewehr auf ihn richtete.

Hayes hämmerte ihm den Gewehrkolben gegen den Helm und versetzte ihm einen Fußtritt gegen die Brust, doch sein Gegner steckte die Schläge weg und versuchte erneut zu kontern. Bevor Hayes einen Schuss abgeben konnte, hatten die anderen ihre Benommenheit abgeschüttelt.

»Tötet ihn«, rief einer und eröffnete das Feuer.

Geh in Deckung.

Hayes duckte sich, rammte seinem Gegner die Schulter in die Magengrube, schlang den linken Arm um seine Beine, wuchtete ihn hoch und stieß ihn durch die gegenüberliegende Tür.

In dem Zimmer warf Hayes ihn mit dem Kopf voran zu Boden, und der Mann blieb bewusstlos liegen.

»Nicht weglaufen«, sagte er und zog eine Splittergranate aus dem Gürtel des Bewusstlosen.

Hayes riss den Stift heraus, sprang zur Tür und zählte die Sekunden herunter.

»Ihr Arschlöcher seid hier im falschen Hotel«, rief er und warf die Granate in den Flur.

»Granate!«, rief ein Angreifer, ehe er in der donnernden Explosion verschwand.

Hayes trat aus dem Zimmer und atmete heißen Staub ein. Die Wände waren schwer beschädigt, Türen herausgerissen, auf dem Boden bildeten sich Blutlachen um reglos daliegende Männer.

Marta wird angepisst sein, wenn sie das sieht.

Er wollte schon in sein Zimmer zurückkehren, als er ein gedämpftes Stöhnen hörte.

Mir scheint, wir haben einen Überlebenden.

Hayes zog die Taschenlampe hervor und drehte den Angreifer mit der Schuhspitze auf den Rücken. Er schaltete die Lampe ein und leuchtete dem Mann ins Gesicht.

»Wikus«, knurrte er.

»L-lass mich am Leben …«, flehte er.

»Oh, ich werde dich nicht töten.« Hayes steckte die Taschenlampe weg und hob Wikus vom Boden auf. »Wir zwei haben eine Menge zu plaudern.«

47

MAYOTTE

»Weg? Verdammt, was heißt das – sie ist weg?«, fragte Cabot.

»Wir …«, stammelte Mallory. »*Ich* weiß es nicht.«

»Was zum Teufel *wissen* Sie?«

»Monsieur, darf ich?«, mischte sich Beck ein und deutete mit einem Kopfnicken auf das Telefon. »Mrs. Mallory«, begann der Deutsche, »erzählen Sie uns, was geschehen ist.«

»Wir … das Team hat den Tracker zu einem Hotel in Angola verfolgt. Zoe war nicht dort, aber der Mann … Adam Hayes.«

»Und?«, fragte Cabot.

»Das Team ist reingegangen, und er« – Beck deutete mit dem Daumen auf die geschlossene Tür – »war der Einzige, der wieder herausgekommen ist.«

Sechs Männer. Sechs meiner besten Männer gehen hinein, und nur einer kommt lebend wieder heraus. Wie kann das sein? Wie kann so etwas passieren?

Cabot hatte in seinem langen Berufsleben oft genug mit Gewalt zu tun gehabt. In seiner Zeit beim französischen Auslandsgeheimdienst DGSE hatte er Männer gesehen, die selbst einen harmlosen Bleistift als Mordwaffe benutzen konnten. Aber diese Leute waren absolute Profis. Hayes hingegen war ein ganz normaler Schmuggler. Ein Pilot.

Nein, irgendwie passt das nicht zusammen.

»Holen Sie ihn herein«, sagte er.

Beck nickte, ging zur Tür und öffnete sie.

»Kommen Sie rein.«

Cabot leerte seinen Drink, ließ das leere Whiskyglas beim Fenster stehen und trat an seinen Schreibtisch. Er setzte sich hin, doch statt den Mann anzusehen, blickte er auf den Monitor auf dem Schreibtisch und studierte die Personalakte auf seinem Bildschirm.

Cabot hatte immer das letzte Wort, wenn es darum ging, Personal für DarkCloud einzustellen oder zu feuern, doch bei Becks Sicherheitsteam mischte er sich nicht ein. Der hünenhafte Deutsche hatte freie Hand, die benötigten *Spezialisten* anzuheuern – Leute, die jene Dinge erledigten, die nichts mit dem eigentlichen Betätigungsfeld des Unternehmens zu tun hatten.

Im Gegensatz zu den Technikern, Programmierern und Managern, die Cabot täglich sah, hatte er mit diesen Leuten nur insofern zu tun, als er ihren Lohn bezahlte und ihre Personalakten las.

Vor den Terroranschlägen vom 11. September 2001 waren solche Männer schwerer zu finden gewesen, doch nach zwei Jahrzehnten Krieg gegen den Terror gab es ein endloses Reservoir an Männern, die zu allem bereit waren, wenn das Geld stimmte – vom Auftragsmord bis hin zum Kampf gegen die Regierung eines fremden Landes.

Cabot überflog die Akte und verschaffte sich einen Eindruck von dem Mann, der da vor ihm stand. *Tyler King, einer von diesen verdammten Amerikanern aus irgendeinem unbekannten Kaff in Texas.* Laut Akte hatte er zehn Jahre bei den Navy SEALs gedient, ehe er sich der paramilitärischen Spezialeinheit der CIA anschloss. Die Stempel in seinem Reisepass umfassten so ziemlich alle Länder, in die man laut US-Konsulat nicht einreisen sollte: Syrien, Jemen, Irak, Indonesien und Afghanistan – der Texaner war überall gewesen.

Cabot lehnte sich auf seinem Stuhl zurück und musterte den Mann, der da vor seinem Schreibtisch stand.

Tyler King war mittelgroß, hatte breite Schultern, kräftige Hände und kurz geschnittene blonde Haare. Sein Gesicht war aufgrund der blauen Flecken und Schnittwunden kaum zu beschreiben – nur, dass er blaue Augen hatte, ließ sich mit Sicherheit sagen.

»Ihr Lebenslauf liest sich wie ein Action-Thriller«, begann Cabot. »Darum verstehe ich nicht, wieso es Ihnen nicht gelungen ist, den Mann zu töten.«

»Ich weiß nicht, wer der Kerl war, aber …«

Cabot brachte ihn mit einer knappen Geste zum Schweigen und blickte wieder auf den Bildschirm. »Hier steht, Sie haben eine Frau und zwei Töchter in Texas. Ist das richtig?«

»Ja, Mr. Cabot«, sagte Tyler sichtlich verwirrt.

»Normalerweise wären sie schon tot, aber ich bin selbst Vater einer Tochter, darum gebe ich Ihnen eine Chance zur Wiedergutmachung.« Cabot öffnete die Schublade und nahm eine Achtunddreißiger heraus.

»Was meinen Sie damit?«, fragte Tyler.

»Ganz einfach.« Cabot legte den Revolver auf den Schreibtisch. »Nehmen Sie die Waffe, stecken Sie sich den Lauf in den Mund und drücken Sie ab. Wenn Sie das tun, wird Ihre Familie überleben.«

»Und wenn ich es nicht tue?«

»Dann schicke ich Beck zu Ihrem Haus, damit er Ihre Familie herholt und vor Ihren Augen umbringt.«

Tyler sah ihn mit versteinerter Miene an. »Das würden Sie tun? M-meine kleinen Mädchen umbringen?«

»Und ich würde danach genauso gut schlafen wie vorher.«

Tyler nickte und griff nach der Pistole. Er überprüfte die Trommel, um sicherzugehen, dass die Waffe geladen war, dann setzte er sie sich an die Schläfe. »Ich habe immer schon gewusst, dass Sie ein verdammter Hundesohn sind«, sagte er und drückte ab.

»Ich hätte nicht gedacht, dass er den Mumm dazu hat«, meinte Cabot, als er auf den Toten hinuntersah.

»Sind harte Burschen, diese Texaner«, stimmte Beck zu. »Also, was wollen Sie jetzt tun?«

»Machen Sie den Helikopter bereit. Ich will in einer Stunde starten.«

»Was haben Sie vor?«

»Ich hole mir mein Geld.«

48

ANGOLA

Hayes drückte das Gaspedal bis zum Anschlag durch und raste über die Kreuzung. Die Tachonadel zeigte fast 100 km/h an, als er das Lenkrad herumriss und den schweren SUV um die Kurve schlittern ließ.

Ohne Licht jagte er den Land Cruiser zur Stadtgrenze und ging erst vom Gas, als er nur noch schwarze Leere im Innenspiegel sah.

Hayes hatte keine Ahnung, wo er sich befand, doch das spielte keine Rolle. Er war am Leben, und wenn er es bleiben wollte, musste er herausfinden, was hier vor sich ging.

Fünfzehn Minuten später fuhr er von der Straße ab; die Scheinwerfer warfen lange Schatten über das freie Gelände vor ihm. Er stieg aus und sah sich in der Gegend um, bevor er zurückging, die hintere Tür öffnete und auf den Mann hinuntersah, der vor dem Sitz auf dem Boden lag.

»Wir beide haben einiges zu besprechen.« Er packte Wikus an den Haaren und zog ihn aus dem Auto.

Hayes trat dem Südafrikaner die Beine weg und warf ihn in den Dreck, dann langte er nach unten und zog ihm die Pistole aus dem Holster, die Wikus ihm abgenommen hatte.

»Hast du mich vermisst, Mädchen?«

Die verschwollenen Augen des Südafrikaners blickten ihn hart und zornig an. Er wollte Hayes anbrüllen, doch das Klebeband über seinem Mund ließ nur gedämpfte Laute entweichen.

»Was war das?«, fragte Hayes und riss ihm das Band von den Lippen.

»Ich hab gesagt: *Leck mich!*«, spie der Südafrikaner hervor.

»Weißt du, Wikus, auf diesen Augenblick habe ich mich gefreut, seit wir uns das erste Mal begegnet sind.« Er schob sich die Pistole in den Hosenbund und humpelte zum Wagen zurück.

»Na los, tu es schon. Nimm die hübsche Pistole und jag mir eine Kugel in den Hinterkopf.«

»Nicht so hastig.« Hayes öffnete die Heckklappe und nahm einen Benzinkanister heraus.

»He, warte mal, du …«, sagte der Südafrikaner.

»Aha, jetzt soll ich also doch warten?« Hayes schraubte den Kanister auf. »Hast du es auf einmal nicht mehr so eilig damit?«

»Hör zu … ich sag dir alles, was ich weiß, aber das …«

»Zuerst eine kleine Dusche.« Hayes drehte den Kanister über Wikus' Kopf um.

Wikus wollte schreien, wollte ihn anflehen, aufzuhören, doch die Benzindämpfe nahmen ihm den Atem, und mit seinen auf den Rücken gefesselten Händen konnte er sich nicht dagegen wehren, dass Hayes ihn mit Benzin übergoss.

Als der Kanister leer war, warf Hayes ihn weg und zog das Päckchen aus der Brusttasche. Er steckte sich eine Zigarette zwischen die Lippen und ging in die Hocke.

»T-tu das nicht …«, flehte Wikus.

»Wolltest du mir nicht etwas erzählen?«, fragte Hayes mit dem Streichholzbriefchen in der Hand, das er aus dem Hotel mitgenommen hatte. »Wenn ja, solltest du langsam anfangen.«

»Zoe …«, begann Wikus.

»Was ist mit ihr?« Hayes riss ein Streichholz aus dem Briefchen.

»Ich weiß, wo sie ist.«

Hayes riss das Streichholz an, und der Widerschein der Flamme tanzte in seinen kalten Augen. Er zündete die Zigarette an und schüttelte das Streichholz aus, ohne den Blick von Wikus zu wenden.

»Und woher weißt du das?«

49

USS BATAAN

Nach 182 Tagen auf See wären die Matrosen und Marines an Bord der USS *Bataan* gern nach Hause zurückgekehrt. Doch während die anderen Angehörigen der Amphibious Ready Group westwärts über den Atlantik schipperten und sich darauf freuten, die Geburtstagsfeiern nachzuholen, die sie während ihrer sechsmonatigen Tour verpasst hatten, musste die *Bataan* vor Ort bleiben, 75 Meilen vor der Küste Angolas, bis ihr unerwarteter Gast ihnen ebenfalls grünes Licht geben würde, nach Hause zu fahren.

Levi Shaw spürte das Brennen der salzigen Meeresluft auf der frisch genähten Wange, als er auf der Schiffsbrücke stand und auf die beiden Kipprotor-Wandelflugzeuge vom Typ V-22 Osprey auf dem Flugdeck hinunterschaute. Er wusste, wie sehr die Leute sich auf zu Hause freuten, und hatte ein schlechtes Gewissen dabei, ihre Heimkehr hinauszuzögern.

Doch es ließ sich nicht ändern.

Nach dem Attentatsversuch wusste Shaw, dass er schnell handeln musste, bevor Carpenter und Senator Miles erfuhren, dass er noch am Leben war. Sobald sie Bescheid wussten, würden sie ihn sowohl in der CIA als auch bei Treadstone abservieren.

Da ihm die Zeit davonlief, hatte Shaw den einzigen Trumpf ausgespielt, der ihm geblieben war, und sich ans Verteidigungsministerium gewandt.

Zum Glück gab es ein paar Leute, die ihm einen Gefallen schuldeten – anders wäre er nie zu einem Treffen mit dem Vorsitzenden der Vereinigten Stabschefs gekommen, auch wenn der Mann ihm nur fünf Minuten gewährte.

»Schießen Sie los, Levi. Ich fliege in zwanzig Minuten von Camp David ab.«

»Sir, was wissen Sie über Operation Treadstone?«, begann Shaw.

Das Interesse des Generals war sofort geweckt. »Sprechen Sie weiter.«

Shaw wusste, dass er sich vielleicht um Kopf und Kragen redete, doch das war ihm egal. Das Verteidigungsministerium war die einzige Instanz, die ihn schützen und zugleich verhindern konnte, dass Leute wie Miles und Carpenter Treadstone als persönliches Killerkommando benutzten.

In den folgenden Minuten erzählte Shaw ihm alles. Er skizzierte dem General in groben Zügen, was er über dreißig Jahre lang geheim gehalten hatte.

»Großer Gott«, war alles, was der General herausbrachte, als Shaw seinen Bericht beendete.

»Das ist sicher ein bisschen viel auf einmal.«

»Es ist so ähnlich, als würde man aus einem Feuerwehrschlauch trinken«, meinte der General. »Trotzdem weiß ich immer noch nicht, was Sie eigentlich wollen.«

»Ganz einfach, Sir. Ich übergebe Treadstone dem Verteidigungsministerium – die Labore, die Ausbildung, unsere Leute, alles, was Sie brauchen, um das Programm wieder auf Schiene zu bringen.«

»Und was wollen Sie dafür?«

»Einer meiner Männer steckt in ernsten Schwierigkeiten. Ich brauche Ihre Hilfe, bevor die CIA ihn tötet.«

Shaw dachte immer noch an das Gesicht des Generals, als die Tür aufging und der befehlshabende Offizier der *Bataan* herauskam, mit zwei dampfenden Kaffeebechern in den prankenartigen Händen.

»Ich habe mir gedacht, den könnten Sie jetzt gebrauchen«, sagte er und reichte ihm einen Becher.

»Danke, Skipper.« Shaw trat mit dem Kapitän an die Reling.

Er nahm einen Schluck, und der starke schwarze Kaffee wärmte ihn von innen.

»Haben Sie überhaupt geschlafen oder die ganze Nacht im Funkraum verbracht?«

»Doch, ein paar Stunden Schlaf waren schon drin«, sagte Shaw.

»Lügner«, grinste der Kapitän.

»Wie weit würden Sie gehen, um einen Ihrer Männer zu retten?«, fragte Shaw.

Der Kapitän trank schweigend seinen Kaffee, seine braunen Augen schweiften über das Deck zu den Piloten, die die Ospreys durchcheckten, dann zu den Marines, die sich um die Rampe versammelt hatten.

»Bis ans Ende der Welt, wenn es sein müsste.«

Shaw wollte ihm sagen, dass er das Gleiche für seine Leute tun würde, als die Tür aufgerissen wurde und ein Matrose aus dem Funkraum kam.

»Sir, wir haben soeben einen Anruf abgefangen. Ich … ich glaube, wir haben ihn gefunden.«

50

LUANDA, ANGOLA

Die Antonow An-12 flog in westlicher Richtung über Angola. Die Geräusche der Landeklappen und der Iwtschenko-AI-20-Triebwerke signalisierten, dass sich die Maschine im Landeanflug auf den Flughafen Quatro de Fevereiro befand. Im Frachtraum verfolgte André Cabot, wie Beck und seine Sicherheitsleute die Schutzwesten anlegten und ihre Waffen überprüften, bevor er wieder aus dem Fenster sah.

Die erste Lektion, die er in seiner Zeit beim französischen Geheimdienst gelernt hatte, war, immer nach einem möglichst einfachen Plan vorzugehen. »Die Leute glauben, eine Geheimdienstoperation muss so kompliziert sein wie eine Schweizer Uhr«, hatte sein erster Ausbilder gemeint. »Das ist totaler Quatsch, André. Denken und planen Sie so einfach wie möglich – dann klappt es auch.«

Cabot hatte den Rat immer beherzigt.

Mit dieser Strategie hatte er es im Geheimdienst nach oben geschafft und später DarkCloud vom kleinen Start-up mit fünf Mitarbeitern zu einem milliardenschweren Firmenimperium gemacht.

Als er Präsident Edward Obote kennengelernt hatte und

Ugandas starker Mann ihn engagieren wollte, um seine Opposition auszuspionieren, hatte Cabot zunächst abgelehnt, weil er dafür von seinem Grundsatz hätte abweichen müssen.

Aber du hast deine Entscheidung rückgängig gemacht, oder?

Das hatte er.

Nicht nur das – Cabot setzte alles aufs Spiel, indem er nach Angola zurückkehrte, sein russisches Transportflugzeug vollgepackt mit schwer bewaffneten Söldnern.

Andere hätten den Job vielleicht wegen des Geldes übernommen, doch Cabots Hauptgrund war der Zugang zu Präsident Obotes Sicherheitsorganisation und zu den Informationen, die der ugandische Geheimdienst seit 1986 über die afrikanischen Nachbarländer gesammelt hatte.

Aus diesen Akten erfuhr Cabot von Lars Gunderson, dem Vizepräsidenten der Banco Angolano de Investimentos, und von den zweihundert Millionen Dollar an Hilfsgeldern, die darauf warteten, von der Bank transferiert zu werden.

Vor nicht allzu langer Zeit wäre Cabot wegen zweihundert Millionen nicht einmal aus dem Bett aufgestanden, aber heute, da sein Imperium am Zusammenbrechen war und die französische Regierung ihm alles wegnahm, was nicht niet- und nagelfest war, konnte ihm dieses Geld helfen, zu überleben.

Es war ein brillanter Plan, ebenso einfach wie elegant. Cabot hätte ihn umsetzen können, ohne sein Büro zu verlassen, hätte dieser fette Scheißkerl Nigel Pritchard ihn nicht genervt, indem er ihm die Codes vorenthielt, die es ihm ermöglichen würden, das Geld von der ugandischen Bank auf verschiedene Auslandskonten zu transferieren.

Das Holpern des Fahrwerks auf der Landebahn riss ihn aus seinen Gedanken, und er wandte sich an Beck, der bereits beim Heck des Flugzeugs stand.

»Alles aufstehen«, rief der Deutsche und ließ die Rampe hinunter.

Die schwer bewaffneten Söldner nahmen ihre Ausrüstung und Waffen zur Hand; als die Antonow in den offenen Hangar rollte, folgten sie Beck die Rampe hinunter.

Als der Pilot die Triebwerke abstellte und Cabot aus dem Flugzeug stieg, rollten die beiden sechsrädrigen Ural-4320-Lastwagen bereits los, mit den Söldnern unter den Planen verborgen, die die Ladeflächen bedeckten.

»Sind wir so weit?«, fragte er.

»Absolut«, bekräftigte Beck.

51

ILHA DE LUANDA, ANGOLA

Hayes fuhr auf der Avenida 4 de Fevereiro in Richtung Westen. Als er das Museu da Moeda sah, rief er sich in Erinnerung, wie viel sich innerhalb einer Stunde geändert hatte. Wikus hatte seinen Verdacht bestätigt, dass Mallory ihn bei dem vereinbarten Treffen töten wollte.

Doch nun war Wikus aus dem Spiel, und wenn es nach Hayes ging, würden Mallory und alle anderen, die jenseits der schmalen Passage auf der Ilha de Luanda auf ihn warteten, Wikus' Schicksal teilen.

Eine halbe Meile voraus teilte sich die Straße; die Schilder auf dem Trennstreifen wiesen die Autolenker darauf hin, dass sie die linke Abzweigung nehmen mussten, um auf der Schnellstraße zu bleiben. Hayes fuhr geradeaus weiter und folgte der Straße den Hügel hinauf. Der dreißig Jahre alte Motor des Land Cruiser heulte protestierend auf, als er die Steigung in Angriff nahm.

Von der Hügelkuppe hatte Hayes freie Sicht auf die Bucht von Luanda, auf die roten Lichter des Hafens, die Leuchtschilder, das gelbe Band des Verkehrs, der sich durch das Stadtzentrum schlängelte, und das dunkle Gebiet vor ihm, in dem sich sein Ziel befand.

Hayes folgte der Straße bis zu einer Sackgasse und bog nach rechts in die Avenida Murtala Mohammed ab, die sich über die ganze Länge der Ilha de Luanda erstreckte. Ein Blick auf den Plan sagte ihm, dass er sich seinem Ziel näherte. Hayes schaltete die Scheinwerfer aus und fuhr von der Straße ab.

Die Räder holperten über den Bordstein, Hayes lenkte den SUV die Rückseite des Hügels hinunter und hielt zwischen den Bäumen an, wo der Wagen von der Straße aus nicht mehr zu sehen war.

Er stieg aus, trat ans Heck, öffnete die Klappe und schlug die staubige Decke zurück. Die Waffen, die darunter zum Vorschein kamen, schimmerten im Mondlicht.

Die Plate-Carrier-Einsatzweste, die er Wikus abgenommen hatte, war ihm eine Nummer zu klein, sodass ein Teil des Unterleibs ungeschützt blieb. Doch er war froh, überhaupt über einen gewissen Schutz zu verfügen.

Er straffte die Riemen der Einsatzweste, packte ein 30-Schuss-Extramagazin für die Glock 18C in seinen Rucksack und nahm das HK416-Sturmgewehr zur Hand. Dann schloss er die Heckklappe, nahm ein 40-Millimeter-Geschoss aus einer Tasche und schob es in den Granatwerfer, der an der Unterseite des Laufs montiert war.

Es war Zeit, zu handeln.

Hayes warf einen Blick auf den Silva-Kompass, den er mit Klebeband am Gewehrkolben befestigt hatte, und eilte im Schutz der Bäume zur Straße zurück.

Fünf Minuten später ließ er sich am Waldrand auf ein Knie nieder. Die tigergestreifte Tarnuniform und die grünschwarze Farbe im Gesicht machten ihn für eventuelle Beobachter unsichtbar.

Er zog ein Nachtsichtfernglas hervor und inspizierte die Anlage jenseits der Straße. Der Anblick ließ ihn an das dunkle Gelände nahe der Küste zurückdenken, an die Angst in Wikus' Augen, als er das Streichholz angerissen und sich die Zigarette angezündet hatte.

»Zoe … ich weiß, wo sie ist.«

»Und woher weißt du das?«, fragte Hayes.

»W-weil ich … ich …«, stammelte Wikus.

»Weil du was?«

»Hör zu, wenn ich es dir sage … musst du …«

»Nein«, schnitt ihm Hayes das Wort ab.

»Wenn ich es dir sage, bringt er mich um. Du musst mir …«

Hayes schlug ihm mit dem Handrücken hart ins Gesicht. Benzintropfen spritzten vom Kopf des Südafrikaners, als er zu Boden sackte.

»Es gibt nichts zu verhandeln.« Er packte Wikus am Hemd und zog ihn auf die Knie hoch. »Entweder sagst du mir alles, oder du endest als menschliche Fackel.«

»Es war Cabots Idee«, platzte Wikus heraus. »Er hat einen Auftrag vom ugandischen Präsidenten übernommen – es ging um die nächsten Wahlen –, aber die Sache ging schief. Die Medien fanden es heraus, und Cabot bekam Probleme mit der französischen Regierung. Sie haben sein Vermögen beschlagnahmt und …«

»Was hat das alles mit Zoe zu tun?«

»Das weiß ich auch nicht so genau. Mallory hat mir nur gesagt, dass sein Pass eingezogen wurde. Er konnte nicht nach Afrika reisen, also hat er Zoe geschickt, als eine Art Sicherheit.«

»Sicherheit wofür?«

»Für die zweihundert Millionen Dollar Hilfsgeld, die bei der BAI liegen.«

Hayes hatte in seinem Leben schon genug Abartiges gesehen, aber dass André Cabot seine eigene Tochter benutzte, um sich zweihundert Millionen Dollar unter den Nagel zu reißen, toppte alles.

Was ist das für ein Mensch, der so weit geht?

Hayes wusste es nicht, aber eines stand fest: *Ich bekomme keine Antworten, solange ich hier herumstehe.*

Er wollte gerade die Straße überqueren, als er das ferne Rumpeln eines schweren Fahrzeugs näher kommen hörte. Rasch duckte er sich zwischen die Bäume und warf sich auf den Boden; Sekunden später flammte grelles weißes Licht auf.

Hayes riskierte einen kurzen Blick auf die Straße und sah zu seiner Verwirrung eine Reihe russischer 6x6-Geländewagen auf sich zukommen.

Wer zum Henker sind diese Clowns?

Er beobachtete, wie die Fahrzeuge in die Auffahrt einbogen und die Bremslichter des Führungswagens aufleuchteten, als er vor dem Tor hielt. Die Beifahrertür schwang auf, und ein hochgewachsener Mann mit schallgedämpftem Gewehr stieg aus und ging auf das schmiedeeiserne

Tor zu, mit einem Gegenstand in der Hand, der wie ein Sprengsatz aussah.

Der Mann beugte sich hinunter, um das Schloss zu begutachten, doch statt es aufzusprengen, wie Hayes erwartet hatte, drückte er das Tor einfach auf. Er winkte das erste Fahrzeug durch, dann hielt er das zweite auf und klopfte an die Heckklappe.

Eine behandschuhte Hand zog die Klappe zurück; dahinter kam ein Trupp schwer bewaffneter Männer zum Vorschein.

Hayes war zu weit weg, um zu hören, was der Mann sagte, doch als er wieder nach vorn ging, stiegen hinten zwei Männer aus dem Wagen und stapften zum Wachhaus, während das Fahrzeug weiterfuhr.

Na toll.

Hayes drehte sich um und ging etwa fünfzig Meter nach Norden, vergewisserte sich, dass die Männer im Wachhaus ihn nicht sehen konnten, und sprang aus der Deckung. Er sprintete über die Straße und tauchte zwischen den Bäumen unter, die das Zielgebiet umgaben.

Während er wartete, bis sein Puls sich beruhigte, studierte Hayes die Mauer. Er dachte daran, sie zu überklettern, um das Wachhaus zu umgehen, als er einen roten Lichtpunkt bemerkte.

Scheiße, eine Kamera.

Über die Mauer zu klettern, kam nicht infrage, also kehrte Hayes zum Wachhaus zurück. Lautlos schlich er zwischen den Bäumen hindurch, wie eine Dschungelkatze auf der Jagd. Es kam ihm vor wie eine Ewigkeit, obwohl es wahrscheinlich keine zehn Minuten dauerte, bis er bei seinem Ziel ankam und auf ein Knie niederging, alle Sinne zum Zerreißen gespannt, während er auf irgendein Geräusch der Männer wartete.

Doch die Nacht blieb still.

Hayes schwang sich das Gewehr auf den Rücken und zog das Kampfmesser, das Charli ihm gegeben hatte. Er legte sich flach auf den Boden und kroch langsam vorwärts, das Metall des Knöchelschutzes kalt an den Fingern.

Er ließ sich viel Zeit, schob sich Zentimeter für Zentimeter heran. Zwei Meter vor dem Wachhaus stieg ihm der Geruch von Waffenöl und den Ausdünstungen ihrer Körper in die Nase. Außerdem hörte er das gedämpfte Zischen ihrer Flüsterstimmen. Ab jetzt konnte ihn das kleinste Geräusch verraten.

Schön langsam.

Er schlich zur Tür, als ihn das Scharren von Metall auf Beton erstarren ließ.

»Jameson, kannst du dich mal beeilen?«, zischte eine Stimme. »Das verdammte Ding ist nicht gerade leicht.«

»Ich mach ja, verdammt.«

Hayes beugte sich nach rechts und lugte am Türrahmen vorbei, bis er ins Innere des Wachhauses sehen konnte. Beide Männer hielten sich auf der linken Seite auf; der eine stellte einen Tisch ans Fenster, der andere stöhnte unter dem Gewicht des FN-MAG-Maschinengewehrs in seinen Händen.

Hayes stand an der Tür, beobachtete die zwei Männer mit pochendem Herzen und wartete auf den idealen

Augenblick, um zuzuschlagen. Die Sekunden schienen sich zu Stunden zu dehnen, doch schließlich war der Tisch in der richtigen Position.

»So«, sagte der Mann und richtete sich auf.

»Na endlich«, stöhnte der andere und stellte das Zweibeinstativ des Maschinengewehrs auf den Tisch.

In diesem Augenblick stürmte Hayes los.

Mit drei schnellen Schritten war er beim näher stehenden Wachmann, drückte ihm die Hand auf den Mund, riss seinen Kopf zur Seite und stieß ihm das Messer in den Hals. Er zog die Klinge heraus und stieß den Sterbenden quer durch den Raum.

Der zweite Mann hatte soeben das Maschinengewehr auf dem Tisch platziert, als er seinen Kumpel gegen die Wand prallen hörte.

»Jameson, was ist los?«

Der Mann drehte sich um, machte einen Schritt vor und blieb abrupt stehen. Während er noch zu begreifen versuchte, was er sah, war Hayes schon bei ihm.

Er packte ihn an den Haaren, knallte seinen Kopf gegen die Ziegelwand und stieß ihm das Messer in den Nacken.

Augenblicklich gelähmt, sackte der Mann zu Boden wie ein Stein. Mit einem Tritt in die Kehle setzte Hayes ihn endgültig außer Gefecht.

Er beugte sich über den Toten, wischte das Messer ab, schob es in die Scheide und nahm ihm das Funkgerät ab. Er drehte die Lautstärke zurück und befestigte das Gerät an seinem Gürtel, dann nahm er dem Toten die Granaten ab, schob sie in seine Taschen und nahm sein Gewehr zur Hand.

Mit der Waffe im Anschlag ging Hayes zur Tür, vergewisserte sich, dass die Luft rein war, und trat in die Nacht hinaus. Er sprintete hinter eine der Palmen an der Auffahrt und holte sein Nachtsichtfernglas heraus.

Auf ein Knie gestützt, nahm Hayes den Parkplatz mit den drei leeren Fahrzeugen vor dem Haus – einer Bank, wie er nun sah – in Augenschein. Dann wandte er seine Aufmerksamkeit den Bewaffneten zu, die mit den russischen Geländewagen gekommen waren.

Während die Söldner ihre Waffen bereit machten, begann das Funkgerät an seinem Gürtel zu zischen, und ein Mann mit französischem Akzent gab Befehle aus.

Als er die Stimme hörte, ließ Hayes den Blick von den Männern hinter einem der Geländewagen zu den dunklen Silhouetten schweifen, die bei der offenen Beifahrertür standen. Er drehte an der Fokussierung, bis er die Männer deutlich erkennen konnte.

Der erste war groß und breitschultrig und hatte eine weiße Narbe im Gesicht. Es war jedoch der Mann mit dem Funkgerät, auf den Hayes sich konzentrierte.

Cabot.

Hayes aktivierte den eingebauten Entfernungsmesser. Die rote Anzeige sagte ihm, dass Cabot 380 Meter entfernt war – zu weit für einen Treffer mit einer 40-Millimeter-Granate; mit dem Gewehr sah die Sache anders aus.

Doch bevor er auch nur daran denken konnte, einen Schuss zu riskieren, sagte ihm das Hämmern von Schritten auf dem Asphalt, dass das Kommandoteam sich in Bewegung setzte.

Er legte das Fernglas weg und ärgerte sich über seinen Leichtsinn. Die Männer waren mit Nachtsichtgeräten ausgerüstet; wenn auch nur einer von ihnen den Infrarotlaser des Entfernungsmessers bemerkt hatte, wussten sie, dass sie beobachtet wurden.

Idiot, ätzte die Stimme. *Was hast du dir dabei gedacht*?

Hayes legte das Gewehr an die Schulter und beobachtete, wie die dunklen Gestalten auf dem Parkplatz ausschwärmten. Augenblicklich wurde ihm bewusst, wie schutzlos er war. Sein Instinkt drängte ihn, zu fliehen und sich eine neue Position zu suchen, doch er rührte sich nicht von der Stelle. Vielleicht hatten sie den Laser übersehen; wenn er jedoch über den Rasen lief, würde selbst ein Blinder ihn bemerken.

Nein, warte ab.

Während er unter der Palme hockte, wagte er schon zu hoffen, dass sie ihn nicht gesehen hatten, als er einen Mann rufen hörte: »Schnapp ihn dir«. Im nächsten Augenblick ratterte ein Maschinengewehr los.

Okay, die Frage wäre geklärt.

Aus dem Schutz des Baums gelang es Hayes, eine Granate abzufeuern, bevor die ersten Leuchtspurgeschosse über ihn hinweg peitschten. Er legte eine weitere Granate ein, während die erste mit orangem Blitz und markigem Donner detonierte.

Das Maschinengewehr verstummte. Hayes sprang auf und sprintete zu einem parkenden Pick-up. Er war fast schon in Deckung, als ein zweiter Schütze von rechts das Feuer eröffnete, nah genug, dass Hayes im Lichtschein des Mündungsblitzes sein Gesicht erkennen konnte.

Ohne zu zielen, richtete er seine Waffe in die Richtung des Angreifers und drückte ab.

Die Granate schlug zwei Meter vor dem Schützen in den Boden ein und detonierte. Die Explosion riss den Mann von den Beinen, und Hayes sprintete die letzten Meter zum Pick-up, als ihn bereits der nächste Schütze mit einer AK-47 aufs Korn nahm.

Hayes riss sein Gewehr hoch, zielte und drückte ab, als ihn eine Kugel in den Brustkorb traf, ihm eine Rippe brach und ihn nach hinten taumeln ließ.

Scheiße, war's das jetzt?

Er verbiss sich die Schmerzen, hob das Gewehr und feuerte dem Angreifer mehrere Kugeln in die Brust, bevor er wieder in Deckung ging.

»Er ist hinter dem Pick-up!«, rief eine Stimme.

Hayes holte eine Splittergranate hervor, zog den Stift und warf sie in die Richtung der Angreifer, während die Kugeln in die Ladefläche einschlugen.

Höchste Zeit, zu verschwinden – aber wohin?

Die Granate explodierte, und Hayes feuerte auf drei Männer, die auf ihn zugestürmt kamen. Zwei konnte er niederstrecken, ehe eine Salve ihn in Deckung zwang.

Ich muss weg hier, dachte er und schlich zum Vorderrad.

52

ILHA DE LUANDA, ANGOLA

André Cabot sprang aus dem haltenden Geländewagen und bellte erste Befehle in sein Funkgerät.

»Alpha, ihr geht rein und bringt das Haus unter Kontrolle. Bravo, ihr bildet einen Sicherheitsring um das Haus. Niemand kommt rein oder raus, verstanden?«

»Alpha – verstanden.«

»Bravo – verstanden.«

»Gut, dann *los*!«

»Ihr habt Mr. Cabot gehört!«, riefen die beiden Teamführer, dann hörte man Stiefelgetrappel und gedämpfte Flüche, als die Männer aus den Fahrzeugen sprangen.

Wie flüssiges Quecksilber teilten sie sich in kleinere Einheiten. Bravo bildete Schützenteams, die sich in der Dunkelheit entfernten, während Alpha sich formierte und zur Haustür eilte.

Der Teamführer hob die Faust zum Signal des Anhaltens; sein Befehl über Funk war nicht viel lauter als ein Flüstern.

»Breacher – los.«

Drei Männer eilten zur Tür; zwei gingen zu beiden Seiten des Eingangs in Position, der dritte befestigte eine

Sprengladung an der Tür. Er arbeitete schnell und effizient, verband die Sprengschnur mit dem Zünder und entfernte sich von der Tür.

»Fertig«, meldete der Breacher, sobald sie sich im minimalen Sicherheitsabstand postiert hatten.

»Blast sie weg«, kam das Kommando des Teamführers.

Cabot beobachtete, wie der Breacher den Finger in den Ring am Auslöser schob und sich instinktiv wegdrehte, ehe die Tür mit durchdringendem Knall explodierte. Als er sich wieder umdrehte, waren die ersten drei Männer schon im Haus. Der Führungsmann wandte sich nach links, der zweite folgte dicht dahinter. In diesem Augenblick sah Cabot Mündungsblitze aus dem Rauch aufflammen, gefolgt vom Stakkato einer automatischen Waffe.

Der Zweite aus dem Drei-Mann-Team taumelte, doch sein Hintermann schob ihn aus dem Weg und stürmte weiter.

»Alpha Two, Splittergranate«, rief der Teamführer ganz ruhig, trotz der chaotischen Situation im Haus.

Die Granate detonierte in einem orangen Feuerball. Die Erschütterung zertrümmerte die Fenster im Raum; auf den Donnerhall der Explosion folgte das gedämpfte Knattern der schallgedämpften Gewehre des Einsatzteams.

»Alpha Two, Tango am Boden.«

»Alpha Three, Tango am Boden.«

Cabot ging auf das Bankhaus zu, trat zu einem zertrümmerten Fenster und blickte hinein. Durch den Rauch sah er zwei Männer nahe der Tür auf dem Boden liegen. Dass sie keine Gesichter mehr hatten, sagte ihm, dass sie die volle Wucht der Explosion abbekommen hatten. An einer Wand war einer seiner Männer zusammengesunken und rührte sich nicht mehr; der Mann, der ihn erschossen hatte, lag mit dem Gesicht nach unten zwei Meter vor ihm.

Doch die Toten interessierten Cabot nicht; er wollte nur sein Geld.

»Alpha, warum dauert das so lang?«, fragte er über Funk.

Schweigen.

»Team Alpha, meldet euch!«

Verdammt.

»Beck!« Eine unbändige Wut brannte in seinen Eingeweiden, als er sich vom Fenster abwandte.

»Ja, Monsieur?«

»Gehen Sie rein und sehen Sie nach, was da los ist«, befahl er.

»Alles klar.« Der Deutsche wandte sich an Team Bravo. »Ihr zwei kommt mit.«

Sie eilten in das verrauchte Gebäude; Cabot war allein und konnte nichts tun, als ohnmächtig vor dem Fenster auf und ab zu gehen, während das Geld, das er so dringend brauchte, irgendwo da drin lag.

Warum dauert das so lang?

Er wollte sich schon mit Beck in Verbindung setzen, als er einen Ruf des Bravo-Teamführers hörte. Sein scharfes »Kontakt beim Pick-up!« hatte eine wütende Maschinengewehrsalve zur Folge.

Als Cabot sich umdrehte, sah er orange Leuchtspurgeschosse über den Parkplatz jagen. Das Ziel war einer der

Pick-ups, die bereits dagestanden hatten, als er gekommen war. Die Kugeln schlugen in das Fahrzeug ein, trafen den Motorblock und prallten nach oben ab.

»Was nun?« Er hob sein Nachtsicht-Monokular ans Auge und spähte zum Pick-up, der in diesem Augenblick im Blitz einer explodierenden Granate leuchtete. Fluchend wartete Cabot, bis die Nachtsichtoptik den plötzlichen Lichtüberschuss verarbeitet hatte, dann sah er, wie sich eine einsame Gestalt hinter dem Pick-up vorbeugte und auf seine Männer feuerte.

Das kann doch wohl nicht sein.

»Bravo Two – Unterstützungsfeuer«, befahl der Teamführer über Funk. »Bravo Three, Bravo Four – nach links ausschwärmen.«

Ungläubig beobachtete Cabot, wie die Ein-Mann-Armee seine Truppe dezimierte. Mit einer Granate schaltete er einen MG-Schützen aus, mit einer weiteren stoppte er den Vormarsch eines Feuerteams.

»Kann mir irgendjemand *diesen Scheißkerl* abknallen?«, rief er über Funk.

»Wir arbeiten daran, Sir«, meldete Teamführer Bravo.

Cabot wandte sich von dem Feuergefecht ab und versuchte erneut, Teamführer Alpha zu erreichen, doch der Mann meldete sich nicht.

»Beck … Beck, was zum Teufel ist da drin los?«

Schweigen.

»Scheiße!« Cabot warf das Funkgerät weg und riss die Glock aus dem Holster. »Alles muss man selber machen.«

Er stapfte zur Tür, blieb stehen, um die Taschenlampe

eines Mannes aufzuheben, der mit dem Gesicht nach unten dalag, und schaltete sie ein, ehe er eintrat.

Dicker Pulverdampf hing in der Luft und drang ihm in die Kehle, als er den Eingangsbereich durchquerte. Cabot zog ein Hermès-Taschentuch hervor und hielt es sich an die Nase, ehe er die Treppe hochstieg.

Er war fast oben, als im Haus das Licht anging. Das grelle Licht blendete ihn einen Augenblick, und er hob die Hand, um seine Augen abzuschirmen.

»Was zum Teufel …?«, knurrte er und blinzelte die Lichtpunkte vor seinen Augen weg, ohne die Gestalten zu sehen, die oben auf der Galerie standen. Bis eine etwas sagte.

»Hallo, Daddy.«

53

ILHA DE LUANDA, ANGOLA

Hayes kämpfte um sein Leben, als immer mehr Männer herbeiströmten. Er konnte nur noch zielen und schießen, bis das Magazin leer war. Rasch warf er es aus, ließ sich auf ein Knie nieder und schob ein frisches Magazin ein.

Das Nachladen hatte keine drei Sekunden gedauert, doch die Angreifer hatten seine kurze Feuerpause genutzt, um näher heranzukommen.

Scheiße.

Er sprang auf, ließ den Finger am Abzug und schaffte es gerade noch, in Deckung zu gehen, bevor das Magazin leer war. Viel zu früh für seinen Geschmack, doch die verfeuerten Kugeln hatten ihren Zweck erfüllt. Überall lagen Tote und Schwerverletzte. Die zweite Angriffswelle kam zum Stehen; die Männer gingen in Deckung und feuerten wild über den Parkplatz.

Hayes holte eine weitere Splittergranate hervor und warf sie in die Richtung des Feindes. Er wartete auf die Explosion, sprang aus der Deckung und warf sich zwischen zwei toten Angreifern auf den Boden.

Hayes hatte schon genug Feuergefechte erlebt, um zu wissen, dass eine Kugel sich nicht um menschliche Gefühle oder gesellschaftliche Konventionen scherte. Sie war dazu da, zu töten, während Hayes am Leben bleiben wollte; und wenn er dafür zwei Leichname benutzen musste, dann ließ es sich nicht ändern.

Während die Angreifer die Nachwirkungen der Granate abschüttelten, nahm Hayes einem der Toten das Maschinengewehr aus der Hand, stapelte drei Leichen übereinander und ging dahinter in Deckung, als die Angreifer das Feuer eröffneten.

Flach auf dem Boden liegend, nahm er den Munitionsgurt, lud das MG und bemühte sich, die dumpfen Einschläge der Kugeln in die toten Körper zu ignorieren.

Dann legte er das Maschinengewehr an und wartete. Er wollte so viele Angreifer wie möglich erwischen, wenn er das Feuer eröffnete. Mit dem Finger am Abzug beobachtete er, wie sie auf ihn zustürmten, und ließ die erste Salve los.

Das MAG 58 bockte wie ein wildes Pferd und ließ einen Bleihagel auf die Anstürmenden los. Hayes hielt den Abzug gedrückt und schwenkte das Maschinengewehr hin und her, während die Kugeln die Männer niedermähten wie reifen Weizen.

Als er den ersten Munitionsgurt verfeuert hatte, lud er sofort nach und feuerte weiter, bis der Lauf rot glühte. Dann war es vorbei.

Hayes blieb hinter den Leichen, die ihm als Sandsäcke gedient hatten, bis er sicher war, dass alle Angreifer tot waren. Dann erst stand er auf und lief auf das Bankhaus zu, halb taub vom Donnern des Maschinengewehrs.

Er hörte das Fahrzeug gar nicht, das über den Parkplatz auf ihn zuraste.

Im nächsten Augenblick segelte er durch die Luft, landete auf dem Autodach, das unter seinem Gewicht nicht nachgab, sondern ihn wie ein Trampolin über das Fahrzeug schleuderte. Das Gewehr wurde ihm aus der Hand gerissen, und er versuchte noch, die Beine unter den Körper zu ziehen, bevor er auf dem Boden aufprallte.

Doch statt der katzenhaft geschmeidigen Landung, auf die er gehofft hatte, knallte er wie ein Sack Kartoffeln auf den Beton. Der Schmerz durchzuckte ihn wie ein Blitzschlag, während er mit dem Gesicht nach unten dalag und wie von fern Schritte auf sich zukommen hörte.

Mit einem schmerzhaften Stöhnen hob Hayes den Kopf und sah eine verschwommene Gestalt vor sich stehen.

»Sie sehen nicht so gut aus«, meinte der Mann.

»Habe … habe ich Sie nicht getötet?«, fragte Hayes.

»Kevlar.« Vandal tippte sich auf die Brust. »Ohne gehe ich nie aus dem Haus.«

»Klar.« Hayes zuckte zusammen, als er sich aufrappelte. »Heißt das, Sie sind bereit für die zweite Runde?«

»Wenn Sie nicht mehr dazu imstande sind, kann ich Ihnen auch eine Kugel ins Gesicht brennen«, schlug Vandal vor.

»Danke, aber ich versuch's gern.«

»Gut, dann hiermit.« Vandal zog ein Ka-Bar-Kampfmesser aus der Scheide an der Hüfte.

Hayes langte nach unten und zog das Grabenmesser, das er von Charli hatte, aus dem Stiefel.

Die beiden Männer umkreisten einander, und ein Grinsen breitete sich auf Vandals Gesicht aus. »Haben Sie mit dem Messer im Zweiten Weltkrieg gegen die Deutschen gekämpft?«, spottete er.

»Ich hab noch was vor«, erwiderte Hayes. »Können wir ein bisschen schneller machen?«

»Ist mir auch recht.« Vandal täuschte einen Angriff vor und tänzelte nach rechts, doch Hayes war zu erschöpft, um auf die Finte zu reagieren.

Vandals nächster Angriff war echt, und die Klinge kam wie der Blitz auf ihn zu. Im letzten Moment wich Hayes zurück.

»Waren Sie immer so langsam, Alter?«, ätzte Vandal.

»Reden Sie nur wei…«, begann Hayes, doch bevor er zu Ende sprechen konnte, ging Vandal mit dem Messer im Unterhandgriff auf ihn los.

Hayes versuchte, den Angriff abzublocken, doch Vandal zog im letzten Moment die Klinge zurück und feuerte eine linke Gerade über Hayes' Deckung hinweg. Im nächsten Augenblick setzte er mit dem Messer nach und zog ihm die Klinge über den Oberschenkel.

Scheiße, der Kerl ist schnell.

Hayes versuchte, mit einem Tritt zu kontern, doch Vandal wich aus, drehte sich zur Seite und traf seinen Gegner mit einem wuchtigen Tritt gegen den Ischiasnerv, der Hayes taumeln ließ.

»Das hat wehgetan, oder?«, spöttelte Vandal.

Hayes atmete schwer; der Kampf erinnerte ihn an die erste Auseinandersetzung in Grand-Bassam – nur sah er seine Chancen diesmal deutlich geringer.

Vandal spielte mit ihm, landete einen Treffer nach dem anderen und fügte ihm schmerzhafte Schnitte mit dem Kampfmesser zu. Doch nach einigen Minuten, in denen Hayes ihm keinen ernsthaften Widerstand entgegensetzte, hatte er genug davon.

»Okay, Alter, machen wir Schluss. Haben Sie noch irgendwas zu sagen, bevor wir es beenden?«

Hayes hatte nur darauf gewartet, dass er mit seinem vom Amphetamin befeuerten Tänzeln aufhörte. Sobald Vandal stehen blieb, griff er an und donnerte ihm den Schlagring des Messers gegen den Kiefer. Der wuchtige Hieb kostete seinen Gegner zwei Backenzähne und ließ ihn rückwärts taumeln. »Glückstreffer«, zischte Vandal Blut spuckend.

»Wirklich?«

Vandal explodierte und ging mit dem Kampfmesser auf Hayes' Gesicht los; der wich aus, versetzte seinem Gegner zwei blitzschnelle linke Gerade und duckte sich unter der Klinge hindurch, doch Vandal hämmerte ihm das Ende des Messergriffs in den Nacken.

Der Schmerz trieb Hayes die Tränen in die Augen und ließ ihn auf die Knie sinken, sodass er den Schlag nicht kommen sah, der ihn auf den Asphalt schickte.

Er prallte hart auf und rollte sich nach rechts ab, während Vandal ihm ins Gesicht zu treten versuchte.

»Komm her, du kleiner Scheißer«, brüllte der Mann und trat ihm in die Seite. Das trockene Knacken und der brennende Schmerz sagten Hayes, dass eine Rippe gebrochen war. Dann packte Vandal ihn an den Haaren, riss ihn hoch und zielte mit dem Messer auf seinen Hals.

»Jetzt bist du fällig«, knurrte er.

»Das glaube ich nicht.« Hayes rammte ihm sein Messer seitlich ins Knie.

Die Wirkung zeigte sich augenblicklich. Vandals Bein gab nach, er schrie vor Schmerz, ließ Hayes los, wich zurück und starrte entsetzt auf das Blut, das aus dem Riss in der Hose quoll.

Er war nicht einmal eine Sekunde abgelenkt, doch mehr brauchte Hayes nicht.

Er rollte sich zur Seite, sprang auf und stieß mit dem Messer nach oben. Die Klinge durchtrennte seinem Gegner mehrere Sehnen des rechten Arms. Vandal ließ das Messer fallen, und Hayes trat ihm mit voller Wucht gegen das verletzte Knie.

Das Gelenk explodierte, der Killer sackte zu Boden, seine Augen verständnislos, der Mund zum Schrei aufgerissen.

Hayes packte ihn an der Kehle, mit einer glühenden Wut in den Augen. »Willst du um dein Leben betteln?« Seine Stimme hallte wie die Trommel eines Kriegsgotts.

»Würdest du …?«

»Sicher nicht.« Hayes rammte ihm das Messer durch die Schädeldecke.

54

ILHA DE LUANDA, ANGOLA

Cabot stand wie angewurzelt da, als er seine Tochter und Mallory zwischen zwei bewaffneten Killern sah. Panik durchfuhr ihn, lähmte sein Gehirn und trocknete seinen Mund aus.

Wer sind diese Leute? Wo sind meine Männer?

»Sag was, Daddy, oder mach den Mund zu«, sagte Zoe.

»Ich … ich verstehe nicht«, stammelte er und sah zwischen Mallory und seiner Tochter hin und her. »Was geht hier vor? W-wer sind diese Leute?«

»Mit zweihundert Millionen Dollar findet man leicht neue Freunde, Daddy. Das hast du mir doch beigebracht, oder?«

Dass sie das Geld erwähnte, ließ blinde Wut in ihm hochkommen; sie verdrängte die Panik, die ihn erfasst hatte, und die Angst vor den Waffen, die auf ihn gerichtet waren.

»Das ist *mein* Geld!«, brüllte er, und die Glock in seiner Hand zitterte.

»Es *war* dein Geld.« Sie grinste auf ihn herunter.

Cabot war so wütend, dass er sie erschießen wollte, egal, welche Konsequenzen es hatte.

Lieber sterbe ich aufrecht als auf den Knien.

Er wollte die Pistole heben, als er im Augenwinkel Bewegung wahrnahm. Cabots Blick schweifte für einen Sekundenbruchteil nach links – lange genug, um Beck und drei andere Männer zu sehen –, bevor er sich wieder seiner Tochter zuwandte.

Der kurze Blick hatte genügt, um zu erkennen, dass seine Männer einiges abbekommen hatten; ihre Gesichter und Schutzwesten waren blutüberströmt. Doch sie waren am Leben – das hieß, es war noch nicht alles verloren.

Du musst sie hinhalten.

»Zoe, warum tust du das?«

»Wie bitte?«, lachte sie. »Ist das dein Ernst?«

»Ja. Ich verstehe nicht, wie du mir das antun kannst.«

»Bist du wirklich so selbstsüchtig, dass du das nicht weißt?«

»Ich habe keine Ahnung«, log Cabot.

»Weil ich dich hasse«, schrie Zoe. »Als mir klar wurde, warum du mich nach Grand-Bassam geschickt hast und wie dringend du dieses Geld brauchst, um dein blödes Unternehmen zu retten, habe ich mir geschworen, alles zu tun, damit du es nicht bekommst.«

»Zoe, was hast du getan?«

»Von dem Geld ist nichts mehr da, dafür habe ich gesorgt.«

»Du ... du ... verwöhntes kleines ... *Biest*!«, brüllte er und riss die Pistole hoch.

In dem Augenblick, als er den Abzug drückte, sah er alles wie in Zeitlupe ablaufen. Beck und seine Männer stürmten herein und feuerten aus allen Rohren. Der Mann neben Zoe packte sie an der Schulter und riss sie zu Boden. Ein anderer stieß Mallory zur Seite, sodass sie Cabots Kugel abbekam und zu Boden sackte.

Hayes wankte zur Tür, die Schrotflinte, die er einem Toten abgenommen hatte, in der Hand. Er war noch fünfzehn Meter vom Eingang entfernt, als er von drinnen einen aufgeregten Wortwechsel hörte, viel zu weit weg, um etwas zu verstehen, aber nah genug, um eine der Stimmen zu erkennen.

Zoe.

Er trieb seinen geschundenen Körper zur Eile und näherte sich dem Eingang von der Seite. Kurz bevor er die Tür erreichte, fielen Schüsse.

Hayes drückte sich mit der Schulter an die Wand und spürte, wie die großkalibrigen Geschosse in die Ziegel einschlugen. Er hatte noch eine Splittergranate übrig, doch da Zoe im Haus war, zögerte er, sie einzusetzen.

Er entschied sich für die einzige Option, die ihm blieb, holte eine seiner selbst gebastelten Schockgranaten aus dem Rucksack, zog den Stift und warf sie hinein.

Wie zuvor im Hotel, detonierte auch dieser Sprengsatz mit ohrenbetäubendem Knall. Als Hayes durch den Eingang stürmte, sich auf den Boden warf und abrollte, schlug ihm eine ätzende weiße Wolke von brennendem Magnesium entgegen.

Doch Hayes blieb nicht stehen. Er sah, dass sich der Schusswechsel auf den ersten Stock konzentrierte, und eilte zur Treppe.

Er erreichte den ersten Absatz, bog um die Ecke und folgte den Schüssen nach oben. Als er sich anschickte, den Flur zu durchqueren, nahm ihn ein Mann mit einer Maschinenpistole unter Beschuss. Eine Kugel traf ihn hoch in die Schulter, bevor er den Schützen mit der Schrotflinte niederstrecken konnte.

Der Schmerz durchglühte seinen Arm, doch Hayes biss die Zähne zusammen, lud die Flinte durch und sah einen zweiten Schützen in einem Badezimmer. Hayes feuerte, die Schrotladung traf den Mann in die Seite und riss ihn von den Beinen.

Unter der niedrigen Decke hing der Rauch über dem Flur wie Smog über einer Stadt, sodass er die wild feuernden Schützen nur verschwommen erkennen konnte.

Um nicht mit einer verirrten Schrotkugel Zoe zu treffen, warf er die Flinte weg und zog die STI aus dem Holster. Er feuerte, während er den Flur durchquerte, und nahm die Ziele aufs Korn, wie sie sich ihm boten. Er konnte sich nicht vergewissern, ob er die Getroffenen außer Gefecht gesetzt hatte, es gab nur eines: zielen und schießen.

Als er das halbe Magazin verfeuert hatte, sah er eine Tür vor sich. Hayes schlich sich auf die andere Seite des Flurs und näherte sich dem Zimmer von der Seite. Als er eintrat, stieß er gegen einen großen, bulligen Kerl mit blutverschmiertem Gesicht.

Der Riese ging sofort auf ihn los, doch Hayes wich aus und knallte ihm die Pistole in den Nacken. Der Schlag hätte die meisten niedergestreckt, doch der Mann schüttelte sich kurz, packte Hayes vorn an der Einsatzweste und zog ihn ins Zimmer.

»Du kleiner Scheißkerl«, fluchte er auf Deutsch.

Hayes hämmerte ihm den Ellbogen ins Gesicht, spürte Zähne brechen, doch der Gegner stieß ihn mit voller Wucht gegen den Schreibtisch. Hayes riss die Pistole hoch, doch der Riese packte ihn am Arm und knallte seine Hand gegen den Schreibtisch, um ihn zu entwaffnen.

Hayes spürte, dass er die Pistole nicht mehr lange halten konnte, und tastete mit der anderen Hand über den Schreibtisch, bis seine Finger sich um einen Brieföffner schlossen. Im nächsten Augenblick fiel ihm die Pistole aus der Hand.

Der Deutsche packte ihn am Hals, um seinen Kopf gegen den Schreibtisch zu hämmern, doch Hayes kam ihm zuvor und stieß ihm den Brieföffner ins Auge.

Der Mann ließ ihn los und taumelte rückwärts durchs Zimmer. Seine markerschütternden Schreie hallten von den Wänden wider. Hayes wankte vom Schreibtisch weg und sank neben seiner Pistole auf die Knie.

Sein linker Arm war von der Schulter abwärts gefühllos; er hob die Waffe mit der rechten Hand auf, zielte und schoss dem Mann eine Kugel in die Stirn.

Dann brach er selbst zusammen und blieb liegen, die leer geschossene Pistole in der Hand, aus Wunden in den Beinen und der Schulter blutend. Sein geschundener Körper schrie nach Ruhe.

Die meisten hätten dem Drang nachgegeben, doch Hayes raffte sich auf, als er Zoes Schreie vom anderen Ende des Flurs hörte.

Er lud die Pistole nach, stützte sich auf dem Schreibtisch ab, um sich aufzurappeln, und wankte auf den Flur hinaus.

Halt durch, Zoe. Ich komme.

55

ILHA DE LUANDA, ANGOLA

Hayes schleppte sich den Flur hinunter, seine Schulter hinterließ eine Blutspur an der Wand. Die Tür war nur fünf Meter vor ihm, doch in seinem Zustand war es wie eine Meile.

Einen Fuß vor den anderen.

Das sagte sich so leicht.

Hayes spürte bei jedem Schritt das Blut in seinem Schuh.

Du musst das Bein abbinden, bevor du verblutest, drängte die Stimme. *Wenn du stirbst, hilfst du niemandem.*

Hayes wusste, dass er den Rat beherzigen sollte, doch die Stimme des Mannes am Ende des Flurs klang so wütend, dass Zoe wahrscheinlich in höchster Gefahr war.

»Wo ist mein Geld?«, tobte der Mann. »Ich will es haben – sofort.« Im nächsten Augenblick hörte Hayes ein schallendes Klatschen, als der Mann zuschlug.

»Von dir lasse ich mir gar nichts sagen!«, schrie Zoe zurück.

»Ach ja?«, lachte der Mann. »Ist es dir lieber, wenn ich dir eine Kugel verpasse?«

Hayes stolperte durch die Tür, als der Mann die Pistole auf Zoe richtete.

»Die Waffe weg«, befahl Hayes über das Visier seiner Pistole hinweg.

»Wer zum Teufel sind Sie?«

»Waffe weg.«

»Adam, erschießen Sie ihn!«, rief Zoe.

Normalerweise hätte Hayes nicht gezögert, doch der Mann hatte etwas an sich, das ihm bekannt vorkam.

Aber was?

Hayes versuchte, draufzukommen, doch er hatte zu viel Blut verloren, um klar denken zu können.

»Letzte Warnung«, sagte er. »Waffe fallen lassen, oder Sie sind tot.«

»Sie müssen der Pilot sein.« Der Mann warf die Pistole auf den Tisch zwischen ihm und Zoe.

»Pilot?«

»Der meine Tochter nach Grand-Bassam geflogen hat.«

»Und Sie sind André Cabot, Zoes Vater.«

»Richtig«, nickte er. »Und wenn Sie …«

»Nein!«, schrie Zoe und sprang zum Tisch. »Diesmal wirst du dich *nicht* herausreden.«

Die plötzliche Bewegung kam für Hayes völlig überraschend; er schaute zur Seite, doch seine Hand mit der Pistole ließ sich nur quälend langsam bewegen.

Zoe hingegen war blitzschnell, hob die Glock im beidhändigen Griff und schloss den Finger um den Abzug, als sie zu Hayes herumwirbelte. Sie drückte zweimal ab, und Hayes sackte zu Boden.

»Tut mir leid, Adam.« Sie richtete die Pistole auf Cabot.

»Aber wie gesagt, ich lasse mir von ihm nichts mehr befehlen.«

»Zoe … nicht …«

Doch es war zu spät, die Glock ruckte in ihrer Hand. Die Kugel traf Cabot in den Hals und schleuderte ihn durch das Glasfenster auf die Terrasse hinaus; das Metallgeländer verhinderte, dass er in die Tiefe stürzte.

Cabot sank zu Boden, drückte die Hand auf die Wunde, aus der hellrotes Blut durch seine Finger quoll. Hayes wusste, dass der Mann nicht mehr zu retten war.

»Tschüs, Daddy«, sagte Zoe und schoss ihm eine Kugel zwischen die Augen.

Mit der rauchenden Pistole in der Hand drehte sie sich zu Hayes um.

»Sie haben sicher tausend Fragen in Ihrem kleinen Hirn.«

»Nicht wirklich.« Hayes zuckte zusammen und drückte die Hand auf die Schusswunde.

»Heißt das, Sie haben alles durchschaut?«

»Ja, mir ist alles klar. Ich bin ein Idiot, und Sie sind ein verwöhntes reiches Mädchen mit einem Vaterkomplex.«

»Typisch amerikanisch, wie Sie das analysieren«, spöttelte sie und richtete die Pistole auf seinen Kopf.

»Aber Sie haben eins vergessen.« Er nahm die Hand von der Wunde und griff an seine linke Seite.

»Was?«

»Ich habe eine Granate.«

Zoe trat näher heran, zielte mit der Pistole auf sein Gesicht, ein angespanntes Lächeln auf den Lippen.

»Dann muss ich Ihnen wohl den Kopf wegpusten.«

»Sehen Sie das da?« Hayes deutete auf den Stift neben seinem Bein.

»Ja … was ist das?«, fragte sie stirnrunzelnd.

»Das war eben noch *in* der Granate«, erwiderte Hayes mit einem bitteren Lächeln im blutverschmierten Gesicht.

Das triumphierende Grinsen verschwand aus Zoes Gesicht. Sie wich einen Schritt zurück, dann noch einen.

»Vielleicht sollten Sie rennen.«

Sie ließ die Pistole fallen und hetzte an ihm vorbei zur Tür. Mit letzter Kraft warf Hayes ihr die Granate nach.

»Nein!«, schrie Zoe und verstummte, als die Granate auf dem Flur detonierte.

Dann war nur noch Stille.

56

ILHA DE LUANDA, ANGOLA

Hayes hatte nur einen Gedanken – er musste irgendwie hier raus, musste die Blutung stillen, bevor er das Bewusstsein verlor.

Er schleppte sich auf den Flur hinaus und weiter zur Treppe.

Nicht stehen bleiben, trieb ihn die Stimme an. *Du kannst es schaffen*.

Doch Hayes war sich nicht so sicher, er blutete aus mehreren Wunden. Einen Moment lang waren die Schmerzen so überwältigend, dass er kaum noch etwas sehen konnte, bis es ihm gelang, sie ein Stück weit zu verdrängen.

Hayes wankte die Treppe hinunter, drückte die Hand auf die frische Schusswunde, aus der das Blut zwischen seinen Fingern hervorquoll. Er spürte, wie seine Kräfte erlahmten, sein Sichtfeld sich zu einem schmalen Tunnel verengte, der Druck in seiner Brust zunahm und jeder Schritt mit seinem verletzten Bein ihm eine schmerzhafte Erschütterung durch den Körper jagte.

Im nächsten Augenblick lag er ausgestreckt auf dem Boden und fragte sich, wie es so weit hatte kommen können.

Steh auf, verdammt.

Doch sein geschundener Körper wollte davon nichts wissen. Er hatte seine Grenze erreicht – zu viel hatte er in den vergangenen Stunden und Tagen einstecken müssen.

Selbst seine innere Stimme sah es ein und resignierte.

Es ist vorbei.

»Nein, noch nicht.« Er gab sich einen Ruck und zog das Verbandszeug, das Charli ihm mitgegeben hatte, aus der Einsatzweste.

Ein Blick auf das Blut auf dem Fliesenboden sagte ihm, was er ohnehin wusste: Er würde sterben, daran würde auch das Verbandszeug nichts ändern.

Sein Leben zu retten, mochte unmöglich sein, aber vielleicht konnte er das Unvermeidliche lange genug hinauszögern, um Lebewohl zu sagen.

Mit dieser Hoffnung streifte er die Einsatzweste ab und untersuchte seine Wunden.

Die Schusswunde am Bein ließ sich relativ leicht versorgen – viel dringender war die Wunde unter der Achselhöhle. Hayes nahm die Schere aus dem Verbandszeug, zerschnitt sein Hemd und untersuchte die Verletzung.

Das Einschussloch war nicht groß, doch der Druck in der Brust und das Rasseln bei jedem Atemzug sagten ihm, dass Zoes Kugel massiven Schaden angerichtet hatte. Sie hatte seine Lunge durchbohrt und ihm den Albtraum jedes Soldaten beschert – einen Pneumothorax.

Hayes hatte selbst schon Leuten geholfen, die eine solche Verletzung erlitten hatten. Er wusste, dass der Druckanstieg in der Brust zum Tod führen konnte, wenn er nicht sofort etwas unternahm.

Er nahm einen Gegenstand zur Hand, der wie ein Markierstift aussah, zog die Kappe ab, unter der eine Dekompressionsnadel zum Vorschein kam, etwa so lang wie sein Zeigefinger. Er hielt die Nadel in der linken Hand und tastete mit der rechten an den Rippen entlang, bis er die richtige Stelle fand und die Haut mit dem Daumennagel ritzte.

Dann nahm er die Nadel in die rechte Hand und klemmte sich die leere Hülle zwischen die Zähne. Er setzte die Nadel an der markierten Stelle an, biss auf die Plastikhülle und stieß sich die Nadel in den Brustkorb.

Es war eine momentane Schmerzexplosion, und Hayes zerbiss das Plastik – aber er konnte atmen, und das allein zählte.

Sein Blutdruck war jedoch stark abgefallen, und er wusste, dass er nahe daran war, das Bewusstsein zu verlieren. Rasch griff er nach der Spritze, die er vorbereitet hatte, stach die Nadel in den Oberschenkel und drückte den Kolben durch.

Die fünf Milligramm Epinephrin wirkten unmittelbar auf sein Nervensystem, als das künstliche Adrenalin durch seine Adern pulsierte.

Und jetzt steh auf.

Hayes rappelte sich auf und wankte auf den Parkplatz hinaus, doch nach drei Metern war ihm klar, dass er es nicht bis zu seinem Land Cruiser schaffen würde. Kurz entschlossen taumelte er zu einem der zerschossenen

Pick-ups. Er war fast da, als er im Augenwinkel eine Bewegung wahrnahm. Ein Verwundeter griff nach einem Gewehr.

»*Im Ernst*?«, knurrte Hayes, als der Mann den Pistolengriff der AK-47 umfasste.

Vor Anstrengung stöhnend hob der Verwundete mit zitternder Hand das Gewehr.

»Ich bring dich um«, zischte er.

»Versuch's«, knurrte Hayes und feuerte ihm eine Kugel in die Stirn, ohne stehen zu bleiben.

Er stolperte zu einem der Fahrzeuge und lehnte sich dagegen; der Land Cruiser war viel zu weit weg.

Ich setze mich nur kurz hin.

An den Geländewagen gelehnt, setzte er sich auf den Boden und zog das Einweghandy hervor.

Was tust du da?, protestierte die Stimme. *So werden sie dich aufspüren.*

Das war Hayes längst egal. So nah am Tod war Vorsicht sinnlos.

Er verbiss sich die Schmerzen, wählte die Nummer und lehnte den Kopf an den Reifen.

Bitte, geh ran, flehte er.

Er wollte schon aufgeben und sich der Dunkelheit fügen, als die Verbindung zustande kam und er Annabelles verschlafene Stimme hörte.

»Hallo?«

Er wollte etwas sagen, doch der Klang ihrer Stimme war wie ein Schuss Morphium, der ihn sprachlos machte.

»Adam … bist du das?«

»J-ja, Schatz«, krächzte er. »Sorry, dass ich dich aufgeweckt habe … aber …«

Die Schmerzen überwältigten ihn wie ein Feuer, das ihn von innen heraus verzehrte.

»Was ist los? Bist du verletzt? Adam, sag etwas.«

Hayes keuchte, der Schweiß lief ihm übers Gesicht, sein Herz pochte unregelmäßig.

»Annabelle … ich schaffe es nicht … will dir nur sagen, es tut mir l-leid …« Er hielt inne, um zu Atem zu kommen. Tränen brannten ihm in den Augen, rollten ihm über die Wangen. »Es tut mir leid, dass ich dir kein besserer Mann war.«

»Nein, Adam! Hör mir zu … es ist mir egal, wie schwer es ist, aber du musst zu uns nach Hause kommen. Dein Sohn braucht dich … ich brauche dich.«

Bevor er antworten konnte, hörte Hayes von Osten das unverkennbare *Wump-wump-wump* eines Helikopters. Er blickte in die Richtung des ersten zarten Morgenrots und sah zwei schwarze Flecken auf sich zukommen.

Ihr kommt zu spät.

Sie schrie, ihre Stimme so scharf wie Glassplitter. »Adam … Adam, bist du da?«

»Ja … ich bin hier.«

»Hör mir zu«, schluchzte sie, »du musst nach Hause kommen. Dein Sohn braucht dich … und ich auch.«

»Sag Jack, ich hab ihn lieb.«

»Das sagst du ihm selbst, wenn du zurück bist, hörst du?«

»Diesmal nicht, Schatz«, flüsterte er.

Der Stich ins Herz nahm ihm den Atem. Das Telefon fiel ihm aus der Hand, landete klappernd auf dem Asphalt, und er hörte Annabelles verzweifelte Stimme aus dem Lautsprecher.

So müde.

Der Atem blieb ihm in der Kehle stecken, sein Herzschlag war nur noch schwach und unregelmäßig, als der Rotorabwind des ersten Osprey, der auf der anderen Seite des Parkplatzes landete, über ihn hinwegfegte. Er lag auf der Seite, sah wie durch einen schmalen Tunnel Männer in Tarnanzügen die Rampe herunterlaufen, ihre Augen entschlossen in den schwarz-grün bemalten Gesichtern, als sie auf ihn zugerannt kamen.

Dann wurde es dunkel um ihn herum.

57

USS BATAAN

Levi Shaw saß im Laderaum der Osprey und blickte in die Runde der Marine Raiders, deren Gesichtsausdruck unter der Tarnbemalung nicht zu erkennen war. Sie waren ein kampferprobtes Team, das sich in vielen harten Einsätzen bewährt hatte.

Shaw war ein Außenseiter in ihrer Mitte; er spürte, dass seine bloße Anwesenheit die Männer nervös machte.

»Bereit zur Landung«, verkündete der Pilot über Funk.

Während der Teamführer seinen Männern letzte Anweisungen mitgab und die Sanitäter ihre Ausrüstung überprüften, nahm Shaw ein Dreißig-Schuss-Magazin aus seiner Plate-Carrier-Einsatzweste und schob es in das CAR-15-Sturmgewehr, das er mit dem Lauf nach unten zwischen den Knien hielt.

Er lud die Waffe durch, als er über Funk die Stimme des Teamführers hörte.

Der Captain der Marine Raiders beugte sich zu Shaw.

»Sir, nach welchen Einsatzregeln gehen wir vor?«

»Zerbrechen Sie sich darüber nicht den Kopf, Captain«, sagte Shaw, während mit einem satten Geräusch ein Hohlspitzgeschoss in die Kammer seiner Waffe geladen wurde.

»Wie meinen Sie das, Sir?«, fragte der Mann sichtlich verwirrt.

Shaw deutete mit einem Kopfnicken zum Fenster. »Ich meine damit, dass der Mann da unten nie viele Überlebende zurücklässt.«

»Aber falls es doch welche gibt …?«

»Dann sagen Sie Ihren Jungs, sie können alle, die noch übrig sind, gern zur Hölle schicken.«

Bevor der Captain etwas einwenden konnte, meldete sich der Pilot erneut über Funk. Seine Stimme klang zögernd, während er die Maschine im Schwebeflug hielt.

»Es ist ziemlich eng da unten, Sir. Wir müssen uns einen anderen Platz …«

Doch Shaw hatte sich den Kopfhörer heruntergerissen und eilte zur Tür. »Bringen Sie ihn runter«, befahl er.

»Sir, es ist zu eng«, wiederholte der Pilot. »Es ist nicht sicher.«

»Entweder *Sie* bringen den Vogel runter, oder ich tue es«, drohte er und richtete sein Sturmgewehr auf die Instrumententafel.

Das Zögern des Piloten verschwand, als er in Shaws Augen blickte. »Dann halten Sie sich mal fest«, sagte er und lenkte die Osprey über die Mauer.

Shaw blieb im Cockpit. Wenn er sich zuvor einen Moment lang gefragt hatte, ob Hayes noch der Alte war, so waren alle Zweifel verflogen, als er die Toten auf dem Parkplatz sah.

»Ach du Scheiße«, murmelte der Co-Pilot. »Wer zum Teufel *ist* der Kerl?«

»Das ist geheim.« Shaw ging zurück in den Laderaum.

Eine Minute später war die Osprey auf dem Boden, und die Marine Raiders stürmten die Rampe hinunter, Shaw dicht hinter ihnen.

»Sir, Sie sollten warten, bis wir das Gelände gesichert haben«, warnte der Teamführer, doch Shaw schob ihn beiseite und sprintete hinter den Sanitätern her.

Als er bei ihnen war, hatten sie Hayes bereits auf den Gehsteig gelegt. Ein Sanitäter führte eine Herzdruckmassage durch, während ein zweiter das blutdurchtränkte Hosenbein abschnitt.

»Der Mann braucht einen Priester, keinen Arzt«, meinte ein Sanitäter.

Shaw wusste nicht, ob er ihnen drohen oder sie anflehen sollte, alles zu tun, um Hayes' Leben zu retten, doch bevor er sich entscheiden konnte, wie er sie anspornen sollte, nahm Captain Fox ihn beiseite.

»Sir, diese Jungs sind die Besten in ihrem Fach. Lassen Sie sie ihren Job machen.«

Shaw nickte, während er hilflos zusah, wie das medizinische Team seiner Arbeit nachging.

»Jonesy«, rief der Leiter des Teams, »wir brauchen einen Beutel Null-positiv. Eric, sag der Crew, wir starten in fünf Minuten. Ich will den Notfallwagen und das Noradrenalin bereit haben, sobald wir auf der Rampe sind.«

»Alles klar, Boss«, sagte der Sanitäter.

Während Eric das medizinische Team an Bord der zweiten Osprey verständigte, öffnete der Teamführer seine

Tasche, zog etwas heraus, das wie ein Spielzeugbohrer aussah, und setzte an der Spitze eine Kanüle ein.

»Jonesy, hast du das Blut?«, fragte er und hielt die Kanüle an Hayes' Schienbein.

»Schon da, Boss«, meldete der Sanitäter.

»Gut, dann kann's losgehen.«

Er startete den Elektromotor, dessen Summen im Dröhnen der Rotoren kaum zu hören war, als der Mann die Kanüle in den Knochen bohrte.

»Okay, ich bin drin.« Er trennte den Bohrer von der Kanüle, nahm den Schlauch des Blutbeutels, den Jonesy ihm reichte, und schob ihn in die Kanüle.

Dann waren sie auf den Beinen, und Hayes' Arme baumelten von der Trage, als sie mit ihm zur Osprey eilten.

EPILOG

GEHEIMER ORT

Hayes war bereits auf dem Weg gewesen, war durch die endlose Dunkelheit geschwebt, die die Lebenden von den Toten trennte, als er plötzlich einen fernen Funken am Horizont aufblitzen sah, gefolgt von Stimmengemurmel und unsichtbaren Händen, die ihn zum Licht zogen.

Er kämpfte gegen die Welle an, die ihn mit sich trug, wollte sich losreißen, doch es war zu spät.

Die Schmerzen kamen mit voller Wucht zurück und trafen ihn wie ein Schlag in die Magengrube. Er öffnete die Augen und sah die maskierten Gesichter über sich.

»W-wer sind Sie …«

»Doktor, er ist wach. Blutdruck 140 zu 90.«

»Das ist unmöglich«, meinte ein Mann.

Als Hayes ihn kommen sah, fasste er ihn am Kittel und zog ihn zu sich. »Was machen Sie mit mir?«

»Scheiße, gebt ihm ein Beruhigungsmittel, bevor er sich die Nähte aufreißt.«

Hayes schob ihn weg und griff nach den Schläuchen in seinem Arm, um sie herauszureißen, als Shaw zu ihm trat.

»Adam, beruhigen Sie sich.« Er nahm Hayes an der Hand. »Alles gut. Sie sind in Sicherheit.«

»In Sicherheit?«

»Ja. Entspannen Sie sich, ich pass auf Sie auf.«

Dann begannen die Drogen zu wirken, und wieder wurde es schwarz um ihn herum.

Hayes wusste nicht, wie lange er geschlafen hatte, doch als er erwachte, war sein Mund trocken und sein Kopf benebelt vom Beruhigungsmittel.

Er wollte sich aufsetzen, doch kaum hatte er den Kopf gehoben, begann sich alles um ihn herum zu drehen, und eine Welle der Übelkeit stieg in ihm hoch.

»Langsam, Junge«, mahnte Shaw und trat zu ihm ans Bett.

»W-Wasser«, krächzte Hayes und deutete mit dem Kopf zum Krug auf dem Nachttisch.

»Der Arzt hat nicht gedacht, dass Sie durchkommen.« Shaw füllte etwas Wasser in einen Plastikbecher. »Aber Sie haben es ihm bewiesen.«

Hayes nahm den Becher und leerte ihn so gierig, dass ihm etwas Wasser übers Kinn lief. »Mehr.« Er hielt Shaw den Becher hin und musterte ihn einen Augenblick, sah die frischen Nähte in der Wange und die Schnittwunden an den Händen.

»Sie sehen scheiße aus«, bemerkte Hayes.

»Sie sind auch nicht gerade das blühende Leben.«

Diesmal ließ Hayes sich Zeit und genoss das Wasser. Sein Kopf begann zu arbeiten, als ihm tausend Fragen in den Sinn kamen.

»Warum?«, fragte er schließlich, als Shaw zum Fenster ging und die Rollläden hochzog. Hayes kniff die Augen zusammen, als grelles Licht hereinflutete.

»Warum *was*?«

»Warum haben Sie mich herausgeholt?«

»Wahrscheinlich werde ich im Alter sentimental«, meinte Shaw grinsend.

»Sehr witzig. Was ist mit Ihrem Gesicht passiert?«

»Carpenter wollte mich eliminieren«, sagte Shaw. »Der hinterhältige Mistkerl hat zwei Killer auf mich angesetzt, die mir auf dem Heimweg auflauerten.«

»Wegen mir?«, fragte Hayes.

»Wegen *uns*«, korrigierte Shaw und kam zum Bett zurück. »Als ich Ihnen Gelegenheit gab, Ihre humanitäre Mission zu übernehmen, fanden einige Senatoren, ich wäre meiner Aufgabe nicht mehr gewachsen. Und seien wir ehrlich, ohne Sie ist Treadstone nur ein zahnloser Tiger.«

»Dass ich einen Senator getötet habe, hat mir den Schlamassel eingebracht, Levi«, erwiderte Hayes.

»Um Miles und Carpenter kümmere ich mich schon.« Shaw tätschelte ihm die Hand. »Werden Sie erst mal gesund. Ich habe neue Aufgaben für Sie, wenn Sie zurückkommen.«

»Wer sagt, dass ich zurückkomme?«, konterte Hayes.

»Immerhin habe ich Ihnen das Leben gerettet, oder?«, sagte Shaw grinsend. »Wenn Sie nicht wieder zu Ihrer Arbeit zurückkehren, müssten Sie für immer damit leben, mir etwas zu schulden.«

»Ein durchtriebener Hundesohn, wie eh und je«, murmelte Hayes.

»Ich glaube, das war ein Ja.« Shaw erhob sich von dem Stuhl. »Aber jetzt ruhen Sie sich erst mal aus.«

Robert Ludlum
Eric van Lustbader
Brian Freeman
Die Jason Bourne Serie

› Bonusmaterial

© William C. Minarich

HEYNE ‹

Die Serie

Jason Bourne arbeitete früher als Auftragskiller für die CIA. Nach einem Gedächtnisverlust will er unter seinem bürgerlichen Namen David Webb ein ruhiges Leben führen. Doch seine gewalttätige Vergangenheit holt ihn immer wieder ein.

Die Autoren

Robert Ludlum wird am 25. Mai 1927 in New York City geboren. Mit 14 Jahren verläßt er sein Elternhaus, um zur Bühne zu gehen. Nachdem er von seiner Mutter nach Hause zurückgeholt wird, schafft er drei Jahre später den Absprung und geht zunächst zum Militär. Nach Ende des Zweiten Weltkriegs beginnt er eine Karriere als Schauspieler. Trotz seines Erfolges am Theater und im Fernsehen und auch als Produzent, beschließt er mit vierzig, diese Karriere an den Nagel zu hängen, und studiert Kunstgeschichte. Seine »vierte« Karriere als Schriftsteller beginnt 1971 mit seinem ersten Buch *Das Scarlatti-Erbe*, welches auf Anhieb Platz 1 der Bestsellerlisten erreicht. Zahlreiche weitere Bestseller folgen. Seine Bücher werden in mehr als 30 Sprachen übersetzt, in mehr als 40 Ländern veröffentlicht und erreichen eine Auflage von über 300 Millionen Exemplaren. *Die Bourne Identität* (1980) markiert schließlich die Geburtsstunde seines legendärsten Helden: David Webb, alias Jason Bourne. Robert Ludlum starb am 12. März 2001. Seitdem wurde die Serie von den internationalen Bestsellerautoren Eric van Lustbader und Brian Freeman im Geiste ihres Schöpfers fortgeführt.

1. Die Bourne Identität ***(The Bourne Identity, 1980)***

Stell dir vor, du weißt nicht mehr, wer du bist, und das Erste, was du über dich herausfindest, ist, dass du ziemlich gut schießen kannst. Jason Bourne ist ein Mensch ohne Vergangenheit und ohne Zukunft – gejagt von mächtigen Feinden; geliebt von einer schönen Frau, die nicht glauben kann, dass er wirklich das ist, was sich langsam herauskristallisiert: ein Auftragskiller.

Die Geburtsstunde eines legendären Actionhelden: Jason Bourne!

2. Das Bourne Imperium *(The Bourne Supremacy, 1986)*

Im Hinterzimmer eines Hongkonger Nachtlokals werden fünf Leichen gefunden. Einer der Ermordeten ist der Vizepräsident der Volksrepublik China. Alle Spuren deuten auf Jason Bourne. Nur wenige wissen: Ein Unbekannter missbraucht Jason Bournes Identität. Und so stürzt sich der wahre Jason Bourne erneut in eine Welt der Gewalt und des Verbrechens, eine Welt, der er für immer zu entkommen hoffte.

»Schwindelerregend, nervenzerfetzend, rätselhaft, bedrohlich, kurz: ludlumesque.« *Publishers Weekly*

3. Das Bourne Ultimatum *(The Bourne Ultimatum, 1990)*

David Webb hatte geglaubt, Jason Bourne für immer entkommen zu sein. Doch nun holt ihn die Vergangenheit ein. Der Schakal, sein alter Todfeind, ist ihm und seiner Familie auf den Fersen, doch Webb weigert sich zu fliehen. In der verhassten Identität des Profikillers Jason Bourne stellt er sich dem Kampf und ist bald einer Verschwörung internationalen Ausmaßes auf der Spur.

»Ludlum packt mehr Action in seine Thriller als fünf seiner Kollegen zusammen.« *The New York Times*

4. Das Bourne Vermächtnis ***(The Bourne Legacy, 2004)***

David Webb lebt zurückgezogen in der Nähe von Washington und lehrt als Professor an der Universität von Georgetown. Nichts erinnert mehr an die Gefahren seines früheren Lebens als Profikiller der CIA. Doch die Vergangenheit holt ihn ein, als er plötzlich selbst ins Visier eines Killers gerät. Webb wird wieder zu dem Mann, der er nie sein wollte: Jason Bourne.

»Ludlum beherrscht unangefochten das Feld des klassischen Polit- und Agenten-Thrillers.« *Chicago Tribune*

5. **Der Bourne Betrug** *(The Bourne Betrayal, 2007)*

Jason Bourne kommt nicht zur Ruhe. Als er erfährt, dass sein Freund, der CIA-Agent Martin Lindros, in Äthiopien vermisst wird, zögert Bourne nicht lange und macht sich sofort auf den Weg nach Afrika, um Lindros zu suchen. Doch kaum angekommen, entgeht er nur knapp einem Attentat. Ist Lindros wirklich der, der er vorgibt zu sein?

»Die explosive Fortsetzung einer unerreichten Traditionsserie.«
Bookreporter.com

6. Das Bourne Attentat *(The Bourne Sanction, 2008)*

Als Jason Bourne Informationen über einen drohenden Terroranschlag auf amerikanischem Boden zugespielt werden, begibt er sich sofort auf die gefährliche Jagd nach den Killern. Doch zu spät erkennt er, wer der eigentliche Drahtzieher des Attentats ist. Bourne gerät selbst ins Visier der Terroristen. Ein tödlicher Wettlauf beginnt.

»Ein Spionage-Thriller, der selbst den erfahrensten Lesern bis zum Ende Rätsel aufgibt. Rasantes Tempo, jede Menge Action – ein Muss!« *Booklist*

7. Die Bourne Intrige *(The Bourne Deception, 2009)*

Nach einem mörderischen Zweikampf mit dem russischen Killer Leonid Arkadin taucht Jason Bourne schwer verletzt auf Bali unter. Er täuscht seinen Tod vor und nimmt eine neue Identität an. Im Geheimen plant er die finale Hetzjagd auf den Killer. Doch Arkadin hat Bournes Manöver längst durchschaut. Ein teuflisches Katz-und-Maus-Spiel nimmt seinen Lauf.

»Der größte Thriller-Autor aller Zeiten.« *The New Yorker*

8. Das Bourne Duell *(The Bourne Objective, 2010)*

Jason Bourne ist auf Bali untergetaucht, wo er in den Besitz eines mysteriösen Rings gelangt. Die Inschrift des Rings verweist auf eine im Geheimen operierende Organisation. Bournes Weg führt nach Marokko, wo er das Machtzentrum der Gruppe vermutet. Hier trifft er auf seinen Todfeind Leonid Arkadin, und ein unerbittlicher Kampf entbrennt. Doch scheinen beide in eine tödliche Falle getappt zu sein.

»Genau das Richtige für Thriller-Fans, die Verschwörungen, Adrenalinrausch und weltumspannende Abenteuer lieben.«
Library Journal

9. Der Bourne Befehl *(The Bourne Dominion, 2011)*

Eine mächtige internationale Organisation schickt sich an, der amerikanischen Wirtschaft einen vernichtenden Schlag zu versetzen. Doch zuvor muss der Mann beseitigt werden, der ihr als Einziger gefährlich werden kann: Jason Bourne. Ausgerechnet Bournes russischer Freund Boris Karpow wird auf den amerikanischen Top-Agenten angesetzt. Findet Karpow einen Weg aus der tödlichen Zwickmühle?

»Fans der Bourne-Filme werden dieses Buch verschlingen.«
Booklist

10. Der Bourne Verrat *(The Bourne Imperative, 2012)*

Vor der schwedischen Küste zieht Jason Bourne einen Bewusstlosen aus dem Meer. Als der Mann zu sich kommt, fehlt ihm jede Erinnerung an sein bisheriges Leben – eine unheimliche Parallele zu Bournes eigenem Schicksal. Die Lösung scheint in einem geheimen Mossad-Lager im Libanon zu liegen, in das sich Bourne Wochen zuvor geflüchtet hatte. Was geht dort vor sich? In letzter Minute erkennt Bourne einen zerstörerischen Plan, der nicht nur sein Leben, sondern die Sicherheit der Welt bedrohen könnte.

»Rasant, actiongeladen und voller unvorhersehbarer Wendungen.« *The Daily Reporter*

11. Die Bourne Vergeltung ***(The Bourne Retribution, 2013)***

Jason Bourne ist am Boden zerstört, als seine Gefährtin, die Mossad-Agentin Rebekka, bei einem gemeinsamen Einsatz in Mexiko getötet wird. So nimmt er den Auftrag an, für den ihn der Chef des israelischen Geheimdienstes gewinnen will: den chinesischen Minister Ouyang Jidan auszuschalten, der nicht nur für Rebekkas Tod verantwortlich ist, sondern mit seinen dunklen Plänen eine Bedrohung für die gesamte westliche Welt darstellt.

»Beginnen Sie nie mit der Lektüre eines Ludlum-Thrillers, wenn Sie am nächsten Tag arbeiten müssen.« *Chicago Sun-Times*

12. **Die Bourne Herrschaft** *(The Bourne Ascendancy, 2014)*

Ein politischer Gipfel in Doha wird von einer Gruppe Schwerbewaffneter überfallen. Jason Bourne ist als Doppelgänger eines syrischen Ministers mittendrin und gerät in die Gewalt des berüchtigten Terroristen El Ghadan. Wie sich zeigt, hat der Terrorchef auch Bournes enge Freundin Soraya Moore und deren kleine Tochter entführt. Sein grausames Ultimatum: Binnen einer Woche soll Bourne den Präsidenten der USA töten. Gelingt es ihm nicht, werden Mutter und Kind sterben. Die Uhr tickt …

»Es bleibt dabei: Ludlum ist der perfekte Thriller-Autor.«
Newsweek

13. Das Bourne Enigma *(The Bourne Enigma, 2016)*

In Moskau fällt der russische General Boris Karpow einem Attentat zum Opfer. Jason Bourne ist vor Ort, kann die Täter jedoch nicht stoppen. Karpow hinterlässt ihm eine verschlüsselte Nachricht. War der Mord nur Nebenschauplatz einer weltumspannenden Verschwörung? Die Hinweise führen Bourne nach Ägypten, Syrien und Zypern – und auf die Spur Iwan Borz', eines skrupellosen internationalen Waffenhändlers, der mit Bourne noch eine persönliche Rechnung offen hat …

»Jason Bourne tritt wieder in Aktion, und wie! Ein atemloser Thriller.« *TheRealBookSpy.com*

14. Die Bourne Initiative *(The Bourne Initiative, 2018)*

Jason Bourne ist auf der Flucht. Die NSA glaubt, er leite die Geschicke seines verstorbenen Freundes Boris Karpow, einst Kopf des russischen Geheimdienstes FSB. Vor seinem Tod hat dieser eine Cyberwaffe entwickelt, die in der Lage wäre, Amerika in die Knie zu zwingen. Mit einem Tötungskommando auf den Fersen, ist Bourne gezwungen, einer Einheit seines Erzfeindes Keyre beizutreten – eines somalischen Terroristen, dem er einst das Handwerk legte. Mächtiger als je zuvor, ist Keyre der Einzige, der Bourne Schutz bieten kann. Aber zu welchem Preis?

»Zur Seite 007, Bourne ist zurück!« *Daily Mirror*

15. Die Bourne Evolution ***(The Bourne Evolution, 2021)***

Sie war die große Hoffnung der amerikanischen Demokraten. Schlagfertig, klug und progressiv. Doch dann wird die junge Kongressabgeordnete Sofia Ortiz bei einem Überfall auf eine Veranstaltung in New York mit mehreren Schüssen getötet. Dringend tatvedächtig ist ausgerechnet jener Mann, der bis vor Kurzem als Killer im Auftrag der Regierung stand. Sein Name ist Jason Bourne, und er ist auf der Flucht. Einzig die Journalistin Abbey Laurent glaubt an seine Unschuld und beschließt, ihm zu helfen. Doch Bournes Feinde kennen keine Skrupel. Eine gnadenlose Verfolgungsjagd beginnt …

»Brian Freeman peitscht das Tempo hoch – und verpasst der Reihe einen echten Energieschub.« *Booklist*

Weitere Bände in Vorbereitung.
Mehr Informationen unter heyne.de/ludlum